MARGIT KRUSE

Advent, Advent, die Zeche brennt

ZIMTSTERNGLITZERN Das Ruhrgebiet ist ein gefährliches Pflaster geworden, besonders zur Weihnachtszeit. 24 mörderische Geschichten aus dem Pott für die schauerlich-schönste Zeit des Jahres. Kurzkrimis von Äxten, Wummen, Gürteln, Gift und Wunschzetteln aus den Straßen der Ruhrmetropole. Morgen, Kinder, wird's was geben: In der besinnlichen Adventszeit wird vergiftet, gemeuchelt und verscharrt, bis der Christbaum die Nadeln verliert.

In Essen liest ein falscher Nikolaus den Angestellten einer großen Firma die Leviten und gräbt dem richtigen eine Grube. Die letzte Seilfahrt auf der Zeche Prosper Haniel in Bottrop endet für einen Steiger tödlich. »Rücke vor bis zur Schlossallee«, heißt es in Gelsenkirchen beim weihnachtlichen Spieleabend, der böse ausgeht. In Hamm ist eine Zither der Grund für einen blutigen Heiligen Abend, während in Bad Sassendorf Margareta Sommerfeld über Kommissar Blauländer stolpert, der im gleichen Hotel eincheckt und beim Mitternachtsschwimmen ertrinkt. In Bochum wird ein unliebsamer Schwiegersohn mit einem Eidechsenledergürtel erdrosselt und aus dem 4. Stock eines Wohnhauses geworfen …

Margit Kruse wurde 1957 in Gelsenkirchen geboren. Bekannt wurde sie vor allem durch ihre Revier-Krimis »Eisaugen«, »Zechenbrand«, »Hochzeitsglocken« und »Rosensalz«. Sie ist ein echtes Kind des Ruhrgebiets. Seit 2004 ist die Gelsenkirchenerin als freiberufliche Autorin tätig. Neben etlichen Beiträgen in Anthologien hat sie bislang zahlreiche Bücher veröffentlicht. Labrador Enja ist stets dabei, wenn sich Margit Kruse auf Recherche-Tour begibt. Besonders der Hauptfriedhof ihres Heimatortes hat es der Autorin angetan. Margit Kruse ist Mitglied im Verband deutscher Schriftsteller.

MARGIT KRUSE

Advent, Advent, die Zeche brennt

24 Weihnachtskrimis

GMEINER

Immer informiert

Spannung pur – mit unserem Newsletter informieren wir Sie regelmäßig über Wissenswertes aus unserer Bücherwelt.

Gefällt mir!

Facebook: @Gmeiner.Verlag
Instagram: @gmeinerverlag
Twitter: @GmeinerVerlag

Besuchen Sie uns im Internet:
www.gmeiner-verlag.de

Im Ehnried 5, 88605 Meßkirch
Telefon 07575/2095-0
info@gmeiner-verlag.de

2. Auflage 2020

Lektorat: Claudia Senghaas, Kirchardt
Herstellung: Mirjam Hecht
Umschlaggestaltung: U.O.R.G. Lutz Eberle, Stuttgart
unter Verwendung eines Fotos von: © Starpics / stock.adobe.com
und © derProjektor / photocase.de
Druck: Custom Printing Warschau
Printed in Poland
ISBN 978-3-8392-2499-1

Personen und Handlung sind frei erfunden.
Ähnlichkeiten mit lebenden oder toten Personen
sind rein zufällig und nicht beabsichtigt.

1. ADVENT, ADVENT, MEIN KNIE MIR BRENNT!

Gelsenkirchen

Ich saß in dem kleinen Büro des leitenden Hauptkommissars des KK11 im Polizeipräsidium Buer und schaute durch den Mann hindurch, der auf mich einredete wie auf einen kranken Gaul. Blödes Büro, klein und schäbig, ganz anders als die Büros von Bella Block und Co. Ein vergammeltes Weihnachtsbäumchen mit kitschig bunter Lichterkette stand auf dem Schreibtisch.

»Lass mich gehen, du Erdenwurm«, hätte ich ihm am liebsten an den winzigen Kopf geschmissen.

Doch er war zäh. Es würde eine lange Nacht werden. Eine lange Heilige Nacht.

»Frau …?«

»Krause. Das sagte ich schon«, fuhr ich ihn genervt an.

»Wohnhaft?«

»Sagte ich auch schon.« Schnaufend leierte ich noch einmal meine Adresse herunter.

»Geboren?«

»Na klar, bin ich geboren. Säße ich sonst hier?«

»Ein kleiner Scherzkeks, was?« Der Hauptkommissar stand auf und lief durch den Raum, knetete dabei sein Kinn. »Erzählen Sie doch mal, wie alles begann!«, forderte er mich auf.

Ja, wie war das damals im Jahre 1965, als ich eingeschult wurde? War sie meine Freundin? Tatsächlich? Inge war aus Resse zugezogen, in die alte Zechensiedlung. Am Einschulungstag setzte sie sich neben mich. Ich schaute sie an, diese magere Gestalt mit den Riesenaugen und der fahlen Gesichtshaut. Renate und Martina gefielen mir besser. Inge war eine Außenseiterin. Sie wohnte bei uns schräg gegenüber. Nachmittags beobachtete ich sie, wenn sie draußen auf der großen Wiese mit ihrem kleinen Bruder spielte und ihn grundlos ohrfeigte.

Der Kommissar blickte gelangweilt auf seine Uhr. Er wollte die Sache abkürzen, mich zu einem Geständnis zwingen, wollte nach Hause zu seinen Lieben, die um den Tannenbaum saßen und auf ihn warteten. Stöhnend setzte er sich wieder auf seinen Stuhl und goss sich Mineralwasser in ein Glas.

»Was passierte während der Schulzeit?«, fragte er. Er spielte mit einem Radiergummi, der auf dem Schreibtisch lag.

Was sollte ich ihm erzählen? Dass wir recht bald Freundinnen wurden? Beide Außenseiter, die andere ärgerten und ihren Spaß dabei hatten?

Inge wurde immer fordernder, bestimmte, wann was gespielt wurde, wer zu unserem Kreis gehörte und wer unbedingt gemieden werden musste. Ich durfte mit keinem anderen Mädchen befreundet sein. Da verstand Inge keinen Spaß.

Da war dieser dicke Knüppel. Ein Stück Ast, ungefähr 50 Zentimeter lang, an den Enden glatt geschliffen. Kam sie mit Worten nicht weiter, kam ihr Kumpan, der Knüppel, ins Spiel, mit dem sie erbarmungslos zuschlug. Tagelang zierten blaue Flecken meine Knie und ich konnte schlecht laufen. Inge kannte keine Gnade. Mit zusammengebissenen Zähnen und weit aufgerissenen Augen schlug sie von der Seite auf meine Knie, was ihr ein sichtliches Wohlgefühl bereitete. Die nebenstehenden Kinder schwiegen vor Angst. Keine Entschuldigung folgte Inges Schlägen. Nichts. Sie machte irgendwann da weiter, wo sie vor den Schlägen aufgehört hatte. Klar, ich hätte es meinen Eltern erzählen können. Die hatten jedoch andere Sorgen. Es war die Zeit der Zechenschließung. Mein Vater sollte seine Arbeit verlieren. Ich wollte sie nicht mit meinem Kinderkram belasten.

Immer wieder krochen wir zusammen. Ich verzieh ihr jedes Mal, rächte mich verbal, rief ihr aus unserem kleinen Klofenster Schimpfworte hinterher. Dort konnte der Knüppel mich nicht treffen. Ich kannte Inges Schwachstellen, wusste, was ich ihr an den Kopf knallen musste. Wütend schob sie mit dem Knüppel ab, den sie im Stall deponierte, bevor sie das chaotische Haus betrat, in dem sie wohnte. Meistens drehte sie sich auf der großen Wiese noch einmal um und drohte mir, indem sie eine ihrer Hände zur Faust ballte, unter das Kinn hielt und dabei ihre Augen weit aufriss.

»Hatten Sie es geplant?«, holte der Kommissar mich mit seiner Frage aus meiner Zeitreise.

»Nein, natürlich nicht. Sie hat eines Abends an meiner Tür geklopft.«

»Ihre Freundin hat an Ihrer Wohnungstür geklopft? Gab es keine Klingel?«

»Es hat geklopft. Oben an meiner Tür. Es war der erste Advent. Als ich öffnete, stand da ein eigenartiges Männchen. Eine Art Dämon. Ganz fürchterlich sah es aus. Der Teufel persönlich. Das Männchen trug die Gesichtszüge von Inge und hatte das gleiche hässliche Lachen.«

»Und was wollte dieser Beelzebub von Ihnen?« Der Kommissar sah mich an, als hielte er mich für verrückt.

»Das Männchen hat nur gelacht. Es war eindeutig Inges hämisches Lachen. Wut stieg in mir hoch. Ich stürzte mich auf den kleinen Kerl und wollte ihn würgen, klammerte meine Hände um seinen dünnen Hals und drückte zu. Die Kreatur war zäh und quiekte ganz grausam, ähnlich wie ein getretener Hund. Plötzlich war sie weg.«

»Wieso sollte Ihre alte Freundin nach über 40 Jahren auf so eigenartige Weise Kontakt zu Ihnen aufnehmen? Und ausgerechnet am ersten Advent? Hatten Sie sie nach der Schulzeit völlig aus den Augen verloren?«

»Beruflich ging jeder seinen Weg nach der Schulentlassung. Ich war froh, ihren Klauen endlich entkommen zu sein, sah sie gelegentlich mal in der Stadt, habe sie jedoch nicht gegrüßt. Ich wollte nicht an diese Zeit erinnert werden, war froh, sie endlich los zu sein. Hin und wieder hörte ich, wenn ich meine Eltern besuchte, von Nachbarn, was aus ihr geworden war. Es erfüllte mich mit großer Schadenfreude, dass sie viel Pech im Leben hatte. Nicht einen Funken Mitgefühl konnte ich empfinden, als sie mehrmals ihre Arbeitsstelle verlor, ihre Beziehungen scheiterten und sie zwei Mal fast den Löffel abgegeben hat, als sie sehr krank wurde.«

»Und wie ging es dann weiter?«

»Nach einigen Tagen, es war der zweite Advent, hat dieses Männchen wieder an der Tür geklopft. Diesmal hartnäckiger, fordernder. Als ich öffnete, gab es fiepende Laute von sich und kam mir ganz nah ans Gesicht gekrochen. Die Augen glubschten ihm fast heraus, seine Zähne waren gelb, die lange Nase feuerrot. Ich hatte mich, als ich das Hämmern an der Tür vernahm, mit einem Fleischklopfer bewaffnet, den ich ihm nun gnadenlos auf seinen Kopf schlug. Erst auf den Kopf, dann auf die Augen. Wieder und wieder. Ich verspürte keine Angst, mir ging es mit jedem Schlag besser. Das Männchen gab wieder nur Urlaute von sich und verschwand. Schweißgebadet setzte ich mich in meinen Fernsehsessel, um mich zu erholen. Meine Knie schmerzten und brannten.«

Der junge Kommissar konnte das Gähnen kaum mehr unterdrücken und fragte mich, ob es vielleicht nur böse Träume gewesen wären.

Ich verneinte vehement. Was bildete sich dieser Schnösel nur ein?

»Sie hatten also nach der Schulzeit keinen Kontakt mehr zu Ihrer alten Freundin? Über 40 Jahre lang war Ruhe, bis diese Frau in Teufelsgestalt an Ihrer Tür geklopft hat. Ausgerechnet in der Adventszeit. Angerufen hat sie bei Ihnen auch nicht?«

Ich dachte nach. Ja, sie hatte tatsächlich bei mir angerufen, wollte sich mit mir treffen, auf einen Kaffee, um alte Erinnerungen aufzufrischen. Wieso war mir das entfallen? Wusste er davon?

»Kann schon sein. Ich habe sie am Telefon abgewürgt. Null Interesse an einem Wiedersehen hatte ich. Das Kapitel war für mich abgeschlossen. Dachte ich zumindest.«

»Und was war weiter? Klopfte das Männchen noch einmal an Ihre Tür? Vielleicht am dritten Advent? Oder war es eher so, dass Sie an ihrer Tür klopften? Oft ist auch der Wunsch der Vater des Gedanken?«

»Wieso sollte ich an ihrer Tür klopfen?«

Was erzählte dieser Jüngling, der mein Sohn sein könnte, da? Ich sollte bei ihr an der Tür gewesen sein? Der spann.

»Ja, es klopfte einige Tage später erneut an meiner Tür. Es war einen Tag nach dem dritten Advent. Ich hatte einen harten Tag hinter mir und wahnsinnige Knieschmerzen. Mein Orthopäde, bei dem ich an diesem Morgen war, fragte mich, ob ich in der Kindheit mal auf die Knie gefallen wäre oder einen Unfall gehabt hätte. Bisher hatte ich meine Knieprobleme nie in Zusammenhang mit den Schlägen von Inge gebracht. Sollte sie tatsächlich Schuld daran tragen, dass es mir heute so dreckig ging?, fragte ich mich. Wären all die Spritzkuren und Akupunkturbehandlungen gar nicht nötig, wenn es Inge und ihren Knüppel nicht gegeben hätte? Meine Wut schäumte an diesem Abend über. Als es klopfte, bewaffnete ich mich mit einem scharfen Messer aus der Küchenschublade und riss wütend die Tür auf. Da stand das Männchen wieder grinsend auf der Matte, den Inge-Blick voll auf mich gerichtet. Dieses hässliche Grinsen und Grunzen machte mich verrückt. Ich musste dem ein Ende bereiten und stach erbarmungslos zu. Ich zielte auf den Hals, genau auf die Gurgel. Wieder und wieder stach ich auf den hüpfenden Punkt. Ich rammte das Messer tief in den dünnen Hals. Hatte ich gehofft, das Männchen würde blutüberströmt zusammenbrechen, sollte ich mich getäuscht haben. Es wurde grün im Gesicht, stapfte mit den verhältnismäßig großen Füßen, die mit Hammerzehen bestückt waren, auf und verschwand.«

Der Kommissar schlug mit der Faust auf den Tisch. Scheinbar war seine Geduld am Ende. Mit Sicherheit dachte er an die Weihnachtsgans, die zu Hause im Ofen schmorte. Er wischte sich den Schweiß mit der blanken Hand von der Stirn. »Nun ist aber Schluss mit der Märchenstunde. Was geschah wirklich am vierten Advent?«

Märchenstunde? Was wusste er denn?

Geplant? Vorsatz? Ja, oft, wenn ich sie sah, dachte ich, warum lebte dieses Aas noch. Von wegen 40 Jahre nicht gesehen.

Nach mir hatte sie Erika gequält. Ich wusste es und habe nichts unternommen. Als die frisch verheiratete unscheinbare Erika, kaum 19 Jahre alt, in die kleine Wohnung in den Turm der Siedlung zog, lud sie Inge ein. Wieso, habe ich nie kapiert. Wollte sie die Friedensfahne hissen? Inge verzeihen, was sie ihr in Kindertagen angetan hatte? Erika stürzte an diesem Nachmittag aus dem Wohnzimmerfenster ihrer Wohnung im dritten Stock und schlug auf das Kopfsteinpflaster, mitten auf die Fahrbahn. Seitdem saß sie im Rollstuhl. Als ich sie im Krankenhaus besuchte, flüsterte sie nur: »Inge«. Doch Inge hatte angeblich ein Alibi. Ich war felsenfest überzeugt, dass Inge sie aus dem Fenster gestoßen hatte. Alle anderen glaubten die Version, die depressive Erika hätte sich selbst hinuntergestürzt.

»War es nicht eher so, dass *Sie* an der Tür von Inge klopften und um Einlass baten?«

»Kann schon sein«, antwortete ich ganz in Gedanken.

Meine Gedanken waren bei Petra. Ein Jahr nach Erikas Fenstersturz hatte die magere Petra versucht, sich umzubringen. Angeblich hatte ein Mann sie dazu getrieben. Ein verheirateter Mann, den sie in einer Kneipe in der Resser Mark kennengelernt hatte und der sich einfach nicht scheiden lassen wollte, dieser Penner. Inge, mit der sie seit ein paar Wochen befreundet gewesen war, tröstete sie, brachte ihr selbst gekochte Marmelade, das Einzige, was die magenkranke Petra noch herunterbekam. Pfirsichmarmelade auf Stuten. Inge und kochen? Dass ich nicht lache. Die war täglich zu Gast in der Imbissstube auf der Cranger Straße, um für sich und ihren Frischangetrauten eine Bottroper Schlemmerplatte heimzutragen. Nachdem Petra ein halbes Pfund Stuten mit der Pfirsichmarmelade verzehrt hatte, brach sie zusammen. Eine Nachbarin fand sie und rief den Rettungswagen. Man wollte Petra einreden, sie hätte eine Überdosis Schlaftabletten genommen. Sie kam für drei Wochen in die Psychiatrie und erholte sich langsam. Aus Angst hatte sie Inge nie verraten. Wochen später hatte sie mir gestanden, dass es die Marmelade war, die ihr fast den Tod gebracht hatte. Sie flehte mich mit irrem Blick an, krallte sich dabei an meiner Bluse fest und heulte, ich möge Inge nicht verraten. So schwieg ich.

»War es nicht so, dass Sie Ihre alte Freundin, die inzwischen in Buer wohnte, am vierten Advent aufsuchten? Sie wollten also keinen Kontakt, hatten sie am Telefon abgefertigt und besuchten sie dann? Wie passt das zusammen?«

»Ich wollte sie fragen, wieso sie in Gestalt eines Teufels bei mir an der Tür geklopft hatte.«

»Und was sagte sie? Hat sie die Besuche zugegeben? Oder hat sie, genau wie ich, an Ihrem Verstand gezweifelt?«

»Ich bin natürlich nicht mit der Tür ins Haus gefallen. Habe erst einen auf schön Wetter gemacht und sie anschließend zu einem Spaziergang überredet.«

»Sie geben also zu, sich mit dem Vorsatz, sich zu rächen, Zugang zu ihrer Wohnung in der Bergmannsglückstraße in Buer-Hassel verschafft zu haben?«

»Nein, Vorsatz würde ich das nicht nennen. Ich wollte sehen, ob sie wirklich bei mir an der Tür gewesen war. Ob sie in der Lage war, ihr Aussehen zu verändern.«

»Und dann haben Sie sich auf den Weg gemacht, um sie von der Brücke auf der Pawiker Straße, die über die A 52 führt, auf die Fahrbahn zu stürzen. Haben Ihre Knie mal wieder geschmerzt?« Sarkasmus pur war seine Frage.

Er machte sich lustig über mich, dieser kleine Furz. Wieso erzählte ich ihm nichts von Erika und Petra? Weil er mir sowieso nicht glauben würde?

»Es war ein richtig schöner Wintertag. Klares Frostwetter. Wir wollten die Brücke überqueren, um den kleinen Nordfriedhof zu besuchen. Da ist es ruhig und abgeschieden, da sich kaum jemand mehr dorthin verirrt. Beerdigt wird auf dem alten Friedhof schon lange nicht mehr. Oben auf der Brücke angekommen, blieb ich stehen. Wir beobachteten den Verkehr, die Autos, die unter uns daherbrausten. ›Weißt du noch, wie wir früher auf unserem Schulweg immer Kreide von der Brücke geworfen und versucht haben, ein Auto zu treffen?‹, fragte sie mich und fing wie eine Irre an zu lachen. ›Du hast die Kreide hinabgeworfen. Du allein. Hattest Spaß, wenn die Autofahrer gehupt haben und ins Schlingern gerieten‹, antwortete ich. ›Na und?‹, sagte sie nur, beugte sich übers frostige Brückengeländer und rotzte hinunter.«

»Und dann? Dann spielten Sie den Racheengel und stießen sie auf die Autobahn?«

»Ja, ich bückte mich, gab vor, mir den Schuh schließen zu wollen, packte ihre immer noch dünnen Knöchel, umklammerte sie und hob die ganze Inge hoch, stieß sie mit aller Kraft übers Geländer. Ich schaute ihr nach, als sie auf einen LKW prallte. Dieses Geräusch, als der Kopf auf dem Dach des Führerhauses aufklatschte. Das werde ich so schnell nicht vergessen.«

»Warum nur? Nur wegen Ihrer Knie? Wegen dieser albernen Knüppelgeschichte? Wegen eines Kinderstreichs?«

»Pah, Kinderstreich! Sie haben ja keine Ahnung, wie es ist, jahrelang gequält zu werden. Körperlich sowie verbal. Nicht zu vergessen, die Sache mit Erika und Petra.«

»Was soll denn das nun wieder? Wer sind Erika und Petra? Wo kommen die plötzlich her?«

Ich schwieg. Es war zwecklos. Er glaubte mir sowieso nicht.

»Frau Krause!«, schrie er mich an. »Was soll das hier? Wollen Sie mit Ihrem wilden Gerede versuchen, auf Unzurechnungsfähigkeit zu machen? Das können Sie vergessen.«

»Ich sag ja gar nichts mehr, habe doch schon gestanden, Inge von der Brücke gestoßen zu haben. Reicht das nicht?«

»So wird das nichts, Frau Krause. Lassen Sie uns eine Pause machen.« Er ging zu seinem Kühlschrank in der Ecke unter der Dachschräge und holte eine Flasche Wasser heraus, nahm ein sauberes Glas und goss mir von der kalten Flüssigkeit ein. Ein Glühwein wäre mir lieber gewesen. Dann sah er mich lange Zeit an.

»Wer also sind Erika und Petra?« Wieder sah er auf die Uhr, stellte fest, dass es fast Mitternacht war. Die Bescherung hatte ohne ihn stattgefunden.

In der nächsten Stunde erzählte ich ihm von den Quälereien, die Inge den beiden Frauen zugefügt hatte.

»Es ging Ihnen also nicht nur darum, sich wegen ihrer Knie an Ihrer alten Freundin Inge zu rächen? Ihre Rachegefühle schlossen auch Erika und Petra gleich mit ein?«

»Nein, ich wollte damit nur unterstreichen, was für eine Person Inge war.«

»Trotzdem war es Mord. Sie werden eventuell mildernde Umstände bekommen. Doch Mord bleibt Mord.«

»Kann ich jetzt gehen?«, fragte ich ihn und wollte von meinem Stuhl aufstehen, als mein Blick auf einen alten Knüppel fiel, der in der Ecke in einem Schirmständer ein vergessenes Dasein fristete. Ein Knüppel glatt und eben. Ich konnte meinen Blick nicht von ihm lösen. So lange nicht, bis es an der Tür klopfte.

2. ZARTER DIE KEKSE NIE SCHMECKEN

Dorsten

Herrlich duftendes Spritzgebäck, zart und mürbe, ganz hell. Da konnte eine Frau wirklich gut backen. Natürlich war es eine Frau. Welcher Mann stellt sich an den Fleischwolf und bearbeitet Teig, um daraus Spritzgebäck zu machen? Ein Vollidiot vielleicht. Christian jedenfalls nicht. Er stellte den Zellophanbeutel mit den Plätzchen auf seinen Schreibtisch zu den anderen. Ein blaues Kärtchen klebte daran. Er nahm es in die Hand. »Lass es Dir schmecken, Deine Elke!« Er schnaubte verächtlich. Reicht es nicht, dass sie mir ständig hinterherläuft, um mich mit den unmöglichsten Fragen zu bombardieren? Eine verheiratete Frau, mindestens zehn Jahre älter als ich, dachte Christian und schüttelte verächtlich den Kopf. Singen konnte sie auch nicht. Doch sollte er sie deshalb aus dem Chor werfen? Wäre das christlich?

Sein Blick blieb an einer blauen Dose hängen. Er öffnete sie.

Es gibt Frauen, die sind einfach zu dumm zum Backen. Sie kapieren nicht, dass man die Dinger rechtzeitig aus dem Ofen holen muss, damit daraus keine Acrylamidstangen werden. Fast schon verkohlt tunken sie die dann auch noch in Schokolade oder in andere ekelhafte Glasuren. Igitt! Wer soll die essen? Auch zwischen diesen Plätzchen steckte ein Kärtchen. »Für Christian, den besten Chorleiter der Welt, von Deiner Conni«, war darauf zu lesen.

Noch so ein Früchtchen, dachte Christian. Die dürre Conni mit der Vogelnestfrisur hatte er gefressen. Ihr lautes Organ ließ sogar die Gesangbücher in der Kirche erzittern.

Christian Kompernaß saß in seinem Arbeitszimmer und bestaunte die vielen Tüten, die er soeben mit heimgebracht hatte. Seit Tagen ging das schon so. Wie jedes Jahr zu Weihnachten. Genau genommen seit dem Tag vor langer Zeit, an dem er in geselliger Runde verlauten ließ, dass er Spritzgebäck über alles lieben würde. Von da ab gab es für die Frauen seines Chors kein Halten mehr. Sie buken, was das Zeug hielt und schleppten zentnerweise Spritzgebäck an. Zuerst fanden er und seine Frau Katja das ja noch lustig. Auch seine beiden Töchter Lisa und Nina waren von der Plätzchenflut begeistert und schoben sich in der Weihnachtszeit schon zum Frühstück das Spritzgebäck hinein. Nein, Katja war nicht eifersüchtig auf die Frauen. Das hatte sie auch gar nicht nötig. Christian und sie führten seit zehn Jahren eine glückliche Ehe. Katja war für ihn nach wie vor die Traumfrau. Groß, schlank, dunkelhaarig mit sanften braunen Augen, verstand sie es, ihm heute noch den Kopf zu verdrehen. Als vor sechs und vier Jahren die Mädchen geboren wurden, schien das Glück perfekt. Eitel Sonnenschein im kleinen Häuschen neben der St. Antonius Kirche in

Holsterhausen, in einem ruhigen Stadtteil von Dorsten. Große Sprünge konnte Christian als erster Kantor der Gemeinde nicht machen, obwohl er jahrelang Kirchenmusik studiert hatte und ein ausgezeichneter Organist war. Sein Chor war über die Stadtgrenzen hinaus bekannt. So war es selbstverständlich, dass Katja, nachdem Lisa und Nina den Windeln entwachsen waren, wieder ihrem Lehrerinnenberuf nachging.

Geld war nicht alles, sagte Christian sich mehr als einmal. Innere Zufriedenheit war für ihn wichtiger. Gäbe es da nicht Heike, wäre das Leben noch um einiges angenehmer. Ohne Zweifel hatte Heike seit langer Zeit ein Auge auf ihn geworfen. Bisher war es ihm jedoch stets gelungen, sie abzuwehren, wenn ihre Wünsche über die üblichen Chor- und Gemeindebelange hinausgingen. Bis vor Kurzem hatte er ihr grenzenloses Engagement noch gut gefunden. Sie brachte sich überall ein, half, wo Hilfe gebraucht wurde. Selbst seine Kinder liebten Heike abgöttisch, und waren die Großeltern verhindert, sprang sie öfters als Babysitterin ein. Katja sah es nicht gerne, ja, sie hasste diese neunmalkluge aufdringliche Frau regelrecht. Zumal sie längst durchschaut hatte, was der blinde Christian jahrelang nicht sah oder sehen wollte, nämlich, dass sie scharf auf ihn war. Als Frau war sie allerdings absolut keine Konkurrenz für die gut aussehende Katja. Heike war korpulent, eher unansehnlich und hatte die Haut eines Maishähnchens. Sei christlich, mahnte Katja sich oft, übe dich in Nächstenliebe, die Frau ist einsam. So machte sie oft gute Miene zum bösen Spiel und fragte sich, ob Christian es tatsächlich nicht merkte, was Sache war.

Doch so dumm war Christian nun auch wieder nicht. Langsam kam er dahinter, was Heike wollte. Er nahm die riesige mit Spritzgebäck gefüllte Tafelperle von Tupper – wohlbemerkt Heikes Tafelperle – in die Hand und zog die Stirn kraus. Die war verrückt. Wer sollte diese Menge Plätzchen essen? Er öffnete den stramm sitzenden blauen Deckel und nahm sofort den herrlichen Duft wahr. Sie konnte nicht nur prima singen mit ihrer tollen Sopranstimme, sondern auch backen, stellte er wieder einmal fest. Die Plätzchen, zart und hell, waren an den Ecken mit verschiedenen Glasuren versehen. Er nahm eins davon in die Hand und roch vorsichtig daran. Die Glasur war weiß und durchscheinend. Sonderbar, sagte er sich, muss wohl eine Zitronenglasur sein. Als er das Plätzchen zurücklegte, fiel ihm ein Brief auf, der mitten in dem Gebäck steckte. Er zog den rosafarbenen Umschlag heraus, schüttelte sanft die Krümel ab und öffnete ihn. Ein süßlicher Parfümgeruch stieg ihm in die Nase, als er den Bogen auseinanderfaltete. Aufgeregt begann er zu lesen:

Lieber Christian!
Ich kann nicht ewig warten. Die Zeit läuft, ich werde nicht jünger. Du hast auf meinen letzten Brief nicht reagiert. Wo warst Du am Sonntagabend? Wir wollten uns in der Sakristei treffen.
Deine Heike

Diese dumme Frau. Sie hat echt einen Sockenschuss, dachte er wütend. Stimmt, sie wird nicht jünger. Im Gegenteil, faltig und hässlicher ist sie in letzter Zeit geworden. Ihm fiel der parfümierte Brief von letzter Woche ein, den sie ihm mit zittrigen Händen nach der Chorprobe zugesteckt hatte. Hastig zog er die Schreibtischschublade auf. Er hatte ihn kurz überflogen und sofort in die Lade gestopft, in der Hoffnung, Heike würde in der nächsten Woche wieder bei Verstand sein. Doch weit gefehlt. Nochmals las er den Brief.

Lieber Christian!

Wie toll du heute wieder ausgesehen hast. Der blaue Pullover steht dir wirklich gut. Er passt so gut zu Deinem braunen struppigen Haar. Das macht Dich so jung.

Ich weiß, mein lieber Christian, dass Du um einige Jahre jünger bist als ich. Doch das macht nichts. Ich wirke für meine 45 Jahre noch ziemlich jugendlich, nicht wahr? Meine Haare habe ich lang wachsen lassen, wie Du bestimmt schon bemerkt hast. Normalerweise trägt man sie in meinem Alter kürzer. So komme ich mir ein wenig vor wie ein junges Mädchen, wenn ich vor Dir stehe.

Wie lange kennen wir uns jetzt, Christian? Sind es zehn Jahre? Oder etwa schon länger? Erst heute bringe ich den Mut auf, Dir zu schreiben. Obwohl Worte, ob nun gesprochen oder geschrieben, eigentlich gar nicht nötig sind. Wir beide wissen, dass wir zusammengehören. Wir sind füreinander bestimmt.

Es war wie ein Blitzschlag, als ich Dich damals in deiner Einführungsmesse zum ersten Male sah. Ich wusste, der ist es, für ihn hast du dich so lange aufgespart. Du hast sofort auf mich reagiert. Hast mir in die Augen gesehen und wurdest ganz verlegen. Dann hast Du auf meine Schuhe geschaut. Ich trug an dem Tag meine hellbrau-

nen Waldläufer, weil ich wusste, wie gut sie mir stehen. Danach hast Du mich angesehen und ganz zart gelächelt. Ich wusste jedoch, dass Du noch Zeit brauchtest. Du warst frisch verheiratet, da musste ich Rücksicht drauf nehmen. Alles braucht seine Zeit.

Ich verstehe Deine Botschaften, die Du mir sendest, wenn Du zum Beispiel betont langsam den Deckel der Orgel öffnest und dabei bedächtig schaust. Oder wenn Du den Kopf schief hältst und mich liebevoll ansiehst, wenn Du die schnatternden Frauen während der Chorprobe um Ruhe bittest.

Erst seit Du in der Gemeinde bist, nehme ich an allen Veranstaltungen teil, an denen auch Du teilnimmst. Ich bin treues Chormitglied und auch Presbyterin. Du lobst mich ständig wegen meiner schönen Stimme.

Doch ich kann nicht ewig warten. Gib mir ein deutliches Zeichen, sonst kann ich für nichts garantieren. Komm am Sonntagabend gegen 20 Uhr in die Sakristei.

Deine Dich liebende

Heike

Hätte er dem Brief mal mehr Beachtung geschenkt. Geschmunzelt hatte er darüber, wollte ihn später Katja zeigen. Doch dann kam Besuch und am Abend war die Presbyteriumssitzung. Vergessen war der Brief und die dreiste Heike. Er hatte an einen Scherz gedacht und niemals ernsthaft geglaubt, dass Heike tatsächlich in der Sakristei auf ihn warten würde. Dass sie manches Mal nicht alle Sinne beisammen hatte, war ihm klar, doch ihm nun regelrecht die Pistole auf die Brust zu setzen, war starker Tobak. Er musste mit Katja sprechen, unbedingt.

Konnte er Heike weiterhin ignorieren und die Sache einfach aussitzen?

Heike hingegen dachte gar nicht daran aufzugeben. Sie steigerte sich regelrecht hinein, sah sich schon an der Seite des Organisten Christian Kompernaß. Sie schlief nachts schlecht, ihre Gedanken kreisten nur noch um ihn, schlimmer als je zuvor. In der Überzeugung, dass es das einzig Richtige war, ihm diesen Brief zu schreiben, den sie anschließend ordentlich mit Tosca besprüht hatte, schlich sie sich am besagten Sonntagabend in die Kirche. Die schwere Tür war nicht verschlossen und fiel knarrend ins Schloss, als sie das Gotteshaus betreten hatte. Kalte Luft, nach Weihrauch und Moder riechend, schlug ihr entgegen. Sie zog die froschgrüne Sympatexjacke oben am Hals dicht zu. Gut, dass sie ihre karierte Wollhose angezogen hatte, dachte sie noch. Ehrfürchtig schritt sie durch den Mittelgang des erhabenen Kirchenschiffes nach vorne in Richtung Altar. Eine leere Kirche zu später Stunde hatte was, fand Heike und kratzte sich am Kopf. Ihr Haar unter der roten Angoramütze juckte, doch konnte sie nicht schon wieder eine Mittelohrentzündung riskieren, in dem sie die Kopfbedeckung wegließ. Erst vor drei Wochen lag sie mit 40 Grad Fieber zu Bett wegen solch einer Erkrankung. Seitdem nässte ihr rechtes Ohr noch immer und sonderte jede Menge Eiter, samt üblem Geruch, ab.

Ob er schon da ist, fragte sie sich aufgeregt und öffnete die mittlere Tür des Beichtstuhls. Vielleicht sitzt er schon da drin und kann es gar nicht erwarten, bis ich komme, dachte sie. Doch der Beichtstuhl war leer. Sie ging weiter bis zur Sakristei, nahm vorsichtig die Türklinke in die Hand und drückte sie nieder. Ihr Herz schlug wild und sie spürte, trotz der Kälte, Schmetterlinge in ihrem Bauch. Er wird da sein, bestimmt, sagte sie sich. Sicherlich trägt er wieder den blauen Pulli.

Mutig betrat sie den Raum, bediente den Lichtschalter und war enttäuscht, als das Neonlicht aufflackerte. Kein Christian zu sehen. Macht nichts, dann warte ich eben, sagte sie sich und sah sich in dem heiligen Raum um. Sie öffnete den erstbesten Schrank, in dem sich die liturgischen Gewänder befanden. Sie befühlte die edlen Stoffe, staunte über die herrlichen Farben. Der arme Pfarrer, er war in der gleichen Situation wie ich, dachte die aufgewühlte Heike mitfühlend. Auch er hatte keinen Partner, lebte ohne körperliche Liebe. Im Gegensatz zu ihm hat meine Tortur bald ein Ende, war sie sich sicher. Dann, wenn Christian sich endlich zu mir bekennt. Sie wandte sich dem nächsten Schrank zu, der Kelche, Hostienschalen, Leuchter und Kerzen beherbergte. Gierig riss sie das Päckchen mit den Hostien auf und schob sich fünf Stück davon auf einmal in den Mund. Ekelhaft, fand sie, schmecken nach nichts. Dreist entkorkte sie den Messwein und nahm einen großen Schluck, direkt aus der Flasche. Sich ein wenig Mut anzutrinken, war gar nicht schlecht, stellte sie fest und trank kurzerhand die Flasche aus. Anschließend setzte sie sich auf das in der Ecke stehende Sofa und schlug so gut es ging die prallen Beine übereinander. Ein Blick auf ihre Armbanduhr sagte ihr, dass es bereits 20.30 Uhr war. Christian, wo bleibst du bloß?, fragte sie sich. Es wurde 21 Uhr, 21.30 Uhr. Kurz vor 22 Uhr gab sie auf und verließ die Kirche. Sie wunderte sich, dass der Küster die Tür noch nicht verschlossen hatte.

Christian, das wirst du mir büßen, schwor Heike sich und lief durch die nebelige Winterluft nach Hause in den Schultenhof. Wehmütig blickte sie dabei in weihnachtlich geschmückte Wohnzimmer.

Als auch am nächsten und übernächsten Tag keine Entschuldigung von Christian kam, keine SMS, kein Anruf, nichts, schwor sie Rache. So nicht, nicht mit mir. Lustlos saß sie an dem niedrigen Tisch mit fünf Kleinkindern zwischen zwei und fünf Jahren und beobachtete Christians Tochter Lisa, die mit Filzstiften in einem Malbuch malte. Sie war das Ebenbild ihrer hübschen Mutter, die gleichen braunen Augen, die gleichen dunklen Haare. Wieso musste dieses Kind ausgerechnet in meiner Gruppe sein, fragte Heike sich. Erzieherin war überhaupt ein blöder Beruf, fand sie, denn außer Erziehen gab es viele Dinge, die sie nicht gerade prall fand. Dazu zählten: Rotznasen abputzen, übel duftende Stinker aus den Hosen holen, heulende, sich am Boden wälzende Blagen beruhigen sowie immer wieder die gleichen Fragen beantworten, wenn sie schlechte Laune hatte. Ihr Blick suchte die kleine Lisa, die mit ihren feinen Fingerchen geschickt malen konnte. Mein Zug ist abgefahren, mir ist es nicht mehr vergönnt, ein eigenes Kind zu haben, dachte sie bitter. Kein Christian, keine Kinder, nichts.

Aus einer irren, wahnwitzigen Idee wurde ein ausgereifter Plan, gesponnen am Abend des dritten Adventsonntags, bei einer Flasche Rotwein. Schon am nächsten Tag wollte Heike ihn in die Tat umsetzen. Wozu auf die lange Bank schieben, sagte sie sich. Schnell war der Fleischwolf an die Küchentischplatte geschraubt und die Backzutaten aus den Schränken geholt. Es konnte losgehen. Gleich nachdem Heike aus dem Kindergarten zurück war, gegen 16 Uhr, begann sie mit ihrer Backaktion. Sie war für ihr herrliches Spritzgebäck bekannt und schon in den letzten beiden Jahren hatte sie Christian eine große Menge dieser Köstlichkeit zukommen lassen.

Nachdem gegen 20 Uhr fünf Pfund Mehl zu Plätzchen verarbeiten worden waren, öffnete sie die Terrassentür und lief mit klappernden Zähnen hinaus in den Garten. Ein Blick auf ihr Außenthermometer verriet ihr, dass zehn Minusgrade herrschten. Sachte fing es an zu schneien. Gab es doch noch weiße Weihnachten? Sie ging, nur in Bluse und Jeans, bis zu der großen Eibe und schnitt einige kleine Zweige ab. Schnell huschte sie zurück in ihr warmes Haus. Unter heißem Wasser wusch sie die Zweige und pflückte ungefähr 50 Nadeln ab, die sie in einen Marmormörser steckte. Um eine Katze den Garaus zu machen, würde eine einzige Nadel reichen, hatte sie neulich erst gelesen. Christian wog sicherlich so viel wie zehn Katzen, schätzte Heike. Mit dem Stößel zerkleinerte sie die Nadeln zu einem feinen Pulver, den sie zu dem Puderzucker in ein kleines Schälchen gab. Obenauf noch einige Tröpfchen Zitronensaft und etwas warmes Wasser. Anschließend alles zu einer Glasur vermischen. In diese tauchte Heike dann böse grinsend genau die Hälften zweier Plätzchen. Auf einem Blatt Küchenpapier sollten die präparierten Kekse nun trocknen. Wenn *ich* Christian nicht haben kann, soll ihn auch

Katja nicht mehr haben. Und wenn eins der Kinder oder gar Katja selbst von den vergifteten Plätzchen essen würden, fragte Heike sich erschrocken. Schnell beruhigte sie sich jedoch wieder und dachte, dass es dann eben so sein sollte. Christian würde, falls eine seiner Lieben eins der beiden Plätzchen erwischte, sehr traurig sein, genau wie ich jetzt. Ich würde ihn jedoch trösten und auf andere Gedanken bringen.

Nach dem Trockenvorgang kamen die Kekse oben auf zu den anderen in die riesige Tafelperle von Tupper.

Diese überreichte Heike Christian gleich am nächsten Abend nach der Chorprobe. Conni und Elke drängten ihm ebenfalls Selbstgebackenes auf und säuselten ihm die Ohren voll, was das Zeug hielt.

»Danke, vielen herzlichen Dank, ganz, ganz lieben Dank.« Christian machte einen kleinen Diener, verbeugte sich noch mal und noch einmal. Man konnte meinen, er freute sich tatsächlich über die Gaben, so übertrieben herzlich, wie er sich dafür bei den Frauen bedankte. Freundlich lächelte er Heike zu, als er eigens für sie ein weiteres »Vielen, lieben Dank« verlauten ließ.

Heike grinste nur und dachte, warte nur ab, mein Freund.

Zu dem Zeitpunkt hatte Christian an den ersten Brief überhaupt nicht mehr gedacht, den er nur flüchtig überflogen und in seine Schreibtischschublade gesteckt hatte.

Nach dem zweiten Brief, der zwischen den Plätzchen steckte, fasste er sich endlich ein Herz und sprach nach dem Abendessen, als die Kinder gerade im Bad waren, mit Katja darüber.

»Mich wundert es nicht, dass sie dir einen Liebesbrief geschrieben hat. Du bist einfach viel zu nett zu ihr«, meinte seine Frau schelmisch grinsend. »Da kannst du dir allerdings nichts drauf einbilden. Heike ist das Allerletzte! Wie sie schon rumläuft.«

»Ich bin zu allen Frauen im Chor gleich nett. Außerdem ist es mir doch egal, wie Heike aussieht. Sie hat eine gute Sopranstimme und das ist das Einzige, was für mich zählt.« Christian hatte von Katja mehr Unterstützung erwartet.

»Na, wie oft du dich mit ihr unterhältst. Wenn sie anruft, bist du gleich zur Stelle.« Katja sah ihn aus braunen Augen wachsam an.

»Man könnte glatt meinen, du bist auf diese arme, von der Natur vernachlässigte Person eifersüchtig. Ich helfe eben, wo ich kann. Das liegt in meinen Genen«, verteidigte er sich.

»Auch, wenn der Fernseher mal nicht läuft? Kein Bild, kein Ton, ich komme schon? Ist dafür nicht ein Fernsehtechniker zuständig?«

»Mensch Katja, die Frau ist einsam, hat niemanden auf der Welt. Finanziell steht sie auch nicht gerade gut da. Was verdient schon eine Kindergärtnerin? Außerdem hat sie öfters auf unsere Mädchen aufgepasst.«

»Was nicht auf meinen Mist gewachsen war. Die will doch bloß ihre Nase bei uns reinstecken. Wahrscheinlich schnuppert sie dabei heimlich an deinem Schlafanzug.«

Christian seufzte und tat so, als hätte er Katjas letzten Satz nicht gehört. »Was bringt es, wenn wir uns streiten? Sag mir lieber, was ich tun soll. Sie zur Rede stellen oder die Sache aussitzen?«

Nachdem Katja am späten Abend, als die Mädchen schliefen, die stark parfümierten Briefe gelesen hatte, brach sie in schallendes Gelächter aus. »Die ist wirklich krank, Christian. Das ist nicht normal. Du solltest nach Weihnachten mal ein ernstes Wörtchen mit ihr reden.«

»Aber nur in deinem Beisein. Und wieso erst nach Weihnachten?«, wollte Christian von seiner Frau wissen.

»Weil es unchristlich wäre, ihr die Feiertage zu verderben. Lass sie noch harmonische Weihnachtstage verbringen.«

»Und was ist mit diesem Kaffeetrinken am 22. Dezember? Soll Heike auch dabei sein?« Christian wurde es unbehaglich.

Schon von jeher luden Katja und er zwei Tage vor Weihnachten zu einer privaten Kaffeerunde in ihr Haus ein. Das war bereits Tradition. Der Pfarrer, der Küster, drei Damen vom Presbyterium sowie drei Damen aus dem Chor, nämlich Elke, Conni und Heike nahmen daran teil. Konnte man Heike in diesem Jahr so mir nichts, dir nichts davon ausschließen? Nein, beschloss das Ehepaar Kompernaß. Alles soll wie gehabt stattfinden. Gleich nach den Feiertagen würden sie sich Heike vornehmen, um ihr ordentlich ins Gewissen zu reden, in der Hoffnung, sie von ihrem Christian-Wahn zu heilen. Notfalls müsste man den Pfarrer hinzuziehen. Schließlich hatte er sie getauft und ihr die heilige Erstkommunion verabreicht.

Nun war ihnen in der Nacht zum 22. Dezember Schnee beschert worden und das nicht zu knapp. Mit einem mulmigen Gefühl stapfte Heike durch die weiße Masse

Richtung Kantorhaus. Sie passierte den Kirchplatz und blickte hinauf zum Kirchturm. Noch zwei Tage, dann würden die Glocken wieder zur Christvesper rufen. Ob Christian dann schon nicht mehr unter den Lebenden weilen würde? Oder Katja davongeschieden war? Vielleicht gab es dann nur noch eins der Mädchen? Falls jede von ihnen eins der beiden Plätzchen essen würde, wären die Eltern Kompernaß kinderlos.

Heike hatte ihre Vorbereitungen für das bevorstehende Fest bereits erledigt. Ein mickriges Tannenbäumchen aus Kunststoff war geschmückt und hatte seinen Platz, wie jedes Jahr, neben dem Fernseher gefunden. Die Fernsehzeitschrift lag aufgeschlagen bereit. Mit einem roten Textmarker hatte Heike alle Sendungen, die sie anschauen wollte, markiert. Rouladen für den ersten und Rinderbraten für den zweiten Feiertag waren portionsweise tiefgefroren. Für den Heiligen Abend hatte sie ein Paket Kartoffelsalat und ein kleines Glas Würstchen gekauft. Was sollte also noch schiefgehen?

Vor der Haustür der Kompernaß', an der ein liebevoll geschmückter Türkranz hing, schlug Heike sich den Schnee von ihrem Lodenmantel und trampelte ihn von den Waldläufern, bevor sie den Türgong erklingen ließ.

Mehr als freundlich öffnete Katja ihr die Haustür. Lisa und Nina hüpften aufgeregt an der Seite ihrer Mutter auf und ab. Als Heike die Diele betrat, konnte sie schon aus dem Wohnzimmer die Stimme Christians hören. Er lebte noch, stellte sie erfreut fest. Ich werde ihn noch einmal ganz in mich aufsaugen können. Seiner sonoren Stimme lauschen, seine Gestik und Mimik bewundern, ihn anstarren, bis es ihm unangenehm wurde.

Conni und Elke kicherten wie Schulmädchen, als Heike in ihrem Hemdbusenkleid aus lila Lurexstoff den gemütlichen Wohnraum betrat. Auf dem großen Sofa hatten die drei goldbehangenen Damen des Presbyteriums Platz gefunden und diskutierten lebhaft über den aktuellen Fleischskandal. Angewidert schauten sie auf Heikes fettige Walla-Walla-Frisur. Das war schon kein Bad-Hair-Day mehr und der Anblick nur schwer zu ertragen. Auf dem Sessel zur Rechten hatte der Pfarrer Platz genommen, der mit seinen 75 Jahren schon sehr hinfällig wirkte. »Komm herein, mein Kind und setze dich zu mir«, sang er mehr als er sprach und wies auf den Stuhl neben sich. Höflich wie Heike nun mal sein konnte, folgte sie ehrfürchtig der Einladung des Pfarrers. Heike war erstaunt, dass in diesem Jahr nicht wie sonst der Esstisch für die Gäste festlich gedeckt war, sondern nur kleine Gedecke auf dem Couchtisch bereitstanden. Alles sah so improvisiert aus. Vergeblich suchte ihr Blick Torten oder Kuchen. Dabei bewies Katja immer äußerst gern, wie gut sie backen konnte. Nur Schalen mit Spritzgebäck befanden sich auf dem Tisch.

Christian betrat mit einer großen Kaffeekanne den Raum und begann den Gästen Kaffee einzuschenken. »Dein Pfefferminztee ist auch gleich fertig, Heike.« Lächelnd sah er sie an.

Die Kinder hatten sich ihre roten Kinderstühlchen nah an den Tisch gezogen und bedienten sich schon fleißig an einer Schale mit in Schokoladenglasur getunkten Keksen.

»Ja, unsere Heike ist ein wahrer Engel«, begann der Pfarrer mit der Santa-Claas-Stimme eine huldvolle

Lobesrede. »So ein liebes, freundliches, stilles Wesen, das nur Harmonie und Frieden verbreitet, findet man heute selten.«

Die Chorweiber kicherten weiter hinter vorgehaltener Hand, die drei Gold-Luxus-Frauen, zeigten keine Regung. Einzig die Kinder schienen sich zu freuen. »Ja, Heike ist eine ganz Liebe«, meinte Nina. Der schmalbrüstige Küster, der mit seinem Stuhl vor dem Fenster saß, nickte nur zustimmend.

Heike bekam nach ihrem ersten Schluck Tee einen derben Hustenanfall und musste mit der Tannenbaumserviette verhindern, dass sich der Hustenniesel durch den ganzen Raum verteilte. Angeekelt sahen die Presbyteriumsfrauen sich an.

»Nun greift zu, meine Lieben«, forderte Katja auf. »In diesem Jahr haben Christian und ich beschlossen, unsere alljährliche Kaffeerunde etwas bescheidener ausfallen zu lassen. Das gesparte Geld, das ich sonst für die Torten ausgegeben habe, habe ich für die SOS-Kinderdörfer gespendet. Ich hoffe, es ist recht so? Wo wir doch alle im Überfluss leben und Christian so viele tolle Plätzchen geschenkt bekommen hat.«

Ein lobendes Staunen und Raunen zog durchs Wohnzimmer. Nur Heike saß geschockt auf ihrem Stuhl. Ihr Blick hatte sich an einer kleinen Glasschale festgebissen, die direkt vor ihren prallen Knien stand. In dieser Schale erblickte sie obenauf ihre zwei präparierten Kekse. Oh Gott, sie sind noch da, stellte sie fest, was ja eigentlich logisch war, da sich alle Personen noch guter Gesundheit erfreuten. Nun hob der Pfarrer die Schale hoch und schnupperte mit seiner rotgeäderten Nase daran. »Hm, wie herrlich das Spritzgebäck duftet. Von wem sind denn diese hier?«, wollte er von Katja wissen.

Mit einem stechenden Blick aus ihren braunen Augen sah sie Heike an, die verschämt zu Boden blickte. »Die sind von Heike. Heike kann vorzüglich backen.«

»Ahhh«, erwiderte der Pfarrer laut und gütig.

Heike zermarterte sich indes den Kopf, wieso die beiden Giftkekse obenauf in dieser Schale lagen. Sie hatte eine Riesenschüssel Kekse geschenkt. Nun lagen in dem Schälchen höchstens zehn davon und ausgerechnet die beiden obenauf. Man könnte glatt meinen, Katja wusste Bescheid. Was, wenn der gütige Pfarrer die Kekse essen würde? Dann war alles umsonst, bibberte Heike.

Alle, bis auf Heike, schlürften Kaffee und stopften sich aus den verschiedenen Schalen das Spritzgebäck hinein. Jede der Frauen meinte, ihre Plätzchen zu erkennen.

Heike war geschockt. So war das nicht abgemacht. Alles lief schief. Ihr hatte es die Sprache verschlagen. Christian, der ihr gegenübersaß, bediente sich gerade an den Keksen von Conni und machte gute Miene zum bösen Spiel, als er sich die fast verkohlten Teile hineinstopfte.

»Kind, was ist denn los?«, wollte der Pfarrer von Heike wissen. »Wieso isst du denn nichts? Du kannst das doch vertragen. Greif zu!« Liebevoll lächelte er sie an und hielt ihr die Schale mit ihren eigenen Keksen vor die Nase. »Na los, liebe Heike«, forderte er sie erneut auf. Die Glitzerdamen sowie auch Conni und Elke stimmten dem bei. »Heike, nun aber los, wo du doch krank warst. Du musst zu Kräften kommen.«

In Heikes Kopf rauschte es. Sie war kurz davor umzukippen, alles drehte sich und war unwirklich. Wie durch eine Nebelwand nahm sie die Stimmen der Menschen im Raum wahr. Heike kam es vor, als erstarrte Katjas grinsendes Gesicht zu einer Maske. Die Schale wurde ihr vom Pfarrer erneut unter den Hals geschoben, sodass sie mit zitternder Hand eins der präparierten Plätzchen nehmen musste.

»Auf einem Bein kann man nicht stehen, Heike, hähähä«, hörte sie den Pfarrer in weiter Ferne blöken. So griff sie wie eine Marionette, an dem andere die Fäden zogen, zu dem zweiten Giftkeks und hielt nun rechts und links besagte Kekse in den Händen. Sie brannten regelrecht an der Haut. Heike wusste, dass sie, wenn sie ihr Gesicht nicht verlieren wollte, diese Kekse nun essen musste.

Katja hatte inzwischen eine Weihnachts-CD eingelegt und »Tochter Zion« wurde lautstark aufgefordert, sich zu freuen. Ganz vorsichtig biss Heike in den Keks in ihrer rechten Hand. Sie stellte fest, dass er gar nicht so bitter schmeckte, wie sie vermutet hätte.

»Nun mal los, Heike, iss mal ordentlich«, schrie ihr der Pfarrer fast ins Ohr.

Tapfer kaute Heike weiter auf dem Keks herum. Als er verzehrt war, biss sie in den zweiten und harrte der Dinge, die da kommen würden.

Die anderen Gäste hatten sich längst interessanteren Themen zugewandt und schnatterten munter drauf los. Der Pfarrer unterhielt sich mit Christian über die bevorstehende Christmesse, die Kinder blätterten in den Bilderbüchern, die Heike ihnen mitgebracht hatte. Keiner schenkte ihr mehr Beachtung. Außer Katja. Ihr Blick haftete an Heike und registrierte jede ihrer Regungen.

Die ersten Vergiftungserscheinungen, die Heike wahrnahm, waren fürchterliche Hitzewallungen, gefolgt von Atembeschwerden. Zwei Minuten später fasste sie sich an den Hals, wurde puterrot und fiel vom Stuhl.

Der herbeigerufene Hausarzt, der gleich gegenüber wohnte, konnte, nachdem er mit dem Pfarrer drei Klare getrunken hatte, nur noch ihren Tod feststellen. Plötzlicher Herztod, schrieb er auf den Totenschein. Die Kinder wurden auf ihre Zimmer geschickt. Der Pfarrer gab seinem Gemeindeschäfchen Heike die letzte Ölung.

Alle, auch der Arzt, waren sich einig, dass die schwere Mittelohrentzündung wohl nicht richtig ausgeheilt war und so zum plötzlichen Herzversagen geführt hatte. Arme Heike. Direkt vor Ort wurde ein Gebet gesprochen und ein Lied gesungen, bevor man die gute Heike vom Bestatter abholen ließ.

3. DER GÜRTEL

Bochum-Hiltrop

Am nächsten Samstag war Heiligabend. Endlich kehrte ein wenig Ruhe ein. Wohnung schmücken, Einkäufe verstauen und Feiertage planen, das war nichts mehr für ihn, einen alten Mann. Herbert atmete tief durch und schaute in die Ferne. Die Aussicht hier oben von seiner Loggia im vierten Obergeschoss war schon nicht schlecht. Wohnhäuser, Gärten, qualmende Industrieschornsteine. Berge könnte er sehen, hatte ihn sein Schwiegersohn gelockt. »Vadder, bis zum Sauerland kannze gucken«, hatte er gesprochen und ihm von Bochum-Hiltrop vorgeschwärmt, von der Wohnung im obersten Stockwerk einer Wohnhauskette in der Straße Im Hagenacker. Herbert wollte die Zechensiedlung in Buer, in der er die meiste Zeit seines Lebens verbracht hatte, nicht verlassen. Nicht im Alter von 72 Jahren noch einmal umziehen. Seine Guste war jedoch krank, konnte immer weniger. Morbus Parkinson. Laufen war nur noch in kleinen Schritten möglich. Ihre Hände waren vom Rheuma verformt. Hier in Bochum wohnte die jüngste Tochter, die vor vielen Jahren der Liebe wegen hergezogen war. Zu diesem Blödmann, der schöne Worte reden konnte. Der Mutter haben sie diese Wohnung schmackhaft gemacht, sodass er letztendlich zugestimmt hatte, noch einmal umzuziehen. Alte Bäume sollte man nicht verpflanzen, hieß es doch. Nein, das sollte man nicht. Nun wohnten sie schon sechs Jahre hier. Im goldenen Käfig. Die Sparbücher waren geräumt worden, damit Guste es so richtig schön haben sollte. Ein Puppenstübchen vom Allerfeinsten, das von der Tochter, die samt Mann zwei Straßen weiter wohnte, sauber gehalten wurde. Bekocht und mit Lebensmitteln versorgt wurden sie ebenfalls von der kinderlosen Tochter. Dafür zahlten die Eltern gut. Hatte der Schwiegersohn frei, sah man sie allerdings nicht. Dann waren die alten Leute allein. Das Haus verlassen konnten sie nicht so einfach. Da waren die vielen Treppen, bis sie durch das Kellergeschoss nach draußen gelangten. In der alten Siedlung hatte Herbert seine Freunde gehabt, Kollegen von der Zeche und Taubenväter. Sein tägliches Pläuschchen hatte er halten können, zum Stadtwald laufen oder zum Friedhof. Hier hatte er nur seinen Kanarienvogel und die olle Loggia mit Blick auf Bochum. Von wegen Berge. Der Hass auf den Schwiegersohn wuchs. Er ließ kein gutes Haar an ihm, sprach gar davon, ihn umzubringen. Erst gestern Abend hatte Guste geweint und ihren Gatten gebeten, doch wenigstens zu Weihnachten nett zu ihm zu sein. Er würde es doch nur gut meinen, der Willi. Herbert schaute auf seine Guste, wie sie da in dem nostalgischen Sessel neben dem bunt flackernden Tannenbaum saß, die kranken Beine mit einer Wolldecke umwickelt. Liebevoll lächelte sie ihn an, was ihn milde stimmte.

Vielleicht sollte ich ihm etwas schenken, überlegte er und durchwühlte seinen Kleiderschrank nach was Geeignetem. Sein Blick blieb an seinem guten Anzug hängen. Wie oft hatte er ihn getragen? Ein feines Stöffchen. Und erst der Gürtel. Feinstes Eidechsenleder. Dieses glamouröse Stück hatte Willi ihm geschenkt. Ein Mitbringsel aus einem Italienurlaub. Handgefertigt, hatte er mehr als einmal heruntergeleiert. Vielleicht würde der Schwiegersohn sich freuen, wenn er ihm diesen Gürtel nun schenken würde. Er brauchte ihn nicht und wo Willi doch so einen Spaß daran gehabt hatte. Zusammengerollt stopfte er ihn in seine Hosentasche, zog sich seine dicke Joppe über und betrat die Loggia, um sich sein Pfeifchen zu stopfen. Etwas, was er noch gerne tat trotz Minusgraden in der Loggia. Er schaute hinunter in den Hof und bedauerte den Hausmeister – ein freundlicher, lieber Kerl –, der des Öfteren hinaufkam, um mit ihm ein Quätschchen zu halten. Es hatte den ganzen Morgen geschneit und der gute Sven räumte mit Hingabe die Schneemassen beiseite.

Schon öffnete sich die Tür zum Wohnzimmer und der ungeliebte Schwiegersohn stand in voller Montur, mit Kamelhaarmantel und Tiroler Hut, auf dem Balkon. »Na, Vadder, allet klar?«, begrüßte er Herbert und grinste dabei dämlich, als würde er den alten Mann nicht für voll nehmen.

Durch die Scheibe der Tür konnte Herbert sehen, wie seine Guste strahlte und ihn bittend anblickte. Die vorhin gesprochenen Worte seiner Holden: »Sei ein wenig nett zu ihm«, fielen ihm wieder ein.

»Ich wollt ma nach dem Boiler schauen. Und du, wat machst du hier?« Der unrasierte Schwiegersohn roch nicht gerade frisch gewaschen. Ein Grützbeutel zierte sein Stoppelkinn.

Sei freundlich zu ihm, sprach Herbert sich selbst gut zu. »Siehste doch! Rauchen!«, kam es trotzdem recht patzig aus seinem Mund.

Gerade als Willi kopfschüttelnd wieder ins Wohnzimmer wollte, rief er ihn zurück.

Er zog den Gürtel aus der Hosentasche und hielt ihn Herbert hin. »Du kannst ihn haben, wenn du willst.« Die Augen des alten Mannes begannen zu leuchten. Er wollte Frieden mit dem Schwiegersohn, nichts als Frieden.

Dieser fing jedoch laut an zu lachen und zeigte dabei seine ungepflegten Zähne. »Hab ich dir doch geschenkt. Und nun willze ihn mir zurückgeben? Is nicht gerade die feine Art.« Überheblich schaute er den alten Mann von oben bis unten an.

»Es hat keinen Zweck, es hat absolut keinen Zweck«, schrie alles in Herbert. Das ist ein Arsch und wird immer einer bleiben. Dieser kleine, arrogante Furz.

In Windeseile warf er mit beiden Händen den Gürtel um den Hals des Schwiegersohns und zog ihn an den Enden damit zu sich heran. Er war selbst erstaunt, über welche Kräfte er noch im hohen Alter verfügte. Die Augen kamen dem hässlichen kleinen Mann aus dem Kopf. »Wat soll dat, Vadder? Wat hasse vor?«, krächzte er kaum hörbar.

»Das wirst du gleich sehen, du olle Kanaille«, schnaubte Herbert wütend, zog wie von Sinnen mit verschränkten Armen den Gürtel um den dünnen Hals des Schwiegersohns zu. Strammer, immer strammer zerrte er das gute Stück, bis die Augen des verhassten Kerls fast aus den Höhlen flogen. Mit den Armen versuchte Willi den noch standfesten Schwiegervater zur Seite zu schubsen. Doch der blieb wie ein Fels in der Brandung auf der Stelle stehen, zog fester und fester an dem Gürtel. Wenig später trat die Zunge aus Willis Hals, erbärmliche Laute verließen seine Kehle, bis er irgendwann zusammensackte.

Ein Blick durch die gläserne Tür zum Wohnzimmer verriet ihm, dass seine Guste in ihrem Sessel eingeschlafen war.

Nie wieder würde Willi ihn ärgern, ihn als alten Opa abstempeln, als blöden Vadder, sich über ihn lustig machen. Nie wieder müsste er seine bescheuerten Geschichten anhören. Mit aller Kraft zog Herbert den schmächtigen Willi am Kragen seines Mantels hoch und hievte ihn über die Brüstung, wo er eine Zeit lang leblos zwischen zwei Blumenkästen mit fein drapierter Tanne hing. Dann bückte sich der alte Mann, fasste die dünnen Unterschenkel seines Schwiegersohnes und schmiss ihn ohne groß nachzudenken hinunter. Der Gürtel löste sich dabei vom Hals des Erdrosselten und fiel zu Boden. Herbert schmiss ihn ebenfalls über die Brüstung der Loggia.

Der Knall, als der Kerl unten aufschlug, war fürchterlich dumpf. Trotzdem verspürte Herbert eine Art Befreiung und ein Lächeln trat auf sein Gesicht. Nicht einen einzigen Blick warf er hinunter in den Hof, ging ins Wohnzimmer, setzte sich aufs Sofa und starrte auf den TV-Bildschirm. Es lief irgendeine weihnachtliche Kochsendung.

»Wo ist Willi?«, fragte seine Guste eine halbe Stunde später, als sie aus ihrem Schlaf aufzuckte.

»Heimgegangen«, antwortete Herbert, was nicht einmal gelogen war.

Gleich würde die Polizei kommen und ihn mitnehmen, war Herbert überzeugt und steckte sich eine Pfeffernuss von dem Plätzchenteller vor ihm in den Mund. Es war ihm egal. Hauptsache, er käme endlich hier oben raus. Raus aus dieser Puppenstube. Raus aus diesem goldenen Käfig.

Noch eine halbe Stunde, dann hatte Sven Feierabend. Der hagere Mann, kaum 40 Jahre alt, in der abgewetzten Steppjacke, blies in seine eiskalten Hände. Überall Schnee, nichts als Schnee. Sein Atem dampfte in der frostigen Winterluft. Wolken verloren sich in der Dämmerung. Er blickte durch geschmückte Fenster in beleuchtete Wohnzimmer. Er lehnte den Besen an seine Schubkarre und steckte die Arme unter die Achseln. Er hasste Handschuhe, konnte mit den Dingern nicht arbeiten. Noch ungefähr zehn Meter Weg hatte er zu räumen. Überhaupt Wahnsinn, hier auf dem Hof Schnee zu räumen. Was hatten die Mieter hinter dem Haus zu suchen? Im Winter? Bei Eis und Schnee? Er blickte an dem Haus empor, als ahne er, dass gleich von oben nichts Gutes kommen würde. Er meinte, Schritte hinter sich zu hören. Stiefel, deren Sohlen auf dem gefrorenen Boden knirschten. Er blickte sich um. Nichts.

Ein entsetzlicher Knall ließ ihn Sekunden später zusammenzucken. Keine zwei Meter vor ihm klatschte der Kerl wie ein nasser Sack auf den Boden. Er nahm den Geruch von Zigarettenrauch war und ging näher an das menschliche Bündel heran. Auf dem Rücken war er gelandet. Sein gebrochener Blick war gen Himmel gerichtet. Der Tiroler Hut saß noch fest am Kopf. Ein Blick nach oben ließ ihn vermuten, dass er irgendwo aus einer Loggia geworfen worden war. Oder hatte er vielleicht das Gleichgewicht verloren, weil er einen sitzen hatte? Den altmodischen Mantel kannte er doch. Das war der Schwiegersohn von Herbert, dem netten Rentner aus dem obersten Stockwerk, war er überzeugt, nachdem er sich tief über den Mann gebeugt hatte. Doch was lag da neben ihm? Etwa eine Schlange? Mutig hob er das Teil auf und erkannte, dass es sich um einen Gürtel handelte. Feinstes Eidechsenleder. Spontan wickelte er ihn auf und stopfte ihn in seine Hosentasche. Unschlüssig knetete er sein Kinn und überlegte, was zu tun war. Mit zwei Fingern seiner rechten Hand fühlte er am Hals nach dem Pulsschlag des Mannes. Nichts. Er war definitiv tot. Die Polizei zu rufen, wäre das Vernünftigste. Doch er zögerte, nachdem er sein Handy aus der Hosentasche gezogen hatte. Ärger, nichts als Ärger würde das geben. Sie würden nachfragen, ihn vielleicht verdächtigen. Er musste diese Hausmeisterstelle, die er erst seit zwei Monaten bekleidete, unbedingt behalten. Das war seine letzte Chance. Okay, die Arbeit war nicht das Wahre, eine elende Schufterei für wenig Geld. Doch immer noch besser als Hartz IV. Sein Chef würde benachrichtigt werden, man würde ganz schnell dahinterkommen, dass er bei der Einstellung verschwiegen hatte, dass er vorbestraft war. Tanja war mit dem dritten Kind schwanger, sie hatten Schulden und er brauchte diesen Job.

Hatte Herbert Skrock seinen Schwiegersohn aus der Loggia geworfen? Erst gestern war er oben bei dem Ehepaar gewesen und hatte nach dem Boiler in der Küche geschaut. Doch Herberts Frau wollte nicht, dass er Hand an das Gerät legte. Das würde der Schwiegersohn erledigen, teilte sie dem freundlichen Mann energisch mit.

Sie plauderten noch ein wenig, Herbert und er. Herbert tat ihm leid, er war traurig, fühlte sich hier in Bochum, im obersten Stock des alten Kabachels, unwohl. Hatte er deshalb seinem miesen Schwiegersohn den Garaus gemacht?

Er gab ihm einen Tritt in den Mantel und beugte sich erneut über ihn. Die Laterne am Weg ließ ihn Würgemale am Hals erkennen. Klar, der Gürtel, sagte er sich. Erst stranguliert und dann runtergeworfen. Inzwischen war es fast dunkel. Er blickte an dem Betonklotz hinauf. Alles ruhig, keiner beugte sich aus einem Fenster oder über die Brüstung einer Loggia. Er schob die Schubkarre dicht an den Kerl am Boden, zerrte ihn mit aller Kraft hinein und fuhr mit seiner Fracht in den Keller, der ebenerdig zu erreichen war. Dort schob er sie in den Lagerraum, in dem das Streugut aufbewahrt wurde, warf einen Sack über den Kerl und schloss den Keller ab. Draußen fegte er den Schnee, der durch den Aufprall des Mannes platt gedrückt worden war, weg, schaute, ob irgendwo Blut oder etwas Verdächtiges herumlag, und beendete seine Schicht. Er würde den Mann irgendwo entsorgen, später, wenn es ruhiger in der Straße wurde. Wäre doch gelacht, wenn ihm, Sven Sabotka, nicht ein passendes Grab für diesen Penner einfallen würde.

Nun erst einmal nach Hause, zu Tanja und den beiden Töchtern. In knapp einer Woche war Weihnachten und er hatte noch keine Geschenke für seine Lieben. Tanja hatte eine neue Putzstelle und bekam in drei Tagen ihr erstes Geld. Das müsste für die Geschenke reichen. Bevor er seinen Caddy verließ und ins Haus ging, zog er den Gürtel aus der Jackentasche und begutachtete ihn. Teures Stück, Eidechsenleder. Einen Fuffi würde der auf dem Flohmarkt mit Sicherheit bringen, überlegte er. Und was war mit der Geldbörse des Mannes?

Leise ließ er die Wohnungstür ins Schloss fallen. Umtriebig verließ er das Wohnhaus in der Dietrich-Benking-Straße, in dem er mit Tanja und den Kindern eine Wohnung im Parterre bewohnte, bestieg den Caddy – übrigens ein Firmenfahrzeug – und fuhr zum besagten Haus in der Straße Im Hagenacker. Niemand von den Mietern, die mit Sicherheit vor der Glotze sitzen würden, würde Verdacht schöpfen, wenn sein Fahrzeug gegen 21 Uhr noch einmal vor dem Haus hielt. Er könnte etwas vergessen haben. Hatte er ja auch, irgendwie. Dicht vor dem Hintereingang öffnete er den Fond des Wagens, ließ die beiden Türen offen stehen und betrat den Hausflur durch den Keller. In dem Streugutraum schulterte er entschlossen den toten Kerl – der Tiroler Hut war wie am Kopf festgewachsen – und verfrachtete ihn in seinem Wagen.

Wohin mit ihm?, fragte er sich wieder und wieder. Vielleicht sollte er ihn in einen Abfallkübel auf den nahe gelegenen Friedhof entsorgen? Sein Magen knurrte. Er verspürte Hunger. Die dünne Wassersuppe, von Tanja gekocht, hatte ihn nicht satt werden lassen. Er bog von der Dietrich-Benking-Straße in den Castroper Hellweg und fuhr geradeaus. Nach geraumer Zeit konnte er die hell erleuchtete KFC- Reklame erkennen. Das Wasser lief ihm im Munde zusammen. Ob seine paar Läuse in der Börse noch für einen Dirty-Louisiana-Burger reichen würden? War schon ein geiles Restaurant, diese Kentucky-Fried-Chicken-Bude. Seine Kinder liebten diese bessere Pommesbude. Er war guten Mutes, dass ihm mit vollen Magen schon eine Lösung für sein Problem einfallen würde. So steuerte er auf den Parkplatz des Restaurants zu und stellte sich mit dem Caddy neben einen LKW mit polnischem Kennzeichen ganz hinten in eine Ecke. Die Türen des Laderaums standen weit offen. Er konnte Kisten und alte Möbel erkennen.

Als er das Lokal betrat, fielen ihm zwei Männer auf, die sich an einem der Tische direkt neben dem kitschigen Weihnachtsbaum lautstark auf Polnisch unterhielten. Das war fast schon ein Streit, den die beiden schmutzigen Gestalten sich da lieferten. Gehörten die Männer etwa zu dem LKW mit dem polnischen Kennzeichen?

Und schon hatte Sven die Lösung für sein Problem. Er verließ fluchtartig das Restaurant und lief zu seinem Caddy, öffnete die hinteren Wagentüren, schaute nach links, schaute nach rechts. Nachdem die Luft rein war, schulterte er noch einmal den hageren Mann und schmiss ihn auf die Ladefläche des nebenstehenden LKW, bevor er selbst mit einem Satz in den Laderaum sprang. Das Fitnessstudio war doch kein rausgeschmissenes Geld, stellte er grinsend fest. Er zog den Leichnam in die äußerste Ecke hinter einen Schrank, griff ihm in die Hosentasche, um ihm seine Börse zu entnehmen, und bedeckte ihn anschließend mit einer herumliegenden Decke. Dann verließ er eilig den Wagen, bevor ihn noch jemand entdeckte. Kaum saß er in seinem Caddy, kamen die streitenden Polen auch schon heran, schlossen die offen stehenden Hecktüren und stiegen in das Führerhaus. Sie schienen es eilig zu haben. Der nagelnde

Dieselmotor der alten Karre erklang und schon fuhren sie mit Herberts verhasstem Schwiegersohn vom Parkplatz des Schnellrestaurants.

Sven musste schmunzeln. Hatte der alte Herbert ihm nicht letztens erzählt, dass der Schwiegersohn im nächsten Sommer eine Reise nach Polen planen würde? Da käme er jetzt schneller hin, als ihm lieb war. Sven durchwühlte die Geldbörse des toten Mannes, entnahm ihr 300 Euro und freute sich wie Bolle. Vergnügt betrat er zum zweiten Mal an diesem Abend die Burger-Bude und bestellte sich die Speisekarte einmal rauf und runter. Weihnachten war für ihn gerettet.

Der kleine Lord war gerade dabei, zusammen mit seiner Familie und den Angestellten von Schloss Dorincourt Weihnachten zu feiern, als das Telefon laut durch das Wohnzimmer hallte. Behäbig nahm Herbert den Apparat vom Tisch und drückte die grüne Taste. Es war seine Tochter, die wissen wollte, wo ihr Willi blieb.

»Was weiß ich, wo der ist. Um 17 Uhr ist er hier weg, wollte noch mit einem Kumpel ein Fass aufmachen. Die sind glaube ich zum Bermuda3eck.« Wie leicht Herbert diese Lüge über die Lippen kam, erstaunte ihn. Niemals würde sein spießiger Schwiegersohn das Bermuda3eck – eine Ansammlung von Lokalen in der Bochumer Innenstadt – aufsuchen, wusste er. Doch brauchte er irgendeine Erklärung für das Verschwinden von Willi, auch wenn er seiner Tochter damit wehtun musste. Er hatte nicht gedacht, dass er nach den vielen Stunden noch immer hier auf seiner Couch sitzen würde, sah er sich doch schon auf dem Polizeipräsidium.

Nach wenigen gesprochenen Sätzen beendeten die beiden das Telefongespräch.

Guste war völlig entsetzt, dass Willi sich angeblich herumtreiben würde. Sollte sie sich so in ihren Schwiegersohn getäuscht haben?

Bevor das alte Ehepaar sich bettfertig machte, schaute Herbert noch einmal von der Loggia hinunter in den Hof. Nichts. Kein Willi zu sehen. Wer hatte ihn entsorgt?

Herberts Frau Guste schniefte, rieb sich mit einem umhäkelten Stofftaschentuch über die tränenden Augen und sah in den Himmel. Sie standen auf dem Hiltroper Friedhof vor der Trauerhalle. Ein Tumult unter den Verwandten und Nachbarn. Der Pfarrer war noch nicht erschienen. Die Tochter schob den Rollstuhl, in dem die gehbehinderte Mutter saß und um ihren Herbert trauerte. An ihrer Seite Sven.

Noch vor einer Woche hatte Herbert Sven das Versprechen abgenommen, sich um Guste zu kümmern, wenn er mal das Zeitliche segnen würde. Dass es so schnell der Fall sein würde, damit hatte keiner gerechnet. Er war eines Morgens, Anfang April, einfach nicht mehr aufgewacht.

Das Thema Schwiegersohn und dessen Verschwinden war nie ein Thema zwischen Sven und dem alten Herbert gewesen. Die beiden hatten sich nur angesehen und wussten Bescheid. Sie verstanden sich auch ohne Worte.

Seiner Tochter wollte Herbert weismachen, dass ihr Gatte mit irgendeiner Tusse durchgebrannt wäre. Nach wenigen Tagen krähte kein Hahn mehr nach Willi. Nach sechs Wochen kündigte ihm sein Arbeitgeber. Das fehlende Gehalt schmerzte sehr. Zum Glück waren da die Ersparnisse.

Während Herberts Sarg die letzte Seilfahrt antrat, strich Sven sich über den Gürtel, den er in seine neue Jeans gezogen hatte, und streckte sein Gesicht der Frühlingssonne entgegen.

4. WENN DER POSTMANN ZWEIMAL KLINGELT

Gelsenkirchen-Erle

Der Dezember war für Elfriede schon immer ein schwieriger Monat gewesen. Da war zum einen das wenige Geld, das ihr zur Verfügung stand und sie zum Knausern zwang. Dann waren da die Emotionen, die gerade in dieser Zeit vermehrt hochkochten. Friedliche Adventszeit, Besinnlichkeit, Liebe, Familie. All das war ihr abhandengekommen. Mit Friedhelm war vor zehn Jahren nicht nur der Wohlstand auf und davon, auch das eigen Fleisch und Blut hatte sich seitdem zurückgezogen. Karin wohnte in Stuttgart und ließ sich immer seltener blicken. In den letzten vier Jahren kam sie nicht mal mehr zum Fest angereist. Die hübschen Karten blieben irgendwann aus. Auch Fotos von den Enkeln bekam sie nicht mehr zu sehen. Raffgierige Brut, dachte Elfriede und schüttelte den Kopf, während sie Kartoffeln schälte. Kein Danke kam zurück, wenn sie ihnen das vom Mund abgesparte Geld geschickt hatte. Reinhold, ihr Sohn, war zum letzten Mal vor zwei Jahren bei ihr gewesen und das auch nur, um Bares zu erbetteln. Geld, das sie nicht hatte. Seine Frau hatte ihn verlassen. Seitdem ließ er sich hängen, dieser Jammerlappen.

Vor einem halben Jahr kam ihr Rentenbescheid. Wie sollte sie von 650 Euro im Monat leben können? Das war nicht einmal die Grundsicherung. Neben ihrer Arbeit als Bürokauffrau Friedhelm den Rücken freizuhalten und sich um die Kinder zu kümmern, hatte seinen Preis. Nun konnte sie sehen, wo sie blieb. Mit ihren 65 Jahren fiel es ihr immer schwerer, sich durch Putzen noch etwas dazuzuverdienen.

Ihre Freundinnen hatten sich ebenfalls zurückgezogen, da sie an vielen Aktivitäten mangels Geld nicht mehr teilnehmen konnte. Und ewig zu Hause herumzusitzen, bei Kaffee und Keksen, dazu hatten die feinen Damen keine Lust. Ebenso wenig den Berger See zu umkreisen, ohne anschließend ins Schloss-Café einzukehren. Bütterchen essend auf der Bank war ihnen peinlich sowie ihnen die ganze Elfriede mit ihren obskuren Ansichten peinlich geworden war.

Die Nachbarn – nebenan waren neue Leute eingezogen – zeigten ihr ebenfalls die kalte Schulter. Das Pläuschchen im Treppenhaus – früher, im Jahre 1980, als sie in dieses Mehrfamilienhaus in die dicht bebaute Siedlung gezogen war, gang und gäbe – gab es schon längst nicht mehr. Keine Zeit, hieß es, schnell die Tür vor der Nase zugeschlagen.

Der Türgong ertönte, einmal, zweimal. Der Postbote, dachte Elfriede seufzend. Da die Briefkästen von außen nicht zu erreichen waren, musste er bei irgendjemand klingeln, um ins Haus zu kommen und seine Fracht loszuwerden. Nach Möglichkeit natürlich bei dem, an den die Post gerichtet war. Da die meisten Nachbarn nicht zu Hause waren, wurde natürlich fast ausnahmslos bei ihr angeläutet. Und ewig rief er mit heiserer Stimme in den Hausflur: »Post, schönen Dank, ich wollte nur rein!« Seit fast 40 Jahren, so lange sie hier wohnte, hallte der gleiche Satz durchs Treppenhaus. Der gleiche Satz, vom gleichen Mann gerufen. Früher, als sie noch teilweise berufstätig war, natürlich nicht so oft, wie in der Zeit, in der sie sich in ihrer kleinen Wohnung die Zeit um die Ohren schlug. Vor Jahren hatte sie sich noch die Mühe gemacht, war die Treppen bis nach unten gehastet, um zu sehen, ob nicht doch mal was für sie dabei war. Dann hätte er jedoch nur ein einziges Wort gerufen und zwar: »Post«. Okay, ab und zu war das auch heute noch der Fall, wenn mal was von irgendeiner Behörde in ihren Kasten landete. Doch das war äußerst selten.

»Post, schönen Dank, ich wollte nur rein!«, war da schon eher an der Tagesordnung. Nur widerwillig drückte Elfriede nach dem Klingeln den Türöffner, um ihn hineinzulassen, ihn, den Mann, den sie mittlerweile hasste.

»Post, schönen Dank, ich wollte nur rein!«, erklang seine schleimige Stimme.

Vor ungefähr drei Wochen war sie nach seinem blöden Spruch hinuntergelaufen und hatte ihn gefragt, was das denn sollte? Wieso gerade sie ihm immer öffnen musste. Er hatte nur gegrinst, dieser dickliche Beamte in seinem blau-gelben Anzug mit der Schlägermütze auf dem Kopf. War er zu blöd, um zu antworten? Oder dreist, einfach nur dreist?

Sie beugte sich übers Geländer und lauschte in den Flur hinein. Von unten konnte sie die Klappen der Briefkästen rappeln hören. Den Nachbarn stopfte er die Kästen mit Weihnachtspost voll und sie spielte mal wieder den Türöffner.

Das geht so nicht weiter, dachte Elfriede, schloss wütend ihre Wohnungstür und nahm sich vor, sein Geklingel am nächsten Tag einfach zu ignorieren. Dann könnte er sein buntes Zeug wieder mitnehmen. Schließlich konnte sie ja auch mal nicht zu Hause sein. War doch ihr gutes Recht.

Am nächsten Tag sah die Welt noch genauso aus wie am Tag zuvor und wieder klingelte der Blödmann von Postbote zweimal. Elfriede saß am Küchentisch und versuchte es zu ignorieren. Sie wusste, dass die Dicke aus dem ersten Stock zu Hause war. Sollte sie ihm die Tür öffnen. Doch da versuchte er es gar nicht erst. Keine drei Minuten später klingelte es erneut und Elfriede drückte den Türöffner, obwohl sie es eigentlich nicht vorhatte. Und schon ertönte der verhasste Satz durchs Treppenhaus: »Post, schönen Dank, ich wollte nur rein!«

Ihr Herz begann zu rasen, sie schnappte sich den Wohnungsschlüssel und hastete die Treppen hinunter. Da stand er, vor den Briefkästen, und sortierte seine Post. Er würdigte sie keines Blickes. Ein päpstliches Urbi-et-orbi-Lächeln ging in Richtung Wand. Elfriede hatte den Eindruck, er würde sich über sie lustig machen.

»Was grinsen Sie so dämlich?«

Sein Lächeln gefror. Er schaute sie mit zugewandtem Blick gelangweilt an, sagte jedoch nichts.

»Ich kriege nie Post, kann ewig nur für die Nachbarn die Tür öffnen. Das nervt«, schmiss sie dem Mann an seinen hochroten Kopf. Sie ging näher an ihn heran. Eine Knoblauchfahne streifte sie. Sie fragte sich, was er wohl am frühen Morgen schon zu sich genommen hatte. Kopfschuppen zierten seine blaue altmodische Uniformjacke, über die er eine gelbe Weste mit einem Posthorn trug.

»Das ist nicht mein Problem. Ist halt blöd, dass die Briefkästen sich im Treppenhaus befinden.«

»Morgen werde ich die Tür nicht öffnen.«

»Mir egal, dann nehme ich die Post eben wieder mit. Sollte Ihnen doch schnuppe sein. Ihnen schreibt ja sowieso niemand.« Ein fettes Lachen verließ seinen speckigen Hals. »Und nun ab nach oben, Mutti, sonst brennt dein Essen an.« Wieder lachte er laut.

»Was erlauben Sie sich?«, erboste sich Elfriede und schnappte nach Luft.

Er zeigte ihr seine dunklen Zähne, schüttelte den Kopf und verließ das Treppenhaus mit den Worten »Gefrustete Alte!«.

Das wird er mir büßen, dieser kleine Beamte, schwor Elfriede sich und stapfte die Treppen hinauf nach oben, in ihr kleines weihnachtliches Reich. Es war kalt in ihrer Wohnung. Sie drehte die Heizkörper auf, holte sich eine Schachtel Pralinen aus dem Schrank und setzte sich im Wohnzimmer auf die Couch. Erbärmliche Weihnachtsdeko, dachte sie traurig. Das ganze Gerümpel stammte noch aus den 1980er-Jahren. Künstliches Weihnachtsbäumchen mit bunten Lichtern, eine sich nicht mehr drehende Holzpyramide sowie zwei abgewetzte Nussknacker aus dem Erzgebirge, von einem Onkel geerbt. Auf dem Tisch ein künstlicher Adventskranz, der einsam an einem roten Ständer mit verstaubten Schleifen hing und darauf wartete, dass endlich die zweite Kerze angezündet würde. Doch für wen sollte sie neuen Weihnachtsschmuck kaufen? Sah ja eh niemand. Krampfhaft überlegte sie, was sie mit dem Postboten anstellen könnte. Weihnachtszeit, christliche Zeit, schalte sie sich selbst. Der arme Kerl konnte ja nichts dazu, dass er ständig bei ihr anklingeln musste, sagte sie sich immer wieder. Und doch wuchs ihr Hass gegen den Mann.

Am dritten Adventssonntag sah die Welt noch genauso trostlos aus wie am zweiten. Bei Elfriede wollte sich einfach kein Weihnachtsgefühl einstellen. So beschloss sie, den Adventsgottesdienst in der Kirche zu besuchen. Der Pfarrer würde sich freuen, sie endlich wiederzusehen. Es würden Weihnachtslieder gesungen werden und anschließend gäbe es sicherlich unten im Keller der Kirche wieder eine Kaffeerunde. Hm, vielleicht würden wieder die leckeren Schnittchen gereicht, wie beim letzten Mal. Bestimmt würde sie einige Bekannte aus der Frauenhilfe treffen. Schon viel besserer Laune schmiss sie sich in ihre guten Klamotten und stapfte die zwei Kilometer durch den frisch gefallenen Schnee zur Kirche an der Cranger Straße. Ehrfürchtig näherte sie sich dem Glockengeläut, als sie den kleinen Kirchenpark betrat.

Umsonst schick gemacht, stellte Elfriede gefrustet fest, als sie sich hinten in die vorletzte Bank setzte. Die Kirche war nur zur Hälfte mit ihr unbekannten Personen gefüllt, geheizt wurde ebenfalls unzureichend. Sie hatte freien Blick auf den mit rot blühenden Christsternen geschmückten Altar und schlug das Gesangbuch auf, als der Organist in die Tasten der Orgel schlug.

»Macht hoch die Tür«, würde gesungen, als sich doch tatsächlich noch ein Paar erdreistete, genau vor ihrer

Nase Platz zu nehmen. Der rote Nacken des Mannes und die welligen Haare, die unter der blauen Kappe hervorlugten, kamen ihr irgendwie bekannt vor. Doch sagte sie sich, dass es nicht sein könnte. Der Kerl drehte sich zur Seite und ihr wurde schlagartig übel. Ihr verhasster Postbote besaß die Dreistigkeit, sich am dritten Adventssonntag beim heiligen Gottesdienst genau vor sie zu setzen. Und auch noch in seiner Dienstuniform. Besaß er keine normale Kleidung? Sie nahm seinen lästigen Knoblauchgeruch wahr und konnte es nicht fassen. War das ein Zeichen? Von Gott gesandt?

Die Lust auf Singen, Kaffeetrinken und Schnittchen essen war ihr gründlich vergangen. Weder »Macht hoch die Tür« noch »Tochter Zion« wollten ihr über die Lippen kommen. Für Elfriede war der Tag gelaufen. Blöde Idee, dieser Kirchenbesuch.

Heilig Mittag. Was habe ich bloß getan, fragte sich Elfriede geschockt. Ihr war, als wäre sie soeben aus einem bösen Traum erwacht. In ihrem peinlich aufgeräumten Keller lag der Postbote, geknebelt und gefesselt und wimmerte vor sich hin. Wie eine Schlange wandte er sich am Boden und versuchte sich aus seiner misslichen Lage zu befreien. Dann hatte er sich auch noch die Hose eingenässt, dieser Angsthase, stellte Elfriede angeekelt fest. Schweißperlen zierten seine knallrote Stirn. Bluthochdruck, bestimmt litt er an Bluthochdruck, assoziierte sie.

Völlig in Panik hatte sie ihm einen kräftigen Tritt in den Hintern gegeben, das Licht gelöscht, die Kellertür verriegelt und beschlossen, oben in ihrer Wohnung erst einmal in Ruhe nachzudenken, was zu tun sei. Für sie unbegreiflich, dass sie es geschafft hatte, diesen korpulenten Mann zu überwältigen. Was sollte nun werden?

Oben angekommen, brühte sie sich einen Tee auf, naschte einen Löffel voll von dem Kartoffelsalat, den sie für den Abend vorbereitet hatte, und setzte sich vor den Fernseher.

Klar, einen Denkzettel hatte der arrogante Kerl verdient. Doch wie sollte es nun weitergehen? Wenn sie ihn laufen ließe, würde er sie anzeigen. Und dann? Ihn über die Feiertage im kalten Keller zu lassen, ergäbe jedoch auch keinen Sinn.

Was für eine Schnapsidee, den Mann unter den Vorwand, mit ihrer Gefriertruhe stimmte etwas nicht, in den Keller zu locken. Und er war ihr tatsächlich gefolgt. Zwar fluchend und schnaufend, aber immerhin. Sie schämte sich plötzlich und musste gleichzeitig lachen. Paradoxe Reaktion nannte man das wohl. Ein völliger Blackout? Oder hatte sie tatsächlich einen Sockenschuss, wie der Postbote noch vor einer Stunde behauptete?

Als er nach ihr den Kellerraum betreten hatte, sich neugierig umschaute, seine Augen immer weiter aufriss, schlug sie mit den Worten »Wir sollten nun zur Bescherung kommen« gnadenlos zu. Sie donnerte ihm ihre alte Bratpfanne, die auf dem Gefrierschrank stand, auf den Kopf, war einen Moment verdutzt, als seine Mütze zu Boden fiel und den Blick auf diesen verfilzten Lockenkopf freigab. Dafür gab es dann gleich noch einen weiteren Schlag, der ihn in die Knie gehen ließ, und noch einen und noch einen, bis er am Boden lag.

Wie in Trance hatte sie ihn gefesselt und geknebelt, während er, bis der alte Schwamm in seinem Mund gelandet war, noch unflätige Worte gegen sie gerichtet hatte. Äußerst geschickt war sie vorgegangen. Man konnte meinen, sie machte täglich nichts anderes, als Kerle mit Bratpfanne, Stricke und Schwamm außer Gefecht zu setzen.

Sie würde der Polizei erzählen, er habe sie vergewaltigen wollen, hier im Keller. Jawohl! Doch würde man ihr glauben? Er würde widersprechen. Wenn er dazu noch in der Lage wäre.

Nun saß sie hier oben und Reue überkam sie.

Es klingelte. Zweimal. Das konnte nicht sein. Der Briefträger lag verschnürt im Keller. Sie drückte den Türöffner, betrat das Treppenhaus und beugte sich über das Geländer. Kinderstimmen drangen zu ihr nach oben. Und da standen sie auch schon vor ihr. Zwei Mädchen und eine schlanke Frau mit langen dunklen Haaren. Elfriede war, als schaue sie in den Spiegel. Ihre Tochter Karin sah aus, wie sie in früheren Jahren ausgesehen hat. Und wie groß die Enkelinnen inzwischen waren. Kleine junge Damen. So lange hatte sie die beiden nicht mehr gesehen. Tränen der Freude liefen über Elfriedes Wangen und schon lagen Mutter und Tochter sich in den Armen. Elfriede herzte anschließend die Kinder, die jedoch vom Äußeren mehr nach ihrem Vater kamen. Dem Gepäck nach würden sie länger bleiben. Die Freude war bei Elfriede riesengroß. Eine Torte hatte Karin mitgebracht, am Morgen noch in Stuttgart bei ihrem Lieblingskonditor erworben.

Sie hatten sich viel zu erzählen, Mutter und Tochter, während die Mädchen sich vor dem Fernseher platzierten. Auch Karin ließ ihren Tränen freien Lauf. Von ihrem Gatten sprach sie nicht. Essenmäßig wurde improvisiert. Elfriede fuhr auf, was Küche und Keller zu bieten hatten.

Na ja, Keller war momentan schlecht, die große Dose Würstchen, die für alle Fälle, würde sie später holen. Später, wenn das Postbotenproblem gelöst war.

Der Tisch wurde festlich gedeckt und Elfriede seufzte zufrieden. Aus der Ferne hörte sie die Kirchenglocken läuten. Sie kündigten an, dass aus einem normalen Werktag allmählich ein Feiertag wurde. Der Heilige Abend. Sie war froh, nicht zur Kirche laufen zu müssen, freute sich, dass sie nun nicht alleine war. Kuchen essen, Kaffee trinken und sich vom TV-Programm einlullen lassen machte in Gesellschaft wesentlich mehr Spaß. Beim Verspeisen der köstlichen Schokoladentorte erzählten ihr die Mädchen zögernd ein paar Alltagserlebnisse, so, als wären sie von der Mutter instruiert worden, nicht zu viel preiszugeben. Elf und zwölf Jahre waren sie inzwischen alt. Geschenke hatte Elfriede leider nicht parat, so steckte sie ihnen je einen 50-Euro-Schein zu, den die beiden lässig in ihre Jeanshosentaschen stopften. Als Karin ihrer Mutter ein Geschenk übergab, zog diese nur ihre Schultern hoch. »Ich wusste ja nicht …« Vorsichtig befühlte sie den bunten Seidenstoff des überdimensionalen Schals. Sie konnte nicht ahnen, dass der Schal einer von Karins Fehlkäufen und keineswegs für sie gedacht war.

»Schon gut, Mutter«, sagte Karin nur gnädig.

Elfriedes Problem, der gefesselte und geknebelte Postbote in ihrem Keller, verdrängte sie. Spätestens, wenn sie die Würstchen holen musste, würde sie sich diesem stellen müssen. Ob sie ihn laufen lassen könnte? »Frohe Weihnachten« wünschen und Tschüss. Sicherlich würde er sofort die Polizei verständigen. Ihn am Heiligen Abend einfach dort liegen zu lassen, zwischen Gefrierschrank und Kartoffelkiste, wäre mehr als unchristlich. Wo sie doch gerade so glücklich war. Nach vier Jahren hatte sie ihre Lieben wieder um sich. Ob Karin ihre Fehler eingesehen hatte?, fragte sie sich. Was kratzte sie der freche Postbote? Nein, sie konnte Karin nicht von ihm erzählen. Sie hatte kurz darüber nachgedacht, sich ihr anzuvertrauen. Doch dann würde sie sich ihre Klamotten samt Kindern schnappen und verschwinden. Zurück nach Stuttgart.

Ihr Problem würde sich vielleicht von selbst lösen, hoffte sie. Hatte ihr ihre Mutter nicht bei jeder passenden Gelegenheit folgende Lebensregel heruntergeleiert: »Nur die Zeit abwarten, Kind. Die meisten Probleme lösen sich nämlich von selbst.« Sie war immer schon eher der Typ, der den Kopf in den Sand steckte und abwartete.

Gerade als sie die schmutzigen Kuchenteller in den Geschirrspüler räumte und dabei kurz aus dem Fenster schaute, schien sich der Spruch aus Mutters Mottenkiste zu bewahrheiten. Ihr bot sich ein fürchterlicher und gleichzeitig befreiender Anblick.

Der Postbote humpelte mühselig mit seiner Karre die Zufahrt entlang. Er musste sich selbst befreit haben, dachte Elfriede aufgeregt. Sie ging näher ans Fenster. Wie er bloß aussah!

Ihre Blicke trafen sich. Die Augen des Mannes wurden vor Angst groß wie Wagenräder, als er nach oben zum Fenster schaute. So beschleunigte er seinen Gang, lief wie der Glöckner von Notre-Dame, stürzte jedoch und fiel mit seinem Gefährt, in dem noch die restliche Weihnachtspost steckte, in den Schnee. Sein Gesicht war übel verquollen und blutverschmiert, seine altertümliche Jacke total versaut. Mit letzter Kraft kam er auf die Beine und trat fluchtartig den Heimweg an. Schmerzverzerrt rieb er sich nun seinen Kopf, die hässliche Mütze weit nach hinten geschoben.

Elfriede konnte nicht begreifen, wie er es geschafft hatte, sich selbst aus seiner misslichen Lage zu befreien. Keinen Funken Mitleid verspürte sie beim Anblick der geschundenen Kreatur. Qualvoll setzte er seinen Weg fort und was tat sie? Beobachtete ihn vom Fenster aus und grinste bloß. Er würde sie nicht anzeigen, dessen war sie sich plötzlich sicher. Aussage gegen Aussage. Sie würde ihn der versuchten Vergewaltigung bezichtigen.

Nun konnte sie endlich in den Keller gehen und die Würstchen hinaufholen. Während sie die Treppen hinunterstieg, hoffte sie, dass er sich nicht ein weiteres Mal eingenässt und den Boden eingesaut hatte.

Am schön gedeckten Tisch, bei Kartoffelsalat und Würstchen, spürte Elfriede eine lange nicht mehr empfundene Glückseligkeit in sich. Was gab es Schöneres, als das Weihnachtsfest innerhalb einer intakten Familie zu verbringen? Zufrieden lächelnd schaute sie Karin an. Sie war nach Gelsenkirchen gekommen. Zu Weihnachten. Nach vier Jahren zurück zur Mutter.

Dass es eher die pure Verzweiflung war, die sie ins Ruhrgebiet zur zänkischen Mutter getrieben hatte, verschwieg sie. Warum solle sie ihr von den schweren Verfehlungen ihres Mannes erzählen, der wieder einmal in die Arme einer anderen Frau geflüchtet war, und dass die Ehe nun endgültig vor dem Aus stand. Morgen würde sie weiter zu ihrem Vater reisen, was Elfriede gar nicht passen würde.

Noch immer strahlend saß Elfriede später vor der Flimmerkiste und schaute wie jedes Jahr zu Weihnachten den Film mit James Stewart »Ist das Leben nicht schön« an und konnte dem Titel nur zustimmen.

Vergessen war das, was sie dem Postboten noch vor wenigen Stunden angetan hatte. Sie fühlte sich im Recht, wie immer.

»Post, schönen Dank, ich wollte nur rein«, würde er nie wieder durchs Treppenhaus rufen.

5. TÖDLICHER KALENDER

Dortmund-Eving

Tanja betrachtete die vielen Dinge, die sie für ihr Vorhaben zurechtgelegt hatte. Ja, gut vorbereitet war sie. Ein Adventskalender mit feinsten Likörpralinen lag vor ihr auf dem großen Eichentisch, in dem Esszimmer der prunkvollen Villa in der Kemminghauser Straße im Dortmunder Stadtteil-Eving, direkt gegenüber der Kleingartenanlage »Waldblick«. Eine ruhige, waldreiche Gegend, nicht weit entfernt von der Zeche »Minister Stein«, auf der ihr Vater sein gesamtes Berufsleben als Vermessungsingenieur beschäftigt war. Die Villa, die sie jetzt mit ihrem zwei Jahre jüngeren Bruder bewohnte, stammte aus der wohlhabenden Familie ihrer Mutter. Nach dem Tod der Eltern hatte sie nun die Verantwortung für ihren Bruder Ludger. Sie hatte es am Totenbett der Mutter hoch und heilig versprechen müssen, sich um diesen Versager zu kümmern, was ihr von Jahr zu Jahr schwerer fiel. Okay, Haus und Vermögen der Eltern waren nicht schlecht. Doch zu welchem Preis das Ganze? So hatte sie sich das nicht gedacht, sich das Haus zu teilen, eine Art Wohngemeinschaft zu führen. Er hielt sich nicht an Abmachungen, blieb oft seiner Arbeit als Tankwart – mehr war hirnmäßig bei ihm nicht drin – fern, lungerte mit obskuren

Freunden in seinem Zimmer herum und tat nichts. Oft hatte er seine depressiven Phasen, jammerte ihr tagelang die Ohren voll, klammerte sich wie ein Kleinkind an seine ältere Schwester. So war es Tanja unmöglich, ein freies, unbeschwertes Leben einer Frau von 40 Jahren zu führen. Sämtliche Beziehungen scheiterten, nachdem die Auserwählten den Bruder kennengelernt hatten. Nur ein Arbeitskollege, in der Apotheke in Dortmund-Mitte, in der sie als PTA tätig war, stand ihr treu zur Seite. Der rotblonde Richard war nicht der Schönste, doch wie war das noch mit dem Spatz in der Hand?

Den Adventskalender, den sie sonst alljährlich für ihren Bruder und sich vorbereitete, bestehend aus einem Seil, an dem 24 noch von der Mutter genähte Stoffsäckchen hingen, die von den Geschwistern für den jeweils anderen befüllt wurden – einer übernahm die geraden, der andere die ungeraden Zahlen – gehörte zur Tradition der Familie. Doch hielt sich Ludger an Traditionen und Vereinbarungen? So würde es in diesem Jahr eben nur einen Likörpralinenkalender für Ludger geben. Zwei dieser Pralinen, die mit Orangenlikör und die längliche mit Eierlikör, würde sie präparieren und spätestens am Heiligen Abend war der ungeliebte Bruder Geschichte und sie könnte endlich leben!

Endlich!

Sie würde das Erbe nicht mehr teilen müssen, da sie dann zur Alleinerbin wurde.

Neben dem Kalender jeweils eine Flasche Orangen- sowie Eierlikör, mehrere Einwegspritzen, Sekundenkleber, Metalllöffel, Skalpell, einen Bunsenbrenner und natürlich das Wichtigste: das Gift. Ein kleiner Beutel Rizin, eines der fünf wirksamsten Gifte, die es gab. Richard hatte es ihr besorgt, hatte nicht viel gefragt, was sie damit wollte, konnte es sich sicherlich denken. Auch ihm war Ludger ein Dorn im Auge, wenn er das auch nicht so direkt äußerte. Nie konnte er mit seiner Kollegin ungestört alleine sein, wenn er sie in ihrem Zuhause aufsuchte. Ständig war Ludger präsent. Lud Richard sie ins Theater ein, hatte Ludger ausgerechnet an diesem Abend Durchfall. So konnte es ihm nur recht sein, wenn das Rizin hoffentlich bald ganz schnell wirken würde. Rizin hatte den Vorteil, dass es nicht sofort als solches erkannt wurde und die Wirkung zwar nicht unmittelbar, jedoch nach kurzer Zeit eintrat.

Ludger war zum Sport, wie an jedem Freitagabend. Die einzige Aktivität, zu der Tanja ihren Bruder noch hatte überreden können. So blieben ihr zwei Stunden Zeit, den Kalender unbeobachtet zu präparieren. Ludger hatte den Adventskalender bereits angemahnt, hatte sogar schon Süßigkeiten für seine geliebte Schwester gekauft, die er in die entsprechenden Taschen packen wollte. Pustekuchen! Dieses Jahr war nichts mit gefüllten Säckchen, dieses Jahr gab es nur für ihn diesen tollen Likörkalender. Verfressen wie Ludger war, würde er sich vielleicht schon am ersten Tag alle Pralinen auf einmal einverleiben, sodass sie gar nicht mehr auf den 6. und den 24. Dezember – die Tage, an denen es die vergifteten Leckerchen geben sollte – warten müsste. Sie hatte sich für zwei vergiftete Pralinen entschieden, sicher war sicher. Tanja konnte schließlich kein Risiko eingehen. Sie schaute nach draußen in den verschneiten Garten, in dem die beleuchtete Tanne seit gestern brannte, und freute sich auf die geruhsamen Feiertage. Ende November schon so viel Schnee war selten hier im Ruhrgebiet. Wenn Ludger erst unter der Erde läge, könnte sie endlich mal was unternehmen, bräuchte sich nicht mehr nach ihm zu richten, ihn verköstigen, sein Nörgeln ertragen.

Obwohl erst in zwei Tagen der erste Advent war, war Tanja in weihnachtlicher Stimmung. Hoch konzentriert, wie sie es von ihrer Arbeitsstelle gewohnt war, machte sie sich an ihre Aufgabe. Sie öffnete mit dem Skalpell vorsichtig die Verklebung am unteren Ende des Kalenders und konnte so, wie eine Schublade, das ganze Innenleben, in dem die Pralinen ruhten, herausziehen. Sie griff nach der Eierlikörpraline, entfernte ganz vorsichtig das Stanniolpapier, drehte das Fläschchen um und pikste mit der Spritze, nachdem sie die Kanüle an dem Bunsenbrenner erhitzt hatte, hinein, um die Flüssigkeit aufzuziehen. Genau drei Milliliter befanden sich in dem Schokoteil. Mit der zweiten Spritze zog sie zwei Milliliter des Eierlikörs aus der Flasche auf und gab es in ein Schälchen. Dazu das Gift und ordentlich verrührt. Diese Mischung spritzte sie nun fachmännisch in die hohle Praline und verschloss mithilfe des erhitzten Löffels das Loch, wickelte vorsichtig die Folie wieder darüber und legte sie zurück in das entsprechende Fach. Nun noch das gleiche Spiel mit der anderen Praline und dem Orangenlikör. Danach schob sie die Innenverpackung wieder in die Außenhülle und verschloss ganz profihaft den Kalender am unteren Rand mit Sekundenkleber, den sie mit einem Stäbchen sparsam verstrich. Ihr Werk konnte sich sehen lassen. Es war dem tollen Likörадventskalender nicht anzumerken, dass an ihm manipuliert worden war. Bald, ja bald würde sie Ludger los sein. Sie packte ihre Utensilien zusammen, ließ alles in einen alten Stoffbeutel verschwinden und nahm sich vor, ihn morgen in der Apotheke zu entsorgen. Kaum alles in ihre Handtasche gestopft, öffnete sich die Doppelflügelhaustür und ließ den Bruder samt Kollegen ins Haus.

»Wir wollen noch ein bisschen Fernsehen gucken«, sprach der verschwitzte Ludger in seinem Uralt-Jogginganzug unter einem altmodischen Daunenmantel, wie ihn eigentlich nur Senioren tragen und nicht ein Mann von 38 Jahren. Der Typ neben ihm, den Tanja noch nie zuvor gesehen hatte, schaute sie aus tief liegenden Junkie-Augen ängstlich an. Fettige Haare, Aknegesicht, dunkle Skijacke. Wo hatte er diesen Kumpel bloß aufgetan, fragte sie sich und stellte fest, dass er mindestens 15 Jahre jünger als Ludger sein musste.

»Hast du nach dem Sport dort nicht geduscht?«, fragte sie mit einem abfälligen Blick.

»Wieso sollte ich? Kann ich doch hier machen. Das ist übrigens Jens. Der macht auch Sport im Fitness-Center. Ich habe noch nichts gegessen. Jens hat auch Hunger. Machst du uns was?« Ludger kam auf Tanja, die im Türrahmen zum Esszimmer stand, zu.

»Jetzt? Nach 20 Uhr? Bei dir piept es wohl. Du hast doch vorher gegessen. Wenn du jetzt noch was willst, richte es dir selbst. Du räumst alles weg! Verstanden? Außerdem sind wir kein Gasthaus«, sprach sie mit einem Blick auf den dürren Kerl an Ludgers Seite.

»Ja, ja«, erwiderte Ludger genervt. Sein Blick blieb an dem Adventskalender, der auf dem Esstisch lag, hängen. Seine grünen Augen begannen zu leuchten. »Ist der für mich? Kann ich den schon mit in mein Zimmer nehmen?«

Ohne eine Antwort abzuwarten, griff er sich den Kalender und stieg die Treppe hinab in das Souterrain, wo er seine Behausung hatte. Der trottelige Kollege folgte ihm.

Was da für ein komisches Volk trainierte, stellte Tanja fest und hoffte, dass Ludger so hungrig war, dass er den Kalender sofort öffnen und sich schon ein paar Pralinen einverleiben würde. Ihr wurde plötzlich heiß und kalt. Was, wenn dieser picklige Kumpel auch zulangte und eine vergiftete Praline zu sich nehmen würde? Was, wenn Ludger heute schon an einer der beiden Giftpralinen verstarb? Wie wollte sie ihn überhaupt beiseiteschaffen? Darüber hatte sie sich noch gar keine Gedanken gemacht. Den Notarzt rufen und hoffen, man würde nicht erkennen, dass er vergiftet worden war? Oder ihn irgendwo entsorgen und den wenigen Bekannten und Verwandten erzählen, er wäre auf nach Polen, wie er seinem Tankstellenchef schon mehrmals angedroht hatte? Kommt Zeit, kommt Lösung, sagte sie sich, während sie es sich vor dem TV im herrschaftlichen Museums-Wohnzimmer gemütlich machte. Während sie sich halbherzig einen Krimi ansah, hörte sie aus dem Kellergeschoss Lachen und lautes Reden. Wie kleine Kinder, dachte sie. In die Küche war Ludger noch nicht verschwunden, stellte sie seufzend fest. Also würde sie morgen früh kein Schlachtfeld vorfinden.

Die Adventszeit zog ins Land. Mit ihr Schneestürme und Eiseskälte, was für Anfang Dezember recht ungewöhnlich war.

Am 6. Dezember, dem Nikolaustag, machte Tanja sich besonders schick, zwängte sich in einen engen schwarzen

Rock und trug dazu einen roten Kaschmirpulli. Richard würde Augen machen. Ihr dunkles Haar trug sie hochgesteckt.

Tatsächlich konnte Richard nicht den Blick von ihr wenden, schaute sie, während beide gleichzeitig Kunden bedienten, immer wieder von der Seite an.

»Hast du etwas Besonderes vor? Du hast dich heute so toll herausgeputzt. Gibt es vielleicht einen neuen Verehrer in deinem Leben?«, fragte er sie später, während er sich über seine wulstigen Lippen leckte.

»Heute ist Nikolaustag. Ist doch irgendwie was Besonderes, oder nicht?« Sie erwartete auf ihre Frage keine Antwort. Schließlich würde ihr Bruder heute sterben. Zu 50 Prozent jedenfalls. Das war doch wohl ein Anlass in feiner Garderobe herumzulaufen, dachte sie, schwieg jedoch lächelnd.

Ob Ludger, während ich zur Arbeit gefahren bin und er sich noch im Bad aufhielt, die Praline schon verspeist hatte? Lag er bereits tot am Boden seines Zimmers und weilte nicht mehr unter den Lebenden? Ferner fragte Tanja sich, ob sie dann tatsächlich Richards Werben nachgeben und aus ihnen ein Liebespaar werden würde.

Richard war ein toller Kollege, ein noch besserer Freund, doch als Partner auf Dauer konnte sie sich ihn eigentlich nicht vorstellen. Vom schönen Teller kann man nicht essen, hatte ihre Mutter zu Lebzeiten immer verlauten lassen, wenn Tanja an jedem Mann etwas auszusetzen hatte. Doch aus einem abgeschlagenen Trog wollte sie auch nicht speisen. War Richard mit seinen roten Haaren und den Tausend Sommersprossen denn ein abgeschlagener Trog? Irgendwie schon, fand sie. Die 20 Kilo Übergewicht und die altmodischen Klamotten, die er trug, waren das kleinste Übel. Da waren noch die Zähne. Ob man die kernsanieren konnte? Sie würde womöglich ein paar Mal mit ihm in die Kiste steigen und sich dann nach was anderem umsehen, beschloss sie. Ganz leer ausgehen konnte sie ihn nicht lassen. Das hätte er nicht verdient.

Zögernd schloss sie am Abend das Haus auf. Der Golf des Bruders stand nicht in der Einfahrt. Also war er heute Morgen doch zur Arbeit gefahren und noch nicht zurück. Sie brauchte somit nicht befürchten, ihn irgendwo im Haus tot aufzufinden. Kaum aus ihrem Mantel geschlüpft, rannte sie die Treppen hinunter in Ludgers Zimmer. Das sechste Türchen des Adventkalenders war noch unversehrt. Die Todespraline noch nicht verspeist. Komisch, wo er doch sonst so gierig war und sich die Teile schon am frühen Morgen einverleibte, wunderte sie sich.

Ludgers Gepolter, das von unten aus seinem Zimmer hinaufschallte, hatte Tanja geweckt. Sie blickte verschlafen auf den Wecker. 23 Uhr. Wo kam er bloß her? Es war doch sonst nicht seine Art, abends noch auszugehen. Oder hatte er soeben besagte Praline gegessen und wand sich jetzt im Todeskampf auf dem Boden? Hatte seine letzte Stunde nun endlich geschlagen? Könnte Tanja vielleicht morgen früh schon den Bestatter anrufen? Sie war schlagartig wach und begab sich eilig ins Kellergeschoss. Sie lauschte an der Tür. Musik konnte sie aus Ludgers Zimmers vernehmen. Die Bässe schlugen hart gegen ihren Magen. Dieser Volltrottel. Ohne zu klopfen, betrat sie sein Reich. Ein heilloses Chaos herrschte hier, wie fast immer. Überall verstreut lag Kleidung herum, dazwischen leere Colaflaschen, Gläser und schmutzige Teller.

Er lag auf dem Bett und grinste sie nur an.

»Hast du einen Vogel? Wieso nimmst du keinen Kopfhörer?«, ranzte sie ihn an.

Er grinste weiterhin dümmlich, schien betrunken zu sein. »Ist auch mein Haus. Ich kann hier machen, was ich will.«

Sie ging näher an sein Bett und starrte den Adventskalender, den er fein säuberlich darüber gehängt hatte, an. Das sechste Fach war leer.

»Hast du die Praline von heute gegessen?«, fragte sie ihn.

»Na siehst du doch. Da drin ist sie nicht mehr. Lecker, der Eierlikör. Wo es schon nichts zum Nikolaus gab!«

Angewidert blickte Tanja auf ihren Bruder. »Wieso sollte ich dir was zum Nikolaustag schenken? Bin ich deine Mutti?«

»Hast du doch sonst immer gemacht. Bekomme ich auch nichts zu Weihnachten?«

»Einen Tritt in den Hintern kannst du haben. Was bekomme ich denn?«

»Du bist die Ältere. Außerdem hast du Mutti versprochen, für mich zu sorgen.«

»Ja, wie blöd konnte ich bloß sein. … Ach, wann hast du die Praline gegessen?«

»Was spielt das für eine Rolle?«

Tanja ging zur Stereoanlage und drehte den Regler auf leiser. »Also, wann hast du sie gegessen?«

»Was weiß ich, vor zwei Stunden oder so.«

Wütend verließ sie Ludgers Zimmer und fragte sich wieder und wieder, wann das Gift nun endlich wirken würde.

Ludger stellte die Anlage wieder lauter und fing nun auch noch an mitzusingen. Gut, dass die Nachbarn zu beiden Seiten ein Stück entfernt wohnten.

Gegen 24 Uhr fiel Tanja in einen unruhigen Schlaf.

Am anderen Morgen erfreute sich ihr Bruder immer noch bester Gesundheit. Dabei hatte sie doppelt so viel von dem Zeug genommen, wie für einen Erwachsenen ausreichen müsste, ihn ins Jenseits zu befördern. Blieb ihr nur noch die Hoffnung auf die zweite Chance am Heiligen Abend.

Ehrfürchtig stand sie vor dem riesigen Weihnachtsbaum auf dem Dortmunder Weihnachtsmarkt, eng an Richard geschmiegt und schaute nach oben. Es sollte sich um den größten Weihnachtsbaum überhaupt handeln. 45 Meter hoch war er und mit 48.000 Lichtern bestückt. An der Spitze befand sich ein leuchtender Engel, der auf die Menschenmassen hinabblickte. Von den rund 300 Ständen hatte sie erst wenige besucht. Glühwein, Bratwurst, Reibekuchen und Fisch hatte sie sich schon einverleibt. Richard umsorgte sie wie ein Kavalier der alten Schule. Noch zwei Tage, sagte sie sich. Dann bin ich Ludger endlich los. Was hatte er für einen Aufstand gemacht, als Richard sie am Nachmittag zum Weihnachtsmarktbummel abgeholt hatte. Wie ein Kind hatte er mit dem Fuß aufgestampft und wollte mit. Richard nahm es mit ganz viel Langmut, hatte nur gelächelt und Ludger toben lassen. Wieso hatte das Gift am Nikolaustag nicht gewirkt, hatte Tanja sich seit dem Tag öfters gefragt. Auf die Frage, ob Ludger die Praline vielleicht seinem Freund gegeben hätte, hatte er bloß dämlich gegrinst.

Zum Abschluss des gemütlichen Abends noch einen zweiten Glühwein, schließlich brauchte sie nicht Auto zu fahren, und eine Tüte gebrannte Mandeln für unterwegs und ab nach Hause.

Tanja war am Morgen des Heiligen Abend ziemlich aufgeregt. Sie musste den Schein wahren und ein Abendessen für zwei Personen vorbereiten, obwohl sie dann ja sicherlich schon allein wäre. Der Kartoffelsalat war in Arbeit. Soeben gab sie zwei Schnitzel in die Pfanne und formte aus Hackfleisch Frikadellen. Dazu noch ein paar Würstchen aus der Dose und die Heiligabendmahlzeit war fertig. Die Orangenlikörpraline hatte Ludger sich vor gut einer Stunde einverleibt, wovon Tanja sich überzeugt hatte. Nun hörte sie ihn im Bad singen und wartete auf die Wirkung des Rizins.

Gegen Mittag war Ludger immer noch quietschlebendig, weigerte sich Staub zu saugen und sein Zimmer aufzuräumen. Sogar den Gang zum Bäcker wollte er nicht antreten. Trotzig wie ein Kind benahm er sich. Zum Glück würde sie ihn bald los sein. Ihren Bruder mit den dummen Sprüchen, der ihr nur Arbeit und Ärger bereitete.

Doch Pustekuchen! Gegen 18 Uhr nahm er ihr gegenüber am Tisch Platz und schaufelte alles in sich hinein, was Tanja liebevoll arrangiert hatte. Ihr Geschenk, einen Pullover – wohlweislich in Richards Größe und nach seinem Geschmack – hatte er nur missmutig ausgepackt und aufs Sofa geworfen. Sie bekam von ihm eine Schachtel Pralinen der billigsten Klasse, die sie später entsorgen würde, da die Verpackung schon arg ramponiert aussah. Wohlmöglich hatte er auch welche davon präpariert, überlegte Tanja argwöhnisch, kam jedoch zu der Erkenntnis, dass er dazu viel zu blöd wäre.

Von den vier Würstchen, die sie zum Kartoffelsalat heiß gemacht hatte, packte er sich gleich drei auf den Teller und aß sie laut schmatzend. Die leckeren Schnitzel aß er auch beide, ebenso fast alle Frikadellen. Wie konnte man bloß so verfressen sein, fragte Tanja sich und trank nur den Wein, den sie sich eingegossen hatte.

Eine einzige Frage beschäftigte sie den ganzen Abend: Wieso hatte das Gift auch dieses Mal nicht gewirkt? Was war da schiefgelaufen? Wusste Ludger etwa Bescheid und hatte die beiden Pralinen gar nicht gegessen? Doch woher sollte er wissen, welche sie präpariert hatte?

Völlig fertig suchte sie gegen 23 Uhr ihr Zimmer auf, während Ludger noch vor dem Fernseher im Wohnzimmer abhing.

»Du könntest schon mal ein wenig aufräumen. Alles vom Tisch in die Küche tragen«, forderte sie den Bruder auf.

Dieser saß mit seinem bunten Teller auf dem Sofa und grinste sie bloß an. »Ach, leck mich doch!«

Tanja weinte sich in den Schlaf und konnte nicht begreifen, dass ihr Bruder noch lebte.

Am ersten Weihnachtstag war sie mit Richard zum Essen in dem Traditionsgasthaus »Zum Alten Markt« in der Innenstadt verabredet. Ludger hatte lautstark protestiert, wieso es keine Gans gäbe und was er denn essen sollte, wenn sie nicht da wäre.

Zum ersten Mal seit langen Jahren aß sie am ersten Weihnachtstag auswärts. Gerne hatte sie Richard zugesagt, als er sie einlud, da sie fest davon ausging, dass sie zu dem Zeitpunkt schon keinen Bruder mehr an ihrer Seite haben würde. Wie hatte sie sich auf das Essen gefreut. Nun saß sie lustlos am fein gedeckten Tisch und starrte in ihr Rotweinglas. Null Hunger auf die Gans, die soeben vor ihren Augen tranchiert wurde, verspürte sie.

»Was ist bloß los mit dir? War dein Abend gestern nicht schön? Ja, ja, ich weiß, dein Bruder«, nickte Ludger mitfühlend.

»Wie kann mit Ludger etwas schön sein? Ludger bedeutet nur Stress.«

Minutenlanges Schweigen.

»Es war alles anders geplant«, fing Tanja an, aus dem Nähkästchen zu plaudern. Richard hatte sich doch denken können, für wen sie das Gift wollte, dass er ihr besorgt hatte, ihr feiner Kollege.

»Glaub mir, es ist besser so. Du wärst nicht glücklich geworden. Das schlechte Gewissen hätte dich zeitlebens geplagt. Das konnte ich doch nicht zulassen.« Lieb lächelte er Tanja an.

»Du hast … Du hast …« Sie konnte nicht fassen, was sie da gehört hatte.

»Ja, ich habe dir kein Gift gegeben, sondern ein harmloses Schlafmittel. Ich habe geahnt, was du damit vorhattest. Du sprachst so oft von dem Adventskalender für Ludger, dass ich mir den Rest denken konnte.« Gütig lächelnd wie ein oberschlauer Vater schaute er sie an.

Wütend sprang Tanja vom Stuhl auf, goss ihm den Rotwein ins Gesicht und verließ mit den Worten »Schöner Freund« das Lokal.

6. FROSTY THE SNOWMAN

Duisburg-Neumühl

Es war wieder einer dieser Tage, an denen Manuela am liebsten nicht aufgestanden wäre. Eisige Kälte draußen, sechs Grad minus. In drei Wochen war Weihnachten, und sie hatte noch nicht einmal mit der Essensplanung begonnen. Lustlosigkeit überfiel sie auch an diesem Morgen. Norbert, ihr Gatte, Postbeamter im mittleren Dienst, war endlich zur Arbeit aufgebrochen, nachdem er ihr am Frühstückstisch die Ohren vollgejammert hat, wie krank er doch sei und wie er bloß die restlichen Jahre bis zur Rente schaffen sollte. Manuela schaltete ab. Was sollte *sie* denn sagen? Sie konnte sein Gejammer nicht mehr hören. Aua hier, Aua da, ständig müde. Dabei war er erst 55 Jahre alt, fünf Jahre älter als sie. Sie goss sich erneut die Tasse mit Kaffee voll und griff zum Sonderkatalog des Tiefkühlkostverkaufsfahrers. Ihr Blick aus dem Fenster ihres kleinen, jedoch äußerst gemütlichen Zechenhäuschens am Bergmannsplatz in Duisburg-Neumühl, 1907 bis 1909 erbaut, suchte Lianes Haus, schräg gegenüber. Seit einem halben Jahr, seit Robert das Zeitliche gesegnet hatte, war sie Witwe und lebte mit ihrem Dackel Petsy allein. Petsy sprang soeben auf die Fensterbank und verbellte einige Fußgänger.

»Ja, schau mal, Nora. Da drüben am Fenster ist die Petsy, deine Freundin«, sprach Manuela wie mit einem Baby, schnappte sich ihre winzige Mischlingshündin und setzte sie auf ihren Schoß.

Seit Liane Witwe war, war die Frau regelrecht zu neuem Leben erblüht. Die Kinder waren längst aus dem Haus und sie hatte nun freie Bahn. Das Haus mit dem hübschen Vorgarten, geerbt von ihrem Vater, der sein gesamtes Berufsleben auf der Zeche Neumühl verbracht hatte, war schuldenfrei. Neue Frisur, tolle Klamotten, mindestens 20 Kilo abgespeckt.

Manuela fragte sich, wie sie das finanziell bloß stemmte. Ihr Norbert meinte, dass ihre Witwenrente nicht besonders hoch wäre, da Robert als Fabrikarbeiter nicht gerade viel verdient hätte. Sie selbst hatte außer ihrem Putzjob kein Einkommen.

Manuela blätterte weiter in dem Katalog und notierte sich einige Artikel. Was Liane konnte, konnte sie schließlich auch. Alle drei Wochen, wenn die Tiefkühlkarre vor dem Haus der Witwe hielt, schlug Liane zu. Körbe voll köstlicher Dinge trug der Mann ihr ins Haus. Das allein ließ Manuela neidisch werden. Hinzu kam eine unsagbare Wut, wenn der Kerl erst eine Stunde später mit strubbeligen Haaren und offen stehendem Hemd sowie Kittel das Haus verließ, grinsend und fröhlich pfeifend in seine Karre stieg, um wenig später die anderen Kunden in der Straße zu bedienen. Was machte der Typ so lange in dem Haus der Witwe? Okay, der coole Raimund Fischer, ein echter Sonnyboy von 50 Jahren und in der Siedlung bei allen Leuten mehr als beliebt, gefiel Liane wohl. Das meinte auch Susanne, Manuelas Nachbarin zur

Rechten, bei der der Frostmann jedes Mal einen Kaffee trank, wie sie freudig kundtat. Durch die Wand konnte Manuela die beiden lachen hören. Hatte Susanne, eine Öko-Tussi durch und durch, alleinerziehend, äußerst attraktiv, es so nötig, sich dem Eismann an den Hals zu werfen? Angeblich würde er sich sein Herz bei ihr ausschütten, hätte es mit seiner Frau Gerlinde, eine kränkliche Gestalt von 60 Jahren, nicht gut getroffen. Doch ist nicht jeder seines eigenen Glückes Schmied? Er hatte sich die ältere Frau doch selbst ausgesucht.

Eifrig notierte Manuela, was sie fürs Weihnachtsfest vom tollen Raimund kaufen würde. Norbert würde ausrasten. Er hasste nicht nur den Mann, sondern auch das gesamte Gefriergut, das er feilbot. Es wäre seiner Meinung nach zwar lecker, doch viel zu teuer, und sie hätte schließlich genug Zeit, Frisches auf den Tisch zu bringen. Wenn sie dagegenhielt, dass Liane und Susanne sich die gefrorenen Lebensmittel doch auch leisten könnten, wurde er wütend und meinte, dass sie schon sehen würden, wohin das führe.

Manuela fragte sich, ob sie dem tollen Raimund heute auch mal einen Kaffee anbieten sollte. Dazu vielleicht ein kleines Likörchen? Manuela drehte das Radio lauter. Georg Michael sang »Last Christmas«. Gerade als sie auf ihren Zettel das »Eis-Knusperhäuschen« notierte, fiel ihr Norberts Kommentar ein, als er beim letzten Fest die »Eistannenbäume« zum Nachtisch serviert bekam. »Woanders verhungern die Leute und wir futtern so alberne ›Eistannenbäume‹!«

Für die beiden Enkel gab es die Knusperelche aus zartem Hähnchenfleisch. Auch darüber regte sich ihr Gatte auf, verlangte, dass die verwöhnten Blagen von der Gans essen sollten wie die Erwachsenen auch. Daraufhin hatten Ronja und David fürchterlich geweint und dem Opa die Zunge rausgestreckt.

Es war so weit. Soeben hielt der Tiefkühlwagen mit schlitternden Reifen auf der eisglatten Straße. Natürlich parkte er wie immer vor Lianes Haus, sprang wie ein Spitzensportler aus dem Wagen, fuhr sich durch sein schwarzes Haar und lief auf das Haus zu. Noch bevor er die Klingel betätigen konnte, riss die frivole Liane die Haustür auf. Manuela war entsetzt, dass Liane um halb zehn noch im Bademantel steckte. Zwei Minuten später verließ er das Haus, um einen großen Korb mit Frostwaren zu befüllen, die er anschließend fröhlich pfeifend hineintrug. Und dann war drüben eine Stunde lang Funkstille. Manuela lief unruhig von der Küche ins Wohnzimmer, vom Wohnzimmer ins Bad, öffnete sich die obersten Knöpfe ihrer Bluse und trug noch einmal dick Lippenstift auf. Aus der Likörflasche goss sie sich einen weiteren Himbeerlikör in den Hals und schrieb noch einige Artikel auf den Zettel, um bei Raimund Eindruck zu schinden. Mit nur einem Teil bräuchte sie ihm nicht zu kommen. Also noch die »Kalbsbäckchen in Rotweinsauce« und den »Rehbraten Helene«. Der Kilopreis von 35 Euro würde Norbert ausrasten lassen. Ihren Einwand, dass alles schon fix und fertig zubereitet sei und sie es auch mal guthaben wolle zum Fest, würde er beiseite wischen. »Du hast täglich Weihnachten«, würde er verlauten lassen.

Pünktlich nach einer Stunde verließ der tolle Raimund Liane, ordnete sich seinen dämlichen, wattierten Kittel und sein Haar, um nun zuerst bei Susanne zu klingeln. Auch sie hieß ihn lachend herzlich willkommen und zog ihn regelrecht in ihr Haus.

Mit dem Ohr an der Wand der angrenzenden Küche der Nachbarin lauschte Manuela, was drüben abging. Nach Kummer und Sorgen hörte es sich jedenfalls nicht an, was die beiden sich zu sagen hatten. Der kalte Unterteller, den Manuela zwischen Ohr und Wand geklemmt hatte, gab die Geräusche von drüben exakt wieder. Nach einer flotten Nummer klangen die Geräusche ebenfalls nicht.

Eine halbe Stunde später, als er an Manuelas Tür klingelte, sah der frostige Raimund schon nicht mehr fröhlich aus. Genervt grüßte er Manuela, zwang sich zur Höflichkeit. Manuela fragte sich, was er bloß gegen sie hatte. Sie bat ihn herein und bot ihm eine Tasse Kaffee an. Verdutzt ließ er sich am Küchentisch nieder. Noch nie hatte er bei ihr Kaffee bekommen. Er machte den Eindruck, als hätte er Angst vor ihr. Den Likör lehnte er dankend ab mit dem Hinweis, er müsse noch fahren, schob ihr eher zaghaft einen Prospekt hin, auf den verschiedene Weinflaschen abgebildet waren. »Unsere Adventsangebote«, flüsterte er fast.

Manuela setzte sich ihm gegenüber und präsentierte ihm einen tiefen Blick in ihren Ausschnitt. Sie zog einen Schmollmund und überreichte ihm den Zettel.

Verwirrt schaute er in seinen kleinen Computer, ob er alles an Bord hatte. Mehr als zwei Teile hatte Manuela noch nie gekauft. Die Frau war ihm unheimlich, was man unschwer erkennen konnte. Als sie nun ihren Schlappen vom rechten Fuß streifte und mit den Zehen an seiner

Wade entlangfuhr, zuckte er zusammen, räusperte sich und stürzte aus dem Haus, um das Gefriergut zu holen. Mit dem stand er wenig später vor der Tür und trug es auf ihren Wunsch zum ersten Mal in den Keller. Als er vor ihr die Treppen des winzigen Untergeschosses hinunterstieg, hatte er das Gefühl, es würde gleich ein Tritt in den Rücken folgen.

Damit lag er gar nicht so falsch, denn Manuelas Fuß zuckte bereits spürbar. Sie war wütend über seine Abfuhr.

Schnell verabschiedete er sich, nachdem er ihr die Ware in die Truhe gepackt hatte, erwähnte, dass er vor dem Fest noch einmal vorbeischauen würde, verließ das Haus und startete seine Karre. So schnell hatte er noch nie den Bergmannsplatz verlassen.

Weinend setzte sich Manuela an den Küchentisch, goss sich einen weiteren Likör ein und fragte sich, wieso er sie ablehnte, wo er es doch mit Liane und vielleicht auch mit Susanne trieb. Was hatten die beiden, was sie nicht hatte? Die Antwort, dass es an Norbert liegen könnte, fiel ihr nicht ein. Sie war eine verheiratete Frau. Und außerdem nicht die Schönste. Nach einem weiteren Likör schwor sie sich Rache. Noch vor dem Fest würde Raimund die Abfuhr bitter bereuen. Einen Denkzettel vom Allerfeinsten würde sie ihm verpassen.

22. Dezember, 9 Uhr. Wieder hielt die Gefriergutkarre vor dem Haus von Liane, die ihm dieses Mal in einem roten Wollkleid öffnete. Erst gestern war Manuela drüben bei ihrer Nachbarin gewesen und hatte ihre überladene Hütte begutachtet. Mit der Menge Weihnachtsschmuck hätte man drei Häuer ausstaffieren können.

Unter anderem hatte Liane erzählt, wie sehr sie sich auf das Weihnachtsfest freute, da die Kinder anreisen würden. Dass es das erste Weihnachtsfest ohne ihren Robert wäre, erwähnte sie mit keinem Wort. Der Zettel für Raimund hing schon an der Pinnwand in der Küche. Vom »Nord-Fjorder Schlemmer-Lachs« über »Mousse au Chocolat-Sternen« bis hin zur »Gefüllten Ente« war alles vertreten.

Heute würde Manuela auch noch mal Gas geben und Raimund eine lange Liste überreichen. Sollte er sie ein weiteres Mal so schroff abweisen, würde ihr Plan B zum Tragen kommen müssen.

Nach einer Stunde bei Liane und einer halben bei Susanne, ertönte endlich ihre Türglocke. Als Manuela ihm in ihrem roten Seidenmorgenrock öffnete, zuckte der Frostgutfahrer zusammen und machte einen Schritt zurück. Auch den Kaffee lehnte er ab, überflog ihre Bestellung mit dem Kommentar: »Rehgeschnetzeltes in Rotwein-Pfirsich-Soße« ist aus. Und schon schob sie ihm ein Likörgläschen unter die Nase. Zu Weihnachten würde er doch sicherlich nicht ablehnen, meinte sie und kroch ganz nah an den Mann heran, um festzustellen, dass er nach Lianes billigem Parfum roch.

Was hat Liane, das ich nicht habe, fragte sie sich zum wiederholten Male, legte ihre Hand in seinen Nacken und zog ihn zu sich heran.

Er befreite sich brüsk von ihren Fingern und wurde böse: »Frau Gorben, jetzt ist es aber genug.«

Frau Gorben! Mit Liane und Susanne duzte er sich, sie hingegen war für ihn von jeher Frau Gorben.

Nachdem er die Tränen in ihren Augen sah, trank er widerwillig den Likör, schnappte sich den Zettel, um die

Waren aus dem Fahrzeug zu holen. Als er sich wenig später auf den Weg in den Keller machte, torkelte er verdächtig und sah Manuela ängstlich an. Sein Blick verriet, dass er hoffte, sie möge ihn endlich in Ruhe lassen. Er liebte zwar die Frauen und konnte schlecht Nein sagen. Doch an jeder vergriff er sich schließlich auch nicht. Die alte Gorben, diese Kirchenmaus, gehörte nun mal absolut nicht in sein Beuteschema. Außerdem war sie verheiratet, was die Angelegenheit verkomplizierte.

Er stolperte auf der Treppe, blieb stehen, um sich am Geländer festzuhalten und gleichzeitig den Korb nicht zu Boden fallen zu lassen.

Dieses nutzte Manuela aus und gab ihm einen kräftigen Tritt in den Rücken, sodass der Korb mit dem Gefriergut aus seinen Händen fiel und sich selbst den Weg in den Keller suchte. Raimund flog hinterher und blieb unten am Boden liegen, stöhnte, hielt sich den Kopf, mit dem er am Türrahmen einer der Kellertüren in Kontakt gekommen war.

»Mir ist so übel. Was hast du mir ins Glas getan?«

Endlich duzte er sie, stellte sie grinsend fest. Zu spät.

»K.o.-Tropfen«, antwortete sie grinsend.

»Ich habe keine Zeit, ich muss weiter. Ich kann mich hier nicht ausschlafen«, nuschelte der Mann am Boden. »Und bei dir schon gar nicht, du hässliche Fregatte.« Er nahm nun kein Blatt mehr vor den Mund.

»Du wirst nicht nur schlafen, du Penner! Du gehst ab über den Jordan«, sprach sie und half der Wirkung der Tropfen nach, indem sie ihm mit dem Spaten, den sie zu greifen bekam, zwei Mal fest über den Kopf schlug. Daraufhin hielt er den Mund.

Nun hieß es aber, flott zur Sache zu kommen. Gefriergut vom Boden aufgehoben und in den Eisschrank geräumt, Handschuhe übergezogen, Autoschlüssel aus der Hosentasche des Mannes entnommen und ihn nach hinten in den ehemaligen Kohlenkeller gezerrt. Dort steckte sie zuerst seinen Kopf in einen Müllsack und verklebte diesen am Hals. Müllbeutel und Klebeband hatte sie sich gestern von Susanne geliehen. Anschließend den Kerl in die Ecke hinter der Kartoffelkiste deponiert. Gut, dass Manuela 1,90 Meter groß war und über zwei Zentner wog. Da schaffte sie es mit links, den schlanken Mann fortzubewegen. Hier war er erst mal sicher bis zum Abend. In diesen Keller ging Norbert äußerst ungern und auch nur selten.

Morgenmantel aus, Jeans und Pullover an, darüber die Thermojacke, nicht zu vergessen, die Mütze. Vom Küchenfenster sah sie Liane ins Auto steigen. Heute putzte sie bei einer Alten in Marxloh und würde erst am Nachmittag zurück sein. Susanne war beim Arzt und somit die Luft rein. Manuela betete, dass kein Nachbar am Fenster hing, als sie in die Frost-Karre stieg und damit davonfuhr. Ihr Weg führte sie raus aus der Siedlung bis zur Fiskusstraße, die sie zur A3 geleitete. Stolz lenkte sie den kleinen LKW, als führe sie ihn täglich. Auf den erstbesten Parkplatz stellte sie ihn ab, sah sich um und steuerte auf die Toilette zu. Kein weiteres Fahrzeug zu sehen. Als ein roter Golf auf den Rastplatz fuhr, heuchelte sie Unschuld und lief zum Ende des Parkplatzes. Der Fahrer beachtete sie jedoch überhaupt nicht. So kroch sie die Böschung hinter dem Toilettengebäude hoch und lief den Feldweg entlang, bis sie irgendwann auf die Weidenstraße traf. Dort stellte sie sich vor ein Haus und rief sich ein Taxi, dass sie zu ihrer Mutter ins St. Barbara-Altenheim nach Hamborn brachte. Ihr Besuch dort fiel sehr knapp aus, was die demente Frau nicht wirklich mitbekam. Bald machte sie sich per Linienbus auf den Heimweg. Gegen 13 Uhr betrat sie ihr Haus, lauschte in den Keller. Außer Noras heiserem Gebell war kein Laut zu vernehmen. Manuela musste grinsen. Irgendwann wird er wach geworden sein, dieser geile Bock, wird ein paar tiefe Atemzüge getätigt haben, um dann qualvoll zu ersticken.

19 Uhr. Gerade als Norbert sich zum Weihnachtskegeln rüsten wollte, klingelte das Telefon. Eine aufgeregte Liane berichtete ihr, dass Raimund nicht nach Hause gekommen wäre. Seine Gerlinde hätte gerade besorgt angerufen und gefragt, ob er noch in der Siedlung sei.

»Ich weiß nicht, wo der ist, wahrscheinlich beglückt er wieder irgendeine Kundin«, schleuderte sie der besorgten Liane an den rotgelockten Kopf.

»Erlaube mal, was redest du da? Raimund ist ein anständiger Kerl«, erboste sich Liane.

»So anständig, dass er es allen Weibern besorgt, die ihm ordentlich was abkaufen. Dafür ist er bekannt.«

»Na ja, dich ja dann wohl eher nicht. Wann ist er denn bei dir weg?«

»Was weiß ich? Irgendwann gegen 11 Uhr. Ich hatte es eilig. War bei meiner Mutter im Heim. Als ich zum Bus ging, war sein Fahrzeug schon weg.«

Als Norbert endlich verschwunden war und auch Susanne das Haus nebenan verließ, schnappte sie sich den Schlüssel von Susanne, den sie für alle Fälle besaß, und schritt zur Tat. Sie nahm den Hintereingang durch den Garten, begutachtete abfällig die magere Uralt-Weihnachtsdeko und legte den Autoschlüssel von Raimund in die Schublade der Dielenkommode, in der mehrere Schlüssel lagen. Seine Geldbörse packte sie in den Wohnzimmerschrank. Dann ging sie in den Garten und öffnete die Tür zum Schuppen. Zum Glück befand sich am Bund ein Schlüssel zu dieser Hütte. Eine Eiseskälte schlug ihr entgegen. Die Scheiben zierten tolle Eisblumenmuster. Ein heilloses Durcheinander bot sich ihr. Mit Susannes Mann war vor zwei Jahren auch die Ordnung in Haus und Hütte verschwunden. Ihr Blick fiel auf den Lehnstuhl in der Ecke, in der ein Riesen-Teddy saß. Sie packte den eiskalten Kerl am Kragen und schleuderte ihn durch den Raum. Im Stuhl würde ab jetzt ein viel besserer Teddy seinen Platz finden. Nun musste sie nur noch ihre Fracht holen. Zum Glück gab es ein Verbindungstürchen zu ihrem Grundstück. Den halbsteifen Raimund – die Totenstarre war noch nicht voll ausgeprägt – die wenigen Stufen zum Garten hochzuziehen, bereitete ihr nicht viel Mühe. Zum Glück lag kaum Schnee und es würde keine verdächtigen Spuren geben. Nach einer halben Stunde war es vollbracht und Raimund hockte in dem Lehnstuhl. Durch den Müllsack konnte sie seine weit aufgerissenen Augen sehen. Keinen schönen Tod wird er gehabt haben. Sie verschloss die Hütte wieder, ebenso ihre Kellertür und ging nach oben. Sicherlich würde es einige Zeit dauern, bis man ihn auf Susannes Grundstück finden würde. Bei Minusgraden suchte die Familie mit Sicherheit nicht das Gartenhaus auf. Spätestens im Frühjahr würde Raimund auftauen und einen üblen Geruch verbreiten. Morgen oder übermorgen, am Heiligen Abend, würde die Polizei bei Manuela auftauchen und sie befragen. Seine dämliche Eiskarre würde sicherlich schon eher entdeckt werden. Mach dich nicht verrückt, sagte Manuela sich, du hast doch ein Alibi. Du hast deine Mutter im Heim besucht. Wenn es gar nicht anders ginge, müsste sie eben Susanne alles in die Schuhe schieben. Man würde den Autoschlüssel bei ihr finden, seine schwere Geldbörse und letztendlich auch den Mann. Pech für Susanne!

Manuela nahm zuerst ein heißes Bad, schnappte sich anschließend Nora und legte sich aufs Sofa. Sie musste grinsen. Ihre Bestellung von heute hatte sie nicht einmal bezahlen müssen, denn die Summe hatte sie, natürlich großzügig aufgerundet, der Raimund-Börse entnommen. Also, konnte Norbert auch nicht meckern, die Klamotten wären zu teuer. In diesem Jahr jedenfalls nicht. In weiser Voraussicht hatte sie die Rechnung bezahlt, bevor Raimund die Ware geholt hatte.

24. Dezember, 12.30 Uhr. Manuela bereitete gerade den Kartoffelsalat für den Abend, als es an der Haustür klingelte. Sie fragte sich, ob sie Cornichons hinzufügen sollte oder lieber einfache saure Gurken. Zwei Polizeibeamte in Zivil zückten ihre Dienstausweise und stellten sich höflich vor. Der Tiefkühlkostverkaufsfahrer Raimund Fischer wäre verschwunden, berichteten sie. Sein Fahrzeug hätte man auf einen Autobahnparkplatz in der Nähe gefunden. Von ihm jedoch keine Spur. Hier, bei Manuela, wäre er vorgestern zuletzt gewesen, hätten die bei-

den Nachbarinnen ausgesagt, und sein PC, den sie im Wagen fanden, hätte das bestätigt.

»Ja klar, war er hier gewesen. Vorgestern, der Gute! Aber zuletzt? Danach fuhr er weg. Ist er nicht mehr zu Hause angekommen? Ach, der arme Mann. Und das zum Fest! Nein, er hatte keinen verwirrten Eindruck auf mich gemacht. Alles ganz normal. Er wünschte mir noch ein Frohes Fest und hatte es eilig. Vielleicht eine Entführung? Verschleppt von einem Rastplatz? Ja, wenn mir noch was einfällt, melde ich mich! Ihnen auch schöne Feiertage.«

Zögernd nahm sie die Visitenkarten an sich und steckte sie in ihre Kitteltasche. Selbst schuld, dieser geile Bock, sagte sie sich, schloss die Tür und ging in die Küche. Sie hatte sich für Cornichons entschieden.

7. DER WITWENCODE

Bochum

Roland Burger stand gegen 10 Uhr am Heiligabend vor dem Grab seiner Frau, das unter einer glitzernden Schneedecke verborgen lag. Lediglich eine hopsende Drossel hatte ihre Spuren hinterlassen. Er konnte es einfach nicht fassen, dass seine Dagmar seit zwei Monaten nicht mehr unter den Lebenden weilte. Jahrelang hatte sie gekämpft, immer wieder gehofft und schlussendlich den Kampf gegen diese erbärmliche Krankheit verloren. Sein erstes Weihnachtsfest ohne sie. Einsam und allein in seiner Wohnung im Püttmannsweg, nur wenige Minuten vom Bochumer Hauptfriedhof am Freigrafendamm entfernt. Sein Kumpel Michael, mit dem er gelegentlich ein Bierchen in der Gaststätte Femlinde trank, hatte ihm geraten, sich etwas Neues auf dem Friedhof zu suchen, dort würde es nur so vor einsamen Witwen wimmeln. Komisch, immer, wenn er hier war – und das war er oft – traf er nur auf steinalte Frauen, die selbst schon mit einem Bein im Grab standen. Seit es so heftig geschneit hatte, blieben auch die aus. Er wäre mit seinen 58 Jahren noch zu jung, um allein zu bleiben, hatte Michael noch gemeint. Erlaube mal, hatte er sich gewehrt, Dagmar ist schließlich erst ein paar Wochen tot. Ranhalten sollte er sich, das Leben wäre kurz, hätte er ja jetzt gesehen, hatte er hinzugefügt.

Wie würde sein Weihnachten aussehen? Heute Abend Kartoffelsalat aus dem Päckchen und zwei Würstchen vom Metzger? Morgen am ersten Weihnachtstag in der Femlinde speisen? Ob es am Feiertag auch das Schnitzel inklusive Bier für 11,90 Euro gab? Er glaubte eher nicht. Irgend so ein Geflügelgetier würde auf der Speisekarte stehen. Ihm auch egal. Besuch hatte sich nicht angekündigt. Sein einziger Sohn wollte ihn nicht mehr sehen. Tante Rieke, die Schwester seiner verstorbenen Mutter, hatte den Kontakt ebenfalls abgebrochen, weil er ihr angeblich zu prollig geworden wäre.

Und da stand sie plötzlich neben ihm. Eine zarte Blonde im dunklen Wintermantel mit hochgeschlagenem Kragen, eine schwarze Pelzmütze tief ins Gesicht gezogen. Sie stellte sich ganz eng neben ihn.

»Ihre Frau?«, fragte sie und sah auf das Grab hinab.

»Ja«, mehr wollte ihm nicht einfallen. Er sah in ihr verweintes Gesicht, das über eine Menge Falten verfügte. Das Auffälligste an der Frau war jedoch ihre grüne Gießkanne, die sie mit dem Ausguss nach vorne trug. Gießkanne? Bei dem Wetter? Was wollte sie gießen? Außerdem war das Wasser auf dem Friedhof im Winter abgestellt. Das wusste jeder. Ihm fiel diese blöde Geschichte ein, die ihm immer wieder erzählt worden war, von Rieke, seiner Mutter und auch von Michael. Sie handelte vom sogenannten Witwencode, der auf dem Friedhof unter Witwen und Witwern vorherrschen würde. Wer treu die Blumen auf dem Grab seines Verblichenen gießt und beim Wasserholen die Gießkanne mit dem Trichter nach vorne trägt, war bereit für eine neue Beziehung. Wessen Ausguss hingegen nach hinten zeigt, der suchte noch nicht wieder. Diese Dame streckte den Ausguss gen Himmel, was Roland verwirrte. Entweder war sie blöd oder scharf auf eine neue Bekanntschaft.

»Mein Christian liegt da hinten auf dem neuen Feld. Er verstarb im Juli ganz plötzlich an einem Schlaganfall. Einfach umgefallen ist er. Mit nur 55 Jahren.« Ihr verschmiertes Augen-Make-up ließ sie wie eine Hexe aussehen. Und diese unnatürlich blonden Haare. Roland hätte sich schütteln können vor Ekel.

»Und wieso laufen Sie im tiefsten Winter mit der Gießkanne herum? Was soll das? Bescheuert sieht das aus.«

»Kennen Sie das nicht? Die Geschichte mit der Gießkanne?« Sie lächelte ihn an und sah dadurch keinen Deut besser aus.

»Ich habe davon gehört und finde es blöd. Ausguss nach vorne, Ausguss nach hinten. Okay, im Sommer macht das Sinn. Bei Minusgraden ist das mehr als albern. Und ob man dadurch jemanden kennenlernt?«

»Oh, ich habe schon viele Männer auf dem Friedhof getroffen. Ob das nun der Gießkanne zu verdanken war, weiß ich nicht. Kann doch nicht schaden, sie mitzunehmen.«

»Einfach nur bescheuert«, meinte Roland kopfschüttelnd und wollte das Grab seiner Holden verlassen. So eine plumpe Anmache war einfach nicht sein Ding.

»Sind Sie denn nicht einsam? Gerade Weihnachten ist es doch unerträglich, allein zu sein. Wie werden Sie den heutigen Abend verbringen? Vor dem Fernseher? Oder haben Sie Kinder?«

»Ich habe einen Sohn, der will allerdings nichts mehr von mir wissen. Haben Sie Kinder?«

»Nein, Christian und ich waren kinderlos. Ich war immer berufstätig, da waren Kinder nie ein Thema.«

»Na, dann wünsche ich Ihnen noch schöne Feiertage«, sagte Roland und stapfte durch den Schnee in Richtung Ausgang.

Hundert Meter weiter, an der imposanten Trauerhalle – im Stil der nationalsozialistischen Bauauffassung, erbaut in den Jahren 1935 bis 1939 – hatte sie ihn eingeholt, mit ihren winzigen Schritten in diesen Ministiefeln mit Pelzrand.

»Vielleicht sollten wir irgendwo noch was zusammen trinken? Da drüben ist eine Gaststätte.« Alles auf eine Karte setzen, hatte ihr ihre Kollegin Petra noch vor ein paar Tagen geraten. Sei nicht immer so schüchtern, hatte sie gesagt. Was hast du zu verlieren? Sie sah an dem Mann herunter. Sauber, gepflegt, wenn auch nicht der Schönste mit seiner gebogenen Adlernase. Doch kam es darauf an?

»Ich weiß nicht.« Roland war hin- und hergerissen. Einerseits wollte er noch nicht nach Hause in die leere Wohnung, andererseits war diese Frau absolut nicht sein Typ. Sie wirkte billig und benahm sich auch so. Diese aufdringliche Art. Die dämliche Kanne. Entschuldigte Einsamkeit und Verzweiflung alles?

Während er neben dieser schmalen Gestalt am Tresen saß, legte er sich Ausreden zurecht, wieso er sie nicht mitnehmen könnte, in seine Wohnung und auch nicht die ihre betreten würde. Ihren russischen Wintermantel mit dem Pelzbesatz und der auffälligen Borte hatte sie an die Garderobe gehängt, die dämliche Gießkanne stand neben ihr und zog die Blicke der anderen Gaststättenbesucher auf sich. Ihr Kostüm musste ebenfalls aus Russland stammen. Rot, mit schwarzem Besatz. Wie eine verarmte Zarin sah sie darin aus. Ob sie so auch ihrer Arbeit nachging? In diesem Outfit passte sie besser in ein Bordell als in ein Schulsekretariat, wo sie angeblich beschäftigt war. Oder war das ihr Sonntagsausgehdress? Bekanntschaft ja, jedoch nicht so eine billige Tussi. Sie schlürfte ihren Pfefferminztee so laut, dass Roland sich für sie schämte. Ihre Figur war keinesfalls die einer kurvigen Colaflasche. Sie glich eher einer schmalen Likörflasche, von oben bis unten gleich. Nichts Frauliches haftete ihr an. Ihre Zähne waren braun, was wohl dem Rauchen geschuldet war. Sie war Kettenraucherin, berichtete sie ihm grinsend und wenn es draußen nicht so bitterkalt gewesen wäre, stände sie bestimmt in ihrem billigen Kostüm vor der Kneipe. Sie begann ihn zu verhören, lachte dabei hin und wieder künstlich und leckte über ihre spröden Lippen. Als er Anstalten machte zu gehen, krallte sie sich mit ihren dünnen Fingern in seinen Unterarm fest.

»Sie können unmöglich schon gehen. Der Tag ist noch so lang. Ganz allein in Ihrer Wohnung. Es ist doch auch für Sie das erste Weihnachtsfest ohne Partner. Sollen wir den Abend nicht gemeinsam verbringen?« Aus aufgerissenen Augen starrte sie ihn an. Ihre Mundwinkel hingen nach unten. Er hatte Angst, sie würde gleich anfangen zu heulen. So sagte er, was er selbst nicht glauben konnte.

»Okay, für ein Stündchen können Sie noch mitkommen. Dann will ich alleine sein, verstanden?«

Sie strahlte ihn an, orderte beim Wirt zwei Klare und bot ihm das Du an. »Ich heiße Bärbel, Bärbel Pawelzyk.«

»Roland«, sagte er nur und kippte sich den Schnaps in den Hals.

In der Hoffnung, sie auch wirklich wieder loszuwerden, stapfte er, mit der Alten im Schlepptau, die wenigen Meter zum Püttmannsweg, wo er eine Drei-Zimmer-Wohnung bewohnte. Nein, sie war absolut nicht sein Typ. So unnatürlich, so aufdringlich, so primitiv. Er betete, dass seine Nachbarin, die neugierige Schulte-Bellinghaus nicht hinter der Scheibe in ihrer Küche hockte. Was sollte sie denken? Seine Dagmar erst zwei Monate unter der Erde und er kam mit so einer russischen Lebedame an. Von wegen Schulsekretärin.

Sie deponierte ihre Gießkanne in der Diele, hängte diesen erbärmlichen Mantel, der nach Mottenkugeln roch, an die Garderobe, ging ins Bad, um sich angeblich ihre Haare zu richten.

Dieser Eierlikörturm war eh nicht mehr zu retten, dachte Roland. Als sie aus dem Bad kam, hatte sie neues Rouge aufgelegt und fläzte sich in eine Sofaecke. Ihre Falten konnte sie mit dem Make-up nicht verbergen. Wenn sie für jede Falte zehn Euro bekommen würde, könnte sie sich einen guten Gebrauchtwagen kaufen. Roland mochte sie nicht. Dann lieber einsam sein, fand er.

Sie gaffte ihm regelrecht Löcher in sein Wohnzimmer. Kicherte über seine sparsame Weihnachtsdeko, strich mit abfälligem Blick über die gestickte Weihnachtsdecke auf dem Tisch.

»Eingerichtet wie Oma und Opa bist du. Sehr, sehr altbacken. Eiche Rustikal. Wer hat das noch?« Ihr dämliches Grinsen brannte sich auf ihrem Gesicht ein.

»Wir haben uns hier immer sehr wohl gefühlt, Dagmar und ich. Wenn es dir nicht gefällt, kannst du gerne gehen.« Ihm stieg das intensive Aroma ihres billigen Parfums in die Nase, was seine Abneigung steigerte.

»Ich bin nur ehrlich. Kann man ja alles ändern. So alt bist du ja auch noch nicht. Wenn hier mal wieder eine Frau einzieht, wird sie es dir schon schön machen.« Mit zweideutigem Blick schaute sie ihn schmachtend an.

»So eine wie du wird hier bestimmt nicht einziehen.« Er war über ihre Taktlosigkeit erschrocken.

»Was hast du gegen mich? Komm setze dich zu mir.« Sie schlug mit der winzigen Hand auf den Platz neben sich, um ihn heranzuzitieren wie einen Hund.

Er schaute sie böse an, schaltete den Fernseher ein und stellte einen Teller mit Weihnachtsplätzchen auf den Tisch. Mehr für sich selbst als für seinen Gast. Einen Kaffee servierte er ihr auch noch, bevor er sich tatsächlich neben sie setzte.

Sie schnappte sich die Fernbedienung und zappte durch die Programme. Bei dem Zeichentrickfilm »Der Polarexpress« hielt sie inne und schaute gebannt auf den Bildschirm.

»So etwas gefällt dir? So ein Schnodder? Das zeigt mir, welch kleiner Geist in deinem Hirn wohnt.« Er schüttelte denKopf und überlegte, wie er diese Bärbel möglichst schnell wieder loswurde. Nein, sie war mit Sicherheit kein Mittel gegen Einsamkeit, diese olle Nervensäge. Kein bisschen Herzenswärme könnte sie ihm spenden.

»Zeigst du mir dein Schlafzimmer? Zeit zum Kuscheln, findest du nicht? Wozu lange warten?« Sie öffnete ihre Kostümjacke, dann die Bluse. Zum Vorschein kamen zwei ausgemergelte Brüste, die nicht mal einen BH brauchten.

»Im Schlafzimmer habe ich nicht geheizt. Außerdem habe ich keine Lust auf Sex. Mit dir schon gar nicht. Du bist einfach nicht mein Typ. Kapiere das endlich!« Wütend wollte er vom Sofa aufstehen, nachdem sie sich mit ihren winzigen Händen an seiner Hose zu schaffen machte.

»Du bist doch auch schon lange allein. Davor war deine Frau krank. Wann hattest du zum letzten Mal Sex? Bist doch noch nicht steinalt. Höchstens 65, oder? Wenn ich mich hier in dem Museum so umschaue, würde ich dein Alter allerdings auf mindestens 70 Jahre schätzen.«

»Ich bin 58 Jahre alt. Und meine Einrichtung hat dich einen Dreck zu interessieren.« Roland wurde ungemütlich. Was bildete sich dieses Flittchen bloß ein? Schulsekretärin? Pah! Was sollte das für eine Schule sein?

»Ach, schau an, so jung bist du noch?« Sie lachte hämisch und versuchte wieder seine Hose zu öffnen.

»Lass das, du blöde Ziege. Es ist besser, du verschwindest jetzt. Ich will gleich essen. Mein Kartoffelsalat reicht außerdem nicht für zwei.«

»Wie soll ich nach Hause kommen? Da fährt jetzt kein Bus mehr nach Hiltrop.«

»Du bist mit dem Bus zum Friedhof gekommen?«

»Nein, mit einem Nachbarn. Der hat mich da abgesetzt.«

»Nachbarn?« Nun musste Roland lachen. »Du bist sicher, dass es nicht dein Zuhälter war, der dich am Heiligabend mit der Kanne am Friedhof abgeladen hat?«

»Was nimmst du dir raus, du Proll! Du kannst froh sein, dass dich eine feine Dame wie ich überhaupt angesprochen hat.«

»Feine Dame? Dass ich nicht lache. Du bist niemals eine Schulsekretärin.«

»Und was bist du? Sozialschmarotzer? Unterste Schublade. Und im Bett mit Sicherheit eine Null«, fluchte sie mit gefletschten Zähnen vor sich hin und begann nun von ihrem Christian zu schwärmen, wie toll er doch gewesen war und was der alles konnte.

Roland wollte es nicht hören und stellte den Fernseher lauter. Von oben aus der Wohnung über ihm hörte er Gepolter. Sein Nachbar Fritz konnte nicht mal zu Weihnachten Ruhe geben. Nun hörte er die Bässe der Stereoanlage wummern. Wahrscheinlich hatte er sich wieder zugezogen. Er hörte Stimmen. Ein Saufkumpan schien gekommen zu sein.

»Was ist denn das für ein Krach? Was geht da oben ab? Wo wohnst du bloß?«

»Ja, das da oben ist ein Sozialschmarotzer. Ich hingegen habe über 40 Jahre auf der Zeche malocht. Unter Tage. Vor einem Jahr wurde ich nach einem Arbeitsunfall frühverrentet.« Wieso rechtfertige ich mich vor so einer Schlampe, fragte er sich. »Mein Nachbar feiert Weihnachten eben auf seine Art. Wo wohnst du denn? In einem vornehmen Villenviertel?«

»In einem Hochhaus. In einer schicken Eigentumswohnung. Da geht es jedenfalls ruhiger ab als hier.«

»Wie schön für dich. Ich rufe dir jetzt ein Taxi und dann machst du die Flatter.«

Ein letzter Versuch ließ Bärbel Roland noch einmal auf die Pelle rücken. Sie schmiss sich an seinen Hals, krallte sich mit ihren klammen Fingern regelrecht an ihm fest und wollte ihn küssen.

Roland stand in Panik auf und versuchte mit aller Macht sich von ihr zu lösen, was ihm nicht gelang. Mit ihr am Hals schritt er zum Fenster und versuchte immer wieder sich von ihr zu befreien. Wie ein Klammeraffe krallte sie sich an ihn und biss ihm dabei leidenschaftlich in den Hals.

Roland platzte der Kragen. Mit letzter Kraft riss er ihre Hände von seinem Hals und schubste sie heftig von sich.

»Es reicht«, wurde er laut.

Bärbel taumelte, wankte nach hinten, verlor den Halt und schlug mit dem Genick an der Steinfensterbank auf. Sie verdrehte noch einmal die verschmierten Rosinenaugen und sackte in sich zusammen.

Roland verspürte erst einmal nur Erleichterung, diese Nervensäge vom Hals zu haben, ging in die Küche, setzte sich an den Tisch und verspeiste in aller Ruhe das Stück Streuselkuchen, das er sich heute Morgen vom Bäcker mitgebracht hatte. Gleich wird sie zu sich kommen. Dann aber nichts wie aus dem Haus mit dieser unmöglichen Person, dachte er und spürte eine unsagbare Wut auf seinen Kumpel Michael. Wenn der ihm noch einmal was von einer Frau aufreißen erzählen würde, wäre es aus mit ihrer Freundschaft. Alles war besser, als sich Heiligabend mit so einer Frau abzugeben. Ein Alptraum, diese Bärbel mit der Gießkanne. Dann lieber einsam sein.

Nach zwei Tassen Kaffee und dem Streuselkuchen im Magen ging Roland zurück ins Wohnzimmer und wunderte sich, dass Bärbel noch immer am Boden lag, den Blick starr an die Decke gerichtet. Nirgendwo Blut. Er beugte sich über sie und fühlte ihren Puls an ihrem dünnen Hals. Nichts. Die war echt hinüber. Hatte er sie etwa umgebracht? War das Mord? Nein, schrie alles in ihm.

Es war eine Verkettung unglücklicher Umstände. Ein Unfall. Er wollte sie nur vom Hals haben, im wahrsten Sinne des Wortes. Sie hatte ihn gekränkt und verspottet, wollte ihn gegen seinen Willen ins Bett zerren.

Er schnappte sich sein Telefon und wollte die Polizei rufen.

Von oben wummerte es inzwischen immer lauter. Diese Hammermusik am Heiligen Abend war eine Zumutung. Auch das Lachen der beiden Männer wurde stärker. Die arme Frau Schulte-Bellinghaus. Kein schöner Weihnachtsabend wurde ihr beschert.

Nachdem er die 110 gewählt hatte, legte er sofort wieder auf. Sie würden ihm nicht glauben. Von wegen, sie hätte ihn belästigt. Er wechselte das TV-Programm, konnte diesen Zeichentrickmist nicht mehr sehen. Bärbel ebenso wenig. Er drehte die tote Frau auf die Seite, mit dem Gesicht zur Wand. Dann holte er ihren Mantel und bedeckte damit ihren unmöglichen Kopf.

Auf dem Sofa liegend überlegte er, was zu tun sei. So hatte er sich den ersten Heiligen Abend ohne Dagmar nicht vorgestellt.

Über seine Grübeleien schlief er ein. Als er gegen 19 Uhr wach wurde, lag Bärbel immer noch da. Er goss sich ein Glas Wein ein, ging in die Küche, um Wasser für die Würstchen aufzusetzen, portionierte den Kartoffelsalat auf einen Teller. Hm, die Würstchen sahen aber auch gut aus, dachte er, während er sie ins sprudelnde Wasser tauchte. Metzger Eberle wusste, wie man gute Wurst herstellte.

Nachdem er satt war, beschloss er, Bärbel dorthin zurückzubringen, wo er sie aufgelesen hatte. Recycling sozusagen. Am Grab ihres Christians würde er sie drapieren, samt Gießkanne. Wenn alles ruhig im Haus war, würde er sich dieses Fliegengewicht schnappen, durch den Hinterausgang des Hauses zu seinem Wagen tragen, sie in seinen Kofferraum packen und mit ihr zum Friedhof fahren.

Der Wein machte ihn müde und er schlief erneut ein.

Gegen 22 Uhr erwachte er. Sein Blick ging sofort wieder zum Fenster, unter dem Bärbel lag. Doch kein böser Traum, musste er feststellen. Der Krach von Fritz, seinem Nachbarn über ihm, war verebbt, was Roland eigenartig fand, schließlich dauerte so ein Exzess von ihm mindestens bis Mitternacht, wenn nicht länger. Wie von einer inneren Macht gelenkt, verließ er seine Wohnung, stieg die Treppen hinauf in den ersten Stock. Dort bot sich ihm ein Anblick des Grauens. Die Wohnungstür stand einen Spalt breit offen, der schmierige Kumpel lag davor und hatte sich übergeben und gleichzeitig eingenässt. Das Erbrochene zierte sogar die Wände. Es stank bestialisch. Vorsichtig schob Roland die Tür ganz auf und schaute in die Diele. Von Fritz nichts zu sehen. Er wagte sich einige Schritte in die Wohnung und blickte ins Wohnzimmer, wo es chaotisch aussah. Überall leere und halb volle Bierflaschen, Pizzareste und sonstiger Müll. Mitten in dem Chaos lag er, der Nachbar, im komatösen Zustand, ordentlich Erbrochenes auf seinem Pullover. Laut schnarchte er durch die Heilige Nacht.

Das war die Chance, dachte Roland, lief eilig nach unten in seine Wohnung, schnappte sich Bärbel samt Mantel, Mütze und Tasche, warf sie sich über die Schulter und trug sie in die Nachbarwohnung in den ersten Stock. Er legte sie aufs Sofa, zwischen den Müll, warf ihren Mantel samt Mütze und Tasche auf einen Sessel. Die Bluse der frivolen Bärbel stand noch immer offen und präsentierte die winzigen Brüste.

Wie er seinen Nachbarn kannte, würde er am anderen Morgen lange ergebnislos überlegen, wie die Frau in seine Wohnung gekommen war. Ob er sie abgeschleppt hatte oder ob sie mit seinem Kumpel gekommen war. Das war nun sein Problem, freute sich Roland, als er unten in seiner Wohnung auf dem Sofa saß. Er grinste bei dem Gedanken, wie der vorbestrafte Fritz die Alte entsorgen würde. Die Polizei würde er mit Sicherheit nicht rufen.

Rolands Blick fiel auf die grüne Plastikgießkanne. Er schnappte sie, öffnete die Balkontür, betrat den eisigen Freisitz, holte weit aus und warf sie im hohen Bogen auf das Nachbargrundstück.

Blöder Witwencode!

8. DIE SCHWARZE HAND VON SCHLOSS HOHENLIMBURG

Hagen

Tim wusste nicht genau, wie er es anstellen sollte. Sein Plan war noch unausgereift, obwohl er sich schon seit zwei Wochen damit beschäftigte. Vier Tage blieben ihm noch, dann wollte der Kerl die Ware sehen. Mit seinem Kumpel Frank, der den Kontakt zu diesem Polen Marek hergestellt hatte, würden sie sich auf dem Parkplatz der Raststätte Rölveder Mühle an der A45 treffen. Erst dann würde es die Kohle geben. Ware gegen Kohle. Keinen Vorschuss. Tim hatte sich die letzten Tage gefragt, wie viel Frank sich für seine Vermittlung einstecken würde. Sicherlich ein Vielfaches von der läppischen Summe, die er bekommen würde. Für 5.000 Euro trug er das Risiko, erwischt zu werden. War es das wert? Gestern wollte Tim noch alles abblasen. Doch dann rief seine Lehrerinnen-Mutti mit hysterischer Stimme durch den spießigen Einfamilienhausflur: »Steh endlich auf, du faules Stück und mach dich nützlich. Hier gibt es ab sofort nichts mehr umsonst. Wir haben dich 41 Jahre durchgefüttert. Damit ist jetzt Schluss. Beteiligst du dich nicht an der Hausarbeit, ziehst du noch vor Weihnachten aus. Los, aufstehen! Holz hacken und Einfahrt fegen.«

Was konnte er dafür, dass es so heftig geschneit hatte? Und nur faul war er in vier Jahrzehnten auch nicht gewesen. Immerhin hatte er zwei Semester Jura studiert, nach dem halbwegs ordentlichen Abitur. War es seine Schuld, dass ihm das nicht lag? Und was war mit den zahlreichen Gelegenheitsjobs, mit denen er nie schlecht verdient hatte? Also mit »nur faul« war nichts. Er wollte nun mal nicht Lehramt Deutsch studieren wie sein Vater, dieser Spießer. Nun sollte er noch vor Weihnachten das Haus am Stadtrand von Hagen verlassen? Das war eben alles nichts seins gewesen. Die Tischlerlehre bekam seinen empfindlichen Händen nicht. Die Bäckerausbildung scheiterte an den frühen Anfangszeiten. Die zum Koch an den späten.

Also musste er diesen Deal durchziehen, wenn er zum Fest noch im Warmen sitzen wollte. »Die schwarze Hand« von Schloss Hohenlimburg gegen 5.000 Euro. Wer interessierte sich bloß für so einen Schund? Einen Teil des Geldes würde er den Eltern überreichen. Hätte er sich bei Frank nicht so weit aus dem Fenster lehnen sollen? Nicht herumstrunzen, dass es für ihn ein Leichtes wäre, dieses Ding zu besorgen? Das war es eben leider ganz und gar nicht.

Schloss Hohenlimburg, wunderschön, auf einer Anhöhe unweit von Hagen ganz im Grünen gelegen, hatte einen spektakulären Fund zu bieten: Die schwarze Hand! Als in einer Gewitternacht des Jahres 1811 ein Blitz in den Bergfried des Schlosses einschlug, fing der Turm Feuer. Das Stadtarchiv, das im Turm seine Heimstatt hatte, verbrannte fast vollständig. Bei den Aufräumarbeiten wurde eine gut mumifizierte Hand gefunden, konserviert durch Kalkmörtel. Später, an der Luft, bekam sie ihre typische schwarze Farbe. Es entstand eine Legende, die sich viele Eltern als Erziehungshilfe zunutze machten. Sie erzählten ihren Kindern die Geschichte vom jungen Grafen von Isenberg-Limburg, der die Hand gegen seine Mutter erhob. Zur Strafe gab der Vater einem Scharfrichter den Befehl, dessen Hand abzuschlagen. Als Rechtfertigung für dieses Urteil fügte er die zehn Gebote an: In ihnen hieß es ja schließlich, man sollte Vater und Mutter ehren. Zur Abschreckung sollte das Urteil auf einem öffentlichen Platz vollzogen werden. Die Hand wurde zur Warnung späterer Generationen einbalsamiert und aufbewahrt.

Seit 2010 weiß man mehr. Die Wissenschaftler untersuchten die Hand mithilfe der Computertomografie. Danach stand fest, dass es die Hand eines Mannes war. Es liegt die Vermutung nahe, dass es sich um ein Mordopfer handelte. Im vorliegenden Fall wurde der Mörder des unbekannten Mannes offenbar nicht gefunden und die Hand im Stadtarchiv aufbewahrt. Nun lag sie da, die schwarze Hand, in einem Glaskasten im renovierten Turm von Schloss Hohenlimburg. Gesichert bis zum Gehtnichtmehr. Wie oft hatte seine Mutter Tim angedroht, auch seine Hände abhacken zu lassen. Faule Hände, die angeblich zu nichts taugten.

Tim stand im Innenhof des Schlosses mitten auf dem Weihnachtsmarkt und blickte auf den Bergfried, in dem dieses kostbare Teil aufbewahrt wurde. Um ihn herum eine Menge gut besuchter Stände, die Speisen und Getränke sowie Produkte aus der Region feilboten, die ihm das Wasser im Munde zusammenlaufen ließen. Nachdem er allein sechs Euro Eintritt blechen musste, zählte er seine wenige Barschaft zusammen, um festzustellen, dass er nicht viele der Leckereien zu sich nehmen konnte. Für eine Bratwurst und einen Glühwein würde es jedoch gerade noch reichen. Er blickte zu dem Stand mit außergewöhnlichen Geschenken und Dekorationen. Was würde er seinen Eltern in diesem Jahr unter dem erbärmlichen Tannenbaum legen können? Es musste einfach klappen mit den 5.000 Euro. Sein Blick suchte den herrlichen Weihnachtsbaum, der vor dem Bergfried stand. Ja, das war eine Tanne! Supertoll und modern geschmückt. Ihm wurde warm ums Herz. Er beschloss, sich in den Innenräumen des Schlosses umzusehen. Vielleicht konnte er an einem der Stände etwas mitgehen lassen bei dem Gedränge. Ein paar Ohrringe für seine Mutter und einen Edelstein für die Sammlung seines Alten? Zuerst stärkte er sich mit einer Rostbratwurst und trank sich mit dem Glühwein Mut an. Zum x-ten Mal betrat er dann den Bergfried, stieg die wenigen Stufen hinab in den runden Raum und starrte in den Glaskasten, in dem die Hand auf einem orangefarbigen Teppich aufbewahrt wurde. An den Wänden des Raumes blinkten Videokameras. Allein wenn er den Kasten nur berühren würde, ginge hier der Alarm los, war er sich sicher. Wie sollte er es schaffen, sie da rauszubekommen? Ein schier unmögliches Unterfangen. Blöde schwarze Hand, an der auch schon ein Finger fehlte. Je nachdem, von welcher Seite man sie betrachtete, sah es so aus, als wären nur zwei Finger vorhanden. Er grinste breit, verließ den Raum, streifte noch durch den großen Saal des Schlosses. An einem überfüllten Stand, an dem sich wohlbeleibte Damen drängten, gelang es ihm tatsächlich ein paar silberne Ohrringe mitgehen zu lassen.

Abends rief Frank an und erkundigte sich, ob alles klar wäre. »Alles paletti, der Deal steht«, strunzte Tim.

»Du wirst es tatsächlich schaffen, die Pfote zu klauen? Alarmanlagen und Videoüberwachung. Denk' dran«, meinte Frank, der nicht die hellste Kerze auf der Torte war, noch.

»Ich bin doch nicht blöd«, beendete Tim das Gespräch.

Er räkelte sich auf dem Sofa seines Zimmers und spann seinen Plan weiter. Frank hatte ihm mit dem soeben ausgesprochenen Wort »Pfote« die Lösung geliefert. Er setzte sich an den PC und googelte nach Tierpfoten, die einer menschlichen Hand ähnelten.

Hirschpfoten wären nicht schlecht. Der einzige Jäger, den er kannte – ein Freund seines Vaters – war ein Plappermaul. Den könnte er nicht um eine Pfote bitten. Bei dem Anblick von getrockneten Schweinepfoten, die man Hunden zum Kauen reichte, schlug sein Herz schneller. Mit viel Fantasie könnte so eine kleine Schweinspfote die Lösung sein. Bis der Pollack merken würde, dass die schwarze Hand noch im Bergfried des Schlosses ruhte, war er längst mit seinem Pfötchen in der Heimat. Und Frank? Der würde seine Klappe halten, schließlich steckte er mit drin.

Am nächsten Morgen, dem letzten Montag vor Weihnachten, stand Tim beim Metzger Piecha in Hagen in der

Hengsteyer Straße an der Theke und hoffte, niemanden zu treffen, den er kannte. Obwohl dem Metzger Tims gesamte Familie bekannt und es somit auch schon egal war, jemanden Bekanntes zu treffen. Was er denn mit Schweinspfoten wollte, fragte ihn der Chef persönlich. Er grinste blöd und nahm ihm die Geschichte von der deftigen Erbsensuppe, die er seiner Mutter kochen wollte, nicht wirklich ab, versprach jedoch, ihm drei Pfötchen – ja, besonders kleine – bis zum nächsten Tag zu besorgen. Drei zur Auswahl wären nicht schlecht, dachte sich Tim. Gegen Mittag sollte er sie am nächsten Tag abholen. Morgens würde geschlachtet. Das traf sich gut, da seine Eltern am morgigen Tag in Mainz zu Verwandtenbesuch wären und erst am späten Abend zurückkämen.

So heizte er am frühen Morgen, kaum dass die Eltern vom Hof fuhren, Vaters Räucherofen hinten im Garten an. Wie gut, dass der passionierte Angler-Vater so etwas besaß.

Gegen Mittag war er aus der Hagener Innenstadt zurück. Äußerst skeptisch betrachtete er die wirklich kleinen Schweinspfoten und bekam starke Zweifel. Selbst ein Pole glaubte nicht alles. Die Pfötchen sahen nach allem anderen aus, nur nicht nach der schwarzen Hand aus dem Schloss. Trotzdem steckte er sie in den Räucherofen und ging ins Haus. Um die Eltern milde zu stimmen, wischte er die Böden beider Etagen, nachdem er gründlich Staub gesaugt hatte. Sie sollten seinen guten Willen sehen.

Um 18 Uhr betrat er den Garten, öffnete den Ofen und holte sein Räuchergut heraus. Schweiß tropfte von seiner Stirn und rann über seinen Nasenrücken. An der Nasenspitze verweilten die Tropfen, um dann auf dem Teller mit den Pfötchen zu landen. Gegen 20 Uhr wollten die Eltern zurück sein. Er hoffte, dass sein Vater nicht noch in den Garten gehen und den warmen Räucherofen bemerken würde. Er stellte ihn aus, entfernte die Asche und säuberte ihn. Zwei Stunden waren lang. Bis dahin würde er sicherlich noch abkühlen, hoffte Tim. Mit dem Pfötchenteller verschwand er in seinem Zimmer im Souterrain. Er stellte ihn auf seinen Schreibtisch und betrachtete ihn von allen Seiten. Hm, mit ganz viel Fantasie, dachte er, könnte die Kleinste von ihnen als schwarze Hand durchgehen. Er strich sich über seinen gewölbten Bauch. Hunger machte sich darin breit, er knurrte wie verrückt. Er stieg die Treppen nach oben und holte sich aus dem Kühlschrank den Kringel Fleischwurst, den er sich vom Metzger mitgebracht hatte. Das Geld dafür sowie für die Pfötchen hatte er sich bei der Nachbarin zur Linken geliehen.

Mit einem Kaugummi im Mund, auf dem Frank kräftig herumkaute, fettigen blonden Haaren, einer hellen Jacke mit verklebten Pelzkragen am Leib lenkte er seinen alten Golf und schaute grinsend zum Beifahrersitz herüber, auf dem Tim saß und stur geradeaus schaute. Tim war gar nicht wohl. Krampfhaft hielt er den Schuhkarton in der Hand, in der seine kostbare Fracht lag. Gestern Abend noch mit Speiseöl eingerieben, fand er sein Werk gar nicht mal schlecht, hoffte nun, dass dieser Marek nichts merken würde, die Kohle herausrückte und mit dem Karton davonfahren würde.

»Ich kann es nicht glauben, Alter. Du hast es tatsächlich geschafft, die Hand aus dem streng bewachten Raum rauszubringen? Wie hast du die Alarmanlage ausgeschaltet? Zeig doch mal her, das süße Händchen!« Noch immer laut kauend grinste Frank ihn von der Seite an. Für so clever hatte er seinen Freund gar nicht gehalten.

»Nichts da, die Kiste bleibt zu. War gar nicht so schwierig, die Pfote zu klauen. Aber sag mal, was kassierst du eigentlich dabei? Sicherlich mehr als läppische 5.000, oder?«

Mit seiner rechten Hand stieß er Tim während der Fahrt kurz gegen die Schulter. »Kann schon sein, Kumpel. Dafür habe ich auch den Kontakt hergestellt. Marek wird staunen. Sei doch froh, hast du ein bisschen Geld zum Fest.«

Frank setzte den Blinker rechts und fuhr wie vereinbart auf den Rastplatz Rölveder Mühle. Er passierte die Tankstelle, dann die Raststätte, fuhr ganz durch bis zum Ende des Rastplatzes, wo ein schwarzer Daimler am Straßenrand stand. Davor ging ein Typ ungeduldig auf und ab. Ein kurz rasiertes, bis zum Hals tätowiertes, riesiges Muskelpaket mit dunklen Kohlenaugen starrte durch die Gegend. Riesige Zähne kamen zum Vorschein, als er seinen breiten Mund öffnete. Frank stellte den Golf direkt hinter den Daimler ab. Hier hinten an der Begrenzung des Rasthofes unter kahlen Bäumen war kaum Publikumsverkehr.

»Was ist denn das für einer? Was kennst du bloß für Leute?«, fragte Tim seinen Freund und bekam richtig Angst.

»Ich kenne ihn nur vom Telefon, gesehen habe ich den auch noch nicht. Der sieht echt ein wenig gruselig aus.« Auch Frank schien sich unwohl zu fühlen, biss sich nervös auf die Lippen und bereute wahrscheinlich diesen Deal schon.

Tim stieg aus, presste den Karton eng an sich. Frank ging auf den Typen, der ihn mindestens um einen Kopf überragte, zu. »Du musst Marek sein«, sprach er Godzilla an und reichte ihm seine Hand.

»Wer sonst?«, sprach dieser mit rauchiger Stimme, öffnete den Kofferraum und wandte sich Tim zu. »Stell rein, die Kiste. Muss ja nicht jeder mitkriegen.« Muskel-Marek riss Tim den Karton regelrecht aus den Händen und legte ihn ins Auto. Aufgeregt nahm er den Deckel ab und steckte seine Nase ganz nah über den Karton. Mit der rechten Hand – eine Riesenpranke, groß wie ein Klodeckel – nahm er die Pfote in die Hand und warf sie angeekelt wieder zurück in die Kiste. Dann drehte er sich ganz langsam um und wandte sich Tim zu, zog ihn an seinem blauen Schal ganz dicht an sich heran. »Sag mal, Kumpel, bis du bescheuert? Oder vielleicht ein ganz großer Scherzkeks? Das soll die berühmte schwarze Hand aus dem Schloss sein? Für wie blöd hältst du mich? Denkst wohl, das kann man mit einem Polen machen, was? Aber nicht mit Marek Waslavsky. Das ist doch niemals das Original! Das soll eine Menschenhand sein?«

Bevor Tim antworten konnte, nahm Marek auch seine andere Hand und zog den Schal nun stramm zu, sodass Tim zu husten anfing. Frank, der neben seinem Freund stand, wurde blass und hätte am liebsten das Weite gesucht. Ängstlich drehte er sich nach beiden Seiten um, als suchte er eine Fluchtmöglichkeit.

»Das ist die schwarze Hand aus dem Schloss. Die sieht

halt alt aus«, würgte Tim leise hervor und versuchte die Situation zu retten.

»Du wirst gleich ganz alt aussehen, Freundchen. Meinst du, ich komme 750 Kilometer von Posen angereist, um mich von so einem Würstchen, wie du eins bist, verarschen zu lassen? Also, was ist das?« Marek ließ den Schal locker, um Tim die Möglichkeit zu geben zu antworten. Nach zwei tiefen Atemzügen antwortete er endlich. »Das ist die Hand aus dem Schloss. Ich schwöre es.«

Und schon spürte Tim die rechte Faust von Marek auf seinem Auge und ging vor Schmerz in die Knie.

»Das ist eine Schweinspfote, du Narr. Eine kleine, beschissene Schweinspfote. Du meinst wohl, ich bin total beknackt, was?« Er zischte ein paar unverständliche Laute durch sein riesiges Gebiss, schmiss die Pfote zurück in den Karton und sah an seinem schwarzen Wollmantel herunter, als überlegte er, was nun zu tun sei.

Frank fing hysterisch an zu schreien, als ahnte er, was auch ihm gleich blühen würde. Rotz lief ihm aus der Nase. Beine schwer wie Blei hinderten ihn daran wegzulaufen.

»Halt' du bloß die Fresse, du Memme. Was hast du mir da vermittelt? Hast mir gesagt, auf deinen Kollegen ist Verlass.« Voller Wucht trat Marek Frank kräftig in den Unterleib, woraufhin er ebenfalls in die Knie ging. Voller Panik drehte sich Frank suchend nach Passanten um. Er weinte wie ein kleines Kind. Er konnte sich nicht erinnern, jemals so starke Schmerzen empfunden zu haben. Wieso war denn hier keiner, fragte er sich verzweifelt.

Am Schal zog Marek Tim zu sich hoch.

»Gib zu, dass du mich reinlegen wolltest. Abkassieren für eine Schweinepfote. Los, gib es zu!«

»Das ist die Hand aus dem Schloss«, behauptete Tim nach wie vor.

Es folgte ein weiterer Schlag von Mareks großer Faust, diesmal aufs Maul. Die beiden oberen Vorderzähne mussten dran glauben. Tim ging erneut zu Boden und spukte sie mit ganz viel Blut in den Schnee.

»Steh auf, du Verräter. Entweder, ich kriege jetzt sofort 10.000 Euro Schadensersatz oder dir geht es richtig dreckig. Was ist nun?« Marek packte Tim am Kragen, zog ihn hoch und bugsierte ihn zu dem alten Golf. »Los, mach den Kofferraum auf«, wandte er sich nun an Frank, der nur mühsam in den Stand kam.

»Was hast du vor? Ich wusste nichts davon. Ganz ehrlich. Lass mich gehen, bitte. Er hat auch mich reingelegt.« Frank sah Marek flehend an.

Der Kofferraum sprang auf, Marek ergriff erneut die beiden Schalenden und zog kräftig zu. So lange, bis Tim nicht mehr zappelte und in sich zusammensackte. Es war für den starken Mann, der mindestens zwei Meter groß war, ein Leichtes, ihn in den engen Kofferraum des Golfs zu verstauen.

Grinsend zog Marek ein Klappmesser aus der Hosentasche.

»Lass ihn leben, bitte. Er kommt bestimmt bald wieder zu sich. Du willst doch so kurz vor Weihnachten keinen Mord begehen«, flehte Frank Marek an.

»Was interessiert mich Weihnachten, du Hohlkopf? Er hat mich reingelegt und dafür büßt er. So was macht man mit Marek nicht. Das verbietet mir mein polnischer Stolz, ihn einfach laufen zu lassen. Du kannst von Glück sagen, wenn ich dich nicht töte.«

Marek ließ die Messerklinge schnacken, setzte sie an Tims Hals, nachdem er den Schal geöffnet hatte, und schnitt ihm mit ruhiger Hand fein säuberlich die Kehle durch.

Mit den Worten »Frohes Fest, du Schwein« schloss Marek den Kofferraumdeckel, nachdem er das Messer in seiner Hosentasche verschwinden ließ. Dann packte er Frank an seinem schmutzigen Kragen, schubste ihn zu seinem Daimler, öffnete den Karton im Kofferraum, entnahm ihm die Pfote und stieß sie dem zitternden Frank mit aller Kraft in sein panisch offen stehendes Maul. Er schaute auf seine Rolex.

»Du hast genau zwei Minuten, um von hier zu verschwinden. Ansonsten setze ich dir auch so einen tollen Schnitt an deinem dreckigen Hals. Sah gut aus, was?« Marek lachte laut und hämisch.

Heulend versuchte Frank so gut es ging zu seinem Auto zu humpeln. Mit aller Kraft zog er sich die Schweinspfote aus dem Mund und erbrach sich auf der Straße. Sein Unterleib schmerzte noch immer höllisch. Zitternd vor Angst klemmte er sich hinters Steuer, ließ den Motor aufheulen, gab Gas und fuhr auf der eisglatten Straße schlitternd davon.

Weg, nur weg, sagte er sich, heulte, was das Zeug hielt und bejammerte seinen alten Kumpel Tim, der langsam, aber sicher in seinem Kofferraum ausblutete. Kurz vor Weihnachten auf so eine Art seinen besten Freund zu verlieren, schmerzte schon sehr. Gleichzeitig verspürte er auch Wut auf Tim. Er fühlte sich ebenfalls von ihm reingelegt. Seine Knete war nun futsch. Wie konnte er ihm das bloß antun? Hätte er sich doch denken können, dass er niemals in der Lage gewesen wäre, die Hand mitgehen zu lassen.

Er schüttelte den Kopf. Eine Schweinspfote! Was für eine irrsinnige Idee.

Die Autobahn war zum Glück gerade gestreut worden. Der schwarze Daimler hupte, während er Frank überholte. Als er mit ihm auf gleicher Höhe war, grinste dieser riesige Bär zu ihm herüber und zeigte ihm den Stinkefinger.

Na, klasse! Was sollte er nun tun? Die Geschichte würden ihm die Bullen doch niemals abnehmen. Ein Pollak, der die schwarze Hand von Schloss Hohenlimburg stehlen ließ. Er konnte kaum schlucken, hatte immer noch den ekeligen Räuchergeschmack im Mund. Die kleine Pfote lag auf dem Beifahrersitz. Immerhin hätte er einen Beweis.

Hätte er Tim noch retten können?, fragte Frank sich und bekam ein schlechtes Gewissen. So tief, wie der Pole in seinen Hals geschnitten hatte, wohl kaum.

Die 17 Kilometer zurück nach Hagen fahren oder 700 bis zur polnischen Grenze, um Tim dort irgendwo in einem Wald abzuladen? Frank entschied sich für die kürzere Variante, da er sich wegen seiner Schmerzen nicht in der Lage sah, so eine weite Strecke zu fahren. Er schaute in den Rückspiegel. Ziemlich lädiert sah er aus. Eingerissene Mundwinkel, verheulte Augen, vom Angstschweiß verklebte Haare. Konnte er so irgendwo einen Kakao trinken, um sich was zu überlegen?

Eine halbe Stunde später saß er in der Stadtbäckerei Kamp in der Hagener Innenstadt bei Kakao und Apfelkuchen und dachte nach. Der Kakao wärmte seine Seele. Plötzlich fiel es ihm wie Schuppen von den Augen. Wieso war er nicht eher darauf gekommen? Seine Eltern besaßen auf dem Campingplatz am südlichen Ufer des Harkortsees, nur zehn Kilometer von seinem Zuhause entfernt, einen fest stehenden Wohnwagen, der im Winter nicht aufgesucht wurde. Nur ein paar ganz hartgesottene Dauercamper ließen sich im Winter dort mal für ein paar Tage auf dem Platz blicken. Der Platzwart selbst war über Weihnachten auf Mallorca, wusste er von seiner Mutter. Er würde Tim heute Abend dorthin bringen – konnte bis vor den Wohnwagen fahren – und am Heiligen Abend im See versenken, nachdem er sich ausgiebig von ihm verabschiedet hatte. Einkaufen müsste er auch noch, schließlich sollte es ein schöner Abend werden.

Getröstet verließ er das Café und plante im Geiste den Heiligen Abschiedsabend für seinen Freund. An Tims Eltern und die Sorgen, die sie sich machen würden, wenn er am Abend nicht nach Hause käme, dachte er nicht. Tims Bestattung in zwei Tagen war wichtiger.

9. TAUCHE, MEIN FREUND, TAUCHE TIEF

Bad Sassendorf

Ich fuhr auf den Hotelparkplatz, stellte meinen Polo ab und ging durch den stark frequentierten Haupteingang ins Hotel. Es gab noch einen Zugang vom Kurpark aus. Das Fachwerkanwesen, verteilt auf mehrere Gebäude, hatte eine einmalige Lage, davor das kleine Flüsschen Rosenau und die prächtigen Bäume, die es flankierten. Doch jetzt im Fast-Winter, zwei Wochen vor Weihnachten, war sicherlich auch im Kurpark alles karg und verfroren, wovon ich mich später, wenn ich eingecheckt hatte, selbst überzeugen würde. Die Lobby wurde einem Vier-Sterne-Superior-Hotel mehr als gerecht. Edle Leder-Sitzgruppen, Möbel in dunklem Holz, helle Hochglanzfliesen am Boden. Eine imposante Tanne, im neuesten Trend geschmückt, verbreitete weihnachtliches Flair schon in der Adventszeit. Das Economy-Einzelzimmer, zum Kurpark gelegen, würde mir reichen. Ein Superschnäppchenpreis, inklusive Halbpension und Wellnesstag. Was wollte ich mehr? Einfach mal eine Auszeit, meine Ruhe haben, ausspannen, durchatmen bei meinem anstrengenden Job und dem Ärger mit meinem neuen Lebensgefährten, dem Ersten Hauptkommissar des KK11 in Recklinghausen, Thomas Scheffel. Ich füllte die Anmeldung aus und musste dabei lachen, was die nette Dame verunsicherte. Nachdem ich ihr versichert hatte, dass ich nur gerade an etwas denken musste, schaute sie mich noch immer an, als hätte ich nicht mehr alle Tassen im Schrank. Mir war nämlich spontan eingefallen, dass Thomas schon der dritte Kommissar war, mit dem ich näheren Kontakt hatte. Da war ja auch noch Stefan gewesen. Die Liaison war seit Jahren beendet. Und Blauländer zählte eigentlich nicht, die Beziehung war stets nur platonisch gewesen. Allein schon vom Äußeren war er absolut nicht mein Typ, viel zu alt und auch noch seit der Steinzeit verheiratet. Aber schmunzeln wird man ja wohl noch dürfen.

Nein, mein Gepäck trage ich alleine nach oben, winkte ich dem netten Herrn dankend ab, als er sich meine Tasche schnappen wollte. Das fehlte gerade noch. Selbst ist die Frau.

Als ich mein Zimmer im Bauernhaus betrat – klein, aber urgemütlich – warf ich die Tasche aufs Bett und trat ans Fenster. Schnee lag nicht, doch im Kurpark herrschte trotz Minusgraden reger Betrieb.

Eine moderne Sitzecke, zwei Stehlampen, die warmes Licht an dem trüben Tag spendeten, roter Teppichboden, TV und Schreibtisch. Klein, jedoch alles da. Was tun? Mich ein wenig hinlegen und entspannen oder eine Runde durch den Kurpark laufen? Ich entschied mich für Letzteres, schaute noch einmal aus dem Fenster, kippte den Begrüßungsschampus hinunter, und dachte plötzlich, mich träfe der Schlag.

Das war doch! Nein, es konnte nicht sein. Ich setzte

mich aufs Bett und wartete, dass mein Herzschlag sich beruhigte, stand wieder auf, schaute erneut aus dem Fenster des oberen Stockwerks des Bauernhauses, in dem ich untergebracht war. Er war es doch! Helmut Blauländer, Erster Hauptkommissar des KK11 in Buer, meiner Heimatstadt. So täuschen konnte selbst ich mich nicht. Diesen karierten Couchdecken-Wintermantel mit den Raglanärmeln, die dämliche Perserkappe, die er bestimmt aus dem Fundus des Stadttheaters hatte, die kurzen Winterstiefel, die wie kleine Eimer aussahen. Die Goldrandbrille blinkte bis zu mir ins Obergeschoss hinauf. Ich konnte sogar seine Augen hinter den Gläsern hin und her flitzen sehen.

Was hatte er hier zu suchen? Ich hatte ihm nichts von meiner adventlichen Reise erzählt. Sollte etwa? Oh, nein! Hatte meine Mutter Waltraud etwa geplaudert? Konnte sie mal wieder ihre vorlaute Klappe nicht halten? Und reichte es nicht, dass er mir erst vor drei Tagen am Telefon die Meinung gesagt hatte? Was bildete sich dieser Koloss eigentlich ein? War es etwa meine Schuld, dass man diesen toten Maler bei mir auf dem Hof gefunden hatte? Nein, es handelte sich nicht um einen Kunstmaler, den man eines Morgens hinter dem Wohnturm einer Zechensiedlung mit durchgeschnittener Kehle fand, sondern um einen einfachen Anstreicher, der langsam, aber sicher ausgeblutet war. Ich hatte der Hobbyermittlerei, die mich zwei Mal fast das Leben gekostet hatte, längst abgeschworen und befasste mich nun mit wichtigeren Dingen. Hätte ich die Ausbildung zur privaten Ermittlerin vor zwei Jahren nicht gemacht, wer weiß, wo ich dann heute wäre, um mein Brot zu verdienen, nachdem das Kaufhaus, in dem ich beschäftigt war, geschlossen wurde. Bei Aldi an der Kasse vielleicht? Nein, meine Entscheidung war vollkommen richtig gewesen. Mit dem passenden Sponsor, den mir ein Mordfall schickte, war das alles nicht allzu schwer gewesen und ich hatte mich inzwischen am Markt etabliert und einen festen Kundenstamm. Viel wichtiger: Ich hatte mir einen guten Namen gemacht, war mit Herzblut dabei.

Zurück zu Helmut Blauländer, der noch vor wenigen Tagen felsenfest behauptet hatte, ich hätte mit dem Tod des Malers etwas zu tun. So eine Frechheit. Ich zog meine Winterjacke an, meinen neuen kecken Hut über den Kopf und den roten Schal um meinen Hals. Ich musste mich dem Übel stellen, je schneller hatte ich es hinter mir und konnte die freien Tage genießen. Bestimmt war es nur Zufall, dass er hier war. Betriebsausflug der Kripo oder des Heimatvereins? Und wer ermittelte im Falle des toten Malers? Sprach er nicht immer davon, er wäre unabkömmlich?

Guten Mutes verließ ich das Hotel und betrat den herrlichen Kurpark, setzte meinen Weg in Richtung Salinen fort. Vorbei an imposanten, weihnachtlich angeleuchteten Fachwerkhäusern, die irgendwo vor langen Jahren abgebaut und hier neu angesiedelt worden waren. Vom Kommissar keine Spur mehr. Als ich die vor Kälte dampfenden Salinen erblickte, musste ich schon wieder schmunzeln. Hier an dem imposanten Gradierwerk war ich auf den Heiratsschwindler Simon von Brehden gestoßen. Ein Ausflug mit meiner Mutter Waltraud an einem herrlichen Sommertag. Ich hätte mich in diesen gut aussehenden Mann nicht verlieben dürfen. Auf der

Terrasse des Schnitterhofes hatte ich neben ihm gesessen, diesem Schönling. War ich deshalb nach Bad Sassendorf für meine Auszeit gefahren? Um alte Erinnerungen aufzufrischen? Ein Jahr später saß ich wieder hier in Sassendorf und ermittelte in Sachen Rosensalzmörder. Was ich aber auch schon alles hinter mir hatte. Dagegen ließ sich meine jetzige Tätigkeit geradezu langweilig nennen.

Alle Bänke waren verwaist. Die Kurgäste hatten es eilig, wieder in ihre Unterkünfte zu kommen. Beim Thermalbad stiegen dampfende Wolken über dem Außenbecken auf, so als würde das Wasser kochen. Dabei waren sie bloß dem Temperaturunterschied geschuldet. Einige Mutige schwammen draußen ihre Runden. Übermorgen fand das berühmte Mitternachtsschwimmen statt. Da könnte ich dran teilnehmen. Das wäre doch mal was, überlegte ich.

Helmut Blauländer war wahrscheinlich nur eine Fata Morgana gewesen. Oder ein korpulenter Mann, der ihm ähnlich sah? Die Dunkelheit brach herein. Zeit, zurück zum Hotel zu laufen. Davor blieb ich stehen, um mir dieses Idyll einzuprägen. Die erleuchtete Tanne und die Speiseräume, deren prunkvolle Beleuchtung weihnachtliches Flair nach draußen sandte, stimmten mich wehmütig.

Vielleicht war es doch Blauländer gewesen und er war Richtung Sälzerplatz unterwegs, um auf dem Weihnachtsmarkt einen Glühwein zu trinken? Ob ich mich da mal umschauen sollte? Nein, ich mache mich jetzt salonfähig und werde den Speisesaal aufsuchen, entschied ich. Mal sehen, zu wem man mich an den Tisch setzen würde.

Man hatte mich an einen hübsch gedeckten Sechsecktisch verfrachtet. In der Tischmitte thronte ein Adventsgesteck. Das weiße Geschirr und die blitzsauberen Gläser funkelten in seinem Kerzenschein. Überpünktlich setzte ich mich, nachdem die freundliche Hausdame mich an den Tisch geführt und ich mein Namensschildchen entdeckt hatte. Zwei ältere Ehepaare saßen bereits an der Tafel und begrüßten mich herzlich. Beide Paare schon im Rentenalter, die Frauen – eine in blond, eine in schwarz – übertrieben mit Schmuck behangen, die Männer lieb grinsend und den Damen eindeutig hörig. Der Platz mir gegenüber war noch frei und ich war gespannt, wer sich gleich dort platzieren würde. Ich nippte gerade an meinem Aperitif, als besagte Person an den Tisch trat. Keinesfalls eine Schönheit sowie damals Simon von Brehden. Und niemand anderes als Helmut Blauländer setzte sich in einem schlecht sitzenden schwarzen Anzug mit knallroter Krawatte um den breiten Hals höflich grüßend an den Tisch. Wir waren somit komplett. Er ließ mich nicht aus seinen grünen Augen, fixierte mich regelrecht mit seinen winzigen Weintrauben, hinter seiner Goldrandbrille, die sich in fleischige Wangen grub. Was erwartete er? Dass ich Überraschung heucheln würde? Mich gar freuen? Bis er endlich saß, wie er sitzen wollte – er ruckelte mit dem Stuhl keuchend einige Male hin und her –, vergingen bestimmt zwei Minuten.

»Frau Sommerfeld, welch eine Überraschung! Auch ein paar Tage ausspannen?«, wandte er sich an mich und räusperte sich dabei lautstark.

»Hat Ihre Anni nichts dagegen, wenn Sie allein verreisen? Oder sitzt sie oben im Zimmer?« Ich wusste doch, was er zu Hause für eine eifersüchtige Fregatte hatte, und konnte meinen Mund nicht halten.

»Ich brauchte mal etwas Abstand.«

»Ausgerechnet hier, in Bad Sassendorf?«

»Sie haben mir seinerzeit so viel davon vorgeschwärmt, dass ich neugierig geworden bin.«

»Nach so langer Zeit? Wie haben Sie herausbekommen, dass ich hier bin?«

»Zufall. Reiner Zufall! Ich wusste es gar nicht und bin echt überrascht. Positiv überrascht.« Ein künstliches Grinsen sollte das Gesagte unterstreichen.

»Nachdem Sie mich vor ein paar Tagen am Telefon mal wieder so richtig zusammengefaltet haben, hoffte ich, wir würden uns nie wiedersehen.«

Die Tischgespräche der älteren Herrschaften, blödes Geplänkel über Rentenerhöhungen und unfähige Ärzte, verebbten schlagartig. Geschockt starrten mich besonders die von Falten umgebenen Weiberaugen an. Ich konnte regelrecht sehen, was sie dachten. Sie hielten mich für ein freches Weibsstück und hatten Mitleid mit dem freundlichen Herrn.

Ich faltete die weiße Leinenserviette auseinander, da soeben die Suppe serviert wurde. Ein riesiges, gestärktes Tuch, groß genug, selbst den dickhalsigen Kommissar damit zu strangulieren. Oder sollte ich es durch die Gegend schwenken, um meinem gegenübersitzenden Feind damit zu signalisieren, dass ich in friedlicher Absicht hier war? Das war ich nicht, was ihn betraf. Ich wollte ihn hier nicht haben und beschloss, ab sofort zu schweigen, um diesen neugierigen Hühnern samt ihren Untertanen nicht noch mehr Stoff zu liefern. Wann sollten sie den auch bereden? Das würde bei diesen Lahmärschen die ganze Nacht dauern.

»Das haben Sie missverstanden, liebe Margareta Sommerfeld. Ich wollte mich lediglich erkundigen …«

»Shut up«, schrie ich ihn an. So laut, dass die blonde Alte ihren Löffel in die Suppe fallen ließ und sich ihr Brokatoberteil versaute. Nun weinte sie.

»Nicht hier und jetzt«, legte ich nach. »Überhaupt habe ich nicht vor, noch ein weiteres Wort mit Ihnen zu wechseln. Ich will mich hier erholen und nicht zu Tode ärgern.«

»Das ist schade«, flüsterte er und schaute mit gesenktem Pfarrersblick in die Runde. Er hatte die vier Pappnasen eindeutig auf seiner Seite, was mir eigentlich egal sein konnte.

Verständnisvoll konnte er sich schon immer geben. Den lieben Vati spielen, bei dem ich mich aussprechen konnte. Wie oft hatten wir uns getroffen, um uns auszutauschen. Auf der Terrasse vom Berger Schloss, in der Buerschen Markthalle und auf dem Wolterhof, um nur drei Beispiele zu nennen. Nach den Morden auf dem Zechengelände, dem vom Heiratsschwindler und dem an der kochenden Barbara, ausgeführt vom Rosensalzmörder. Fast Freunde waren wir geworden. Ich hatte ihm vertraut, um letztendlich dahinterzukommen, dass er mich nur benutzt hatte. Mein Wissen genutzt hatte, um in seinen jämmerlichen Ermittlungen weiterzukommen und seine Dummheit zu vertuschen. Er missgönnte mir den Erfolg als private Ermittlerin. Und natürlich meine neueste Liebschaft Thomas Scheffel. Doch sollte ich ihm das hier und jetzt an den verschwitzten Kopf schmeißen, während er wie ein hungriger Wolf sein Rindfleisch regelrecht riss statt zu schneiden? Ich musste mir einen anderen Tisch zuteilen lassen, gleich nach dem Essen. Vier Tage mit dem Heuchler gegenüber. Nein, danke!

Nachdem ich mehrere Runden in dem tollen Swimmingpool gedreht hatte, lag ich nun auf der Liege, mit Blick aus dem Fenster, in den mit Raureif überzogenen Kurpark und schloss die Augen. Von den zauberhaften leisen Mozartmelodien milde gestimmt, hatte ich meinen Ärger, meinen Sitzplatz am Tisch nicht tauschen zu können, fast überwunden, träumte versonnen vor mich hin und plante im Geiste meinen Tag.

»Guten Morgen, Frau Sommerfeld. Oder darf ich Margareta sagen? Schließlich kennen wir uns schon so lange Jahre.«

Ich öffnete die Augen, schaute zur Seite und hätte sie am liebsten gleich wieder geschlossen. Da stand er vor mir, Albtraum Blauländer, in einem hautengen weißen Hotelbademantel. Wahrscheinlich war dieser nur hauteng, weil es keinen Größeren gab, den das Hotel zu bieten hatte.

»Unterstehen Sie sich! Dann müsste ich Sie Helmut nennen und das geht gar nicht. Nun schwimmen Sie schon Ihre Runden und lassen mich einfach in Ruhe.«

»Ich frage mich, wieso Sie so garstig zu mir sind. Wir haben uns doch mal so gut verstanden.«

»Und da fällt Ihnen keine Antwort ein? Lang, lang ist es her, dass wir uns mal gut verstanden haben. Damals war ich noch dumm. Das Leben hat mich gelehrt, solchen Menschen wie Ihnen aus dem Weg zu gehen. Bei jedem ihrer letzten Fälle wollten sie mir Mittäterschaft in die Schuhe schieben. Einmal muss genug sein. Ich bin keine Hobbydetektivin mehr. Lassen Sie mich einfach in Ruhe. Pech, dass wir hier zur gleichen Zeit im gleichen Hotel abgestiegen sind. Reden muss ich deshalb noch lange nicht mit Ihnen, Sie Inspector Barnaby für Arme.«

Nichts sagte er mehr, grinste nur gütig, legte den Bademantel auf eine der Liegen ab, woraufhin ich eiligst die Augen schloss, und sprang vom Beckenrand ins Wasser, was verboten war. Grunzend schnaufte er sich durch das Becken, stöhnte nach jeder Bahn, als nippelte er jeden Moment ab.

Was habe ich nur verbrochen, fragte ich mich zum wiederholten Male, verzog mich blitzschnell, kleidete mich auf meinem Zimmer an und eilte zum Frühstück. Ehe die Dampfwalze angerollt käme, wäre ich längst fertig, dank Frühstücksbüfett.

Bei der Namaste-Rückenmassage wenig später hörte ich ihn durch die Trennwand mit der Masseurin reden. Satzfetzen drangen an mein Ohr. Es dauerte kurz, bis ich diese dem Kommissar zuordnen konnte. Was redete der Kerl da? Wieso ließ der sich massieren? Bekam er die Massage etwa auch zum Preis von 35 Euro? Da er viel mehr Hautoberfläche hatte als ich, müsste er regulär das Doppelte zahlen.

Wie es ihm denn hier gefiele, wollte die nette Dame wissen. Ach gar nicht gut, behauptete er traurig anrührend. Er hätte eine alte Bekannte hier im Hotel wiedergetroffen, die sehr unfreundlich zu ihm wäre, wo er ihr doch nie etwas getan hätte. Die Bedienstete riet ihm, noch mal mit der Dame zu reden. So oder ähnlich reimte ich mir entsprechende Satzfetzen, die durch die Wand zu hören waren, zusammen. Ja, spinnt denn der? Während ich die Nachspürzeit genießen sollte, musste ich mir so ein Blech anhören? Der wusste doch ganz genau, dass ich hier hinter der Wand lag. Alles Taktik. Ich beschloss abzureisen, gleich heute nach dem Mittagsimbiss mit Livemusik.

Zu diesem Imbiss erschien er gar nicht erst und ich wurde von den Damen links und rechts neben mir gefragt, wo denn der nette Herr Blauländer wäre. Selbst die Hausdame kam zu meinem Tisch und fragte nach ihm.

»Ja, was soll das denn? Wieso fragen mich alle, was dieser Kerl treibt? Was habe ich mit dem zu schaffen? Ja, geht es noch?«, ranzte ich die überaus nette Dame an, die daraufhin die Schultern hochzog und verschwand. Auch an unserem Tisch herrschte nun eisiges Schweigen. So lange, bis die blond gefärbte Brokatliese mich fragte: »Sagen Sie mal, was hat Ihnen dieser nette Herr eigentlich getan? Ist der wirklich so schlimm?«

»Schlimmer«, sagte ich nur, schlang mein Essen hinunter und verließ den Saal.

Dieses Ekel hetzte alle gegen mich auf. Mir kam die Galle hoch. Ich galt hier inzwischen als der Hass des Hotels. Was nahm er sich heraus?

Den kulturellen Ausflug am nächsten Tag sagte ich nicht unter dem Vorwand, an Magenschmerzen zu leiden, ab, wie ich ursprünglich vorhatte, nachdem Blauländer am Nachmittag – ich lag gerade schlummernd auf meinem Bett – an die Tür klopfte und mich sprechen wollte. In der Hand hielt er ein kleines Tablett mit zwei Tassen Kaffee und einem Schälchen Weihnachtsgebäck. Natürlich ließ ich ihn nicht herein. Er brauchte nichts richtigzustellen, wie er mir vorschlug. Ich pfiff darauf, wollte nur meine Ruhe haben, was ich auch lautstark verkündete. Irgendwann, nachdem die zweite Tür auf dem Gang sich öffnete und um Ruhe gebeten wurde, schob er mit seinem Tablett in den zitternden Händen ab.

Ich war den Tränen nahe gewesen. Wieso ließ er mich nicht in Ruhe? Was wollte er von mir? Etwa mit mir in die Kiste steigen? Dieser alte Lustmolch!

So sah ich zu, wie alle Teilnehmenden den Planwagen, gezogen von zwei Kaltblütern, die ihren Atem in die kalte Winterluft hauchten, bestiegen. Blauländers Augen suchten mich, die bewusst ganz am Ende der Reihe stand. Unter den überwiegend älteren Herrschaften befand sich auch meine neueste Errungenschaft vom letzten Abend an der Hotelbar. Ungefähr 40 Jahre alt schätzte ich ihn, also in meinem Alter. Torsten war eigentlich recht nett. Verfügte jedoch über zwei abgebrochene Dinge, die da wären: sein Medizinstudium und sein Schneidezahn oben, welcher seiner übergroßen Angst vorm Zahnarzt geschuldet war. Torsten winkte mir zu, was Blauländer, ganz Kommissar, mit scharfem Blick beobachtete. Als ich als Letzte den Wagen besteigen sollte, drehte ich ab und ging zurück ins Hotel. Sollten sie doch zu dieser Kulturscheune fahren, sich Kaffee, Kuchen und Gedichte reinpfeifen sowie den Sangesergüssen eines Chores lauschen. Ich würde in der Zeit das Schwimmbad aufsuchen, um meine Tauchkünste zu trainieren.

Insgeheim hatte ich gehofft, dass auch er zum legendären Mitternachtsschwimmen im Thermalbad erscheinen würde. Doch noch konnte ich meinen Feind nicht erblicken. Dieses Schwimmen in der Nacht, das einmal im Monat stattfand, war hier der Geheimtipp. Das spätabendliche Baden in sprudelnder Sole schaffte in Verbindung mit Musik und stimmungsvollen Lichtspielen eine unvergessliche Atmosphäre. Gratis dazu gab es einen Fruchtcocktail, wahlweise auch einen Glühwein. Ich zog einige Bahnen im Innenbecken, das erstaunlicherweise nur wenig besucht war, bevor ich mich durch die Schleuse nach draußen wagte. Die Wassertemperatur lag hier immerhin bei 33 Grad. Die Außenlufttemperatur schaffte nicht einmal die Null-Grad-Grenze zu knacken, was ich aber gar nicht wahrnahm. Die sprudelnde Sole tat mir gut und weckte meine Lebensgeister. Fast vergessen war der Stalker Helmut Blauländer, der vor Jahren tatsächlich mal ein guter Freund gewesen war. Das Becken war mit Fackeln umsäumt, die eine festliche Stimmung zauberten. Die aufsteigenden Dampfwolken schafften zusätzlich eine mystische Atmosphäre. Ich trug meinen neuen roten Badeanzug und kam mir vor wie ein Modell. Meine mittelblonden Haare hatte ich zu einem Dutt hochgesteckt.

Ganz hinten am Beckenrand mit Blick zum Gradierwerk unterhielt sich ein verliebtes Pärchen. Sie nippten an ihren Cocktailgläsern und schienen die Welt um sich herum vergessen zu haben. Der fontänenartige Springbrunnen in der Mitte des Beckens lockte einen älteren Mann an, der immer wieder unter ihm herschwamm. Ich schaute auf meine Uhr. 22.30 Uhr. Letzter Einlass war um 23 Uhr. Gegen 0.30 Uhr war der Spaß vorbei. Ich schwamm durch die Schleuse in den Innenbereich, in dem sich im Becken und auf den Liegen drum herum ungefähr zehn Badegäste aufhielten. Weder der tolle Torsten noch Helmut Blauländer waren zu erblicken. Um Mitternacht wurde mir langweilig. Meine Haut fühlte sich mittlerweile aufgeweicht an. Ich holte mein Handtuch aus der Tasche und breitete es auf einer der Liegen aus. Während ich träumend an die Decke starrte, registrierte ich, dass der Kommissar nicht wie erhofft erschienen war. Sei doch froh, sagte ich mir, hast du deine Ruhe. Letzter Einlass war vor einer Stunde gewesen. Wo sollte er sich so lange aufgehalten haben? Im Innenbereich war nur noch ein einziges Paar zu sehen, ansonsten herrschte gähnende Leere. So beschloss ich, eine letzte Außenrunde zu drehen und dann zurück zum Hotel zu gehen. Ich dachte kurz an die Unterhaltung beim Abendessen und schüttelte unmerklich für andere den Kopf. Was er wieder für einen Stuss geredet hatte, der tolle Kommissar. Plauderte aus seinem unaufgeräumten Nähkästchen, gab Insiderwissen preis. Letztendlich sprudelten Lobeshymnen über mich aus seinem Mund. Oberpeinlich. Ich war so verärgert, dass ich wenig später mit verstellter Stimme zu Hause bei seiner Anni anrief und vorgab, ihn sprechen zu wollen. Er sei auf einem Seminar in Koblenz, erzählte mir die schreckliche Frau, woraufhin ich ihr mit hämischem Lachen mitteilte, dass das nicht stimmen und er sich mit seiner Geliebten im Hotel Schnitterhof aufhalten würde. Dann hatte ich aufgelegt und mich gefreut. Das würde ein Donnerwetter geben, wenn er wieder zu Hause eintrudeln würde.

Im Außenbecken angekommen, stellte ich fest, dass nur noch ein einziger Schwimmer draußen seine Runden drehte. Und dieser Einsame war kein anderer als Helmut Blauländer. Er schwamm nach ganz hinten zum Beckenrand, hielt sich fest und schaute wartend durch die Gegend. Plötzlich hatte er mich entdeckt und winkte mir zu. Das durfte nicht wahr sein. Wo hatte er sich mindestens eine Stunde lang aufgehalten? Ich schwamm rechts zum Rand und wartete ab.

Wenig später machte er ein paar Züge in meine Richtung und gesellte sich zu mir.

»Na, was treibt Sie zu so später Stunde in die kalte Nachtluft?«, schmeichelte er sich bei mir ein. »Ich habe mir gedacht, dass Sie hier sind, und Sie gesucht.«

Nass, mit behaartem Oberkörper und ohne Brille sah er noch schrecklicher aus als bekleidet.

»Um mir *was* zu sagen?«

»Um Frieden mit Ihnen zu schließen.«

»Das wüsste ich aber.«

»Dafür werde ich die Sache mit dem Maler, in der Sie mit Sicherheit involviert sind, für mich behalten. Sie müssten allerdings ein wenig nett zu mir sein. Wir verstehen uns, nicht wahr?«

Jetzt drehte der Dicke total durch, dachte ich und hätte ihn am liebsten auf der Stelle geohrfeigt. Ich verspürte wenig Lust, ihm zum hundertsten Mal zu erklären, dass ich weder mit dem toten Maler noch mit dem im Berger See ertrunkenen Mann etwas zu tun hatte.

Ich sah mich um. Wir waren hier draußen am Ende des Beckens völlig allein. Eine Lautsprecherdurchsage teilte mit, dass das Mitternachtsschwimmen in wenigen Minuten beendet sei und man die Außenbeleuchtung gleich abschalten würde.

Blauländer sah mich mit seinem verschmierten Mund an. Glühwein klebte ihm noch am Kinn.

Ich gab vor, noch eine Runde schwimmen zu wollen, tauchte irgendwann ab und schwamm unter Wasser auf seine dicken Stampfer zu, riss an seinen Unterschenkeln, bis er den Halt verlor und ganz ins Wasser sackte. Ich richtete mich kurz auf. Er versuchte es ebenfalls. Dann tauchte ich wieder ab, packte ihn an seinen Schultern und drückte ihn mit aller Kraft herunter, sah unter Wasser in seine weit aufgerissenen grünen Augen und gab alles. Seine Arme ruderten wie verrückt und versuchten mich zu packen. Immerhin war ich in der Lage, 80 Sekunden unter Wasser zu bleiben. Schaffte der Dicke auch so lange? Nach gefühlten fünf Minuten sackte er in sich zusammen und ging zu Boden.

Ich tauchte auf und schnappte nach Luft. Heute hatte ich eindeutig den Rekord gebrochen. Erleichtert schwamm ich auf die Schleuse zu, um ins Innenbecken zu gelangen. Der Bademeister rief mich zurück.

»Da war doch eben noch ein Mann bei Ihnen. Haben Sie ihn gesehen?«

»Der ist schon gegangen. Es war ihm zu kalt. Gute Nacht dann!«, grüßte ich freundlich, in der Hoffnung, dass Blauländer nicht zu schnell an die Oberfläche gelangte. Immerhin hatte die Sole eine auftreibende Wirkung.

»Dann kann ich ja die Außenbeleuchtung abschalten.«

Die Fackeln hatte er schon vor ein paar Minuten gelöscht. Die Reihenfolge war wichtig, damit er Blauländer nicht zu sehen bekam.

Ich zog mich um und verließ wenig später als Letzte das Thermalbad. Morgen, nach dem Frühstück würde es wieder heimwärts gehen. Irgendwann am Vormittag würde man Blauländer im Außenbecken des Thermalbades entdecken. Alter und Gewicht ließen sicherlich auf einen Herzanfall schließen. Wenn man ihn im Hotel vermissen würde, wäre ich schon auf der A44 und würde in Richtung Heimat fahren.

Frohes Fest!

10. HEIMCHEN OHNE HERD

Recklinghausen

Als Dirk an diesem Morgen, zwei Wochen vor Weihnachten, den Brief aus dem Kasten holte, fühlte er sich nach einem Blick auf die krakelige Handschrift, die er natürlich sofort erkannt hatte, hin- und hergerissen. Einerseits war er zu Tränen gerührt, dass seine Mutter ihm einen persönlichen Brief schrieb, wo sie doch auch hätte anrufen können. Andererseits kochte Wut in ihm hoch und er fragte sich, was die Frau von ihm wollte. Seine vorweihnachtliche Rührung verging schnell, die Wut gewann. Erst gestern hatte Ramona ihm die Hölle heißgemacht wegen der 400 Euro, die allmonatlich an das Pflegeheim Haus Abendsonne in Recklinghausen gingen, wo seine Mutter sich angeblich den Hintern wärmen würde.

»Verklage sie«, meinte sie noch, »mach einen auf groben Undank, wir brauchen das Geld für unsere Kinder.«

Doch so schlimm war sie nun auch wieder nicht gewesen, hatte ihn als Kind nicht misshandelt und ihn einigermaßen versorgt. Natürlich fuchste es ihn, wenn jeden Monat die Summe von seinem Konto abgebucht wurde. Sein Bruder Kai brauchte nicht zu zahlen, weil er angeblich dazu nicht in der Lage wäre. Klar, wenn man schwarz malochte, brauchte man auch nichts anzugeben. Kai war sowieso der Liebling der Eltern gewesen. Alles hatten sie ihm in den breiten Hintern geschoben. Und als vor fünf Jahren der Vater starb, waren die Konten leer. Wie konnte das sein?, hatte Dirk erst sich, dann seine Mutter gefragt. Sie zuckte bloß mit ihren schmalen Schultern, grinste dämlich und schwieg. Zeitlebens hatte sein Vater Geld zu Hause in einer alten Keksdose gehortet, weil er den Banken nicht getraut hatte. Als Oma starb und deren Bruder, Onkel Gustav, ging ordentlich was in die Dose. Hatte der Vater ihm selbst gezeigt. Angeblich war die Keksbüchse nicht mehr da, sprach die Mutter nach Vaters Beerdigung. Sie wisse nicht, was er, der zum Schluss dement war, mit dem Geld gemacht hatte. Eine Woche später kam der Hartz IV-Bruder mit einem neuen Daimler vorgefahren. Geleast, meinte er nur frech grinsend, als Dirk ihm Fragen bezüglich des Wagens stellte.

Kurz und gut, Dirk wurde es zu bunt und er brach den Kontakt zur Mutter ab. Vor zwei Jahren rief Kai ihn an, dass es ihr schlecht gehen würde und sie ihn sehen möchte. Herzinfarkt.

»Zeig ihr ein Foto von mir«, hatte Dirk nur gemeint und den Krankenbesuch bei der Mutter verweigert. Ein halbes Jahr später kam die Aufforderung, seine Einkünfte offenzulegen, da seine Mutter ein Einzelzimmer in dem Pflegeheim Haus Abendsonne in Recklinghausen bezogen hätte. Es wurde gerechnet und gerechnet, ein Anwalt gab seinen Senf dazu. Schlussendlich kam man zu dem Ergebnis, dass Dirk monatlich die für ihn horrende Summe von 400 Euro zu zahlen hätte, was letztendlich dem guten Einkommen seiner Ramona, Studienrätin an einem Recklinghäuser Gymnasium, geschuldet war.

Dirk ging in sein Arbeitszimmer, schloss leise die Tür und setzte sich an den Schreibtisch, um den Brief seiner Mutter, zu der er zeitlebens ein ambivalentes Verhältnis hatte, zu lesen. Auf vier Seiten ließ sie mit ihrer zittrigen Handschrift ihr Leben Revue passieren, betonte mehrmals, das Geld des Vaters nach seinem Tod nie gesehen zu haben, und bat ihn, sie doch zu besuchen, da ihr nicht mehr viel Zeit bleiben würde.

Er schnaufte, schaute aus dem Fenster in den verschneiten Garten und überlegte, was er tun würde. Er hatte sie in den Jahren, in denen er keinen Kontakt zu ihr hatte, kaum vermisst. Der ständige Streit, meistens lieferte sein Bruder Kai den Grund, ging ihm nicht ab. Er wollte einfach seine Ruhe haben. Außerdem hasste er Pflegeheime. Der Geruch von Urin und Franzbranntwein, gepaart mit dem von Mittagessen, hatte ihn schon genervt, als er damals seine Oma besuchen musste. In ihrem Zimmer hatte es noch bestialischer gerochen als auf den Gängen. Das dürfte er seiner Tochter Pia, Altenpflegerin-Azubi mit Leib und Seele, gar nicht erzählen. Und seinem Sohn Ulf, der gerade ein Theologiestudium begonnen hatte, schon gar nicht.

Dirk steckte den Brief in seine Schreibtischschublade und nahm sich vor, über einen eventuellen Besuch nachzudenken. Vielleicht würde er herausfinden, wo die Keksdose mit dem Geld abgeblieben war. Das würde ihn schon interessieren. Vielleicht gab es doch noch ein Erbe für ihn? Vielleicht bereute seine Mutter, dass sie das Geld unterschlagen hatte, und wollte ihm seinen Anteil überreichen?

Als Dirk Monika Kubatta anschaute, schwand seine Hoffnung auf ein nachträgliches Erbe mit einem Schlag.

Ein zusammengefallenes Häufchen Elend im geblümten Wollkleid, Beine so dünn wie Stöckchen, die wenigen grauen Haare ordentlich gekämmt, der Blick listig, wie früher schon.

Sie hatte ihn bei der Begrüßung umarmen wollen, doch er machte erschrocken einen Schritt zurück. Früher, als er ein kleiner Junge war, hatte sie ihn von sich gestoßen, wenn er mal in den Arm genommen werden wollte. Das hatte ihn geprägt.

Der Heimgeruch war nicht so schlimm, wie er ihn in Erinnerung hatte. Es roch nach 4711 und Zimt. Hatte sie etwa gebacken?, fragte er sich. Doch womit?, musste er seine Gedanken revidieren. Sie hatte keine Küche, also folglich auch keinen Backofen, obwohl sich ihr Zimmer Apartment schimpfte. Auf dem kleinen Tisch am Fenster hatte sie für sie beide gedeckt. Spekulatius und Kaffee, den sie mit ihrer Kaffeemaschine, die auf der Fensterbank neben einem winzigen Tannengesteck stand, bereitet hatte.

»Ich kann ja hier nichts machen, Junge. Habe keine Küche.« Ihre Worte sollten entschuldigend klingen.

Dirk grinste in sich hinein. Schön tun konnte sie schon immer, dieses Heimchen am Herd, das jetzt ohne Ofen auskommen musste. Die Top-Köchin war sie nie gewesen, dachte Dirk. Ihm fielen die fürchterlichsten Gerichte ein, die sie ihm und seinem Bruder kredenzt hatte. Im Wechsel Erbsen-, Bohnen-, und Linsensuppe aus der Dose. Diese Fertigeintöpfe fand er ekelig, besonders die zerkochten Kartoffeln und die wabbeligen Speckwürfel, die sich darin befanden. Kai bekam drei Mark für die Pommesbude, wenn er die Eintöpfe verweigerte, er nichts. Für den Vater gab es oft gekochte Bauchscheiben, Kotelett, Rippchen und Frikadellen, für ihn ein Spiegelei zu Kartoffeln und Dosengemüse. Der Vater sagte nichts, aß sein Fleisch, als hätte er die alleinige Berechtigung dazu. Zu Weihnachten fing seine Mutter schon rechtzeitig an zu backen. Spritzgebäck, durch den ekeligen Fleischwolf gedrehter Teig, der dann, bis er fast schwarz war, im Backofen verweilte. Acrylamidstangen, die keiner essen wollte. Ja und Lebkuchen buk sie. Nürnberger Lebkuchen aß sie für ihr Leben gern. Edle Zutaten, die sie sich vom Haushaltsgeld abzwackte. Kardamom, Muskat, Zimt und Nelken. Der Geruch der intensiven Gewürze hing tagelang in der muffigen Mietwohnung. Doch dieses Backwerk gönnte sie sich allein, gab niemanden davon ab. Nicht ein einziges Mal bekam der kleine Dirk auch einen Lebkuchen.

Monika Kubatta setzte sich ihm gegenüber und berichtete von ihren Krankheiten der letzten Jahre. Dirk stellte seine Ohren auf Durchzug und schaute aus dem Fenster auf das weihnachtliche Recklinghausen. Es interessierte ihn nicht. Er wäre jetzt lieber auf dem Recklinghäuser Weihnachtsmarkt, bei Bratwurst und Glühwein.

So krank, wie er gedacht und wie sie in ihrem rührseligen Brief geschrieben hatte, war seine Mutter längst nicht. Alt und dürr, jedoch zäh wie Leder, kam sie Dirk vor. Nach Lobeshymnen über Schwester Susanne folgten ihre Aktivitäten in diesem Heim Haus Abendsonne, unweit der Recklinghäuser City. Die vielen Lesungen, Diavorträge, Musikabende, gemeinschaftliches Singen, Bingonachmittage, Wanderungen. Du meine Güte, was hatte die Frau für einen Stress. Und ich bin jeden Monat mit 400 Euro dabei, dachte er wütend. Früher hatte sie das Leben einer verhuschten Kirchenmaus geführt und nun haute sie hier im Heim auf den Putz. Nicht eine einzige Frage, wie es ihm in der Zwischenzeit ergangen war, was seine Frau so machte und wie es den Enkelkindern Pia und Ulf ging. Nichts. Null Interesse!

Wann, wann würde sie endlich das Thema anschneiden und ihm das geben, was ihm zustand? Das Geld aus der Blechdose seines Vaters. Oder sollte er zuerst mit seinem Mitbringsel herausrücken? Es war Ramonas Idee gewesen, ihr die geliebten Nürnberger Lebkuchen mitzubringen, um der armen, alten Mutter eine Freude zu bereiten. Stundenlang hatte er nach einem anstrengenden Bürotag Backbücher studiert, um das beste Rezept für die Lebkuchen herauszusuchen. Er besorgte die Zutaten, unter anderem Kardamom, Muskat, Zimt sowie Nelken und am nächsten Abend ging es los. Allerdings fügte er der Zutatenliste eine ganz besondere Zutat hinzu und zwar eine ordentliche Portion Rattengift. Dann alles gebacken, verziert und in eine Blechdose verpackt, die ähnlich wie die Gelddose seines Vaters aussah.

Ihm kamen Zweifel. Sollte er ihr tatsächlich die Dose überreichen? Denke an die 400 Euro im Monat, sagte er sich. Ab Januar wären diese dann Geschichte.

Doch vorher musste er sie fragen. Das fragen, was ihm auf der Seele lag.

»Das Geld aus der Kassette meines Vaters, wo ist das geblieben, Mutter? Du weißt es doch ganz genau. Sag es mir endlich. Das war bestimmt ein Vermögen. Wäre es auf einem Konto gelandet statt irgendwo im Wäscheschrank, bräuchte ich nicht monatlich 400 Euro für deinen Heimplatz zu zahlen.« Sein Blick blieb an ihrem bunten Plastikfummel hängen. Ihr Plisseemund mit dem hellrosa verschmierten Lippenstift zog sich zusammen. Sie grinste hämisch.

»Er war gar nicht dein Vater. Ernst war nur der Vater von Kai. Du bist das Kind von Paul.« Nun fing sie wie eine Irre an zu lachen, warf ihren Kopf nach hinten und gab den Blick in einen ekeligen, kariösen Mund frei.

Als sie sich beruhigt hatte, fuhr sie fort. »Ich wollte Ernst das Kind unterschieben, doch er hat es gemerkt. Weißt du, was er gesagt hat? Du würdest so grinsen wie Paul!« Wieder lachte sie wie ein wieherndes Pferd, was ihm Angst machte.

Dirk war geschockt. Sein Puls raste. »Du meinst jetzt aber nicht den versoffenen Penner, der mit uns auf einer Etage gewohnt hat?« Er konnte nicht fassen, was er da soeben gehört hat.

»Er war ein lieber Kerl, der Paul. Hat sich meine Sorgen angehört, mich getröstet.« Verträumt starrte Monika in die Gegend, dachte an ihren ehemaligen Liebhaber Paul.

»Was hattest du denn für Sorgen? Brauchtest nicht arbeiten zu gehen. Hattest keine Geldprobleme.«

»Ernst war ein Schwein. Er hatte eine Freundin. Frag die mal nach der Geldkassette.«

»Ich dachte, er wäre dement gewesen?« Dirk kamen Zweifel.

»Das konnte er noch bis zum Schluss.« Eine Zornesfalte erschien auf ihrer runzeligen Stirn.

Dirk war völlig aufgebracht und bereute, seine Mutter aufgesucht zu haben, denn das wollte er nicht hören.

»Ich fasse es nicht. Mit diesem alten Stinker hast du es getrieben? Und der soll mein Vater sein?« Er war ein Kind der Sünde! Er konnte es nicht fassen.

»Ich habe ihm im Haushalt geholfen. Immer, wenn Ernst Mittagschicht hatte. Er hat mich verwöhnt«, sprach sie mit verklärtem Blick in Erinnerungen schwelgend.

Geschockt und wütend schob er ihr die Dose mit den Lebkuchen hin, die er noch vor wenigen Minuten wieder mitnehmen wollte. Doch nach diesem Geständnis war er sich so sicher wie nie, dass seine Mutter möglichst schnell sterben musste.

400 Euro, jeden Monat, dachte er nur.

Mit leuchtenden Augen griff sie nach der Dose. Ihre Hände zitterten und sie hatte Schwierigkeiten, den Deckel zu öffnen. Als es ihr endlich gelang, schaute sie gebannt auf die Lebkuchen, als wäre dieses Geschenk der Inbegriff allen Glückes. Mit Tränen in den Augen sah sie ihn an.

»Dass du daran gedacht hast! Lebkuchen! Mein Lieblingsgebäck. Wie gut die riechen.« Tief zog sie den Duft ein und schloss die Augen.

Dirk war genervt und wollte nur weg. Nicht einmal für die Enkel hatte sie zu Weihnachten ein Geschenk parat. Okay, ihr Taschengeld war nicht hoch, doch einen Zehner für jedes Kind hätte sie schon abzwacken können, fand er. So empfand er es als Gerechtigkeit, wenn seine Mutter nach dem Verzehr der Lebkuchen das Zeitliche segnen würde.

»Wir sollten ein paar davon Paul bringen. Er wohnt seit einem halben Jahr auch hier. Direkt unter mir. Ist das nicht ein Zufall? Lass uns zu ihm gehen. Er wird sich freuen.« Begeistert stand sie auf und richtete sich ihr Kleid.

»Er weiß von mir?« Dirk konnte es nicht glauben. Es war ihm alles zu viel. »Vielleicht solltest du zuerst einen Lebkuchen essen«, versuchte er sie zu überreden. Sobald sie ihn im Magen hätte, würde er verschwunden sein.

»Natürlich weiß er von dir. Ihm geht es gar nicht gut.«

»Das ist mir echt egal, wie es dem alten Taubenvater Paul Witulski geht. Ich werde ihn jedenfalls nicht besuchen.«

Enttäuscht setzte sich Monika wieder in den Sessel, nahm erneut die Dose mit den Lebkuchen in die Hand, strich über das Relief der hübschen Metalldose.

Dirk konnte nur hoffen, dass sie auch tatsächlich davon essen und sie das gute Gebäck nicht diesem alten Stinker zugutekommen lassen würde.

Er nickte seiner Mutter kurz zu, übersah bewusst die ausgestreckte, zarte Hand, die mit Altersflecken übersät war. »Frohes Fest dann noch, Mutter«, sagte er und war auch schon an der Tür.

»Wirst du noch einmal wiederkommen? Vielleicht mit Ramona oder den Kindern?« Tränen schimmerten in ihren Augen.

»Das glaube ich kaum. Ramona hat wenig Zeit und die Kinder haben andere Interessen. Hast du dich auch nur einmal um die beiden gekümmert in den letzten Jahren? Denk mal darüber nach! Frohe Weihnachten!« Und schon war er auf dem Gang. Fast wäre er Schwester Susanne in die Arme gelaufen. Eine entzückende, junge Frau, die ihm freundlich frohe Weihnachten wünschte.

Monika Kubatta brach weinend in ihrem Sessel zusammen. Wie gern hätte sie ihren Sohn Dirk zu Weihnachten besucht. Warum hatte sie nicht intensiv beteuert, wie leid ihr alles täte? Ob sie ihm noch einmal schreiben sollte?, überlegte sie und trocknete ihre Tränen.

Einen Tag später. Dirk war gerade dabei, den Tannenbaum aufzustellen, kam endlich der Anruf aus dem Heim. Eine Angestellte der Verwaltung teilte ihm mehr als sachlich mit, dass seine Mutter verstorben sei. In der Nacht friedlich eingeschlafen wäre sie. Herzversagen. Sie wurde in der Kapelle des Hauses aufgebahrt und er könnte sie noch einmal sehen, wenn er möchte. Er teilte der Dame mit, dass das nicht nötig wäre. Kaum das Gespräch beendet, rief sein Bruder Kai direkt aus dem Altenheim an, um ihm Selbiges mitzuteilen. Er würde sich um die Beerdigung kümmern. Schön würde sie aussehen, so friedlich. Er hätte schon gehört, dass er sie gestern besucht hätte. Gut war das, so wirst du deinen Frieden finden, meinte Kai noch.

Den habe ich längst gefunden, konterte Dirk.

Nach der Beerdigung würde er seinen Bruder nach der Geldkassette fragen, nahm er sich vor. Diesen falschen Fuffziger.

Eigentlich keine gute Zeit zum Sterben, fand Dirk. So kurz vor Weihnachten. Na ja, Monika hatte es sich nicht ausgesucht. Die Umstände machten schnelles Handeln erforderlich. Er atmete durch und war erleichtert, dass der Arzt keinen Verdacht geschöpft hatte. Dieser Versager hatte die Zeichen einer Vergiftung nicht erkannt. Herzinfarkt war doch ein toller Tod. Dirk schaute aus dem Wohnzimmerfenster. Er feierte Überstunden ab, hätte also Zeit, zum Haus Abendsonne zu fahren, um sich von seiner Mutter zu verabschieden. Die Notwendigkeit sah er jedoch nicht ein, schließlich hatte er ihr schon gestern Adieu gesagt.

Gerade hatte es wieder angefangen zu schneien. Kein gutes Wetter für eine Beerdigung. Seit drei Tagen peitschten Schneestürme über Recklinghausen.

Ramona rief ihn zum Mittagessen. Erst als er am Tisch saß und damit begann, sein Schnitzel zu zerschneiden, erzählte er seiner Frau, dass seine Mutter verstorben war. Und das auch nur, weil sie ihn gefragt hatte, wer denn eben angerufen hätte.

»Irgendwie tut es mir leid«, meinte Ramona, die ganz blass im Gesicht geworden war.

»Was tut dir leid? Dass sie tot ist oder dass ich nachgeholfen habe? War doch deine Idee. Erinnere dich.« Dirk aß mit gutem Appetit seine Mahlzeit, als hätte er Nachholbedarf.

Ramona schob den Teller von sich, stand auf und holte aus dem Schrank zwei Schnapsgläser und die Flasche Korn. Sie füllte die Gläschen und führte ihres zum Mund.

»Auf deine Mutter Monika!« Und schon landete der Klare in ihren dünnen Hals.

»Prost«, erwiderte Dirk. »Möge der Herrgott Spaß an dem zähen Luder haben.« Mit Genuss trank auch er seinen Schnaps.

»Hör auf mit diesem bösen Sarkasmus. Das steht dir nicht.«

»Das werde ich ihr nie verzeihen. Ich, der Sohn von diesem ollen Paul Witulski. Kein Stück bereue ich, was ich getan habe. Sie hat es nicht anders verdient.« Dirk verschränkte trotzig die Arme. Auch ihm war der Appetit vergangen.

»Denk an deine Kinder! Du darfst in ihrer Gegenwart

nicht schlecht über deine Mutter sprechen. Immerhin war sie die Oma von Pia und Ulf.«

»Aber was für eine. Eine Oma, die man vergessen konnte.«

Ramona nahm ihm das Versprechen ab, nur noch gut über seine verblichene Mutter zu reden.

Der Wind war eisig, doch immerhin hatte es aufgehört zu schneien, als Dirk mit seiner Familie, alle in dicke Wintersachen gehüllt, auf die Trauerhalle des Zentralfriedhofs an der Kärntener Straße zulief. Am Eingang stieß er auf seinen Bruder Kai – eigentlich war er ja nur sein Halbbruder – und dessen Ehefrau Mareike. In der etwas heruntergekommenen Dame neben ihr, im Couchdeckenmantel mit Bommelmütze, vermutete er ihre Mutter. In drei, in Steppmänteln vermummten alten Frauen, die gemeinsam eine große Grabschale schleppten, meinte Dirk Nachbarinnen aus der damaligen Siedlung erkannt zu haben. Ihn wunderte, dass man den alten Paul nicht warm verpackt hier zum Friedhof gebracht hatte, um von seiner Geliebten Abschied zu nehmen. Vom Heim war niemand anwesend, auch nicht Monikas Lieblingsschwester Susanne.

Während der sichtlich verfrorene Pfarrer nach schönen Worten für die Verstorbene suchte, ging Dirk schon einmal den Ablauf des Heiligen Abends durch, denn ein guter Plan war nun einmal alles. Ein beleuchteter Weihnachtsbaum stand neben dem Altar, darunter eine hölzerne Krippe. Beides sollte wohl den Angehörigen Trost spenden, in dieser schlimmen Zeit. Dirk war es egal, was da neben dem Altar stand, auch ein Kinderplanschbecken wäre ihm recht gewesen.

Lieblos wurde der schöne Eichensarg auf den Katafalk gehievt und die Schale sowie der einzige Kranz, der laut Schleife vom Haus Abendsonne stammte, auf den Kranzwagen gepackt.

Die ganze Zeit, bis sie das Grab erreicht hatten, läuteten die Kirchenglocken. Dirks Tochter Pia, die hinter ihm herlief, weinte um die Oma, was Dirk nicht verstehen konnte. Die Kondolenzbezeugungen am Grab hielten sich in Grenzen. Geld für einen Kranz hatte Dirk nicht genehmigt, sodass Ramona nur einen Rosenstrauß neben dem Grab ablegte. Ein monumentales Rosen/Tannengebinde hatte sein Bruder nicht dem Kranzwagen anvertraut, sondern selbst zur Grabstätte geschleppt.

Traditionell gab es im Kristall-Café Butterkuchen zum Beerdigungskaffeetrinken. Dirk trank zu dem trockenen, mit Mandeln und Zucker belegtem Backwerk ein Pils, was Ramona mit einem Kopfschütteln kommentierte. Die drei alten Damen, Kai, seine Frau, die muffige Schwiegermutter sowie seine Ramona und die beiden Kinder langten ordentlich zu. Wieso auch immer, hatte Kai auch den vertrockneten Pfarrer eingeladen. Somit saßen elf Personen an der Tafel, die mit einem Tannengesteck und goldenen Kerzen weihnachtlich gedeckt war. Kai fand seinen Platz direkt neben Dirk.

»Wer bezahlt diese obskure Veranstaltung hier?«, fragte Dirk seinen Bruder.

»Blieb noch übrig«, nuschelte Kai mit vollem Mund, während er nach einem Mettbrötchen langte.

»Von was übrig? Sie war arm wie eine Kirchenmaus, unsere gute Mutter. Offiziell jedenfalls. Wie du weißt, habe ich jeden Monat 400 Euro für den Heimplatz zuzahlen müssen.« Wütend bestellte sich Dirk noch ein Pils, dazu einen Korn.

»Nicht mein Problem. Willst du hier rumstänkern, oder was?« Kai wurde die Unterhaltung peinlich.

»Nein, doch was Recht ist, muss Recht bleiben. Das war keine Sozialbestattung. Allein dieser Eichensarg und das Rosenbouquet obenauf haben ein Vermögen gekostet.«

»Hätte ich sie im Plastiksack beerdigen sollen?«

»Oder meinst du mit ›da war noch was übrig‹ die Geldkassette des Alten? Mit Sicherheit hast du was davon abbekommen. Oder woher stammte das Auto, das du so kurz nach der Beerdigung gekauft hattest?«

»Ich weiß nicht, wovon du sprichst.« Kai rutschte auf seinem Stuhl hin und her. Die Unterhaltung wurde ihm immer unangenehmer.

»Hat sie dir von Paul erzählt? Wieso ist er nicht hier?«

»Du meinst deinen leiblichen Vater? Du weißt es nicht? Paul ist in der gleichen Nacht gestorben wie Mutter. Sie hat ihn am Abend davor noch besucht, hat ihm Plätzchen mitgebracht. Lebkuchen.« Mit stechendem Blick sah er Dirk gehässig grinsend an.

Dirk hatte es die Sprache verschlagen. Sein leiblicher Vater ebenfalls tot?

»Was willst du noch wissen, Bruderherz? Bei mir ist nichts zu holen. Kapier das endlich. Ich habe die olle Kassette nicht. Und wenn du nicht aufhörst, dämliche Fragen zu stellen, werde ich den Bullen mal flüstern, dass auch Schwester Susanne in der Nacht abgenippelt ist. Einfach so. Eine junge Frau. Angeblich an einer verschleppten Grippe. Ich sage nur: Lebkuchen!«

11. KNICKERSACKS ADVENTSWOCHENENDE

Gladbeck

»Was siehst du mich so an? Ich habe mir den ersten Weihnachtstag auch anders vorgestellt. Das kannst du mir glauben.«

Sie saß an dem kargen Tisch und schaute auf ihr festliches Mal. Ein Pamp aus Kartoffeln, Schweinefleisch und Möhrengemüse. Daneben ein Fruchtjoghurt der billigsten Sorte. Sie schloss die Augen und ließ die Ruhe auf sich wirken. Ja, ruhig hatte sie es hier. Vor allem Ruhe vor ihm. Vor ihrem Mann Franz. Was er wohl heute, am ersten Weihnachtstag, auf den Tisch bringen würde, für sich und ihre beiden gemeinsamen Kinder? Sie musste schmunzeln. Wenn sich die beiden überhaupt zu ihm an den Tisch setzen würden. Dicke Luft war in den letzten Wochen zu Hause angesagt gewesen. Seit Thomas und Kori erwachsen waren und ihre eigenen Wege gingen, kamen sie eigentlich nur noch zum Schlafen nach Hause, was Annemie verstehen konnte.

»Was glotzt du mich so an mit deinen kleinen, braunen Augen? Weißt du, so schlecht ist es hier gar nicht. Ich muss sein feistes Grinsen, seine ätzenden Ratschläge, die er ständig verteilt und seine Belehrungen nicht anhören. Über 20 Weihnachtsfeste mit diesem alten Geizkragen. Du glaubst nicht, wie schwer das oft war.«

Annemie musste an den dritten Adventssonntag denken und ihr kam die Galle hoch. Traditionelles Treffen der buckligen Verwandten, überwiegend seine, zu der er einlud, in ihrem Zuhause, in der Gladbecker Heringstraße, in der Nähe des Südparks. Eine feine Wohngegend, im fast dörflichen Gladbeck, einer Ruhrgebietsstadt mit 75.000 Einwohnern.

Wie immer saß er am Kopfende der festlich gedeckten Tafel, dämlich grinsend wie Oliver Hardy, in seiner Rolle als besserwisserischer Ollie, der dem blöden Stan die Stirn bot. Aus seinen speckigen Lippen sprudelte blödes Zeug, vor allem, wie er wo, was sparen konnte, worauf er unheimlich stolz war. Annemie wusste nicht, ob die Verwandten, allen voran die heuchlerische Tante Lisbeth, mit ihrem Trottel von Ehemann, der nach feuchter Wohnung roch, seine Ausführungen spannend fanden. Annemie und die Kinder starrten sich nur an. Ihre Blicke sprachen Bände. Was die drei in den letzten zwei Jahrzehnten mitgemacht hatten, würde Bücher füllen und war kaum zu glauben. Doch Annemie hat ihn am eigenen Leib zu spüren bekommen, seinen perversen Geiz, der ihr das Leben schwergemacht hatte. Als sie ihn, gerade frisch geschieden, vor 20 Jahren kennengelernt hatte, war er wenigstens noch vom Äußeren ein Hingucker gewesen. In der St. Lambertikirche in Gladbeck gaben sie sich das Ja-Wort. Heute war er nur noch ein hässliches, ungepflegtes Wrack, das tagaus, tagein in seiner ausgebeulten, schmuddeligen Jeans steckte, die er ihr nicht mal zum Waschen überließ.

»Du fragst dich sicherlich, wieso ich mir das so lange angetan habe und nicht aus diesem Adventsidyll ausgebrochen bin? Wieso ich es überhaupt so lange mit diesem Mann ausgehalten habe? Ich könnte sagen, der Kinder wegen, denen ich ihr Zuhause erhalten wollte. Doch hatten sie es gut gehabt? Wie oft haben sie Schläge einstecken müssen. Für belanglose Nichtigkeiten. Er hatte sich daran ergötzt, sich einen von ihnen zu schnappen, am Arm festzuhalten, um mit der anderen Pranke kräftig auf sein eigen Fleisch und Blut einzuschlagen. Und sei es nur, weil es zur falschen Zeit gegrinst hatte. Ja, sie hatten satt zu essen und wurden bekleidet. Dafür hatte er gesorgt, wie ich mir mindestens zwei Mal die Woche anhören konnte. Was ich hingegen bei dem geringen Haushaltsgeld auf den Tisch bringen konnte, war nicht besser als das, was es bei der Armenspeisung irgendwo in Äthiopien gab. Abwechselnd dicker Reis oder Grieß kamen auf den Tisch. Er hingegen schlich sich heimlich in sämtliche China-Imbisse und schlug sich den großen Wams voll. Nachbarn hatten ihn gesehen. Die Klamotten, die die Kinder trugen, waren aus der Kleiderkammer der Arbeiterwohlfahrt oder Geschenke irgendwelcher mitleidiger Nachbarn und Verwandten. Wie oft habe ich mich geschämt, so mit den beiden irgendwo aufzukreuzen. Er dagegen hat sich über jeden Euro, den er nicht auszugeben brauchte, gefreut wie verrückt. Zu Anfang unserer Ehe hielt ich seine Sparsamkeit noch für eine gute Tugend, wurde jedoch schnell eines Besseren belehrt.«

Noch immer ließ Annemie den dritten Adventssonntag Revue passieren. Den Einkauf dafür erledigten sie gemeinsam, so wie sie alle größeren Einkäufe gemeinsam erledigten, nachdem er am Samstag gegen Mittag sein kleines Schreibwarengeschäft in der Lambertistraße geschlossen hatte. Ja, er war selbstständiger Geschäftsmann, worauf er unheimlich stolz war. Annemie konnte sich nicht genug wundern, dass der Laden noch immer lief, wo die Waren in großen Supermärkten viel günstiger angeboten wurden. Wahrscheinlich war es seiner schleimigen Art und seiner gespielten Unterwürfigkeit geschuldet, dass seine Kunden zu ihm hielten, meinten, ihn unterstützen zu müssen.

Sie gab ihm den Einkaufszettel, den sie erarbeitet hatte, und er legte alles in die Karre, nachdem er wieder und wieder die Preise verglichen hatte, halb auf dem Boden herumgekrochen war, ob sich da unten nicht noch ein preiswerteres Produkt versteckte. Wagte sich Annemie, auch mal ein Teil in den Korb zu legen, auf das sie gerade Appetit verspürte, das jedoch nicht auf der Liste stand, wurde sein Blick böse und sie musste es wieder ins Regal räumen. Zu Hause angekommen, konnte sie dann zusehen, wie sie bis zum nächsten Morgen alle Kuchen gebacken und die warmen Speisen vorbereitet bekam. Er saß derweil auf dem Sofa und ließ sich bedienen, der große Herr.

Am großen Tag selbst erhob er mit seinen fleischigen Fingern das Rotweinglas, sah mit gütigem Blick in die Runde, um mit seiner Rede zu beginnen. »Alte Tradition lässt uns hier zusammenkommen, bla, bla, bla, Weihnachtsfest einläuten, bla, bla, bla, wer weiß, wie lange wir noch hier so zusammensitzen können, bla, bla, bla.« Tante Lisbeth war gerührt, Thomas und Kori rollten mit den Augen, der Vater von Franz himmelte ihn an, seine neue Frau Daro, die er sich aus dem Katalog hatte kommen lassen, lächelte maskenhaft, sein Bruder Heinz samt seiner geistig minderbemittelten Frau Ruth sowie deren Abkömmling, Simone, reagierten überhaupt nicht.

Annemies Furcht vor ihrem Mann wich einer unbändigen Wut. Wut, dass sie es in all den Jahren nicht geschafft hatte, sich gegen ihn zu wehren. Dass sie es zuließ, wie er mit den Kindern umsprang, dass sie das Leben einer Gefangenen führte. Ohne eigenes Geld war man eine Gefangene. Für jeden Euro musste sie vor ihm herumkriechen und betteln, plausibel erklären, wozu sie ihn brauchte.

»Du kannst es nicht verstehen, wieso ich das all die Jahre mitgemacht habe? Das glaube ich dir gerne. Wie ich mich abgerackert habe, um ein tolles Essen auf den Tisch zu bringen, damit Tante Lisbeth ihm wohlgesonnen war und die Börse öffnete? Weit öffnete. Das Geld, was sie mir und den Kindern angedachte, liebevoll in hübsche Umschläge gesteckt, mussten wir am Abend bei ihm abliefern.

Warum die anderen dabei waren? Das kann ich dir sagen. Sie hofften, bei der alten Lisbeth ebenfalls Pluspunkte zu sammeln und irgendwann am warmen Regen der Alten beteiligt zu werden. So hofierten sie die Alte, wo es nur ging. Pervers.«

Wieder und wieder ließ Annemie sich die Friede-Freude-Eierkuchen-Adventsvorstellung durch den Kopf gehen. Wie Franz schmatzend die Rindfleischsuppe in sich hineinlöffelte, nachdem er allen einen »Guten Appetit!« gewünscht hatte und die Worte »Na, dann wollen wir mal« hinterherleierte.

Das zarte Rindfleisch hatte er schon am Abend der Suppe entnommen und beim TV schauen gegessen. Nein, Annemie und die Kinder bekamen nichts davon ab.

Nach der Suppe wurde der Gänsebraten aufgefahren. Die gefrorene polnische Hafermastgans hatte nicht mal genügend Zeit gehabt, um aufzutauen, und wurde im halbgefrorenen Zustand am Morgen des großen Tages in den Backofen geschoben, was eigentlich egal war, denn weich wurde dieses Angebotsfleisch sowieso nicht. Dazu gab es Rotkohl aus dem Glas und Klöße aus dem Päckchen. Franz hatte es nichts ausgemacht, dass kaum von dem Gänseteil gegessen wurde. So blieb mehr für ihn übrig.

Annemie stand auf, ging zum Fenster und schaute nach oben in den Himmel. Draußen schneite es heftig.

»Langweile ich dich mit meinen Ausführungen? Wärst du jetzt lieber woanders? Es steht dir frei, den Raum zu verlassen.«

Im letzten Jahr empfand sie diese dämliche Veranstaltung noch bedrückender als in diesem. Einen Tag, bevor es zum großen Einkauf losgehen sollte, hatte sie Franz angebettelt, die Feier abzusagen und den dritten Adventssonntag nur im engsten Familienkreis zu verbringen. Es ging ihr nicht gut, sie hatte massive Magenprobleme und gerade erst eine Magen- und Darmspiegelung hinter sich. Doch Franz blieb hart, meinte, sie möge sich zusammenreißen, wer weiß, wie lange Tante Lisbeth noch leben würde, das Essen bei ihm wäre schon Kult. Antrag abgelehnt.

Tante Lisbeth. Annemie schüttelte sich. Wie sie da in der Diele stand, am dritten Adventssonntag vor gut einer Woche. Die kleine, ausgemergelte Person, der alle so in den Hintern krochen. Annemie musste ihre nach billigem Parfüm riechenden faltigen Wangen küssen und nett zu ihr sein. Jedes Jahr trug sie dieses schwarz-goldene Brokatkostüm. Von Jahr zu Jahr wurde es größer, was wohl daran lag, dass die Alte schrumpfte. Was sollte es, hatte Annemie sich gesagt. Franz musste sie mehr als küssen, ob sie wollte oder nicht, und der roch auch nicht nach Rosen. Besonders gern hatte er es, wenn sie ihm in seinem fettigen blonden Haar herumwühlte. Dann schnurrte er wie ein alter Kater. Allein bei dem Gedanken, es nie wieder tun zu müssen, kam Freude bei ihr auf.

»Dass du das aushältst mit diesem Geizkragen«, hatte Kori noch am Morgen vor der Veranstaltung gemeint. »Wenn ich meine Prüfung bestanden habe und endlich Krankenschwester bin, sieht der Alte mich nicht mehr.«

Auch Thomas war im Begriff auszuziehen, was die Sache für Annemie nicht leichter machen würde. Zu dem Zeitpunkt hatte sie noch nicht gewusst, dass sie die Erste sein würde, die diese obskure Wohngemeinschaft verlassen würde.

Die Stimmung am Tisch klang da noch nach heiler Familie, alle redeten gleichzeitig, so lange, bis Franz mit dem Löffel an sein Weinglas schlug und mal wieder um Gehör bat. Lisbeth schnitt ihm jedoch das Wort ab und hielt ihre alljährliche Rede, die daraus bestand, den Kindern, die mittlerweile erwachsen waren, ordentlich den Kopf zu waschen, zu meckern, dass sie noch keine Partner an ihrer Seite hatten, was an ihrem unmöglichen Äußeren liegen würde.

Das musste diese verstaubte Mottenkugel-Mumie gerade sagen. Annemie hatte versucht, die Ohren auf Durchzug zu stellen, als Lobeshymnen über den guten Neffen Franz folgten. Wie lieb er doch zu seiner Familie wäre, so treusorgend, so fürsorglich. Annemie musste grinsen. Sorgend war er gerade nicht, dieser Egoist. Doch treu war er. Eine Geliebte wäre ihm auch viel zu teuer. Es sei denn, sie würde ihn für seine Dienste bezahlen. Und welche Frau würde ihn schon wollen? So wie er aussah. Täglich wurde er fülliger. Am Morgen des großen Tages hatte sie unter seinem Bett wieder zwei leere Tüten Lebkuchenherzen gefunden. Heimlich hatte er sie in sich hineingestopft, ohne die Kinder daran teilhaben zu lassen. Eine riesige Lebkuchenschmuckschatulle von Lebkuchen Schmidt hatte er sich ebenfalls wieder schicken lassen und sie mit einer Kette, an der ein winziges Vorhängeschloss hing, gesichert. Diese Kiste zu gut 80 Euro konnte er über den Laden als Weihnachtspräsent für einen angeblichen Geschäftspartner steuerlich absetzen und so kostete sie ihn keinen Cent. »Vati muss sich stärken, damit er es überhaupt mit euch aushält«, hatte er zu Thomas gesagt, als dieser nach einer Oblate aus der Kiste greifen wollte.

Als Annemie den Nachtisch auftrug – Weincreme, die alten Eier mussten weg – grinste er sein Oliver-Hardy-

Grinsen und verkündete laut fragend: »Haben wir das nicht gut? So reichlich zu essen? Ist das nicht was Schönes, auf nichts verzichten zu müssen?«

Lisbeth nickte ihm zu und streichelte seine fleischige Hand mit den langen Fingernägeln. »Recht hast du, mein Junge. Bist ein Guter!« Den dicken Umschlag hatte sie ihm schon bei der Begrüßung zugesteckt.

»Vergelt's Gott«, hatte er mit ehrfürchtigem Blick geheuchelt und das Geld in seine Hosentasche gestopft.

Annemie hätte da schon völlig ausrasten können. Am liebsten hätte sie zur halbtoten Tante gesagt: »Komm doch mal am Heiligen Abend vorbei. Da gibt es wie jedes Jahr Linsensuppe mit Mettwürstchen. Zwei Stück für vier Personen. Eine für ihn, die andere für mich und die Kinder. Laut wird er diesen Eintopf wieder in sich hineinschaufeln.«

Was hatte er noch im letzten Jahr während des Essens gemeint? Die Leute wären blöd, viel Geld für das Essen am Heiligen Abend auszugeben. Er würde es richtig machen. Das Weihnachtsessen kostete bei ihm nur vier Euro, pro Person also nur einen Euro. Das Schönste war, dass er den Müll glaubte, den er da herumposaunte. Die Gans am dritten Advent spendierte er nur, um bei der Tante Punkte zu sammeln, die er hoffentlich bald einlösen konnte. Schließlich investierte er niemals grundlos.

Dann gab es für alle einen Likör aus den Uraltflaschen seines Barfaches. In einer hatte Annemie schon eine winzige Fliege entdeckt. Nach den Feiertagen würde er die Flaschen durch neue ersetzen, die wieder über seinen Betrieb abgerechnet würden. Anlass: Mitarbeiter-Weihnachtsfeier!

»Ja, schau mich ruhig an, mit deinen braunen Augen. Klingt unglaubwürdig, was? Stimmt aber. Ich könnte dir Geschichten erzählen, mein Freund. Zum Beispiel die Weihnachtsdeko. Die musste ich mir selbst herstellen. Für den Laden, da sah er gerade noch ein, welche anzuschaffen, obwohl das meiste auch schon uralt war. Die Fassade musste schließlich gewahrt bleiben. Für daheim musste ich im Dunkeln mit der Gartenschere losziehen, in den Südpark, um mir Tanne zu stehlen, die ich dann als Kranz und Strauch für die Vase verarbeitete. Die Kugeln, die diese Gratiskunstwerke zierten, waren noch aus den Nachkriegsjahren, aus dem Erbe meiner Eltern. Den Weihnachtsbaum ließ er im Westerholter Wald heimlich bei Nacht und Nebel mitgehen und freute sich einen Ast über den Betrag, den er nun wieder gespart hatte.«

Annemie schüttelte den Kopf. Tränen traten in ihre Augen. Sie fragte sich, wieso sie das bloß so lange mitgemacht hatte, wieso sie nicht längst geflohen war.

Während er beim Essen vor den Verwandten mit seiner angeblichen Sparsamkeit herumstrunzte, bekam sein Vater von dem alten Mirabellenlikör einen Hustenanfall und ließ an dem Sprühnebel des Gesöffs sämtliche um ihn Sitzenden teilhaben. Er konnte sich gar nicht beruhigen und selbst Franz, der sonst immer den Geduldigen spielte, wurde nervös.

Annemie musste bei der Erinnerung daran lachen, klatschte in die Hände vor nachträglicher Schadenfreude.

»Oh, tut mir leid. Jetzt hast du dich erschrocken. Bleib

doch sitzen. Alles ist gut«, versuchte sie ihr Gegenüber zu beruhigen.

»Jedenfalls kochte die Stimmung danach hoch. Nichts mehr mit friedliebendem Adventssonntag. Thomas und Kori waren genervt, schauten andauernd auf die Uhr, als säßen sie auf heißen Kohlen.«

Annemie hatte auf den Weihnachtsbaum geschaut. Auf die erbärmlichen Wachskerzen. Echte Kerzen, wie ihr Gatte immer wieder betonte. Was echt war, musste nicht unbedingt besser aussehen und praktischer sein. Wieso er keine elektrische Lichterkette besaß? Natürlich aus Kostengründen. Er hatte ihr vorgerechnet, was so eine Lichterkette für Stromkosten an nur einem einzigen Tag verursachen würde.

Wie hatte sie achtgeben müssen, als die Kinder klein waren und dauernd an die brennenden Kerzen fassen wollten.

Sparen, sparen, immer nur sparen. Was für ein anstrengendes Leben. Wie stolz war er, dass er für die Viereinhalb-Zimmer-Wohnung nur 2.000 Kilowattstunden Strom im Jahr verbrauchte. Weniger als die Hälfte vom Durchschnitt. Dass er mit seinem breiten Hintern nur in der Eigentumswohnung saß, weil sie ihm das Erbe ihrer Eltern – ein stattliches Sümmchen – überlassen hatte, ignorierte er eisern.

Annemie schwor sich, dass es im nächsten Jahr kein weihnachtliches Essen am dritten Advent geben würde.

Lisbeth fing an, Franz' Vater, ihren Bruder, zu beschimpfen, dass er endlich aufhören sollte mit der Husterei. Daraufhin wurde Franz ungehalten.

Annemie aß die Weincreme nicht auf, was Franz veranlasste, sie unter dem Tisch ziemlich heftig gegen ihr Bein zu treten. Sein Blick streifte außerdem das noch nicht abgeräumte Geschirr der Hauptmahlzeit, was Annemies Müdigkeit geschuldet war.

War sie nur müde oder hatte sie ganz einfach die Nase voll?

Der Wendepunkt des ach so tollen Essens war gekommen. Sie goss sich mit Bedacht ihr Weinglas voll und schüttete es Franz mitten ins Gesicht. Sie fing an zu lachen und konnte sich kaum beruhigen. Diese Schmierenkomödie und mittendrin ihr verrückter Ehemann verursachte bei ihr eine paradoxe Reaktion. Sie lachte und lachte. Drohend hob Franz die Faust gegen seine Annemie und wollte zuschlagen, riss sich jedoch im letzten Moment zusammen. Die anderen Anwesenden schauten Annemie an wie ein Wesen von einem anderen Stern. Die friedliche, schüchterne, in sich ruhende Annemie begehrte auf. Unmöglich!

Lisbeth wollte schlichten, redete ununterbrochen auf Franz ein. Dieser meckerte und meckerte, schlug gar mit seiner Stoffserviette nach seiner Tante. Vorbei war es mit dem freundlichen Neffen, der stets so gütig wirkte. Annemie stieß an ihre Grenzen. Alles in ihr explodierte. Aufgestaute Wut aus 20 Jahren brach sich plötzlich Bahn. Ihre Augen funkelten böse. Sie stand mit Bedacht von ihrem Stuhl auf. Während Franz nervös an seinem Hemd herumrieb, um die Rotweinflecken zu entfernen, griff sie nach der Geflügelgabel, die in dem Knochengerüst der Gans steckte, und stach ihrem Mann damit in sein rechtes Auge. Und noch einmal und noch einmal. Er schrie auf, hielt sich sein lädiertes Auge zu, obwohl daran sowieso nichts mehr zu retten war. Blut quoll an seinen Fingern vorbei. Danach griff sie zur Geflügelschere, die neben den Gansresten lag, öffnete sie und während Franz sich noch immer schreiend seine Augenhöhle zuhielt, schnitt sie mit der scharfen Schere mit aller Kraft in seine hervorstehende Gurgel. Einmal, zweimal, bis das Blut nur so spritzte. Thomas lachte. Kori ebenfalls. Die anderen hielten staunend ihre Münder weit auf. Niemand kam Franz zu Hilfe, auch nicht sein Bruder Heinz. Sein Vater grinste nur senil. Daro hielt sich vor Schreck den Mund zu. Einzig Lisbeth versuchte Annemie aufzuhalten. Als diese ihr jedoch die Schere an den dürren Hals hielt, setzte sie sich wieder auf den Stuhl und schwieg.

»Ich hab dir ja damals gleich gesagt, dass die nix taugt«, traute sie sich allerdings noch aus ihren faltigen Mund zu lassen. »Du hättest sie niemals heiraten dürfen.«

Annemie setzte sich wieder an den Tisch, wo auch er Platz nahm. Sie schaute ihm in die Augen »Er hat es verdient, verstehst, du?«

Doch er pickte nur mit dem winzigen Schnabel an das Weihnachtskörbchen, das Annemie gestern bei der Feier der Gefängnisinsassen bekommen hatte, und schaute hin und wieder zu ihr herüber.

Er hat es verdient, sagte sie sich immer wieder. Sie wollte mit der Hand über seinen zarten Spatzenkörper streichen, doch er bekam plötzlich Angst, flog zum vergitterten Gefängnisfenster und durch den schmalen Spalt davon.

Annemie war überzeugt, dass er morgen wiederkommen würde. Sie dachte an ihre Kinder und überlegte, wie lange das hier wohl ihr Zuhause sein würde.

12. GÄNSEBRATEN UND PLÄTZCHENDUFT

Hamm

Ich bin kein Freund von Besuch und großem Tamtam, besonders nicht zu Weihnachten. Da will ich einfach meine Ruhe haben und mit meiner Familie allein sein, Traditionen pflegen, Gemütlichkeit genießen und wenn nur vor dem Fernseher. Jessi und ich sind beide berufstätig, unsere Kinder Finja und Jasper den ganzen Tag in der Schule. So genießen wir die freien Tage zum Fest ganz besonders. Ja, wenn da nicht Claudia wäre, Jessis Mutter. Bisher mussten wir nur den Heiligen Abend opfern, um ihr und ihrem Mann Oskar einen schönen Weihnachtsabend zu bereiten. Richtig pompös, mit Kartoffelsalat und Würstchen als Vorspeise, Gänsebraten und Rotkohl, edlen Weinen, guten Leckereien wie selbst gebackenen Plätzchen. Eigentlich auch immer ganz nett nur mit den beiden. Andere Verwandte, wie unsere Geschwister, fanden sich am zweiten Weihnachtstag zum Kaffeetrinken bei uns ein. So hatten wir noch Zeit für viele andere schöne Dinge. Schon vor dem Fest verzauberte uns in jedem Jahr der Hammer Weihnachtsmarkt in der Innenstadt. Die Bahnhofstraße war festlich geschmückt und auch das stimmungsvolle Weihnachtsmarktdorf rund um die Pauluskirche erfreute mich jedes Jahr wieder. Der Duft von gebrannten Mandeln, Glühwein und anderen Köstlichkeiten trieb mir vor Rührung oft Tränen in die Augen. Der Sparkassen-Eiszauber in dem kleinen Dörfchen ließ die Menschen aus sämtlichen umliegenden Städten anreisen. Die mobile Eisbahn vor der Pauluskirche bot auf 375 Quadratmetern ein einzigartiges Eislaufvergnügen unter freiem Himmel. Dieses fröhliche Treiben miterleben zu dürfen, erfreute mich jedes Jahr immer wieder neu. Dann die große Krippe vor dem Eingangsportal der imposanten Kirche. Die Weihnachtsgeschichte wurde dort in mehreren Aufstellungen nachgespielt. Einzigartig. Ich freute mich schon so sehr auf die Feiertage und die damit verbundene Gemütlichkeit.

Doch in diesem Jahr würde alles anders werden, erzählte mir Jessi gestern beiläufig. Die gute Claudia hatte nämlich im Sommer auf Mallorca den coolen Sepp kennengelernt und sich noch einmal verliebt, nachdem ihr Oskar im Januar ganz plötzlich das Zeitliche gesegnet hatte. Oskar war ihr zweiter Mann gewesen, den sie kurz nach Peters Tod, auf einer 70er-Jahre-Party kennenlernte. Jessi mochte Oskar nicht, da er ziemlich schnell den Platz ihres Vaters eingenommen hatte. Mir war es egal. Im Gegenteil, seit sie Oskar hatte, fiel Claudia uns nicht mehr zur Last. Oskar war sehr praktisch veranlagt, erledigte sämtliche Arbeiten im und am Haus, war ansonsten ein ruhiger Vertreter, stellte wenig Ansprüche. Kurz nach seinem Tod kam Sepp in Claudias Leben, sie verließ Hamm und zog zu ihm nach Oberammergau. Da die weite Fahrt sich für nur zwei oder drei Tage nicht lohnen würde, gedachte sie mit ihrem Sepp eine ganze Woche zu bleiben, wenn es denn recht wäre. Ja, sollte ich da *Nein* sagen? Am 22.12. würden sie anreisen. Ich konnte nur hoffen, dass es sich bei Sepp um genauso einen verträglichen Typen handelte, wie Oskar es gewesen war.

Jessi war jedenfalls ganz aus dem Häuschen und freute sich, dass ihre Mutter uns besuchte und eine Woche lang bleiben würde. Sie war auf den neuen Mann an der Seite ihrer Mutter mehr als gespannt. »Freust du dich denn nicht?«, fragte sie mich wieder und wieder, worauf ich nur mit den Achseln zuckte.

»Gleich eine ganze Woche und dann der fremde Mann. Das wird total anstrengend. Ich weiß nicht. Ich hatte mich so auf besinnliche Tage mit dir und den Kindern gefreut.«

»Ach, es kommen noch so viele Weihnachtsfeste, an denen wir alleine sein werden. Wer weiß, wie lange Claudia noch lebt. Immerhin ist sie auch schon 61 Jahre alt. Sei friedlich!«

Ich konnte nur hoffen, dass es sich bei Sepp um einen steinalten Urbayern handeln würde, der uns nicht mehr lange mit seinen Besuchen beehrte. Auf den Fotos, die Monika uns gelegentlich per WhatsApp schickte, sah er jedenfalls schon ziemlich alt aus.

Jessi, dieser totale Bayern-Fan, war schon, bevor sie ihn kennengelernt hatte, begeistert. Wenn sie sich da mal nicht täuschen würde.

Ich fragte mich noch, wieso der Kerl, heimisch im verschneiten Oberammergau, uns nicht alle zu den Feiertagen in sein Bayern-Haus einlud. Finja und Jasper wären zu Weihnachten gerne in die Berge gefahren, nachdem ich ihnen vorgeschwärmt hatte, wie toll es in Oberbayern wäre.

Die totale Hektik brach aus. Nichts mehr mit besinnlicher Adventszeit, entspannenden Weihnachtsmarktbesuchen und trauter Einsamkeit. Es wurde geputzt, eingekauft, Zimmer umgeräumt und das Haus geschmückt. Sepp sollte sich heimisch fühlen, was mir vollkommen egal war.

»Der Weihnachtsmarkt geht doch bis zum 22. Dezember. Wir werden gemeinsam mit Claudia und Sepp dorthin laufen«, vertröstete mich Jessi. Eine tolle Idee, dachte ich noch. Ich hatte allerdings keine Lust, den ganzen langen Weg, immerhin sechs Kilometer, dorthin Konversation mit dem Bayern zu pflegen.

Ich hatte mir jedoch völlig umsonst Sorgen gemacht, der Weihnachtsmarktbesuch am 22. fiel nämlich ins Wasser, genauer gesagt, in den Schnee, obwohl ich mich so darauf gefreut hatte. Die tolle Kulisse vor der Kirche, ein Bratwürstchen, Pommes rot-weiß, dazu einen oder zwei Becher Glühwein, freundliche, dick vermummte Menschen, die alle gut gelaunt waren. Pustekuchen! Pünktlich war unser Besuch jedenfalls. Gegen 15 Uhr hielt Sepps uralter, spuckefarbener Daimler, C-Klasse, vor unserer Doppelhaushälfte in der Weetfelder Straße und das Elend nahm seinen Lauf. Im fast bodenlangen Lodenmantel mit passendem Gamsfederhut quälte Sepp sich aus der Karre, während die quirlige Claudia schon ihrer Tochter in die Arme fiel und anschließend die Enkel herzte. Blond gefärbte Haare, sonnengebräunte Haut, goldbehangen, strahlend weiße Zähne. Ich konnte es nicht fassen. Die passten überhaupt nicht zusammen. Diese patente Frau, die nichts anbrennen ließ, auf jeder Party tanzte, Kegeln ging, das Fitnessstudio besuchte, nahm sich so einen Opa als Partner, der kaum mehr kriechen konnte. Auch mir flog Claudia um den Hals, drückte und küsste mich. Mit euphorischer Stimme stellte sie uns ihren Sepp vor, als handelte es sich um Brad Pitt persönlich. Verlegen zupfte der Alte sich an seinem langen Bart, der ihm bis auf die Brust reichte, und streckte dann zuerst Jessi seine vergilbten Griffel entgegen. Seine Nase war groß und zerklüftet, die Haut großporig und fettig. Was unter dem Hut steckte, war noch erschreckender, als ich vermutet hatte. Es handelte sich um ein Insektenhotel, bestehend aus grau-blonden Filzhaaren. Unter seinem Hirtenmantel trug er einen grauen Janker und ein besticktes Hemd mit Jagdmotiven. Nein, in dem Sack, den er eng an seinem Körper gedrückt trug, steckten keine Geschenke für uns. Stolz zog er ein eigentümliches Ding hervor, was sich als Zither offenbarte.

Feierlich hielt Claudia uns einen Vortrag über dieses einzigartige Musikinstrument und schrie fast vor Begeisterung in die Diele, dass Sepp uns heute Abend darauf etwas vorspielen würde. Ein Live-Konzert sozusagen, nur für uns und sie würde dazu singen.

Meine Begeisterung hielt sich in Grenzen. Ehrlich gesagt, bekam ich eine Gänsehaut vom Allerfeinsten, dachte an Sissi, die Franz Joseph im Wald auf der Zither etwas vorzupfte, noch bevor er wusste, wer sie in Wirklichkeit war, diese Liesel aus Possenhofen. Kitsch hoch acht und das in meinem Wohnzimmer. Die Kinder waren von diesem Heini und seinem Gerät hingerissen und hüpften um ihn auf und ab.

»Wir wollten am Abend mit euch zum berühmten Hammer Weihnachtsmarkt schlendern. Der findet heute zum letzten Mal in diesem Jahr statt«, warf ich in den Raum und schaute Claudia, die mir sonst nie etwas abschlagen konnten, bittend an.

»Aber Junge! Wo denkst du hin? Sepp hat eine neue Hüfte, der kann nicht weit laufen. Hat Jessi dir das denn nicht erzählt?« Claudia schüttelte beleidigt den Kopf, weil ich Sepps Konzert nicht zu würdigen wusste.

Jessi senkte den Blick und bat ins Wohnzimmer.

»A geh, so a Schmarrn, Weihnachtsmarkt, verbrannte Würstel, billiger Fusel, teuer als Glühwein verkauft, na, so was mag i nett. So vial Leut mag i a nett. Touristen ham mir bei uns dahoam genug. Sauvolk!«

Das hatte gesessen. Dieser Vollidiot hatte bei mir soeben mindestens 100 Minuspunkte eingeheimst, die er gar nicht mehr wettmachen konnte.

»Aber ihr mit euern Passionsspielen. Die sind besser, oder was? Was reist denn da für ein Pack an?«

Jessi giftete mich an. »Nun reicht es aber, Fabian. Was ist denn in dich gefahren?«

Sepp grinste nur, machte sich neben Claudia und den Kindern auf dem Sofa breit und ignorierte mich völlig.

Als Jessi das Abendessen, Nudeln mit Gulasch, auftrug, zischte sie mir zu, ich möge ein netter Gastgeber sein und mich zusammenreißen. Leicht gesagt, mit diesem trotteligen Urbayern am Tisch.

»Was schaffst du denn so?«, wollte der gute Sepp, während er sich ein Bier nach dem anderen in den breiten Mund goss, nun von mir wissen.

»Ich bin Betriebswirt in einer hier ansässigen Firma, die Verpackungen herstellt«, berichtete ich stolz und wollte gerade ins Detail gehen und meinen Arbeitsplatz genau beschreiben.

»Ja mei, des is do a Schmarrn. Gibt's net scho genug Verpackungsmüll?«

»Was machst du denn beruflich?«, hakte ich nun nach und ertränkte meine Wut mit einem großen Schluck Glühwein.

»I bin Rentner. War zeitlebens bei der Laber-Bergbahn angestellt, die wo bei uns auf den Laber fährt. Schener Posten war des. Nun spül i nur no Zither, gell Schatzerl«, schaute der coole Sepp Claudia an und gab ihr einen Kuss.

Laberberg, nun wurde mir einiges klar, denn labern konnte er gut. Allerdings nur Blech.

Als er dann auch noch Jessis Posten als Lehrerin durch den Kakao zog, platzte mir der Kragen.

»Sag mal, für dich ist alles Schmarrn, was? Können halt nicht alle in so einem Hinterwäldler-Kaff leben wie du. Es muss auch Großstädte geben und Menschen, die Lehrer und in der Verpackungsindustrie beschäftigt sind. Wir haben hier eben keine Bergbahnen.«

»Sepp hat es doch nicht so gemeint, gell, Brummbär?«, versuchte Claudia zu schlichten. »Nun ist er ja im Ruhestand und widmet sich nur noch seiner Musik. Stell dir vor, Fabian, er spielt bei den Oberammergauer Zapfen-Bubis Zither. Die machen echte Stubenmusi.«

Ich musste lachen. Nun hatte ich die Erklärung. Der Kerl hatte nicht alle Latten am Zaun. Wie konnte Claudia an so einen Typen geraten? Die lebensfrohe, stets fröhliche Frau und so ein Grantler? Wieso fuhr sie so auf ihn ab? Hatte die Sache etwa einen rein sexuellen Hintergrund? Ich bezweifelte, ob diese Leiche überhaupt noch in der Lage dazu war.

Und dann war es so weit. Nach dem Abendessen holte Sepp sein Instrument heraus. Der Fernseher blieb aus. Die Kinder und ich durften nicht, wie in jedem Jahr, den kleinen Lord Fauntleroy über unseren TV-Bildschirm huschen lassen, was meinem Nachwuchs überhaupt nichts auszumachen schien.

Sepp saß mir gegenüber und zupfte wild drauf los, auf dieser halben Gitarre. Vor Stolz schwoll ihm der Kamm. Claudia rückte ganz nah an ihn heran und himmelte ihn an. Auch Jessi war begeistert.

»Des is a Harfenzither, a Model von Horst Wünsche, 42-saitig, Vogelaugenahorn. Na, da staunst, was? Hat 5.000 Euro gekost.« Sepp legte los und war nicht mehr zu bremsen.

Winter-Wonderland, Leise rieselt der Schnee, Stille Nacht, um nur drei Beispiele aus seinem umfangreichen Repertoire zu nennen. Bei manchen Liedern schmerzte mir mein rechtes Ohr und mein Tinnitus – seit Wochen vergessen – machte auf sich aufmerksam. Fremdschämen war angesagt. Dieses Gezupfe erinnerte mich an meine Oma, die für ihr Leben gern die Sendung Baierisches Bilder- und Notenbüchl mit Wastl Fanderl sah. Wenn ich des Öfteren am Samstag bei ihr schlafen musste und diese Sendung lief gerade, blieb mir nichts anderes übrig als zuzuschauen. Zusammengepfercht in enge Holzbuden saßen die Bayern mit Kind und Kegel und zupften an diesen Brettern herum. Grausam, einfach grausam!

Zwei Stunden dauerte die Vorstellung und ich hatte das Gefühl, Sepp ergötzte sich an meiner Abneigung. Die anderen kamen mir vor wie auf Drogen. Ich konnte es nicht fassen.

Gegen 22 Uhr war der gute Sepp erschöpft und hielt mit dem Gezupfe inne, schüttete sich noch ein Bier in den trockenen Hals – schließlich hatte er dazu gesungen – und lehnte sich auf der Eckbank zurück.

»Na, da staunst, was, Fabian? Hättest a gern so a Zither, wie?«

»Um Gottes willen, die könntest du mir schenken, ich würde sie nicht wollen. Was sollte ich damit? Mich zum Gespött der Leute machen?«

Jessi schrie auf. »Fabian, sofort entschuldigst du dich bei Sepp.«

»A, lass ihn do. Is do bloß neidisch!«, meinte der Bayer grinsend.

»Neidisch? Auf was denn? Auf diese halbe Gitarre?« Wut kochte in mir hoch und ich hätte ihm am liebsten dieses Ding auf den verfilzten Kopf geschlagen. Ich stand auf und verließ den Raum, bevor ich meinen Wunsch noch in die Tat umsetzte. Die anderen schien das kaum zu stören. Ich war abgemeldet. Keiner wollte hören, dass ich als Jugendlicher eine E-Gitarre besaß und in einer Band gespielt hatte.

»Schmarrn«, meinte Sepp nur abfällig.

Weihnachten war schön. Feierliche Abläufe, ehrfürchtige Rituale, vertraute Dinge, die von jeher so und nicht anders stattfanden. Gerade deswegen liebte ich die Feiertage. Nach einem hektischen Jahr fährt man runter und kommt zur Ruhe. Jedenfalls war es bisher so gewesen. Doch dieser scheinheilige Bayer brachte hier alles durcheinander. Nachdem der gestrige Tag schon grausig verlief und durch Sepps Launen und Wünsche bestimmt wurde – immer wieder gab es Zither-Einlagen – ging es heute am Heiligen Abend so weiter.

Morgens wurde sonst immer der Kartoffelsalat gemacht, die Tanne eingestielt und geschmückt. Kartoffelsalat wurde zwar auch zubereitet, jedoch ohne Mayonnaise, nur mit Essig und Öl, weil man den in Bayern nur so essen würde. Den Baumschmuck bemängelte Sepp so lange, bis die elektrische Lichterkette wieder in die Kiste kam und Wachskerzen den Baum zierten. Dazu sollten nur Strohsterne an die Tanne, die allerdings erst noch gebastelt werden mussten. Blödmann Sepp schrieb mir auf, was ich im Bastelgeschäft auf den letzten Drücker zu kaufen hatte. Ich Trottel fuhr auch noch los, weil meine Kinder so drängten.

Der Spaziergang durch den Maximilianpark vor dem Kirchgang fiel ins Wasser. Sepp taten die Beine weh, was kein Wunder war, so viel wie der herumsaß. Den Gottesdienst in der Pauluskirche verweigerte er ebenfalls. Und zwar, weil er katholisch sei und er deshalb keine evangelische Kirche betreten würde. Ökumene war ihm ein Fremdwort.

Schon wieder lag die Zither auf dem Tisch. Noch vor der Bescherung. Nein, bitte nicht wieder auf der Zither spielen, flehte ich innerlich. Ich zitterte schon genug vor Wut.

Die Bescherung war befremdlich. Wie gut hatte sich Oskar, Claudias verstorbener Mann, in unsere Familie eingefügt. Er fiel überhaupt nicht auf, war lieb und dankbar. Dieser Sepp war laut und kratzbürstig. Für ihn war alles »Schmarrn«, Geschenke überflüssig. Trotzdem bekamen die Kinder selbst gestrickte Pullover aus harter Kratzwolle, Jessi Socken und einen Schal, ich ebenso. Alle gestrickten Dinge waren in der gleichen Farbe und erinnerten mich an Eiter. Dazu gab es für jeden noch ein Glas selbst geschleuderten Honig und eine Tube selbst hergestellte Murmeltiersalbe. Die Kinder bekamen von Claudia noch je 100 Euro, was ihnen ein Grinsen ins Gesicht zauberte.

Jessi schenkte den beiden einen Korb mit Leckereien aus einem hier ansässigen Süßwarengeschäft. Feinste Pralinen, Marmeladen und hochwertiger Wein befanden sich in dem großen Korb, den Sepp sofort an sich zog und durchsuchte. Kein »Schmarrn« verließ seinen derben Mund.

Endlich wurden die Wachskerzen an der jämmerlichen, trostlosen Tanne entzündet und es wurde gesungen. Die Kinder wurden gelobt, was für tolle Sterne sie gebastelt hätten. Nichts leuchtete, nichts blinkte, ein trauriger Baum.

Nachdem der widerliche Kartoffelsalat verspeist war – immerhin pfiff sich Sepp vier Würstchen rein – kam wieder die Zither ins Spiel. Doch nicht mit mir. Ich verließ demonstrativ die Essecke und legte mich aufs Sofa, nicht ohne den Fernseher einzuschalten. Je heftiger Sepp an den Saiten zog, je lauter stellte ich den Apparat. Wollen wir doch mal sehen, wer hier der Hausherr war und wer nur zu Besuch.

Mitten in der Nacht – der Heiligen Nacht – schlich ich durchs Haus, auf leisen Sohlen, ohne Licht zu machen.

Ich kannte mich hier aus, wusste, wo sich jedes Zimmer befand. Die Treppe hinunter und dann geradeaus steuerte ich aufs Gästezimmer zu. Eigentlich war es mein Arbeitszimmer. Da es jedoch sehr geräumig war und sich eine ausziehbare Couch darin befand, nutzten wir es auch als Gästezimmer. Leise öffnete ich die Tür. Ein eigenartiger Geruch schlug mir entgegen. Es roch wie im nicht gereinigten Kaninchenkäfig meiner Tochter mit einem Hauch Parfum. Ich erkannte ihre Silhouetten. Beide lagen mit offenen Mündern da und schnarchten um die Wette. Hatten sie sich tatsächlich gesucht und gefunden? Vielleicht waren es diese krassen Gegensätze, die sich anzogen? Noch fünf Tage mit diesem dämlichen Stiesel würde ich einfach nicht aushalten. Er würde den Gänsebraten am ersten Weihnachtstag – Tradition seit Jahrzehnten, sonst auch schon am Heiligen Abend nach dem Kartoffelsalat – nicht essen, hatte er gestern Abend noch verkündet. Er hätte lieber einen richtigen Schweinsbraten, möglichst ein Bauchstück. Einen tollen Bayerischen Krusten-Wammerl tät ihn erfreuen, sagte er immer wieder. Mit Kraut. Ja, sollte er doch sehen, wo er ihn herbekäme. Hier gab es Gänsebraten und den hatte er zu essen. Besaß er denn überhaupt keinen Anstand?

Ich blickte nach rechts zum Schreibtisch. Schemenhaft, auf einem Haufen mit seiner Kleidung, erkannte ich seine Zither. Ich zog sie aus dem Beutel und stellte fest, dass sie ganz schön schwer war. Wie konnte man sich so einen Dreck für so viel Geld kaufen? Ich nahm das Teil hochkant, schritt zu der Couchseite, auf der Sepp lag, holte weit aus und donnerte es auf seinen Kopf. Wieder und wieder. Ein tolles Mordwerkzeug, stellte ich fest und bekam richtig Spaß. Sepp schrak auf, wand sich wie ein Aal, wollte schreien, brachte jedoch nur ein Krächzen hervor. Und wieder holte ich aus und knallte ihm seine Zither noch heftiger auf seinen Kopf.

»Wolltest du etwas sagen, mein Freund?«, fragte ich ihn honigsüß. »Vielleicht das Wort ›Schmarrn‹? Das sagst du doch so gern. Alles und jedes ist bei dir Schmarrn. Soll ich dir sagen, was wirklich Schmarrn ist? Du! Du bist der größte Schmarrn!« Ich würde mir mein Arbeitszimmer total versauen, denn ich war mir sicher, dass inzwischen jede Menge Blut gespritzt war. Mir war es jedoch egal. Ich war so richtig schön in Rage und schlug noch einmal richtig fest zu, bis seine Birne krachte und er den Schnabel hielt.

Inzwischen war Claudia aufgewacht. Sie hatte am Abend ganz schön Wein getankt und lallte durch die Gegend. »Was ist denn hier los … Sepp … Schatz … Geht es dir gut?« Claudia suchte nach der Lampe neben ihrem Bett, stieß dabei eine Wasserflasche um, dann ein Glas. Endlich hatte sie den Schalter gefunden und die kleine Lampe warf einen gelblichen Lichtschein in den Raum. Ein Anblick des Grauens bot sich nicht nur ihr. Überall Blut und eine rötlich braune Masse. Vom Schädel des coolen Sepp war nicht mehr viel übrig und sein Gesicht nicht mehr zu erkennen. Bah! Diese Sauerei. Wer sollte die bloß wegmachen? Claudia schrie wie hysterisch, wurde immer lauter, sprang nun von der Couch auf und stürzte auf mich zu. »Du hast ihn umgebracht! Du hast meinen geliebten Sepp getötet. Von Anfang an war er dir ein Dorn im Auge. Du Mörder!« Sie legte mir ihre kalten Griffel um den Hals und wollte mich würgen. Ich stieß sie weg. Sie fiel auf Sepp.

»Ist das ein Wunder? Der hat mich gereizt. Hat mir das ganze Fest verdorben. Du kannst froh sein, dass er hinüber ist.«

»Ruf endlich einen Arzt. Wir können ihn doch nicht sterben lassen!« Claudia sprang erneut auf, rannte in dem Zimmer hin und her, stürzte sich dann auf Sepp, rüttelte ihn an den Schultern, woraufhin sein Schädel noch mehr suppte. Blutklümpchen zierten seinen Bart.

»Der ist hinüber«, stellte ich erneut fest.

Schöne Bescherung!

Claudia schrie und weinte. Ihr Gesicht war eine einzige Fratze. War sie schon immer so hässlich? Meine Beine wurden weich. Ich musste mich auf den Schreibtischstuhl setzen. Immer noch die Zither in den Händen, begann nun auch ich zu weinen. Ich bereute plötzlich meine abscheuliche Tat. Wie konnte ich nur? Okay, der Mann war ein nerviges Scheusal, doch musste ich ihn gleich umbringen? Jetzt konnte Claudia sich wieder einen Neuen suchen.

Das Theater im Arbeitszimmer rief nun auch Jessi auf den Plan. Wie eine Furie kam sie angerannt und blickte auf den hingerichteten Sepp sowie auf das heillose Chaos. Angewidert schaute sie auf mich herunter. »Was hast du getan? Du hast Sepp erschlagen? Mit seiner Zither? Warum?« Nun begann auch sie wie von Sinnen herumzuschreien. Ein Wunder, dass die Kinder noch nicht auftauchten.

»Er hat es verdient. Er hat mir Weihnachten verdorben!« Ich stand auf und legte Sepp seine Zither auf die Brust.

»Was hast du nur getan?«, jammerte Jessi und schmiss sich schluchzend an meine Schulter.

Ich zog sie an mich und begann erneut zu weinen. »Das habe ich nicht gewollt! Ganz bestimmt nicht! Es tut mir so leid!«

»Was tut dir leid, Liebling? Hey, wach doch endlich auf! Was redest du da? Du hast doch niemand den Kopf eingeschlagen. Wie kommst du darauf? Wach endlich auf!«

Ich blickte mich schweißgebadet suchend um und stellte fest, dass ich in meinem Bett in unserem Schlafzimmer lag. Ich setzte mich auf. Kein Sepp zu sehen. Kein Blut. Keine Zither.

»Vielleicht hast du gestern Abend zu viel Alkohol getrunken«, meinte Jessi.

»Schmarrn!«, sagte ich nur und legte mich wieder hin.

13. JE OLLER, DESTO DOLLER

Witten

Sie wohnten im Haus Abendfrieden, ein privates Stift, im Wittener Ortsteil Gedern, im Gedernbachweg, mitten im Wald, unweit der Ruhr gelegen. Nein, ein städtisches oder kirchliches Altenheim käme nicht in Frage, waren Hedwig und Carola sich einig gewesen, als sie sich entschlossen, ihre Wohnungen in der Lutherstraße aus gesundheitlichen Gründen – beide hatten Hüft- und Knieoperationen hinter sich – aufzugeben. Vor 50 Jahren zogen sie zeitgleich in den Neubau, direkt gegenüber vom Lutherpark. Ihre Kinder waren damals gleichaltrig, die Ehemänner – inzwischen verstorben – Beschäftigte in einer ortsansässigen Maschinenfabrik. So viele Parallelen zwischen den beiden Frauen schienen fast schon beängstigend. Beide waren aktiv in der evangelischen Johannes-Kirchengemeinde, besuchten regelmäßig den Gottesdienst, die Frauenhilfsgruppe und später den Seniorenkreis. Pfarrer Helmig hatte ihnen abgeraten, ins Altenheim Abendfrieden zu ziehen, und den beiden Damen andere Heime im Ort empfohlen. Doch Hedwig Lenz und Carola Kaltreuther blieben stur. Sie hatten sich in dieses kleine Idyll mitten im Wald sofort verliebt, als sie nach einer Alternative zu einem herkömmlichen Pflegeheim suchten. Natürlich kam ihnen die Heimleiterin Sabine Nagel, eine drahtige Frau mit dunklem Pagenkopf und schon nah am Rentenalter, ein wenig resolut vor, doch dachten sie sich, dass sie mit ihr schon fertig werden würden. So bezogen sie schon bald zwei nebeneinanderliegende Einzelzimmer mit Balkon im Wohnbereich Herbstlaub und fühlten sich dank Schwester Angelika schnell heimisch. Vom Balkon aus konnten sie nicht nur in den Park mit den uralten Bäumen, sondern auch auf eine besonders breite Stelle der Ruhr blicken. Ein wahres Idyll das neue Zuhause, bewacht von einem hohen Zaun. Allein die Zufahrt, flankiert von Bäumen, war hochherrschaftlich. Die breite Freitreppe, die ins Haus führte, kam ebenfalls mehr als gediegen daher. Was sich hinter den Mauern abspielte, bekamen die beiden erst so nach und nach mit. Die resolute Art der Heimleiterin Nagel hielten sie zuerst noch für eine gute Tugend und sagten sich, dass sie schließlich den Überblick über die 80 Bewohner und das Personal behalten musste. Nach einigen Wochen meldete Carola Kaltreuther, mit ihren 78 Jahren die jüngere der beiden, erste Bedenken an. »Ich glaube, du hast recht, Hedwig, das ist wirklich ein Drachen, diese Nagel. Sie will uns doch tatsächlich zwingen, am Lyrik-Abend teilzunehmen. Ich dachte, es handele sich um ein freiwilliges Angebot.« Die kleine, rundliche Frau raufte sich die Haare und seufzte.

Die 80-jährige Hedwig Lenz, lang und dürr wie eine Bohnenstange, stöhnte. »Ach Carola, wir lassen uns nicht unterkriegen. Wir haben schon ganz andere Dinge durchgestanden. Dem alten Böcker hat sie gestern das Abendbrot gestrichen, weil er nicht am Bingonachmittag teilgenommen hat. Zum Glück können wir uns noch bewegen, wenn auch mit einem Rollator. So können wir das Haus verlassen, wann es uns passt.«

Doch das sah dieser Hausdrachen gar nicht gerne, wenn die beiden munteren Damen sich vom Grundstück fortbewegten, zumal das Heim mit dem hauseigenen Kleinbus regelmäßige Ausflüge in die nähere Umgebung veranstaltete. Gottesdienste beider Konfessionen fanden ebenfalls statt, gleich in der kleinen Kapelle auf dem Gelände.

Fröhlich zogen sie ab, warm verpackt schoben sie ihre Rollatoren über die winterlich gefrorenen Wege. Der Schnee war auf dem Grundstück vom Hausmeister Peter Wagner, einem lieben kuschenden Gesellen, geräumt worden. Das Taxi, mit dem es in die Innenstadt gehen sollte, hatten sie zur Straße bestellt. Ihren Kindern, jede der Damen hatte einen Sohn und eine Tochter, brauchten sie gar nicht mit Beschwerden über das strenge Regime, das die Nagel führte, zu kommen. Sie hatten ihren Müttern einstimmig davon abgeraten, in diese Residenz zu ziehen, zumal diese Unterkunft teurer war als das städtische Heim und sie alle vier ihren Geldbeutel öffnen mussten, um monatlich etwas zum Aufenthalt beizusteuern.

Kichernd stiegen die beiden ins Taxi, amüsierten sich, dass der südländische, magere Taxifahrer sich fluchend mit den Gehhilfen herumquälen musste, und waren voller Vorfreude auf den Stadtbummel.

»Das fehlte mir noch! Ich werde mir Vorschriften machen lassen, wann und mit wem ich in die Stadt gehe. Schon als Kind habe ich Klassenausflüge gehasst. So werde ich mich keinesfalls mit den senilen Leuten in diesen engen Bus pressen, um in die Stadt zu fahren. Dort habe ich dann genau eine Stunde, bis die Alte mit der Trillerpfeife zur Rückfahrt auffordert. Nein, danke!« Carola ließ sich ihre Selbstständigkeit nicht nehmen. Nicht, so lange sie noch klar bei Verstand war, wie sie immer zu sagen pflegte.

Die hagere Hedwig schmunzelte. Sie liebte ihre energische Freundin und war froh, sie an ihrer Seite zu wissen.

»Wir können froh sein, wenn die Nagel nachher nicht unsere Taschen inspiziert. Weißt du noch, letzte Woche? Wie sie sich über unsere Süßigkeiten aufgeregt hat, die wir eingekauft hatten?«

»Sie bekommen doch hier eine ausgewogene Ernährung, brauchen keinen Hunger leiden. Auch Süßigkeiten gibt es ausreichend. Und wenn sie sich beim Bingo anstrengen, gibt's noch eine Schokolade obenauf«, äfften beide der Heimleiterin nach und lachten lauthals.

»Ich hasse Bingo. Und eine Schokolade muss ich mir noch lange nicht verdienen. Wenn ich eine essen will, kaufe ich sie mir.« Carola bezahlte den Taxifahrer und gab ihm großzügig einen Euro Trinkgeld, da er sich mit den Rollatoren abmühen musste. In zwei Stunden sollte er sie wieder an der gleichen Stelle abholen.

Schwester Angelika, der einzige Lichtblick in dieser tristen Bude, kam ihnen schon entgegen, als die beiden Freundinnen schnatternd und gut gelaunt das Heim kurz vor 18 Uhr betraten.

»Nun aber schnell, meine Damen. Frau Nagel hat sich schon Sorgen gemacht, dass sie bei der Dunkelheit noch unterwegs waren. Übrigens war Pfarrer Helmig hier gewesen, um sie zur Seniorenfeier am 20. Dezember einzuladen. Frau Nagel meinte allerdings, Sie sollten nicht daran teilnehmen. Wir haben ja schließlich auch eine Adventsfeier hier im Heim.« Sie nickte den Damen mit verzogenen Mundwinkeln zu und rollte mit den Augen, als verstünde sie, warum sie sich aushäusige Vergnügungen suchten.

»Danke, Schwester Angelika. Gut, dass Sie uns davon unterrichtet haben. Frau Nagel hätte es sicherlich wieder absichtlich vergessen. Außerdem interessiert uns nicht, was sie denkt. Wir sind noch klar genug im Kopf, selbst zu entscheiden, wo wir hingehen und wohin nicht. Oder ist das hier ein Gefängnis?« Mit funkelnden Augen sah Carola die kleine Krankenschwester an. Sie mochte sie recht gern, doch konnte Carola es nun mal nicht ab, wenn man sich in ihre Angelegenheiten mischte.

Ohne ein weiteres Wort betraten sie, nachdem sie ihre Wintermäntel an die Besuchergarderobe gehängt hatten – was die Nagel nicht gerne sah –, mit ihren Einkaufstaschen den Speisesaal, um sich Brote mit Mortadella einzuverleiben. Dazu gab es, wie jeden Abend, lauwarmen Pfefferminztee. Gut, dass sie in der Stadt den Weihnachtsmarkt am Rathausplatz besucht und sich ordentlich satt gegessen hatten. Sie hatten der Verlockung einfach nicht widerstehen können. Jede der Frauen hatte sich eine Rostbratwurst, eine Waffel und einen Glühwein gegönnt.

Kurz nach dem Mittagessen – die Mittagpause war noch nicht beendet – schaute Sabine Nagel aus dem Fenster ihres Büros. Die Sonne schien und ließ die Oberfläche der verschneiten Wiesen glitzern. Ein wunderschöner Wintertag. Eigentlich sollte sie sich nicht aufregen. Sie nahm ihre Brille ab und schüttelte den Kopf. »So geht das einfach nicht weiter«, sprach sie zu sich selbst. »Die beiden machen hier, was sie wollen. Nun gehen sie doch zu dieser Seniorenadventsfeier der Kirchengemeinde. Hätte Schwester Angelika nicht ihr Maul halten können? Das hat ein Nachspiel, verdammt noch mal. Alle drei untergraben meine Autorität, die dumme Schwester sowie diese hartnäckigen Weiber. Glaub mir Gott, ich muss handeln und zwar heute noch!« Ihr Blick ging zum hölzernen Kreuz mit dem leidenden Christi, das über dem Waschbecken hing. »Du denkst doch auch so, oder nicht? Die Aufmüpfigkeit der Weiber muss gezügelt werden. Die Schwester knöpfe ich mir später vor.« Sie zog ihr Handy aus der Tasche und wählte eine bestimmte Nummer. »Ich muss es tun, schon der anderen wegen.«

20 Jahre. Schon seit 20 Jahren waren die beiden Frauen Mitglied im Seniorenkreis der evangelischen Johannes-Kirchengemeinde. Die Adventsfeier der Senioren, die jedes Jahr von Pfarrer Helmig ausgerichtet wurde, war ein Highlight für die beiden Frauen. Jede hatte ihren festen Platz, sodass sie eigentlich gar nicht zwei Stunden früher da zu sein brauchten. Und doch konnten sie es kaum abwarten, bis sich endlich die Tür öffnete und sie in den festlich geschmückten Gemeindesaal gelassen wurden. Die Tische waren mit Tannengestecken und Kerzenleuchtern weihnachtlich gedeckt. Für jeden Gast lag ein kleines Geschenk am Platz. In der Ecke stand

der bewusst bescheiden geschmückte Weihnachtsbaum. Alles war wie immer und doch war alles anders. Carola und Hedwig schauten sich an und hatten Tränen in den Augen. War es doch zu früh gewesen, ihre Wohnungen aufzugeben und ins Heim zu ziehen? Hatten sie vielleicht das falsche gewählt? Was für einen Terz die Nagel beim Mittagessen vor allen aufgeführt hatte, war schon nicht mehr witzig gewesen. Sie würden die Gemeinschaft spalten, würden fremdgehen, alles im Hause Abendfrieden in Frage stellen, meinte diese verbiesterte Ziege. Carola hatte dagegengehalten, dass sie seit Jahrzehnten Gemeindemitglieder der Johannes-Kirche wären und nicht damit aufhörten, nur weil sie jetzt im Heim leben würden. Das eine hätte mit dem anderen nichts zu tun. Als sie beide aufbrachen und zum PKW des Küsters liefen, der sie abholte, war ihnen schon mulmig zumute gewesen. Nagel hatte ihnen noch hinterhergerufen, sie mögen sich gut überlegen, was sie tun und die Folgen bedenken.

Als jedoch so nach und nach ihre alten Freundinnen den Raum betraten und sie herzten und drückten, war der Ärger bald verraucht. Selbst der Pastor wollte seine Freude nicht verbergen und drückte die Damen nacheinander an sich.

Nach einem Auftritt des Kinderchors, der Lesung einer Weihnachtsgeschichte und die zu Herzen gehende Predigt des Pfarrers stürzten sich die Frauen auf die wunderbaren Torten – ein krasser Gegensatz zu den trockenen Backwaren in dem Heim – und langten ordentlich zu.

Zum Schluss drückten Carola und Hedwig dem Pfarrer noch 50 Euro in die Hand, die für die armen Schäfchen der Gemeinde gedacht waren. Selbst der Küster, der sich bereit erklärte, die Damen wieder zum Heim zurückzubringen, erhielt einen Zwanziger, den er schmunzelnd mit den Worten »Das wäre doch nicht nötig« in seine Hosentasche stopfte. Emsig holte er die beiden Rollatoren aus dem Kofferraum, bevor er den PKW vor dem Heim wendete und davonfuhr.

Gerade begann es wieder zu schneien. Carola und Hedwig waren vom Kaffee und dem Kräuterlikör ziemlich aufgekratzt.

»Schon gleich 19 Uhr. Da waren wir heute aber lange unterwegs, was Hedwig?«, meinte Carola.

»Im Speisesaal ist sogar schon das Licht aus. Nur im Aufenthaltsraum brennt noch die dunkle Stehlampe«, stellte Hedwig fest.

Das schmiedeeiserne Tor quietschte, als sie es öffneten und auf das Haus zuliefen. Mit den Rollatoren benutzten sie den Aufgang, der für die Rollstuhlfahrer gedacht war und um die Freitreppe herumführte. Oben angekommen, schnauften die beiden alten Damen erst einmal durch, bevor Carola den Türgriff betätigte. Inzwischen hatte es heftiger zu schneien begonnen.

Entsetzt hielt Carola inne. »Die Tür ist abgeschlossen, Hedwig. Versuch du es mal.«

Auch Hedwig rappelte vergeblich an der Türklinke. Was blieb den beiden Damen anderes übrig, als die Türklingel zu betätigen. Einmal. Zweimal. Dreimal. Doch nichts tat sich.

»Dabei sitzt die Nagel doch immer bis 20 Uhr in ihrem Büro. Und eine der Schwestern müsste doch da sein.«

Hedwig verstand die Welt nicht mehr. »Mir wird langsam kalt.« Der eisige Wind wehte ihr den Schnee ins Gesicht.

»Die haben uns ausgesperrt. Die Strafe für unser Fremdgehen«, kicherte Carola.

»Nicht mit uns«, meinte Hedwig, nachdem sie nach einer Viertelstunde noch immer klingelten und vergeblich an der Tür klopften.

»Lass es uns durch den Hintereingang versuchen«, meinte Carola nach einer weiteren Viertelstunde.

Ganz vorsichtig fuhren sie mit ihren Rollatoren die Rampe wieder herunter und mühten sich über den verschneiten Weg ums Haus herum.

Ungefähr zehn Stufen, die man durch den Schnee kaum erkennen konnte, führten hinunter zum Hintereingang. Der Schlüssel zu der Tür befand sich in einem kleinen Briefkasten direkt an der Treppe. Hedwig angelte jedoch vergeblich nach dem Teil. »Vielleicht ist die Tür offen? Bleib' du hier stehen, ich steige die Stufen hinunter und schaue nach.«

»Das ist doch viel zu glatt«, meinte Carola besorgt und blickte hinauf zu einem Fenster im ersten Stock. Es brannte Licht und man konnte durch das gekippte Fenster das Lied »Leise rieselt der Schnee hören«. »Das ist doch das Zimmer vom Hausmeister, vom dämlichen Wagner.« Und schon begann sie laut zu rufen. »Herr Wagner, Herr Wagner, schauen Sie doch mal aus dem Fenster.«

»Die Nagel wird ihm verboten haben, uns hineinzulassen. Jede Wette.« Und schon stieg Hedwig, eine Hand am vereisten Geländer, die erste Stufe hinab, nachdem sie den Rollator ganz dicht an die Treppe gefahren hatte.

Zu dicht, wie sich herausstellte, denn kaum hatte sie die zweite Stufe betreten, machte der Rollator sich selbstständig und rollte die Treppe herunter, direkt auf Hedwig, die daraufhin den Halt verlor und die gesamten Stufen hinunterstürzte. Carola vernahm einen dumpfen Aufprall und den elenden Schrei ihrer Freundin. Sie war nicht in der Lage gewesen, das Gefährt aufzuhalten. Weinend und laut nach Hilfe rufend stieg sie mit letzter Kraft die Stufen hinab, um Hedwig zu Hilfe zu eilen. Als sie endlich unten vor der Tür ankam, wo ihre Freundin mit verdrehten Armen und Beinen lag, sah sie einen Blutfleck auf ihrer Stirn. Ein winziges Rinnsal schlängelte sich aus der Wunde. Wieso brannte die verdammte Lampe über der Tür nicht, fragte sich Carola und war überzeugt, dass Nagel das veranlasst hatte. Trotzdem – dank Mondlicht und Leuchten des Schnees – konnte sie erkennen, dass aus Hedwigs Mund, wohl durch den Aufschlag, zwei Zähne sich den Weg nach draußen gesucht hatten und im Schnee in ihre einzelnen Bestandteile zerfallen waren. Oh je, zu Weihnachten ohne Vorderzähne, war ganz schön blöd. Carola war geschockt. Die nicht brennende Lampe, die verschlossene Tür vorne und der fehlende Schlüssel zur Hintertür. Diese Hexe hatte das veranlasst, war sie sich sicher. Doch dieser Denkzettel – falls es sich tatsächlich um einen handeln sollte – ging entschieden zu weit. Sie rüttelte ihre Freundin an der Schulter und rief wieder und wieder ihren Namen. Nichts. War sie etwa schon tot? Laut rief sie um Hilfe. Weder der Hausmeister noch die Nagel erschienen jedoch auf der Bildfläche. Sie mussten sie doch hören. Carola mobilisierte letzte Kraftreserven und zog sich die Treppen hoch. Der eisige Wind wehte ihr wieder Schnee ins Gesicht. Ich muss Hilfe holen, sagte sie sich, griff sich, oben angekommen, ihren Rollator und lief mit ihm die Strecke zum Haupteingang über den vereisten und verschneiten Weg. Schritt für Schritt. Nur ganz langsam kam sie vorwärts.

Endlich vor dem Gebäude angekommen, waren alle Fenster dunkel. Keine Gardine bewegte sich. Totenstille. Wo war Nagel? Machte sie sich denn keine Sorgen um ihre zwei fehlenden Bewohnerinnen? Sicherlich beobachtete sie mich, dachte Carola. Noch einmal die Auffahrt zum Eingang mit dem Rollator hinaufzufahren, um an der Tür zu klingeln, verwarf Carola und machte sich auf den Weg zur Straße. Irgendwann würde ein Auto vorbeifahren und Hilfe holen. Sie betete, dass ihre Freundin so lange durchhalten würde.

»Handyverbot! Pah«, fluchte sie auf dem Weg zum Tor vor sich hin. »In welchem Heim musste man beim Einzug sein Handy abliefern? Und wieso haben wir das überhaupt getan? Wenigstens eine von uns hätte ihr mobiles Telefon behalten sollen.« Doch zu spät.

Die 300 Meter bis zum Tor kamen Carola unendlich lang vor. Jeder Schritt war eine Tortur, zumal Frau Holle die Kissen wieder schüttelte wie verrückt.

Als sie endlich das Portal erreicht hatte, brach sie in Tränen aus. Es war verschlossen! Wie konnte das sein? Vor einer Stunde, als sie beide ankamen, war es noch offen gewesen. Sie rappelte immer wieder an dem geschwungenen Türgriff. Wer war inzwischen hier gewesen und hatte das Tor verriegelt? Wie eine Verrückte rüttelte Carola anschließend an den Gitterstäben des Tores und weinte wie ein Schlosshund. Sie drehte sich um. Das Haus lag noch immer im Dunkeln. Wie konnte das sein? Der eine oder andere Bewohner schaute doch bestimmt noch fern, schließlich war erst 20 Uhr durch. Hatte die Nagel für den heutigen Abend etwa Fernsehverbot angeordnet?

Was sollte sie tun? Die Straße war menschenleer, kein Auto fuhr vorbei, nicht mal der städtische Streudienst. Sollte sie versuchen über das Tor zu klettern? Und dann? Ohne Rollator käme sie kaum vorwärts.

Sie schob, inzwischen völlig entkräftet, den Rollator vor das Tor und setzte sich auf die verschneite Sitzfläche. Anschließend ließ sie ihren Tränen wieder freien Lauf und bejammerte ihre ausweglose Situation. Ihr Blick ging zum obersten Stockwerk des Gebäudes. Brannte da nicht plötzlich Licht? War es nicht das Schlafzimmer der Nagel? Hoffnung keimte in ihr auf, als die Gardine beiseitegezogen wurde und die Heimleiterin Carola zuwinkte. Carola winkte zurück und rief immer wieder so laut sie nur konnte. »Frau Nagel, hier bin ich. So helfen Sie mir doch. Schicken Sie den Rettungswagen. Meine Freundin Hedwig liegt vor dem Hintereingang. Sie ist bewusstlos. Frau Nagel, so helfen Sie doch.«

Doch nichts geschah. Sie sah die Heimleiterin noch einmal kräftig winken. Dann zog sie die Gardine zu und löschte das Licht.

Am anderen Morgen waren Carola sowie auch Hedwig von der Bildfläche verschwunden. Nagel persönlich hatte mit Hilfe des Hausmeisters bei völliger Dunkelheit zuerst die steif gefrorene und völlig zugeschneite Carola Kaltreuther entsorgt, um anschließend auch Hedwig Lenz einzusammeln und ebenfalls im Gewächshaus des Anwesens zwischenzulagern. Auf Wagners Frage, was denn mit den Frauen geschehen sollte, meinte sie völlig gelassen. »Ich lasse mir was einfallen, Wagner. Bedecken Sie die beiden mit Tanne und Schnee. Und Wagner, ich rate Ihnen, die Klappe zu halten. Sie wissen, was Ihnen blüht, wenn Sie singen.«

»Alles klar, Chefin. Ich weiß Bescheid. Wahrscheinlich das Gleiche wie meinem Vorgänger, oder?« Zitternd sah er die Nagel an und überlegte, ob er nicht endlich die Polizei einschalten sollte. Doch was wäre dann? Dann käme er wegen seiner leichten geistigen Behinderung in eine Einrichtung. Weggesperrt wie ein Verbrecher. Nein, er wollte bleiben. Hier gefiel es ihm. Als er die beiden Frauen wunschgemäß im Gewächshaus beerdigt hatte, nahm er die zwei Zähne, die er vom Boden vor der Kellertür eingesammelt hatte, und steckte sie in die kleine Dose, die er immer mit sich führte, zu den anderen. Es war fast acht Uhr. Zeit fürs Frühstück.

In der Zwischenzeit hatte Nagel die Habseligkeiten der beiden Damen eigenhändig zusammengepackt und auf den Dachboden getragen. Den Mitbewohnern würde sie erzählen, dass die beiden Hals über Kopf ausgezogen wären. Morgen würde sie die nächsten Kandidaten ihrer Liste anrufen, um ihnen mitzuteilen, dass zwei Plätze frei geworden wären. Schmunzelnd ging sie in den Frühstücksraum, um ihre Schäfchen zu begrüßen. Für das Abendessen hatten sie einen Viertelzentner beste Mettwürstchen vom ortsansässigen Spitzenmetzger geordert. Für Wagner zusätzlich fünf Dosen Bauernmett. Die hatte er sich verdient.

14. ENDLICH RUHE

Herten

Ich schaute immer wieder nach rechts. Da saß sie, neben mir in der weihnachtlich geschmückten Schlosskapelle des Hertener Schlossparks. Sie trug ihren roten Steppmantel, dazu die schwarze Bommelmütze, die sie zum Volltrottel degradierte. Ariane Gundelach, diese unmögliche Frau, die mir seit elf Jahren das Leben zur Hölle machte, 40 Jahre alt, Bürokraft, Single, groß, blond, schlank, jedoch alles andere als schön. Sie stammte aus dem hohen Norden und so sah sie auch aus. Rau und grobschlächtig. Zäh wie Leder war sie und was sie sich einmal in den Kopf gesetzt hatte, das zog sie auch durch. Und ich Kamel hatte all die Jahre gekuscht. Doch damit war nun Schluss. Schluss, Schluss, Schluss! Als die dreiste Kuh nun auch noch meine Hand nahm und sie streichelte, riss mir der Geduldsfaden. Knack! Durchgerissen.

Ich schlug vor, dass wir die Kapelle verlassen sollten. Sie trat noch einmal an den Altar, um sich vor dem leidenden Jesus zu verbeugen. Mimte die Fromme. Das war die Gelegenheit. Ich spannte meine rechte Faust an und gab ihr einen Stoß in den Rücken. Gleich noch einen kraftvollen Superstoß, der sie torkeln ließ. Sie verlor das Gleichgewicht und ging in die Knie. Ich würgte sie von hinten mit meinem Unterarm, zog richtig fest zu. Ich hatte als Jugendlicher den schwarzen Gürtel im Judo erzielt und kannte mich mit Würgegriffen gut aus. Mit der anderen Hand hielt ich ihr den Mund zu, mit Zeigefinger und Daumen die olle lange Nase. Mich streifte ein Hauch von Ekel. Was für ein Kolben. Sie wollte um sich schlagen, wehrte sich heftig. Zum Glück konnte sie nicht schreien. Ein jämmerliches Gurgeln verließ ihren dünnen Hals. Ich betete, dass keiner der Besucher aus dem Schlosspark die Kapelle betreten würde. Ich lockerte den Würgegriff und stopfte ihr die Enden ihres selbst gestrickten Schals, den sie sich mehrmals um den Hals gebunden hatte, in ihren Mund, richtig schön tief hinein in die Mundhöhle. Nun fing sie auch noch an zu würgen. Ich schob noch ein Stück vom blauen Schal nach, tiefer, immer tiefer in den ekeligen Rachen. Bevor sie bewusstlos wurde und ihre Augen sich verdrehten, atmete ich tief durch und flüsterte ihr zu. »Du bist selbst schuld, Ariane. Wieso konntest du mich nicht einfach in Ruhe lassen?« Eine Antwort bekam ich nicht mehr, schwer wie ein Koloss sackte sie vor meinen Füßen zusammen. Ich zerrte sie in die rechte Ecke neben dem Altar, griff mir einen Kerzenleuchter, der mich regelrecht anflehte: »Nimm mich und schlag ihr damit den Schädel ein. Dann hast du Ruhe! Endlich Ruhe! Für immer!«

Ich ergriff das kalte Teil, nachdem ich ihm die rote Weihnachtskerze entnommen hatte, und prügelte erbarmungslos auf sie ein. Einmal und noch einmal. Das Geräusch werde ich nie mehr im Leben vergessen. Als schlüge man mit einem Beil auf eine Wassermelone.

Endlich Ruhe!

Nichts wie weg, sagte ich mir und verließ eiligst die kleine Kapelle. Völlig aufgebracht schlug ich nicht den Weg nach Hause ein, sondern wählte den linken, der in den Schlosspark führte, und drehte eine Runde um den ersten Teich. Mein Herz raste noch immer und ich musste mich auf einer der Bänke setzen. Der kleine See war zugefroren. Nebel waberte über ihm. Nur wenige Spaziergänger waren noch unterwegs. Der Nebel wurde stärker, die Sonne bereitete sich darauf vor unterzugehen. Die kahlen Äste der Bäume wirkten gespenstisch. Die richtige Kulisse für einen Mord. Und das eine knappe Woche vor Weihnachten.

Bevor ich den Heimweg zur Sophienstraße antrat, wo ich zusammen mit Manuela in einem Hochhaus im vierten Stockwerk, mit Blick über die Hertener Innenstadt, wohnte, überlegte ich kurz, ob ich noch das Schlosscafé aufsuchen sollte, um einen Schoppen Wein zu trinken. Es lag auf meinem Weg. Ich verwarf den Gedanken jedoch sofort wieder, als ich feine Blutspritzer an meinem Mantel entdeckte. So schaute ich nur in die hell erleuchten Fenster, sah munter schnatternde Menschen an Tischen sitzen und Kaffee trinken sowie Kuchen essen. Wunderschön weihnachtlich geschmückt war alles. Direkt am Eingang zierten eine erleuchtete Tanne und eine Lichterkette das Portal zum Café. In den Bäumen, die das Schloss flankierten, hingen ebenfalls Lichterketten. Musste wohl so sein in der Adventszeit.

Ich machte mich auf den Heimweg. Fast bereute ich, mich mit Ariane zu einem Spaziergang durch den Hertener Schlosspark verabredet zu haben. Hatte ich zu dem Zeitpunkt schon vor, sie um die Ecke zu bringen? Oder wollte ich nur mal wieder Klartext reden und sie bitten, mich endlich in Ruhe zu lassen?

Endlich Ruhe!

Ich legte einen Schritt zu. Manuela wartete sicher schon auf mich. Unter dem Vorwand einer Zusatz-Chorprobe hatte ich mich aus dem Haus geschlichen.

Manuela, diese kleine zarte Brünette, war meine Traumfrau. Seit 15 Jahren waren wir zusammen und liebten uns noch immer wie am ersten Tag. So richtig schön gemütlich hatten wir uns unsere Wohnung in der Sophienstraße eingerichtet. Unsere kleine Festung haben wir sie genannt.

Als Ariane vor ein paar Tagen, genau am dritten Adventsonntag gegen 16 Uhr, diese Festung gestürmt hatte, stand für mich endgültig fest, dass etwas geschehen musste. Nie, nie würde sie Ruhe geben, wurde mir an diesem Nachmittag bewusst. Wie dreist sie sich zwischen unsere Verwandten gedrängt hatte, war mehr als peinlich. Was musste ich Trottel auch bei der Chorprobe in aller Öffentlichkeit erzählen, dass es bei uns schon Tradition wäre, dass am dritten Advent meine und Manuelas Eltern sowie unsere Geschwister zum Kaffeetrinken kämen. Nie werde ich den Moment vergessen, als Manuela sie ins Wohnzimmer führte und mit einem freundlichen Lächeln verkündete: »Schau mal, wer hier ist, Tobias. Ariane war gerade in der Nähe und wollte mal kurz vorbeischauen.«

Mir blieb fast das Herz stehen. Ich schämte mich und wusste nicht, was ich sagen sollte. Wie souverän Manuela reagierte, fand ich bewundernswert. Meine Frau, die große Diplomatin. Ich hätte Ariane wahrscheinlich die

Tür vor der Nase zugeschlagen, hätte ich sie davor stehen sehen.

Ich war sehr zögernd vom Tisch aufgestanden – wahrscheinlich auch nur, weil meine Familie es von mir erwartete –, hatte ihr den Mantel abgenommen und sie ein wenig grob in die Diele bugsiert. In der Hand hielt sie ein Alpenveilchen und auch noch in Weiß. Ob sie total bescheuert wäre, hier aufzutauchen, hatte ich sie gefragt, doch sie grinste nur. »Du verpisst dich sofort wieder«, zischte ich ihr zu. Doch es war zu spät gewesen. Liebevoll lächelnd kam Manuela dazu und führte Ariane höflich ins Wohnzimmer. Was blieb mir anderes übrig, als gute Miene zum bösen Spiel zu machen? Schon schlimm genug, dass sie mir das Leben als Chorleiter zur Hölle machte, drängte sie sich jetzt auch noch in meinen privaten Bereich. Das ging zu weit, entschieden zu weit. Während sie an diesem Nachmittag unseren Kuchen wegfraß und unseren Kaffee trank, sich in alle Gespräche bei Tisch einmischte, alles auch schon mal erlebt und sämtliche Krankheiten ebenfalls durchlitten hatte, dann noch Tipps vom Allerfeinsten verteilte, schwor ich mir Rache.

Als abends alle verschwunden waren – Ariane ging zuletzt –, brach ich in Tränen aus und holte die Weinbrandflasche aus dem Schrank. »So geht das nicht weiter«, sprach ich zu Manuela. »Ich muss endlich eine Lösung finden, was mit Ariane geschehen soll.«

Manuela hatte nur gelacht. »Was willst du tun? Willst du sie umbringen?«

Ab da hatte der Gedanke sich verfestigt und kreiste unaufhörlich in meinem Kopf herum. Ja, sie musste weg, das war ich auch den anderen Chormitgliedern schuldig, dass endlich Ruhe herrschte. Schlimm genug, dass sie bei den Proben nie den richtigen Ton traf und eine unmögliche Singstimme hatte. Sie wollte auch noch unbedingt bei den Altstimmen mitsingen. Als ich ihr vor Jahren nahelegte, freiwillig den Chor zu verlassen, hatte sie einen Riesenaufstand geprobt und nicht nur Pastor Elsbergen eingeschaltet, sondern auch den Superintendenten angeschrieben. Eine Presbyteriumssitzung wurde einberufen. Ich wurde gezwungen, sie weiterhin im Chor mitsingen zu lassen, schließlich wären wir eine christliche Gemeinschaft, mahnte Pastor Elsbergen. Er als erster Pfarrer der Evangelischen Erlöserkirchengemeinde könnte sich keinen Skandal leisten. Auch sie, Ariane, wäre sein Schäfchen. Wenn ich mir im Sommer ihre Beine so angeschaut hatte, kam das mit dem wolligen Schaf schon hin, dachte ich noch und machte den Nickaugust. Schließlich war ich meinem Posten als Kantor der Gemeinde nicht böse, sicherte er mir doch ein angenehmes Leben. Wenn da nicht Ariane gewesen wäre.

Noch einmal suchte ich das Gespräch mit ihr, riss mich schwer zusammen. Mit Vergnügen hätte ich ihr ein paar runtergehauen, so wütend war ich, dass sie sich über mich beschwert hatte. Dass sie als Frau bei mir nicht landen konnte, hatte sie schon lange Jahre davor gemerkt, was ich ihr auch unmissverständlich klargemacht hatte. Bei Nacht und Nebel – sie hatte mir nach der Chorprobe aufgelauert, stand hinter der Kirche und beobachtete den Eingang der Kantorei, die sich gleich dahinter befand. Dann kam der Überraschungsangriff. Sie warf sich mir an den Hals, beteuerte immer wieder mich zu lieben und noch anderen Unsinn, zählte auf, was sie alles mit mir anstellen wollte. Daraufhin war ich so sauer, dass ich ihr vorführte, was *ich* mit ihr machen wollte. Ich brach ihr den rechten Arm, als sie immer zudringlicher wurde, drehte ihn ihr unsanft auf links und warf sie in die Sträucher. Jetzt wird Ruhe sein, sagte ich mir damals, im Jahre 2010, und hoffte, sie würde nie wieder auftauchen. Doch zu früh gefreut. Mit eingegipstem Arm erschien sie zur nächsten Chorprobe und machte einen auf Mitleid haschen. Von da ab blieben allerdings die kleinen Geschenke wie Süßigkeiten, Parfüm, Duschgel, Kekse, mit denen sie mich sonst verwöhnt hatte, aus. Allerdings sang sie weiterhin falsch und störte die Chorgemeinschaft immens. Zum allwöchentlichen Umtrunk nach der Chorprobe wollte sie niemand mehr dabeihaben. Die Sangesschwestern und -brüder versteckten sich nach der Probe hinter ihren Autos und warteten, bis Ariane verschwunden war, um dann nach einem erlösenden Aufatmen auf einen Drink loszuziehen.

Als wir vor vier Wochen damit begannen, besonders anspruchsvolle Stücke der Oratorien- und Kantatenliteratur für das Weihnachtskonzert einzuüben, hätte ich sie am liebsten endgültig vor die Tür gesetzt. Sie hatte taube Ohren, was das Erkennen der feinen Töne betraf. Da konnte ich ihr noch so oft bestimmte davon auf dem Klavier vorspielen, es blieb nichts hängen in ihrem winzigen Hirn.

Männliche Chorkollegen waren seit Jahren der Meinung, dass sie einfach nur einen Mann bräuchte, der sie auf andere Gedanken bringen und ihr die Zeit nehmen würde, weiterhin den Chor zu besuchen. Zwei echte Mannsbilder aus der Gemeinschaft hatten sich geopfert und versucht bei ihr zu landen, doch mussten sie irgendwann passen. Sie wäre ein zähes Biest, eine Nuss, die schwer zu knacken wäre, meinten sie einstimmig. Ja und dass sie sich auf mich eingeschossen hätte, sagten sie noch. Alles Quatsch, hielt ich dagegen, den Zahn hätte ich ihr schon vor Jahren gezogen. Außerdem war ich mit Manuela mehr als glücklich.

Als sie dann bei mir zu Hause auftauchte, war das Maß voll. Zwei Tage später, nach der Chorprobe, stand sie schon wieder, diesmal bei minus elf Grad draußen vor der Kantorei und bettelte um Sonderunterricht. Dieses lehnte ich kategorisch ab, versuchte ihr klarzumachen, dass bei ihr Hopfen und Malz verloren wären. Ich gab ihr noch mit auf den Weg, dass sie sich nicht wieder bei irgendeiner oberen Instanz beschweren sollte. Daraufhin brüllte und heulte sie wie ein Schlosshund. In den nächsten Tagen rief sie mich einige Male auf meinem Handy an, sodass mir nichts anderes übrig blieb, als ihr diesen Spaziergang am vierten Advent im Hertener Schlosspark vorzuschlagen. Nein, kein Cafébesuch, betonte ich einige Male, nur ein wenig laufen und reden. Dabei wollte ich ihr klarmachen und an ihr letztes bisschen Verstand appellieren, mich in Ruhe zu lassen und dem Chor endlich den Rücken zu kehren. Falls sie sich nicht darauf einlassen würde, dann …

Nun war sie tot und ich erleichtert. Endlich Ruhe! Ja, trotz der schwerwiegenden Tat fühlte ich mich erleichtert. Ich betrat unser gemütliches Heim, legte meine warmen Sachen ab, zeigte Manuela die Blutspritzer auf meinem Mantel und erzählte ihr brühwarm, was ich getan hatte.

»Du musst dich stellen, Tobias«, meinte Manuela nur ganz cool.

Kein Vorwurf, kein Entsetzen in ihrem schönen Gesicht. Nichts. Mir schien, als wäre sie ebenfalls froh, dass das Kapitel Ariane abgeschlossen war. Obwohl sie niemals einen Grund hatte, auf diese olle Bohnenstange eifersüchtig zu sein.

»Du wirst mildernde Umstände anerkannt bekommen. So viele Menschen können bezeugen, dass sie dich gequält hat. Über Jahre drangsaliert«, meinte sie, als ich ihr den Tathergang haarklein geschildert hatte.

Ich nahm Manuela in die Arme und wir weinten beide. Bevor ich jedoch zur Polizei gehen würde, würde ich mich Pastor Elsbergen anvertrauen, nahm ich mir vor. Gleich am nächsten Morgen wollte ich ihn aufsuchen.

Pastor Elsbergen saß hinter seinem wuchtigen Schreibtisch seines Pfarrbüros und spitzte bedächtig einen Bleistift an. Es war erst gegen acht Uhr morgens, die Sonne war noch nicht aufgegangen. Ich wusste, dass er die frühe Stunde nutzte, um Dinge zu erledigen, die Ruhe benötigten. Die Stille in dem Haus war fast beängstigend.

Er zuckte nicht einmal zusammen, als er mich sah. »Tobias, mein Junge, was treibt dich zu so früher Stunde hierher?« Ein leises Knacken war zu hören. Die Spitze seines gerade angespitzten Stiftes war abgebrochen. Mit einer Engelsgeduld versuchte er erneut, das Teil anzuspitzen. Diese Ruhe übertrug sich auch auf mich.

Endlich Ruhe!

Ich begrüßte den Pastor freundlich und wollte gerade

mit meinem Geständnis loslegen, als er seinen Kopf schieflegte und mich gütig ansah.

»Ich wollte dich gerade anrufen. Stell dir vor, was passiert ist. Man hat unsere Chorschwester Ariane niedergeschlagen. Gestern am späten Nachmittag. In der Kapelle am Hertener Schloss. Ist das nicht grausam? Wer macht so etwas?« Der speckige, kleine Geistliche schüttelte wieder und wieder den Kopf, goss sich aus einer Glaskanne Pfefferminztee in eine Tasse.

»Ich war es. Ich habe die Alte totgeschlagen, weil ich sie nicht mehr ertragen konnte«, wollte ich in den muffigen Raum schreien. Doch gerade, als ich meine Lippen öffnen wollte, um mein Gewissen zu erleichtern, sprach er weiter.

»Halb tot hat man sie geschlagen, diese arme Kreatur. Nein, ganz einfach war unsere Ariane sicherlich nicht und auch du kannst ein Lied davon singen. Doch diese miese Tat vor dem Christenfest ist einfach abscheulich. Sie liegt nach einer schwierigen Operation auf der Intensivstation im Hertener St. Elisabeth Krankenhaus. Ich will nachher mal zu ihr. Hoffentlich findet die Kripo bald heraus, wer diese fiese Tat verübt hat.«

Keine Ruhe!

Sie lebte noch. Wic kann das sein? Das würde die Sache verkomplizieren, wenn sie meinen Namen nennen würde. Doch sollte ich jetzt und hier noch ein Geständnis ablegen? Wozu? Das würde doch albern aussehen. Spätestens heute Nachmittag würden sie sowieso vor meiner Tür stehen und mich festnehmen. Schweiß trat auf meine Stirn, mein Herz raste. Ariane lebte. Was musste sie für einen harten Schädel haben?

»Was wolltest du eigentlich so früh von mir, mein Junge?«, fragte Elsbergen mich nun.

Ich stotterte herum, fand nicht die richtigen Worte. Nein, mich ihm anvertrauen wollte ich mich nun nicht mehr. Wozu? Von wem wusste er das mit Ariane bloß, bevor die Presse davon berichtete? Hat er es im Radio gehört?

»Ach, nicht so wichtig. Ich wollte nur noch mal den Ablauf des Weihnachtskonzertes mit Ihnen durchsprechen. Ich habe einige neue Stücke dazugenommen. Doch jetzt kann ich mich gar nicht mehr konzentrieren.« Mir wurde noch immer abwechselnd heiß und kalt.

»Du bist ganz weiß geworden, mein Junge. Ja, das mit Ariane hat dich mitgenommen, stimmt's? Ja, das verstehe ich gut. Du kennst sie ja auch schon so lange. Mit dem Konzert, das ist zweitranging. Warten wir erst einmal ab, ob Ariane durchkommt.« Elsbergen nickte mir voller Gnade zu, was bedeuten sollte, dass er das Gespräch für beendet hielt und ich gehen konnte.

Er duzte mich und ich musste ihn siezen, fiel mir auf. Doch das war wohl normal, schließlich war er ein alter Gottesmann.

Wohin sollte ich nun gehen? Geplant war, dass ich nach meinem Geständnis beim Pastor gleich zur Kripo fahren würde. Ich suchte jedoch mein winziges Büro auf, setzte mich an meinen Schreibtisch und wartete ganz einfach ab. Vielleicht sollte ich auch mal wieder meine Bleistifte anspitzen, überlegte ich kurz, verwarf den Gedanken allerdings wieder. Sobald Ariane zu sich kommen und meinen Namen nennen würde, kämen sie sowieso, um mich zu holen. Ich schloss die Tür und rief Manuela an.

Heute Morgen hatte die Kripo mich noch immer nicht kontaktiert. Meine Nerven lagen blank. Dieses Warten. Doch mich jetzt noch zu stellen, würde blöd aussehen. Elsbergen rief mich gestern Abend noch an, um mir mitzuteilen, dass es Ariane bereits viel besser gehen würde. Sie würde auch schon wieder ein paar Worte sprechen. Die Polizei wollte sie am gleichen Abend noch vernehmen.

Nach dem Telefongespräch mit meinem Chef ging ich ins Schlafzimmer, packte meinen kleinen Dienstreisekoffer und wartete darauf, dass die Polizei mich abholen würde. Manuela bereitete mir ein köstliches Abendessen – Schnitzel mit Bratkartoffeln –, legte die CD mit dem Weihnachtsoratorium von Bach ein und goss mir Rotwein in ein Glas. Doch ich nahm nichts so richtig wahr, dachte nur an Ariane und wann sie endlich ihr Maul aufmachen würde. Doch nichts passierte am gestrigen Abend noch.

War wohl nichts mit Ruhe.

Elf Uhr. Ich saß in meinem Büro in der Kantorei der Erlöserkirche und schaute aus dem Fenster zu meiner Rechten in die raue Winterlandschaft. Kein schönes Weihnachtsfest erwartete mich in diesem Jahr. Ob ich das Konzert am Heiligen Abend noch leiten durfte? Elsbergen hatte mir gerade mitgeteilt, dass er gegen Mittag noch mal zum Krankenhaus fahren würde. Eigentlich könnte man die knapp zwei Kilometer Autostrecke auch gut zu Fuß durch den Schlosspark zurücklegen, zumal der Weg nur halb so lang wäre. Doch der knubbelige Pastor lief keinen Meter, den er mit dem Auto zurücklegen konnte, zu Fuß. Ich könnte ihn doch begleiten, meinte er. Ariane würde sich sicherlich freuen.

Ich hörte das Telefon in seinem Büro klingeln. Er nahm das Gespräch an und schrie regelrecht ins Telefon. Nachdem er zu Ende telefoniert hatte, stürzte er in mein Büro.

»Tobias, stell dir vor. Ariane hat den Kerl nicht erkannt, der ihr das angetan hat. Beim besten Willen könnte sie keine Täterbeschreibung abgeben. Er hätte sich von hinten angeschlichen. Die Zeugenbefragung hätte auch nichts ergeben. So eine Sauerei. Da wird der Kerl davonkommen. Eine arme, unschuldige Frau niederzuschlagen. Na, der wird schön zittern zu Weihnachten, mit seinem schlechten Gewissen.« Pastor Elsbergen konnte sich gar nicht beruhigen.

Von mir sollte er keine Antwort erhalten. Ich selbst stellte mir jedoch die Frage, was besser war. Das schlechte Gewissen nach der Tat oder die Gewissheit, diese Alte bis zum Lebensende an der Backe zu haben. Die Verzweiflung fraß mich auf. Sollte ich mich vielleicht doch noch stellen und somit für klare Verhältnisse sorgen? Würde ich es nicht tun, hätte die Frau mich in der Hand. Oder hatte ich ihr vielleicht so kräftig auf die Rübe gehauen, dass sie sich an nichts mehr erinnern konnte?

Als ich hinter dem kleinen Pastor das Krankenzimmer – sie war soeben von der Intensivstation auf ein normales Zimmer verlegt worden – betrat, konnte ich schon vom Weiten das Strahlen in Arianes Gesicht sehen, als sie mich erblickte. Ihr Kopf war bandagiert, ganz in Blau. Ich trat nach dem Pastor an ihr Bett und überreichte ihr das weiße Alpenveilchen, das sie mir am dritten Advent bei ihrem Besuch geschenkt hatte. Obwohl sie wie tot in ihrem Bett lag, sprachen ihre Augen Bände. Ihrem Mund fiel es noch schwer, Worte herauszulassen.

»Danke, Tobias«, krächzte sie nur, krallte sich meine Hand, die ich ihr zur Begrüßung gereicht hatte, und ließ sie nicht wieder los.

Vor Elsbergen den Aufstand zu proben schien mir unangemessen, also ließ ich es zu.

»Und du hast den Täter tatsächlich nicht erkannt, Mädchen«, fragte Elsbergen sie nun schon zum dritten Mal. »Das ist schade, sehr schade. Doch auch so wird er seiner gerechten Strafe zugeführt werden. Da bin ich mir ganz sicher. Gottes Mühlen mahlen langsam, aber gerecht, mein Kind!«

Ariane schüttelte nur verneinend den Kopf.

»Ja, so ist es«, sagte ich nur und spürte Arianes Blicke überall auf meinem Körper. Sie ließ mich keine Sekunde aus den Augen.

Der Pastor, dem die Stille langsam unangenehm wurde, wandte sich nun an mich. »Nicht wahr, Tobias, wenn es Ariane besser geht, kann sie auch wieder im Chor mitsingen. Du bist doch auf ihre Stimme angewiesen, nicht wahr? Hast du mir vorhin im Auto selbst gesagt.«

Dieser Heuchler! Und so etwas nannte sich Pastor!

Als ich mich von Ariane verabschiedete und ihr ein frohes Fest wünschte, funkte Elsbergen mal wieder dazwischen.

»Aber Tobias, bis zum Fest sind es noch drei Tage. Da wirst du Ariane sicherlich ein weiteres Mal besuchen, nicht wahr?«

Ich blieb ihm eine Antwort schuldig und verließ mit hängenden Schultern das Krankenzimmer im obersten Stockwerk des Hertener St. Elisabeth Krankenhauses.

Als wir auf den Fahrstuhl warteten, schritt ich zum Fenster. Ein wahnsinniger Ausblick bot sich mir von hier oben. Fast das ganze Ruhrgebiet konnte man überblicken. Ich fragte mich, ob ich tot wäre, würde ich von hier oben in die Tiefe springen?

Ich verabschiedete mich vom Pastor, der zum Glück endlich seinen Schnabel hielt.

Endlich Ruhe!

Nein, keine Ruhe! Ariane hatte mich in der Hand. Für immer oder wenigstens für eine lange Zeit. Es sei denn …

Frohe Weihnachten!

15. EINER TRAGE DES ANDEREN LAST

Essen

Alle Jahre wieder! Die Firmen-Weihnachtsfeier der Feuerwoche AG rückte näher. Doch mit Freude und Harmonie war in diesem Jahr bei Klaus Berger nichts. In diesem großen Unternehmen, das am Brüsseler Platz in Essen, gegenüber vom Gruga-Messegelände, seinen Standort hatte, war seine Frau als Vorstandssekretärin beschäftigt. Ein 16-stöckiger hochmoderner Gebäudekomplex mitten in der Essener City, einer Ruhrgebietsmetropole mit knapp 580.000 Einwohnern. Das Pendeln von Gelsenkirchen-Buer nach Essen war für Nicole nicht so einfach. An manchen Tagen schaffte sie die 25 Kilometer in einer guten halben Stunde. Wenn im Pott alles dicht war, dauerte die Fahrt zur Arbeit auch schon mal knapp zwei Stunden. Doch konnte ja nicht jeder, so wie Klaus, der als Kundenberater in einem Autohaus beschäftigt war, seinen Arbeitsplatz direkt vor der Haustür haben.

Während Klaus sich einen Krimi im Fernsehen anschaute, lackierte Nicole sich mit Hingabe im Wohnzimmer auf dem Sofa sitzend die Fußnägel.

»Kannst du das nicht im Badezimmer machen? Denk an die gute Couch.« Genervt schaute Klaus zu ihr herüber.

»Ich pass schon auf, keine Angst. Hast du schlechte Laune? Passt es dir nicht, dass zu uns morgen Santa Claus kommt? Bist du etwa neidisch?«

»Auf so einen Scheiß soll ich neidisch sein? Das ist doch albern hoch drei. Irgendein Penner, in einen roten Plastikfummel gehüllt, liest angebliche Vergehen der Mitarbeiter von einem Zettel ab. Anschließend bekommt jeder seinen Umschlag und freut sich einen Ast. Pah!«

»Albern? Dass er uns Umschläge mit tollem Inhalt bringt? Wir können gern mal wieder unsere Weihnachtsgehälter vergleichen. Gegen meins ist deins ein besseres Taschengeld. Und wieso soll man nicht mal lustig sein und feiern? Meinst du, eure jämmerliche Brötchenrunde mit diesen Hinterwäldlern am letzten Arbeitstag im Jahr ist besser?«

Klaus hatte nichts gegen betriebliche Feiern, doch seit er das Telefongespräch seiner Frau mit einer Kollegin belauscht hatte, kamen ihm starke Zweifel, ob seine Frau ihrem Chef Bastian tatsächlich nur dienstmäßig zugetan war. Wie weit gingen ihre Dienste?, fragte er sich seit Tagen. Immer wenn er sich mal dort in Essen in ihrem Büro aufhielt, hatte er eigentlich nicht das Gefühl, dass seine Nicole – durchaus attraktiv – und dieser eitle Fatzke Bastian, fünf Jahre jünger als sie und ein echter Modelltyp, sich besonders nahestanden. Doch konnte man es wissen?

Nicole berichtete ihm noch, dass bei der morgigen Feier bekanntgegeben wurde, wer Ende des Jahres wegrationalisiert und wer befördert werden würde. War sie deshalb so aufgedreht?, fragte Klaus sich. Glaubte sie etwa, der Kelch der Beförderung würde sie treffen? Als Pfeffernüsse, Glühwein und Zimtsterne nicht mehr die sonstige weihnachtliche Wirkung bei Klaus zeigten und ihm übel aufstießen, legte er sich einen Plan zurecht. Dann würde er Gewissheit haben, ohne sich lächerlich machen zu müssen.

Das Thermometer zeigte fünf Minusgrade, als Klaus gegen neun Uhr früh aus sicherer Entfernung den Eingang der Feuerwoche AG beobachtete. Es herrschte ein emsiges Kommen und Gehen. Seine Nicole war schon vor einer halben Stunde eingetroffen und hektisch wie eine Verrückte zum Eingang gestöckelt.

Bei der Feuerwoche AG standen die Zeichen auf Weihnachten. Der Eingangsbereich war mit rot-goldenen Tannengirlanden geschmückt. In der großen Lobby leuchtete ein überdimensionaler Weihnachtsbaum, ebenfalls in Rot-Gold bestückt.

Und da kam er auch schon im gemütlichen Schritt und steuerte auf den Eingang zu. Santa Claus persönlich. Nein, nicht Nikolaus oder Weihnachtsmann, sondern eine Kombi aus beidem, die auch gleichzeitig den Knecht Ruprecht beinhaltete, der ordentlich mit der Rute austeilen durfte. Typisch amerikanisch: Santa Claus. Klaus pirschte dem verschwitzten Kerl – die Firma hatte ihn supergünstig eingekauft, wusste er von Nicole – in seinem roten Synthetikmantel hinterher und sprach ihn an. Sein Bart roch nach Schweiß und Rotze. In der Mitte seines Mantels zeichneten sich dunkle Flecken ab, die wohl vom Urin der Kinder stammten, die in irgendeinem Kaufhaus auf seinem Schoß ihre Wünsche kundgetan hatten. Igitt! Der Vorstand hätte sich den Kerl vorher mal besser in seiner Verkleidung anschauen sollen, dachte Klaus angeekelt. Und hatte der Mann nicht eine Alkoholfahne? Ein tolles Angebot, der ganze Mann. Ganz zu schweigen von seinem löchrigen Sack, den er hinter sich herzog.

»Pass mal auf, mein Freund«, sprach Klaus ihn an und schlug ihm kumpelhaft auf die Schulter. »Du bist doch hier engagiert als Santa Claus, für die Abteilung 16/2, nicht wahr?«

Der muffige Rotmantel wurde nervös, zitterte vor sich hin. Hatte er etwa Angst, dass man ihm seinen ramponierten Zustand anmerkte?

»Lass mich das für dich machen. Was hältst du davon?« Klaus zückte seine Börse und zog zwei Hunderter heraus. »Ich gebe dir 200 Euro. Deinen Mantel und den Sack kannst du dir in zwei Stunden hier wieder abholen.«

»Aber ich hab den Auftritt schon bezahlt gekriegt.« Gierig, mit zittrigen Händen fingen seine Augen an zu leuchten, als er die Scheine sah.

»Kannst du natürlich behalten. Schau mal, da drüben ist eine Bude. Da trinkst du dir einen ordentlichen Schnaps. Dann zittern deine Griffel auch nicht mehr so doll. Na, was ist?«

Der Kerl schnappte sich das Geld und verschwand mit Klaus in dem Gebäude. Sie visierten die WCs an.

Es hatte Klaus schon einiges an Überwindung gekostet, dieses ekelige Teil anzuziehen. Die Kapuze toppte allerdings noch den verklebten Bart. So ein Geruch. Klaus war kurz davor, sich übergeben zu müssen. An den weißen Armstulpen des roten Mantels klebten zahlreiche vertrocknete Popel, wahrscheinlich von aufgeregten Kindern dort deponiert, während sie auf seinem Schoß gesessen hatten. Zum Glück waren sie nicht mehr frisch. Egal, sagte Klaus sich, da musst du jetzt durch. Die Umschläge im Sack wären nummeriert, hatte die Filzlaus ihm noch erklärt. In der Liste, die er ihm dazu ausgehändigt hatte, ständen die Nummern und die dazugehörigen Namen, ebenso die Texte, die er aufsagen sollte. Besser als dieser versoffene Penner kriege ich das allemal hin, sagte sich Klaus und bestieg den Fahrstuhl, um in den 15. Stock zu fahren, wo sich der Festsaal befand.

Vor der Tür blieb er stehen und wartete, hörte Geschirrklappern, Gläser klirren und ausgelassenes Lachen. So früh schon so gut drauf, dachte Klaus noch, da öffnete sich auch schon die Tür und ein schmaler Anzugträger begrüßte ihn mehr als genervt. »Da sind Sie ja endlich, Herr Kowalski. Hatten wir nicht halb zehn ausgemacht? Nun, egal, Sie sind ja jetzt da.«

Das musste Sascha Mingo, der Betriebsratsvorsitzende sein, dachte Klaus. Er hatte ihn von Fotos, die ihm Nicole mal auf ihrem PC gezeigt hatte, erkannt.

Mingos abfälliger Blick blieb an seinem versauten Mantel hängen.

Und wieso Kowalski? Ich heiße doch Berger, hätte er dem parfümierten Anzugträger am liebsten an seinen schmalen Kopf geschmissen. Doch da fiel ihm ein, dass Mingo ja eigentlich den Penner für diese Aufgabe engagiert hatte.

»Nun kommen Sie schon«, sprach Mingo ungeduldig und schob Klaus in den Saal.

Die Tische waren U-förmig angeordnet und voll besetzt. An den Seiten standen zusätzlich Stehtische, an denen bauchige Wichtigtuer sich Schnittchen einverleibten und dazu Sekt tranken. Das laute Gelaber verebbte,

Mingo klatschte in die Hände und kündete mit lauten, schwülstigen Worten Santa Claus an. Ein Raunen sowie ein paar Pfiffe hallten durch den Saal.

Bevor Klaus mit seiner Rede begann, suchte sein Blick wie eine Überwachungskamera die Sitzenden und Stehenden ab. Und da hatte er sie entdeckt, am unteren Ende des Us. Seine rausgeputzte Nicole mit künstlichem Grinsen und dieser popelige Personalchef Bastian, der seiner Frau versprochen hatte, heute ihre Beförderung zu verkünden. Na, wenn sie sich da mal nicht täuschte, dachte er noch gehässig.

Bastian, diese ach so wichtige Respektsperson, war gerade dabei, mit einem Zahnstocher den Dreck, den die Lachshäppchen zwischen seinen Riesenzähnen hinterlassen hatten, zu entfernen.

Klaus atmete ruhig durch und bat um Aufmerksamkeit. Danach begrüßte er die Gesellschaft formvollendet. Wollen wir doch mal sehen. Das wäre doch gelacht, wenn ich das nicht besser hinkriege als dieser alkoholisierte Kowalski, dachte er.

Mit souveränen Worten wandte er sich an die Mitarbeiter der Feuerwoche AG, riss hier und da einen kleinen Witz, schaute immer wieder zu seiner Nicole, der das Lachen inzwischen vergangen war. Sicherlich kam ihr die Stimme des Santa Claus irgendwie bekannt vor. Ob sie ahnte, dass in dem Kostüm ihr Klaus steckte?

Alle Angst wich von Klaus. Er wollte hier und jetzt zeigen, was er so draufhatte – von wegen kleiner Kundendienstberater in einem Autohaus –, und zog das goldene Buch aus dem Sack, in dem sich die Liste befand, die er vor der Tür schon kurz studiert hatte.

Und so begann er, Kollege für Kollege abzuarbeiten, indem er denjenigen aufrief, den vorbereiteten Umschlag in die Hand drückte und die entsprechenden Zeilen aus der Liste kurz las, sich dann aber entschied zu improvisieren und einen selbst erdachten Spruch in den Raum schickte, gewürzt mit schwarzem Humor natürlich. Ja, witzig war Klaus schon immer, hatte nur viel zu selten Gelegenheit, sein Talent zu zeigen. Nun konnte er beweisen, wozu er fähig war. Der Saal bebte vor Lachen, besonders über den Satz, den er spontan über Bastian losließ. Okay, es war etwas gewagt, als Klaus ihn auch noch ein Gedicht aufsagen ließ. Nicoles Chef sah ihn wütend an, während er ihm den Umschlag regelrecht aus der Hand riss. Doch wollte Bastian keinen Skandal und machte gute Miene zum bösen Spiel. Als seine Nicole vor Klaus stand, wählte er Worte, die sie geschockt schauen ließ, von wegen Treue und Verlässlichkeit.

Als er mit seiner Liste und all den lieben Kollegen durch war, alle gemeinsam mehr recht als schlecht das Lied »Fröhliche Weihnacht überall« gesungen hatten, schüttelte ihm Mingo die Hand und bedankte sich überschwänglich, bat ihn an einen der Stehtische, goss ihm Sekt ein und reichte dazu einen Teller mit Häppchen. Während einige der Obrigkeiten ihre Reden vom Blatt ablasen, ließ Klaus es sich schmecken, beobachtete jedoch aus dem rechten Augenwinkel haargenau seine Frau und diesen Bastian. Sie tuschelten nervös. Nicole schien sich echt Sorgen zu machen und war ziemlich aufgebracht. Hatte sie ihn etwa erkannt? Oder war sie sauer, dass ihre Beförderung noch nicht erwähnt worden war? Wenig später – die Reden waren inzwischen Geschichte – standen die beiden auf und verließen nacheinander den Saal, was bei der ausgelassenen Stimmung unter den Kollegen nicht auffiel.

Klaus sprach noch ein paar Worte mit Mingo und verabschiedete sich dann ebenfalls. Mingo rief ihm noch hinterher, dass er sich bestimmt bald wegen eines weiteren Auftrags melden würde. Na, da würde sich der muffelnde Kowalski sicherlich freuen, dachte Klaus noch.

Als er den Saal verließ und auf dem Flur stand, überlegte er, wohin die beiden verschwunden sein könnten. Gähnende Leere, kein Mitarbeiter zu entdecken. Er lief bis zum Panoramafenster des langen Flurs und blickte durch die Glaswand des 15. Stockwerks. Eine wahnsinnige Höhe. Den gesamten winterlichen Grugapark konnte er überschauen.

Zwei aufgemotzte Damen verließen die Toilette und tuschelten sich aufgeregt zu. »Wo werden sie schon sein? Bestimmt auf ein schnelles Nümmerchen nach oben.« Dann kicherten sie und liefen auf den Saal zu.

Meinten die etwa seine Frau und diesen Bastian? Klaus wurde nervös. Seine Souveränität von eben war ihm vergangen. Er lief zum Fahrstuhl, wollte die Taste für die Fahrtrichtung oben drücken, stellte jedoch fest, dass es nur eine gab, die nach unten zeigte. Als er diese gedrückt hatte, öffnete sich die Tür und er bestieg die Kabine. Doch nirgendwo ein Knopf, auf den der 16. Stock angezeigt wurde. Was ging hier ab? War das etwa wie bei Harry Potter mit dem Gleis 9¾? Was musste man tun, um in den 16. Stock zu gelangen, falls es diesen überhaupt gab? Er verließ den Fahrstuhl wieder und ging bis zum Ende des Ganges, schaute verwundert nach links, dann nach rechts und siehe da, er wurde fündig. In der rechten Ecke gab es eine unscheinbare Wendeltreppe, die nach oben führte. Neugierig stieg Klaus die Stufen empor. Oben angekommen, traf er auf einen langen schmalen Gang. Er lauschte hier und da an den verschiedenen Türen. Doch nichts war zu hören. Am Ende des Flurs befand sich eine breite Metalltür mit der Aufschrift Haustechnik. Er lehnte sein Ohr an das kalte Metall und konnte eindeutige Geräusche vernehmen. Lustvolles Stöhnen und Kichern. Sollten die Gerüchte stimmen? Hatte seine Nicole ein Verhältnis mit diesem Bastian? Vorsichtig öffnete er die Tür und betrat den halb dunklen Raum. Der Blick zum Tisch hinten in der Ecke sprach Bände.

Mit heruntergelassener Anzughose stand Bastian vor dem Tisch, auf dem seine Nicole mit hochgeschobenem Kostümröckchen lag, und gab alles. Wie niederträchtig. Sie schienen ihn überhaupt nicht wahrzunehmen. Sicherlich waren sie nicht das erste Mal hier oben, dachte Klaus und ging näher an den Tisch heran. Irgendwann hatte Nicole Santa Claus trotz des trüben Lichts bemerkt und schrie auf. Bastian drehte sich erschrocken um, zog sich gleichzeitig seine Hose hoch. Nicole brachte sich in eine sitzende Position.

»Ach sieh an, Santa Claus mit seinem verklebten Mantel. Hast du so wenig von uns bekommen, dass du dir nicht mal ein vernünftiges Kostüm leisten kannst?« Er versuchte davon abzulenken, was hier gerade zwischen zwei Mitarbeitern geschehen war. »Was glotzt du so? Geht's dich was an? Was willst du überhaupt hier?« Bastians wütender Blick suchte das Regal hinter dem Tisch nach einem brauchbaren Gegenstand ab, mit dem er Santa Claus eins über die Rübe geben könnte.

Nicole sagte gar nichts, ordnete sich ihr Kostüm und blickte Santa Claus in die Augen. Dieser Blick machte sie stutzig. Ahnte sie, dass in dem Kostüm, ob nun hässlich oder schön, ihr Ehemann Klaus steckte?

Bastian griff sich derweil einen kleinen Gummihammer, mit dem er Santa Claus probeweise mehrmals zart auf den Kopf schlug, als wollte er Maß nehmen.

»Den können wir nicht gehen lassen. Der posaunt überall herum, dass er uns erwischt hat. Ob wir wollen oder nicht, wir müssen ihm den Garaus machen. Können wir anschließend immer noch dem Hausmeister in die Schuhe schieben.« Wieder klopfte er Klaus mit dem Hammer auf den Kopf.

»Sag mal, bist du bescheuert? Du kannst doch den Mann nicht umbringen?« Nicole konnte nicht fassen, was sie da aus Bastians Mund vernommen hatte.

Beim nächsten Schlag mit dem Hämmerchen verlor Klaus die Geduld, packte Bastian an Hals und Kragen, entriss ihm den Hammer und schlug ihm damit einmal kräftig auf den Schädel. »Jetzt pass mal auf, du kleiner Rübezahl. Jetzt geht es dir mal so richtig an den Kragen. Schlimm genug, dass du meine Frau hier oben flachlegst, doch mir mit dem Hammer auf den Kopf zu schlagen, geht eindeutig zu weit, du Würstchen. Jetzt zeige ich dir mal, wie man so einen Hammer richtig benutzt.«

Klaus holte weit aus und gab ihm mit dem Gummihammer zuerst eins auf die Nase, die auf der Stelle zu bluten anfing. Dann folgte ein Schlag aufs rechte Auge. Es schwoll sofort zu, was Klaus verwunderte. So ein Weichei, dachte er nur.

»Klaus, wie kommst du hierher?« Nicole konnte nicht

fassen, wieso ihr Gatte plötzlich die Rolle des Santa Claus spielte.

»Zu dir komme ich später. Zuerst bekommt der hier sein Fett weg. Dieses schmale Kerlchen hat eine Abreibung verdient.«

Klaus kramte nun ebenfalls in dem Regal, während der Personalchef sich jammernd seine Wunden leckte.

»Denkzettel okay, aber du wirst ihn doch am Leben lassen, oder etwa nicht?« Nicole begann zu weinen. »Ich hab das alles nicht gewollt, Klaus. Das hat sich so ergeben. Das war heute das erste Mal, dass ich mich mit Bastian hier oben getroffen habe. Schuld daran war nur der Sekt.«

»Das kannst du alles deiner Oma erzählen, wenn sie zum Fest angereist kommt. Dann werde ich allerdings schon nicht mehr da sein.«

Klaus fand ein Nylonseil, was er für geeignet hielt, lächelte, wickelte es auseinander und zog gleichzeitig an beiden Enden prüfend daran.

Der Jammerlappen-Bastian zitterte vor Angst. »Mach keine Dummheiten, Mann, lass mich gehen. Deine Alte hat mich genötigt. Leg der den Strick um den Hals. Dann sind wir sie beide los, Kumpel.«

»Ich zeig dir gleich, wer hier der Kumpel ist, du Flachpfeife.« Klaus biss vor Wut die Zähne aufeinander, wickelte geschockt in Windeseile das Seil um den dünnen Hals des Personalchefs und zog kräftig zu. Bastian röchelte, griff mit seinen Händen an den Hals, um das Seil zu entfernen. Dieses spornte Klaus noch mehr an. Er zog und zog immer fester zu. Die Augen glubtschten dem Personalheini aus dem Kopf und Klaus überlegte, an wen er ihn erinnerte. Gab es da nicht einen Fußballspieler, der so hervorstehende Augen hatte?

Hatte er zuerst nur vorgehabt, ihm einen Denkzettel zu verpassen, entschied er sich nun plötzlich, keine halben Sachen zu machen. Er gab noch einmal alles. Diese große soeben erlebte Enttäuschung verlieh ihm ungeahnte Kräfte. Rache, er wollte Rache! Die schmalen Lippen dieses Personalchefs schnappten auf und zu, bis sie irgendwann erschlafften. Das Seil schnitt ihm so tief in den zarten Hals, dass Klaus befürchtete, der Kopf würde sich jeden Moment vom Rumpf trennen und zu Boden knallen.

»Klaus, was machst du? Du bringst ihn ja um!«, schrie Nicole, dachte aber nicht daran dazwischenzugehen.

»Da brauchst du dir keine Sorgen mehr zu machen. Der ist schon tot.« Klaus ließ die Seilenden los. Der Mann knallte auf den Boden.

»Und nun zu dir, du Flittchen. Du sagst niemandem, wer in dem Kostüm gesteckt hat. Ist das klar? Oder willst du auch mal das Seil um den Hals gelegt bekommen? Du lässt mich jetzt ziehen. In zehn Minuten rufst du von mir aus um Hilfe. Wenn dich einer fragt, wer es gewesen war, sagst du nur, es wäre Santa Claus gewesen. Klar?«

Nicole nickte wie eine Wilde, schniefte, heulte, zog den Rotz hoch, sagte aber nichts.

Unbeobachtet – da hatte Klaus wirklich Glück – verließ er das Gebäude. Vor dem Haupteingang atmete er erst einmal tief die frische Winterluft ein. Irgendwie fühlte er sich befreit. Er hatte nichts weiter getan, als die Gerechtigkeit wiederherzustellen, sagte er sich mehr als einmal.

Er überquerte die Kreuzung, ging die Stufen hinunter, die ihn zur U-Bahn-Station Messe-Gruga führten, suchte sich eine ruhige Ecke, zog den Mantel aus, nahm den verfilzten Bart ab, streifte sich die weißen Bestatter-Handschuhe ab, stopfte alles in den Sack und richtete sich notdürftig sein verschwitztes Haar. Dann nichts wie zurück auf die Straße. Von Weitem konnte er schon die Trinkhalle sehen, an der der echte Santa Claus alias Kowalski stand und ihn freudig erwartete.

»Mann, du hast aber lange gebraucht. Über drei Stunden. Ich habe gleich den nächsten Auftritt. In einem Kaufhaus in der Innenstadt. Hat alles geklappt?« Kowalski hatte rotgeränderte Augen und lallte inzwischen gewaltig.

Armer Kerl, dachte Klaus, drückte ihm das Bündel, bestehend aus Sack mit Mantel, Bart und Handschuhen, in die Hand und wünschte ihm frohe Weihnachten.

»Noch eine Frage, Kumpel. Wieso wolltest du das unbedingt machen, den Santa Claus spielen? Und hast mir noch 200 Euro gegeben, verstehe ich nicht.« Kowalski sah Klaus mit dämlichem Blick an und begann damit sich zu verkleiden.

Martinshornsirenen kamen näher, zwei Polizeiwagen hielten direkt vor dem Eingang der Feuerwoche AG. Jeweils zwei Beamte sprangen aus den Wagen und rannten auf den Eingang zu. Weitere Polizeiwagen mit eingeschaltetem Martinshorn näherten sich.

Nun wurde es Zeit für Klaus. Er klopfte Kowalski, der inzwischen wieder seinen ekeligen Nikolaus-Mantel trug, auf die Schulter. »Bald wirst du es verstehen, mein Freund. Ganz bald!« Und schon war er verschwunden.

16. WENN DU GLAUBST ES GEHT NICHT MEHR, KOMMT VON IRGENDWO EIN LICHTLEIN HER

Marl

Die Weihnachtszeit war für Detlev Benzkowski grausam. Die Einsamkeit verursachte bei ihm regelrecht körperliche Schmerzen, für die kein Arzt eine Erklärung fand. Und er hatte eine Menge Ärzte konsultiert. Der eine nannte sein Dezember-Unwohlsein Burn-out, der andere diagnostizierte eine Fibromyalgie, wieder ein anderer meinte, es sei eine Depression. Prophylaktisch ließ er sich in jedem Jahr schon vor dem ersten Advent Arbeitsunfähigkeit attestieren. Sein Arbeitgeber, das Medienhaus Bauer, ansässig in der Kampstraße in Marl, wo er in der Registratur beschäftigt war, zog schon jedes Mal ein langes Gesicht, wenn er mit der Arbeitsunfähigkeitsbescheinigung ankam. Doch das störte Detlev Benzkowski reichlich wenig. Er betrachtete den Dezember als zusätzlichen Urlaubsmonat, der ihm seiner Meinung nach dienstrangmäßig zustand, da er schließlich das ganze Jahr über genug schuften würde. So genoss er, trotz Unwohlsein und Schmerzen in den Gliedern, diese Zeit in seiner Wohnung im vierten Obergeschoss des

Hochhauses in der Karl-Marx-Straße, in Marl, im Ortsteil Drewer, unweit seines Arbeitsplatzes und machte das Beste daraus. Seine Dreieinhalb-Zimmer-Wohnung verfügte nicht nur über ein tolles Bad, sondern auch über einen Balkon mit fantastischer Fernsicht über halb Marl. Keine schlechte Wohngegend, in der er seit fast zehn Jahren lebte. Marl, mit seinen 85.000 Einwohnern hatte sich in den letzten 60 Jahren von einem westfälischen Dorf in eine mittelgroße Kreisstadt verwandelt. Sie beheimatete den Chemiepark Marl, einen der wichtigsten Chemiestandorte Deutschlands. Nicht zu vergessen das bundesweit bekannte Grimme-Institut. Viel Grün hatte Detlev gleich vor seiner Wohnungstür, wovon im Winter, bei Eis und Schnee, natürlich nicht viel zu sehen war.

Doch trotz schöner Wohnung und relativ sicherem Arbeitsplatz war Detlev einsam. Ein Single von 41 Jahren, der nicht schlecht aussah. Groß, dunkelhaarig, schlank und gepflegt. Dass sein eigenartiges Wesen und seine penetrante Art daran schuld sein könnten, dass jede Frau nach spätestens einer Woche das Weite suchte, schob er weit von sich. Er hielt sich für unwiderstehlich und ignorierte jegliches »Nein«.

Seit einigen Jahren suchte er sich Gleichgesinnte, also einsame Menschen, genauer gesagt Frauen, bei Facebook. Die meisten waren jedoch nicht weihnachtszeittauglich, sahen anders aus als auf den Fotos, die sie im Internet posteten, und gingen ihm schon nach wenigen Sätzen aus ihren dummen Mündern gehörig auf den Keks. So ließ er diese Kennenlernquelle wieder fallen, schloss sich der Kirchengemeinde seines Wohnviertels an, um festzustellen, dass er mit seinen 41 Jahren viel zu jung für diese Gruppen war. Er wurde Mitglied in einer Wandergruppe mit älteren Herren, die in der Haard unterwegs waren, unentwegt fromme Lieder sangen, versuchte es im Kirchenchor und auch in einer sogenannten ZWAR-Gruppe, zwischen Arbeit und Ruhestand, in die er ebenso wenig passte, da noch voll berufstätig. Diese müden und geschundenen Männer waren alle wesentlich älter als er und trafen sich in den kirchlichen Räumen nur zu sämtlichen, teilweise blödsinnigen Aktivitäten, damit sie ihren putzenden Weibern zu Hause nicht im Wege waren.

Wie würde er in diesem Jahr den Heiligen Abend verbringen? Noch einsamer als im letzten Jahr, in dem er aus völliger Verzweiflung die Kassiererin aus dem Edeka-Markt zu sich nach Hause eingeladen hatte? Was hatte ihn da bloß geritten, dieses Pferd in seinem weißen Kittel kurz vor dem Fest anzusprechen? Und die hatte sich auch noch gefreut wie verrückt und stand bereits um 16 Uhr am Heiligen Abend auf seiner Matte. Ohne den Kittel wirkte sie irgendwie nackt in ihrem roten unvorteilhaften Strickensemble. Riesengroß mit 80er-Jahre-Dauerwelle und ein paar fehlenden Zähnen im Frontbereich kicherte sie ihm entgegen und überreichte ihm eine Kiste mit Lebkuchen. In dem Edeka-Markt kam sie ihm viel leiser, bescheidener und hübscher vor. Er sehnte sich jedoch so sehr nach ein wenig Zärtlichkeit, nach Berührungen, ja und nach Sex. Doch allein ihre immense Größe und das rote Strickkostüm törnten ihn dermaßen ab, dass er sie schnell wieder loswerden wollte. Nachdem sie genüsslich gespeist hatten – er hatte einen Nackenbraten mit Rosenkohl zubereitet –, schlug er einen abendlichen Spaziergang um die Häuser vor, was diese Kassenliese überhaupt nicht witzig fand. Ein wenig kuscheln und es sich gut gehen lassen würde ihr besser gefallen, äußerte sie mutig. Doch Detlev bekam plötzlich Panik und wollte sie aus dem Haus haben. Sie waren durch das nächtliche Marl spaziert. Gaby, die Kassiererin, redete ununterbrochen, kehrte ihr Innerstes nach außen, während Detlev in beleuchtete Fenster schaute und Menschen beobachtete, die sich beschenkten, freuten, glücklich zuprosteten oder einfach nur in die Glotze schauten. Alles war besser, als mit dieser Laber-Gaby durch die Kälte zu kriechen, stellte er irgendwann fest. Sein Herz krampfte sich schmerzhaft zusammen, als er durch ein Fenster beobachtete, wie ein verliebtes Pärchen sich vor dem Weihnachtsbaum küsste. Gaby kroch ganz nah an ihn heran, ergriff seine Hand, bedrängte ihn, wann sie sich denn wieder treffen würden, was er denn am ersten Weihnachtstag so vorhätte. Er legte einen Zahn zu, löste unwirsch ihre Hand aus seiner und verfiel in einen temporeichen Laufschritt. Da würde dieser Bagger sicherlich nicht mithalten können, hoffte er. Er hatte den Trampelpfad am Dümmerbach erreicht. Stockdunkel war es. Von Weitem konnte man hier und da den Schein einer Straßenlaterne wahrnehmen. Er kannte sich hier aus, es war seine Joggingstrecke. Er verschwand emsig hinter Büschen und Bäumen. Gaby schrie ihm hinterher. »So warte doch. Du kannst mich doch nicht einfach allein zurücklassen. Ich kenne mich hier überhaupt nicht aus.«

Und wie er konnte. Er grinste, gab Gas und rannte davon. Heftiger Schneefall setzte ein. Mit jedem Meter spürte er eine innere Ruhe, die ihn glücklich machte. Für den Moment jedenfalls. Er hörte nie wieder von Gaby. Nach den Feiertagen mied er Edeka und kaufte stattdessen bei Rewe ein.

Was würde das diesjährige Weihnachtsfest für ihn bereithalten? Das ganze Jahr über war ihm keine geeignete Frau über den Weg gelaufen, sodass er wieder einmal alle Hoffnung auf Weihnachten setzte. Zumal Anfang Dezember eine junge Frau in die Wohnung über ihm gezogen war, die seinem Beuteschema entsprach. Klein, zart, braune Augen, asiatischer Touch. Doch wie es aussah, legte sie wenig Wert darauf, ihn näher kennenzulernen, dabei schmiedete Detlev schon Pläne für Heiligabend, plante ein raffinierteres Essen als Nackenbraten mit Rosenkohl, das einzige Gericht, das er aus dem Effeff zaubern konnte.

Gleich einen Tag nach ihrem Einzug klingelte Detlev bei Jaqueline Lukowski und überreichte Brot und Salz, mit ganz vielen warmen Worten. Zuerst noch von der Freundlichkeit des Nachbarn angetan, gab sie höfliche Antworten auf seine teilweise indiskreten Fragen. Plötzlich schob sie jedoch einen Riegel vor, machte dicht, antwortete auf das, was er wissen wollte, ob sie ganz alleine hier eingezogen wäre, ob sie zurzeit keinen Partner hätte usw., nur sehr reserviert: »Ich muss jetzt weitermachen, vielen Dank!« Dann knallte sie ihm die Tür vor der Nase zu.

Eine Woche vor Weihnachten hatte es zur Freude der Kinder angefangen zu schneien. Ein fröhliches Lachen drang bis zu ihm in den vierten Stock hinauf. Die ausgelassenen Schlittenfahrer vergnügten sich an den winzigen Hügeln hinter dem Haus. Der Verkehr auf den Straßen war fast zum Erliegen gekommen, nur wenige mutige Autofahrer krochen über die glatten Straßen. Die städtischen Räumfahrzeuge kamen gar nicht nach, die Straßen von Schnee und Eis zu befreien.

Detlev beschloss, den Tag für Weihnachtseinkäufe zu nutzen. Sein Speiseplan für den Heiligen Abend stand. Es sollte Rouladen mit Rotkohl geben, dazu echte Reibeklöße. Mehr als einmal hatte er sich von seiner Mutter per Telefon – sie lebte in Hamburg mit einem Typen zusammen, den er absolut nicht mochte – genau erklären lassen, was er zu beachten hätte.

»Ach, Junge, warum kommst du zu Weihnachten nicht her, dann bist du nicht so alleine«, meinte seine Mutter zum Schluss eines jeden Gesprächs jammernd.

»Lass mal, Mutter. Ich habe keine Lust zuzusehen, wie dieser Alfred dir ein blaues Auge schlägt.« Und das meinte er so, wie er es sagte.

Bevor er losmarschierte, ging er die Treppe in den fünften Stock hinauf und klingelte bei Jaqueline. Genervt öffnete sie nach dem vierten Klingeln die Wohnungstür. Wie gut sie wieder roch. Detlev war bei ihrem Anblick hin und weg. Hautenge Jeans, dazu ein enganliegender schwarzer Pulli betonten ihre schlanke, ja fast schon zarte Figur.

»Was wollen Sie denn schon wieder?«, fragte sie ihn ungeduldig. »Ich brauche nichts, besorge mir alles selbst. Bin schließlich nicht behindert. Das habe ich Ihnen schon mindestens drei Mal gesagt.«

»Hast du mal gesehen, wie es draußen aussieht? Bei

diesem Wetter jagt man noch nicht mal einen Hund vor die Tür. Ich bringe dir gerne was mit.«

»Passen Sie mal auf. Ich glaube, Sie haben Ärger mit den Ohren. Ich will meine Ruhe haben. Okay? Ich scheiß was auf gute Nachbarschaft.«

»Und was ist mit Heiligabend? Wirst du zum Essen kommen? Ich meine, wir sind beide Single. Da bietet es sich doch an, den Weihnachtsabend gemeinsam zu verbringen. Oder etwa nicht?« Mit einem Blick, der Eis zum Schmelzen brachte, schaute er sie an.

Doch sie blieb hart. »Ich bin zwar Single, habe aber Weihnachten schon was vor. Kapieren Sie das endlich.« Und schon schlug sie ihre Tür zu.

Wut kroch in ihm hoch. Da meinte er es so gut, bot seine Hilfe an und was machte sie? Behandelte ihn wie den letzten Dreck. Nicht ein einziges Mal hatte sie ihn in ihre Wohnung gelassen. Dabei würden sie so gut zusammen passen. Jedenfalls vom Äußeren, fand Detlev. Er hatte sie heimlich fotografiert, wenn sie das Haus verließ, oben vom Fenster aus. Die Fotos hatte er bearbeitet und zu seinen an die Pinnwand über dem Küchentisch geheftet. Zwei hatte er zu einem werden lassen, das sie beide nun als verliebtes Paar zeigte. Immer wieder starrte er es an und vergaß, dass es sich um eine Fotomontage handelte.

Doch langsam musste selbst er sich eingestehen, dass er Luft für die tolle Jaqueline war und sie kein Interesse an ihm hatte. Oder musste er sich einfach nur noch mehr Mühe geben?

Am Vormittag des Heiligen Abends war Detlev mehr als gefrustet. Besonders nach dem Telefongespräch mit seiner Mutter. Ihr schien es schlecht zu gehen. Sie hatte geweint, wollte aber nicht damit herausrücken, was sie so quälte. Er vermutete, dass sein Stiefvater mal wieder zugeschlagen hatte.

Noch zwei Mal war Detlev in den letzten Tagen bei Jaqueline an der Tür gewesen. Einmal mit einer Tüte Pfeffernüsse, die sie ihm ungeöffnet tobend vor die Füße warf. Ein weiteres Mal, gestern, mit der Frage, ob er ihr den Tannenbaum einstielen sollte. Sie bekam einen hysterischen Anfall, schrie ihn an, dass sie keinen Tannenbaum aufstellen würde und wenn er noch einmal bei ihr klingelte, würde sie ihn wegen Stalking anzeigen.

Das war's dann wohl, sagte er sich. Vergiss sie! Er würde also den Heiligen Abend alleine verbringen. Vielleicht sollte er mal bei Edeka vorbeischauen und nachsehen, ob Gaby an der Kasse saß? Er verwarf den Gedanken wieder, denn er glaubte nicht, dass sie nach dem Erlebten vom letzten Jahr scharf auf seine Rouladen sein würde. Außerdem würde sie mehr erwarten als ein schönes Essen. Er müsste danach schon mit ihr in die Kiste steigen, dachte er und überlegte. Nachts sind alle Katzen grau und wenn er ordentlich Alkohol getankt hätte, würde es vielleicht gehen.

Er zog sich lustlos an, um letzte Besorgungen zu tätigen. Ein paar Plätzchen vom Bäcker für alle Fälle und noch einige Süßigkeiten wollte er besorgen. Er hatte einen totalen Hype auf ein Marzipanbrot. Bei Rewe war es erstaunlich leer und auch beim Bäcker brauchte er nicht lange anstehen.

Gegen Mittag betrat er das Haus, in dem er wohnte, und steuerte auf den Aufzug zu. Und wer stand da und drückte wie eine Wahnsinnige auf den Knopf, um den Fahrstuhl herbeizuholen? Jaqueline persönlich, in heller Thermojacke mit niedlichem rotem Mützchen auf dem Kopf. Sie nickte ihm kurz zu, schenkte ihm ansonsten keine Aufmerksamkeit.

Die Fahrstuhltür öffnete sich und beide stiegen nacheinander ein. Detlev drückte den Knopf mit der Vier, Jaqueline den mit der Fünf.

Sie sah aber auch wütend aus. Detlev hatte noch nie so kalte Augen gesehen, so einen zornigen Blick. Ihr musste etwas Schlimmes zugestoßen sein. Und trotzdem spürte er kein Mitleid. Schließlich war das kein Grund, ihn dermaßen mies zu behandeln. So schön war sie schließlich auch nicht.

Sie stöhnte auf und stellte ihre Einkaufstasche, die wohl einiges an Gewicht hatte, neben sich. Ein sperriges, jedoch verpacktes Teil ragte aus der Tasche hervor.

»Was hast du denn da für eine Scheiße gekauft? Ein Geschenk? Warte, jetzt kommt's gleich. Jetzt schmeißt du mir wieder irgendeine Frechheit an den Kopf. Und warum? Nur weil ich freundlich zu dir bin?«

Jaqueline lächelte. Doch ihre Augen lächelten nicht mit. Der Blick blieb kalt. Sie stöhnte auf und ließ sich zu einer Antwort herab. »Ein Geschenk für meinen Vater. Obwohl es Sie überhaupt nichts angeht. Sie merken nicht mal, wie dreist und indiskret Sie sind.«

»Und was schenkst du ihr? Bekommt deine Mutter kein Geschenk von dir?« Detlev schaute sie an, wollte nicht kapieren, was sie sagte.

»Geht das schon wieder los?«, wurde sie nun lauter. »Das geht Sie einen feuchten Dreck an, wem ich was schenke. Sie sind so etwas von ignorant. Raffen Sie das nicht?«

»Und du bist schroff und unfreundlich.« Nun war Detlev beleidigt.

»Ich muss nicht zu jedem freundlich sein. Wo steht das? Ich will einfach nur meine Ruhe habe.« Sie schüttelte fassungslos den Kopf und schaute zu Boden.

Der Fahrstuhl hielt in der vierten Etage und die Tür öffnete sich.

»Wollen Sie nicht aussteigen? Laufen Sie mal schnell. Ihre Rouladen warten auf Sie. Werden Sie die allein essen oder haben Sie eine Tussi gefunden, die sich mit Ihnen gemeinsam diese derbe Mahlzeit reinpfeifen wird? Los, verziehen Sie sich endlich!« Voller Spott grinste sie ihn an.

Die Kabinentür schloss sich wieder, der Fahrstuhl fuhr an. Detlev befand sich noch an Bord. Bevor das Gefährt jedoch die fünfte Etage erreicht hatte, betätigte Detlev den Not-Hebel und der Fahrstuhl kam mit einem Ruck zwischen beiden Etagen zum Stehen. Zum Glück verfügte dieses alte Teil von 1967 noch über so eine Funktion. Die neuen Modelle besaßen diese Notbremse nicht mehr.

Jaqueline wollte den Hebel wieder umlegen. »Hey, sind Sie bescheuert? Was soll das? Lassen Sie ihn weiterfahren. Ich will hier raus.« Mit ihren kleinen Fäusten schlug sie auf ihn ein, nachdem er sie daran hinderte, den Hebel zu berühren.

Er ließ sie partout nicht den Fahrstuhl wieder in Fahrt bringen, wurde langsam grob, drehte ihr den rechten Arm nach hinten auf den Rücken.

»Was soll das, du Prolet? Lass' mich sofort los, oder

ich schreie das ganze Haus zusammen.« Der Situation angemessen, war sie zum Du übergegangen.

»Das hört hier niemand. Schrei' ruhig.« Er gab ihr einen kräftigen Schubs und sie landete unsanft in der hintersten Ecke des Fahrstuhls. Immer, wenn sie den Versuch startete, vom Boden aufzustehen, gab er ihr einen erneuten Stoß mit der Faust. Nach fünfminütigem Zweikampf gab die zarte Frau auf und blieb am Boden sitzen. Tränen liefen ihr über die Wangen.

»Was soll das hier, Detlev? Willst du mich umbringen? Oder vielleicht vergewaltigen? Lass mich gehen!«

Er sagte eine Weile gar nichts, starrte sie nur unentwegt an. »Sag mir, was mit dir nicht stimmt? Da gibt es doch etwas.« Neugierde lag in seinem düsteren Blick.

Immer, wenn sie erneut versuchte vom Boden aufzustehen, versetzte er ihr einen Tritt in die Seite, dass sie aufschrie.

»Das werde ich dir gerade erzählen. Warum auch? Wirst du mich dann auf deine Art therapieren? Erzähl' mir doch lieber, was mit dir nicht stimmt. Man erzählt sich ja so einiges hier im Haus. Wenn nur die Hälfte davon stimmt, dann werde ich keinen schönen Heiligen Abend erleben.« Jaqueline kochte vor Wut und überlegte, wie sie ihn überwältigen könnte. Allein mit Worten?

»Wer erzählt was über mich? Hier kennt mich doch niemand. Und wie der Heilige Abend wird, liegt allein bei dir. Wir können gern in meine Wohnung gehen.« Detlevs Augen begannen zu leuchten.

»Und dann? Du kannst mich doch nicht zwingen. Ich will nicht! Ich will mich weder mit dir unterhalten, noch deine Omarouladen essen. Ich will nicht!« Erneut fing sie an zu weinen, versuchte mit ihren kleinen Stiefeln nach ihm zu treten, was ihn rasend machte.

Es folgten weitere Tritte in ihre Hüfte. Sie wimmerte vor Schmerzen.

Detlev brach der Schweiß aus. »Ich habe die Schnauze voll von euch Weibern. Eine blöder als die andere. Ich lasse mir keine Hörner mehr aufsetzen von irgendwelchen gestörten Tussen. Jedes Jahr zum Fest die gleiche Leier. Wieso gibt es keine normalen Frauen mehr? Frauen, die lieb und nett sind und sich auch mal unterordnen. Einen Mann respektieren. Sag es mir!«

Nun fing Jaqueline laut an zu lachen. »Mann? Ich sehe hier keinen Mann. Nur ein jämmerliches Psycho-Würstchen. Ja, so siehst du aus. Der totale Macho. Papa geht arbeiten und Mutti bleibt zu Hause und macht es dem Alten gemütlich. Schön gehorsam. Essen kochen, putzen und jeden Abend die Beine breit machen. Ja? Ist es das, was du willst? Du lebst im falschen Jahrhundert, du Penner.«

Detlev grinste nur, holte ein Marzipanbrot aus seiner Tasche und begann, es genüsslich auszuwickeln. »Mann, die ganze Nacht war ich scharf auf so ein Teil. Lecker! Willst du mal beißen?« Mit drei Bissen hatte er das 100-Gramm-Marzipanbrot verputzt.

»Und du, was willst du?«, fragte er nach zwei Minuten.

So blöd ist er gar nicht, dachte Jaqueline. Sie dachte, er hätte das, was sie ihm eben an den Kopf geworfen hatte, nicht mitbekommen. Doch das war ein Trugschluss.

»Sag schon! Was erwartest du von einem Mann? Dass er es dir so richtig besorgt?« Detlev wühlte in seiner Tasche nach einem weiteren Marzipanteil. Gnädig warf er ihr auch eins in den Schoß, was sie völlig ignorierte.

»Du bist aber auch sowas von geistig minderbemittelt. Das stand für mich von Anfang an fest, nachdem ich drei Worte mit dir gewechselt hatte. Eine hohle Nuss, dachte ich. Und als mir dann eine Freundin von einem Typen erzählte, der bei ihr in der Registratur arbeitet, wurde ich hellhörig. Die Beschreibung passte haargenau auf dich. Nein, ich werde dir nicht erzählen, um welche Frau es sich handelte. Du bist dort im Medienhaus für deinen Kopfschuss bekannt. Machst da auch dauernd Frauen an, behandelst sie wie den letzten Dreck. Einige Beschwerden liegen schon vor. Da man dich jedoch nicht für voll nimmt, ist da auch noch nichts weiter passiert. Jedes Jahr im Dezember kriegst du das große Heulen. Huch, aua Knochen, aua Kopf, der Arme ist ja so fertig. Seit über zehn Jahren bleibst du im Dezember zu Hause und pflegst deine eingebildeten Krankheiten. Weißt du was? Du gehörst in die Psychiatrie! Und nun lass mich gehen. Um 18 Uhr kommt mein Vater. Bis dahin habe ich noch viel zu erledigen.«

Es hatte Detlev die Sprache verschlagen. Er konnte es nicht fassen. Bei seiner Arbeitsstelle machte man sich über ihn lustig? Er war für sein Verhalten bereits bekannt? Man zeigte kein Verständnis für ihn? Stand er gar schon auf der Abschussliste? Sein Herz begann zu rasen und er fragte sich, was er mit dieser Jaqueline machen sollte. Sie musste zum Schweigen gebracht werden. Das stand für ihn felsenfest. Ob er mit dem Fahrstuhl ins Kellergeschoss fahren und sie in seinem winzigen Verschlag einsperren sollte? Doch was würde es bringen?

Sie stach aus der Masse der Frauen, die er bisher hatte, hervor, war so ganz anders. Er stellte sich vor, dass sie als Kind eine Außenseiterin gewesen war. Eine, mit der niemand etwas zu tun haben wollte. Vielleicht wurde sie von ihren Eltern vernachlässigt oder in der Schule gehänselt. Ihr Vorname war ja nicht gerade der Brüller. Machte man sich schon damals über sie lustig? Vielleicht hatte sie keine Mutter? Sprach sie nicht nur von ihrem Vater? Sie hätten sich prima austauschen können. Zwei unverstandene Seelen, am Heiligen Abend, bei einem gemeinsamen Essen. Er hätte sich endlich öffnen und von seinem unmöglichen Elternhaus berichten können. Von der Lusche, der niemals ein Vater gewesen war, der bereits als Lebender tot war. Was danach kam, dieser brutale Seemann, schlug seine Mutter heute noch regelmäßig. Doch war er selbst besser? Er hatte Jaqueline brutal getreten und geschubst.

Detlev beugte sich zu ihr herunter und wollte sie in den Arm nehmen. Wie gut sie roch. Nach Orangen und Zimt. Doch sie wich zurück und begann tierisch zu schreien. Mit weit aufgerissen Augen presste sie sich zitternd in die Ecke und schrie und schrie.

»Halt endlich die Klappe. Ich tue dir doch nichts. Komm mit in meine Wohnung. Da können wir reden.« Während er die Worte aussprach, wusste er bereits, dass es dafür zu spät war. Er hatte es vergeigt. Würde er sie ziehen lassen, hätte er ganz schnell die Polizei am Hals und könnte sich rechtfertigen. Wie konnte er sie bloß überzeugen?

Er strich ihr übers Haar, nachdem er ihr die Mütze vom Kopf gezogen hatte. Er kniete sich vor ihr nieder. Sein Mund streifte nun ihr Gesicht.

Voller Panik griff sie nach ihrer Tasche und packte das Teil, das aus ihr herausragte, riss das Papier herunter und hielt auch schon ein Messer in der Hand. Wie gut, dass ihr Vater sich zum Fest einen Messerblock gewünscht hatte.

Ehe Detlev mitbekommen hatte, was genau sie vorhatte, hievte sie ihm das Messer auch schon in die Herzgegend. Mit voller Wucht. Seine Augen starrten sie an, dann fasste er sich an seine Brust und kippte ganz langsam zur Seite.

Jaqueline stand vom Boden auf, zog ihm das Messer aus seinem Körper, warf es in ihre Tasche.

Spuren beseitigen! Ich muss alle Spuren beseitigen, schrie alles in ihr. Obwohl es sich ja eigentlich um Notwehr gehandelt hat. Sie brachte den Fahrstuhl wieder in Gang, der sich sofort auf den Weg ins fünfte Stockwerk begab. Jaqueline betete, dass dort niemand vor der Tür stehen würde. Das Glück war ihr hold. Auf der fünften Etage war alles menschenleer. Sie drückte die sechs und verließ mit ihrer Tasche den Fahrstuhl.

In ihrer Wohnung angekommen, beseitigte sie die Blutspuren vom Messer sowie von der Tasche, steckte es dann zurück in den Block. Das Ganze hübsch in Weihnachtspapier verpackt und der Vater konnte kommen.

Eine ganze Stunde sollte es noch dauern, bis man Detlev tot im Fahrstuhl entdeckte. Ein Wahnsinnsaufgebot an Polizeifahrzeugen mit und ohne eingeschaltete Martinshörner fuhr vor. Polizisten stürmten ins Haus. Mit dem toten Detlev wurde auch ein Stadtstreicher, den man im Waschkeller gefunden hatte, abtransportiert.

Jaqueline musste grinsen, während sie ihr Chili con carne umrührte. Wie hieß noch gleich der Spruch? »Wenn du glaubst, es geht nicht mehr, kommt von irgendwo ein Lichtlein her.«

War dieser arme wohnungslose Mensch, den man zufällig im Keller fand, das Lichtlein?

17. LAST CHRISTMAS

Lembeck

In ihrem schönen Zuhause im Bonhoefferring mitten im Dörfchen Lembeck – ja auch im Ruhrgebiet gibt es Dörfer – stand Sonja in der Küche und räumte ihre Einkäufe fort. Zeitgleich löste sie Hefe in lauwarmer Milch auf und vermengte sie mit dem Mehl und den anderen Zutaten. Was wäre der erste Advent ohne Christstollen? Die Wohnung war bereits adventlich geschmückt, worauf Sonja großen Wert legte. Dass Sven oft mit den Augen rollte über diese übertriebene saisonale Dekoration und der Duft der zahlreichen Teelichter, die überall herumstanden, ihn regelrecht quälte, ignorierte sie eisern.

Fünf Jahre wohnten sie nun schon in dieser schicken Wohnung in einem Zwei-Familien-Haus mitten in Lembeck und Sonja war felsenfest davon überzeugt, dass Sven ihr in diesem Jahr endlich einen Heiratsantrag machen würde. Weihnachten, Fest der Liebe, der Familie, die ideale Zeit, um sich zu verloben, galten sie doch im Verwandten- und Bekanntenkreis als das Traumpaar schlechthin, die zarte Blondine mit dem Puppengesicht und der coole Sven, der aussah wie aus einem Männermodemagazin entsprungen. Vielleicht könnte im nächsten Sommer bereits die Hochzeit stattfinden? Beides sollte natürlich auf Schloss Lembeck geschehen. Die standesamtliche Trauung sowie die kirchliche in der kleinen Schlosskapelle St. Blasius, die zum Schloss gehörte und katholische Trauungen anbot.

Sonja begann damit, den Teig kräftig zu kneten, und wickelte ihn anschließend in ein Tuch, damit er aufgehen konnte. Sie hatte sich extra einen halben Tag freigenommen, um den Stollen zuzubereiten. Sven und sie waren im Schlosshotel Lembeck angestellt. Beide waren ausgebildete Restaurantfachleute und hatten sich vor sieben Jahren auf diesem Wasserschloss kennengelernt. Schloss Lembeck lag noch im Stadtgebiet von Dorsten am Rande des nördlichen Ruhrgebiets mitten im wunderschönen Naturpark Hohe Mark-Westmünsterland, umgeben von Wäldern am Stadtrand von Lembeck. Zwischen 1670 und 1692 wurde es zu dem heute noch gut erhaltenen Wasserschloss umgebaut. Es beherbergte nicht nur ein Museum, sondern noch ein Hotel sowie ein Restaurant und verfügte über einen herrlichen Schlosspark.

Sonja kochte sich einen Tee. Völlig durchgefroren war sie samt den Einkäufen zu Hause angekommen. Sie zündete die erste Kerze am Adventskranz an, obwohl es noch zwei Tage bis dahin waren. Voller Vorfreude ließ sie vergangene Weihnachtsfeste Revue passieren. Nicht immer lief es so harmonisch wie mit Sven. In ihrem Elternhaus, ja, da waren die Feste noch so, wie man sich Weihnachten vorstellte. In der Stube in dem schmucken Haus Am Pastorat versammelten sich unzählige Menschen: die Eltern, die Geschwister, die Großeltern, Tanten, Onkel, Nichten und Neffen. Ein ständiges Kommen und Gehen herrschte an den Festtagen. Sie musste schmunzeln. Auch heute noch zog es sie immer wieder in ihr Elternhaus. Sven hasste so ein Tamtam und begleitete Sonja nur zähneknirschend zu den Feierlichkeiten. Er war Einzelkind und allein bei seiner Mutter aufgewachsen. Die beiden bildeten eine Symbiose und waren sich selbst genug. Sonja war damals geschockt, als sie ihre Schwiegermutter in spe kennenlernte. Eine Klammeraffenmutti, die nur Augen für ihren Sohn hatte. Na, gute Nacht, hatte sie sich gedacht. In den sieben Jahren, in denen sie diese Frau nun kannte, hatte sie kaum fünf Sätze mit ihr gesprochen. Eine sogenannte späte Mutter, die ihren Sven mit über 40 Jahren noch zur Welt brachte. So konnte Sonja nur hoffen, dass sie mit knapp 80 Jahren und tausend Zipperlein, die sie ihrem Sohn allabendlich aufzählte, bald den Löffel abgeben würde.

Sie wollte schließlich Sven und nicht seine Mutter. Man heiratete die Familie mit? So ein Quatsch, sagte sie sich.

Mit was für Typen sie vor Sven liiert war, da konnte sie nur mit dem Kopf schütteln. Keiner sah so gut aus wie er. Mit ihm wollte sie unbedingt vor den Traualtar treten und das möglichst bald. Ihre biologische Uhr tickte, denn im Mai wurde sie bereits 35 Jahre alt. Schließlich sollten noch ein paar gemeinsame Kinder ihr Glück komplettieren.

Doch nun freute sie sich erst einmal auf den ersten Advent. Sie schaute aus dem Küchenfenster. Eisregen hatte eingesetzt und sie konnte nur hoffen, dass Sven gut nach Hause kommen würde. Morgen waren sie zur gemeinsamen Schicht und zwar von 12 bis 22 Uhr eingetragen, doch am Sonntag hatten sie frei. Sie sprang auf, lief durch die hypermodern eingerichtete Wohnung und überlegte, wo es noch ein wenig Adventsschmuck bedurfte.

Gegen 20 Uhr, gerade war der Teig aufgegangen und konnte in den Backofen, hörte sie Svens Schlüssel im Schloss und lief ihm in der Diele entgegen.

»Oh, Liebling, du musst müde sein. War noch viel los?« Sonja riss ihm regelrecht Schal und Mütze vom Körper und half ihm aus der Jacke.

»Hey, was soll das? Ich bin doch nicht behindert. Lass das.« Sven befreite sich von Sonjas flinken Händen. »So ein mieses Wetter. Spiegelglatt ist es auf den Straßen.« Er zog die Stiefel aus und ging in die Küche.

»Was ist das denn? Sieht aus wie Dünnpfiff!« Angeekelt schaute er auf den Teller mit der grünen Flüssigkeit, den Sonja gerade auftrug.

»Das ist eine Grünkernsuppe. Probiere mal. Echt lecker.« Sonja setzte sich ihm gegenüber und löffelte mit großem Appetit die grüne Flüssigkeit aus ihrem Suppenteller.

»Und was gibt es dazu? Keine Wurst, kein Fleisch? Hast du wenigstens Fleischwurst vom Metzger besorgt?« Sven liebte die Wurst vom ortsansässigen Metzger und konnte nicht genug davon bekommen.

»Ich habe ein Stück für Sonntag mitgebracht.« Sonja verzog ihren Mund. »Man muss nicht immer Fleisch zu einer Mahlzeit essen. Das ist gar nicht gesund.«

»Erzähl' du mir was von gesundem Essen. Der blöde Christstollen da im Backofen ist gesund, oder wie?« Wütend stand er vom Tisch auf, ging zum Kühlschrank, suchte darin nach der Fleischwurst, wurde fündig, nahm das ganze Stück heraus, schnitt mit einem scharfen Messer die Pelle ein, zog sie ab und setzte sich mit seinem Fund wieder an den Tisch. Mit gesundem Appetit biss er in die Wurst.

»Das ist ein halbes Pfund. Das willst du jetzt ganz aufessen?« Sonja starrte ihn ungläubig an.

»Ja, wieso nicht? So feines, seltenes Zeug wie diese olle Suppe bekomme ich bei uns im Restaurant täglich, da will ich zu Hause was Deftiges essen. Kapiert?« Den Teller mit der Suppe schob er weit von sich. Sie raffte es einfach nicht, dachte er noch.

Als es wenig später an der Tür klingelte und eine verfrorene rotgesichtige Frau sich lautstark in die Wohnung drängte, war das Maß für Sven voll. Er begrüßte Sonjas Mutter kurz, schnappte sich seine Jacke und war auch schon verschwunden.

»Wo willst du denn jetzt noch hin?«, kam es traurig aus Sonjas Mund. »Dabei wollten wir uns einen schönen Abend machen«, sprach sie mehr zu sich selbst.

Annette, Sonjas Mutter, hatte einen bäuerlichen Einschlag und nahm kein Blatt vor den Mund. Ihr Kinn zierten vier silberne Bartstoppeln, die Sonja schon seit Langem ein Dorn im Auge waren.

»Ach Kind, der beruhigt sich schon wieder. So sind die Männer.« Während sie das sagte, öffnete Annette den Backofen und stocherte mit einem Messer in dem Christstollen herum. Die Ortsvorsitzende der hiesigen Landfrauen wusste natürlich mal wieder alles besser und gab zahlreiche Kommentare ab.

Sonjas Mundwinkel gingen in die Knie. Wie oft hatte sie ihrer Mutter schon gesagt, sie möge nicht immer unangemeldet zu den unmöglichsten Zeiten auf der Matte stehen. Doch auf dem Ohr schien sie taub zu sein, die gute Annette. Wieso hat sie noch so eine Macht über mich, fragte Sonja sich oft. Sonja bildete sich ein, an dem Stockholm-Syndrom zu leiden. Diese Menschen bringen ihren Peinigern Zuneigung entgegen, hatte sie gelesen.

Gegen 22 Uhr, Sonja hatte sich bei ihrer Mutter ordentlich ausgeweint, verabschiedete diese sich endlich.

»Und glaub mir, Kind, der beruhigt sich wieder. Kerle!« Annette kniff ihrer Tochter liebevoll in die Wange. »Alles wird gut, Kind!«

Nachdem Sonja den gelungenen Christstollen bestaunt hatte – was war dagegen Fleischwurst? –, ging sie, von Mutters Worten getröstet, endlich ins Bett. Erst gegen 23 Uhr kam Sven heim und legte sich stöhnend neben sie. Sie stellte sich schlafend. Auf einen Gute-Nacht-Kuss mit Biergeschmack konnte sie verzichten. Ob er wieder in Kösters Bierstuben gesessen hatte?, fragte sie sich noch, bevor sie in einen unruhigen Schlaf fiel. Wo sollte er sonst zu Fuß gewesen sein? Das Auto hatte die Garage nicht verlassen.

Am Samstag, dem Tag vor dem ersten Advent – eine Geburtstagsfeier mit 40 Personen wurde im Schlossrestaurant ausgerichtet –, kamen Sonja und Sven nicht dazu, über den verkorksten Abend zu reden. Sie liefen sich sprichwörtlich die Hacken ab, um die vielen Gäste zufriedenzustellen und fielen gegen 23 Uhr todmüde ins Bett.

Heute am ersten Advent würde ein schöner Tag werden, hoffte Sonja und bereitete für Sven und sich ein opulentes Frühstück zu. Eine Wurstplatte – Sonja hatte gestern vom Metzger noch Nachschub besorgt – sollte Sven friedlich stimmen. Nachdem alle Kerzen, einschließlich die vom Küchen-Adventskranz, entzündet waren, setzte Sonja sich endlich an den Tisch und starrte Sven erwartungsvoll an. Wann würde er verkünden, dass er sie heiraten wollte? Sie hatte so ein gutes Gefühl, dass Sven endlich mit der Sprache herausrücken würde. Das tat der Gute zwar, allerdings anders als von Sonja erhofft. Der Anfang seiner Rede klang noch sehr vielversprechend.

»Liebe Sonja! Ich muss dir etwas sagen«, kam es über seine Lippen.

Was dann kam, ließ Sonja am Küchentisch regelrecht zusammenbrechen.

Sven fasste sich nervös mit seiner rechten Hand durch sein strubbeliges Haar. »Ich kann nicht mehr, Sonja. Ich werde dich nach Weihnachten verlassen. Ich halte es nicht mehr aus. Deine bestimmende Art, dann deine Mutter, die ewig hier unangemeldet aufkreuzt. Ich bin noch zu jung, um so zu leben. Da muss doch noch was kommen, sage ich mir täglich. Das kann nicht alles gewesen sein. Auf der Arbeit sehen wir uns fast täglich und auch hier zu Hause hocken wir ständig aufeinander.« Sven war erleichtert. Nun war es raus, das, was er ihr schon so lange hatte sagen wollen.

»Hörst du dir eigentlich mal selbst zu? Immer nur ›ich, ich, ich‹. Wir hocken ständig aufeinander? Das stimmt doch gar nicht. Wir haben jeder ein Hobby. Ich das Reiten und du dein Motorrad.« Sonja war schockiert. Damit hatte sie nicht gerechnet. Er wollte weg? Sie nach all den Jahren verlassen?

Nun musste Sven lachen. »Ja, im Sommer fahre ich mal Motorrad mit meinem Kumpel Torsten. Dein Hobby ist ganzjahrestauglich. Deine bescheuerte Susi kommt an erster Stelle, wie konnte ich das vergessen.«

»Eifersüchtig auf ein Pferd? Dass ich nicht lache. Und du hängst im Winter doch auch genug mit Torsten rum.« Sonja fing an zu weinen. »Gerade zu Weihnachten kommst du mit so einer Nachricht? Du weißt, was mir dieses Fest bedeutet. Ich dachte, du freust dich genauso wie ich auf diese Zeit. Unsere schöne Wohnung erstrahlt gerade in der Weihnachtszeit immer wieder zu neuem Glanz.«

Wieder musste Sven lachen, laut und hämisch hallte seine gackernde Lache durch die spartanisch eingerichtete Wohnung. »Weihnachten bedeutet mir nichts. Dieser Kommerz. Dieses übertriebene Aufrüsten. Ich habe hier in der Bude das Gefühl zu ersticken. Ich kann einfach nicht mehr, Sonja.«

In Sonjas Kopf drehten sich die Bilder der Vergangenheit. Die vielen schönen Weihnachtstage mit ihr zusammen haben ihm nichts bedeutet? Eine Welt brach für sie zusammen.

»Dann diese Massenveranstaltungen bei deinen Eltern. Dieses Wir-haben-uns-alle-ganz-doll-lieb, einfach kaum zum Aushalten.«

Wut stieg in ihr hoch. »Das hat dir nicht gefallen? Meine Eltern haben dich immer wie einen Sohn behandelt und dich liebevoll in die Familie aufgenommen. Nur, weil du mit deiner verkorksten Alten in Armut und völliger Einsamkeit mitten in Dortmund gehaust hast, trittst du mein Zuhause mit Füßen?« Sonja konnte nicht fassen, was sie da zu hören bekam.

»Na, das musste ja kommen. Nun ist wieder meine Mutter schuld. Du konntest sie nie leiden.« Sven rollte sich eine Scheibe Mortadella zusammen und schob sie sich in den Mund.

»Nein, wer mag sie auch schon außer dir?«

Nervös schaute Sven immer wieder auf die Küchenuhr.

Sonja fiel es wie Schuppen von den Augen. Er hatte eine andere Frau. Ja, das war der wahre Grund. Und sie wusste plötzlich wie eine innere Eingebung, um wen es sich handelte. Patricia Wilming, genannt Patty, Sonjas ehemalige Schulkollegin. Diese miese kleine Bankerin aus der Sparkasse in der Schulstraße, unweit vom Metzger Bellendorf, hatte sie am Donnerstag behandelt wie den letzten Dreck. Nach Sven hatte sie sich erkundigt und dabei spöttisch den Mund verzogen, so als wollte sie sagen: »Den hast du nicht mehr lange!«

Sonja gingen noch mehr Lichter auf. Szenen liefen in ihrem Kopf ab, die sie schon längst hätten darauf stoßen lassen müssen, dass da etwas nicht stimmte zwischen ihnen beiden. »Du hast eine andere. Der Mohr hat seine Schuldigkeit getan. Wartet sie schon auf dich?«

Erschrocken sah Sven sie an und sagte nichts.

»Patty Wilming, dieses Flittchen, nicht wahr?«

Sven riss die braunen Augen weit auf. »Woher weißt du …?«

»Die passt zu dir, dieses billige Miststück. Die hat sich doch schon durch ganz Lembeck gevögelt. Und nun bist du dran?«

»Hör auf, schlecht über sie zu reden. So ist es nicht und das weißt du ganz genau.«

»Ach ja? Wie lange geht das schon mit der?«

»Seit einem halben Jahr«, kam es kleinlaut von Sven.

»Wirst du sie heiraten?«

Jetzt musste er wieder lachen. »Du hast Sorgen. Nein, ich werde sie nicht heiraten. Ich werde überhaupt nie heiraten.«

»Weil deine Alte von einem Postboten geschwängert und sitzen gelassen wurde? Und was kam dabei heraus? Da sitzt sie, die Fleischwurst essende Warensendung.« Hämisch begann Sonja zu lachen. Vor lauter Wut hätte sie Sven am liebsten mit der Wurstgabel ins Auge gestochen.

»Lass meine Mutter aus dem Spiel.«

Sven schlug die Hände vors Gesicht und stöhnte laut auf. »Es tut mir leid, Sonja. Vielleicht hätte ich bis nach Weihnachten mit dieser Hiobsbotschaft warten sollen.«

»Hiobsbotschaft? Wie kommst du darauf? Wenn ich richtig überlege, ist das gar keine Schreckensnachricht. Im Gegenteil. Froh und dankbar müsste ich sein, rechtzeitig erkannt zu haben, was du für einer bist. Ich finde einen anderen Mann, der besser zu mir passt.«

Sven stand vom Tisch auf, ging ins Schlafzimmer und begann zu packen. Sofort wollte er die gemeinsame Wohnung verlassen. Nicht erst, wie ursprünglich geplant, nach Weihnachten.

»Ziehst du zu ihr?« Sonja stand im Türrahmen zum Schlafzimmer und beobachtete ihn.

»Nein, zu Torsten. Wie wir den Haushalt aufteilen, darüber reden wir im neuen Jahr.«

»Was gibt es da zu reden? Deine Stereoanlage und deinen PC kannst du mitnehmen, ebenso deine Klamotten und deine Bücher. Alles andere bleibt hier. Das Geld für die Möbel stammt von meinen Eltern, erinnerst du dich? Nicht einen Stuhl nimmst du mit!«

Und wenn *ich* dich nicht haben kann, bekommt dich auch die Wilming nicht, dachte Sonja und meinte es völlig ernst.

In den nächsten Tagen – Sonjas Mutter kam täglich, um ihr Kind zu trösten – überlegte sich Sonja, wie sie Sven am besten aus dem Weg räumen konnte. Wie sah der perfekte Mord eigentlich aus? Sie las verschiedene Kriminklassiker, erhoffte sich, mehr darüber zu erfahren. Schlimm war, dass sie Sven fast täglich auf der Arbeit begegnete. Weinend wandte sie sich an ihren Vater, der im Aufsichtsrat der Sparkasse Vest saß und wenigstens dafür sorgte, dass Patty in eine andere Filiale, acht Kilometer von ihrem Wohnort entfernt, versetzt wurde.

Sonjas geliebter Reitstall war nur einen Kilometer von ihrem Zuhause entfernt. Natürlich besuchte sie Susi, ihre achtjährige, braune Stute – ein Weihnachtsgeschenk ihres Vaters – täglich, egal ob Winter oder Sommer. Gerade jetzt in dieser trostlosen Adventszeit ohne Sven, sprach sie sich bei Susi oft aus, wollte den kalten Stall gar nicht mehr verlassen. Susi war zwar eine gute Zuhörerin, doch Sonja fehlten Liebe und Geborgenheit.

Sie schaute durch die breite Stalltür, die sich gerade öffnete, nach draußen. Leise rieselte der Schnee und verwandelte ganz Lembeck in eine Zuckerbäckerlandschaft. Sie setzte sich auf einen Strohballen in Susis Box und begann wieder ihr Pferd vollzuquatschen. Susi verstand ihre Sorgen, war Sonja überzeugt. Sie scharrte mit dem linken

Vorderhuf und blähte die Nüstern. Ein leises Wiehern folgte. Sonja stand auf und drückte ihr Gesicht an den Hals ihres Pferdes. »Das wird mir dieses Schwein büßen, das schwöre ich dir. Noch vor Weihnachten wird es ihn nicht mehr geben«, flüsterte Sonja nah an Susis Ohr.

Schon von jeher war Sonja äußerst rachsüchtig. Im zarten Alter von sieben Jahren, als ein Junge aus der Siedlung ihr Meerschweinchen angeblich zu grob gestreichelt hatte, öffnete sie in einem unbeobachteten Moment dessen Wellensittichkäfig und ließ sein Vögelchen mit hämischem Grinsen davonfliegen.

Sie zog ihr Handy aus der Tasche und wählte die Nummer von Dr. Konrad Petzmann. Hatte dieser ihr nicht letztens erst gesagt, wenn irgendetwas wäre, könnte sie ihn anrufen, Tag und Nacht. Dabei hatte er ihr tief in die Augen gesehen und über ihr Haar gestreichelt. Okay, der attraktive Kerl war dafür bekannt, dass er sämtliche Praxisangestellte und einige Besitzerinnen seiner Schützlinge über die Matratze zog. Doch das war Sonja egal, nach mehr als ein wenig Zärtlichkeit stand ihr sowieso nicht der Sinn. Allerdings war Konrad Single und mit Sicherheit ein geeigneter Nachfolger für Sven. Mehr als einmal hatte er ihr zweideutige Angebote gemacht.

Schon einige Minuten später fuhr er mit seinem Land Rover auf den Hof des Reitervereins und betrat sichtlich genervt Susis Box. »Was hat sie denn nun schon wieder? Sieht doch ganz gesund aus, das Mädchen.« Dr. Konrad Petzmann befühlte Susis Bauch, tätschelte ihren Hals, sprach beruhigend auf sie ein, wandte sich dann wieder an seine Besitzerin. »Was ist los, Sonja? Bist du einsam? Ich habe schon gehört, dass Sven dich verlassen hat.«

Sonja schaute den großen kräftigen Mann mit der blonden Mähdrescherfrisur bewundernd an. Sie wusste, wie sie auf Männer wirkte, und wollte alles auf eine Karte setzen. »Du hast doch gesagt, ich kann dich jederzeit anrufen. Wollen wir vielleicht noch irgendwo was trinken?«

Bei einem Glas Wein würde sie ihn davon überzeugen, dass er ihr Rizin, ein schnell wirksames nicht nachweisbares Gift, besorgen musste. Den Rest würde er sich denken können. In eine Fleischwurst würde sie das Zeug packen, die in einer Abschiedsweihnachtstüte für Sven landen würde. Ein Giftmord schien ihr am besten geeignet, um den Kerl zu entsorgen. Lange genug hatte sie in den letzten Tagen mit ihrer Mutter Mordtheorien gesponnen.

Als Gegenleistung für das Gift würde sie mit Konrad ins Bett gehen. Vielleicht würden sie sich dadurch näher kommen und es würde etwas Festes daraus werden?

Ihr Augenaufschlag verfehlte seine Wirkung. »Pass mal auf, Sonja. Ich habe viel zu tun. Dann die Sache mit Sven. Ich will mich da nicht einmischen. Im anderen Fall wäre ich nicht abgeneigt gewesen. Ich hasse jedoch Komplikationen. Und was deine Susi betrifft: Die ist gesund.« Und schon verließ er samt seinem Köfferchen den Stall.

Giftmord ade!

Heulend saß Sonja wenig später bei ihrer Mutter am Küchentisch.

»Ich lasse mir was einfallen, Kind! Du bist nicht allein«, sprach die burschikose Annette. »Übrigens spielt das Kühlhaus mal wieder verrückt. Kommt wohl von der Kälte.«

»Bei Kälte müsste es doch besonders gut funktionieren. Dass es das alte Ding überhaupt noch gibt. In der heutigen Zeit hat doch jeder Haushalt eine eigene Kühltruhe. Wozu dann noch das Gemeinschaftskühlhaus?«

Annette lachte und zeigte dabei ihre großen Zähne. Die Wintersonne schien ins Fenster und ließ ihre silbernen Bartstoppeln funkeln. »Das wirst du schon noch sehen, wozu so ein Gemeinschaftskühlhaus gut ist. Übrigens habe ich Sven für den vierten Advent eingeladen. Wieso wollt ihr im Streit auseinandergehen?«

Sonja sprang von der Eckbank auf. »Was? Bist du völlig bescheuert? Und dann willst du ihn einfrieren, oder was?«

»Ich werde ihn bitten, im Kühlhaus mal nach dem Rechten zu sehen. Von innen lässt es sich ohne Schlüssel nicht öffnen, wie du weißt.«

Entsetzt starrte Sonja ihre Mutter an. »Und dann?«

»Dann müssen wir ihn nur noch entsorgen, wenn er ordentlich durchgefrostet ist, und können in Frieden Weihnachten feiern, nachdem die Gerechtigkeit wiederhergestellt ist.«

Sonja dachte nach. Keine schlechte Idee, fand sie, jetzt wo der Giftmord gestorben war. Den tiefgefrorenen Fremdgeher könnte man ohne Probleme in den Kanal versenken oder in irgendeiner Güllegrube verschwinden lassen.

»Meinst du, er wird kommen?« Sonja war skeptisch.

»Er wird, verlass dich drauf!« Annette grinste breit.

Sven hatte tatsächlich zugesagt, am vierten Advent zum Kaffeetrinken bei Sonjas Eltern pünktlich zu erscheinen. Bei der Gelegenheit wollte er sich natürlich auch das Gemeinschaftskühlhaus, eine Straße weiter, ansehen. Schließlich hatte er den Kühlraum im Schlossrestaurant auch schon einige Male repariert.

Noch zwei Tage bis zum vierten Advent. Sonja wollte ihren freien Tag zu einem Ausritt nutzen. Es war zwar bitterkalt, die Sonne schien jedoch und versprach einen herrlichen Wintertag. Sie würde die gestreuten Wege nutzen, durch den Wald bis zum Wiesental reiten und über die Felder zurück. Susi liebte diese Strecke und die Bewegung an der frischen Luft würde ihr sicherlich guttun.

Gerade, als Sonja Susi aus der Box ziehen wollte, zuckte sie erschrocken zusammen. Mitten in dem Behältnis stand Patty Wilming.

»Was willst du hier? Verschwinde aus Susis Box«, Sonja hätte ihr am liebsten die Gerte ins geschminkte Gesicht geschlagen.

»Der Reitstall gehört meiner Schwester, falls du es vergessen haben solltest«, antwortete die hochnäsige Patty.

»Noch lange kein Grund, in Susis Stall zu gehen. Ich werde mich beschweren.«

»Tue das, Sonja.« Patty legte den Arm auf Susis Rücken und grinste dämlich.

Nachdem Sonja Susi gestriegelt und gesattelt hatte – Patty schaute ihr dabei zu –, ging es endlich in den Sattel, immer der Wintersonne entgegen.

Vergiss' endlich die alte Wilming, sagte Sonja sich, während sie am Schloss Lembeck die Straße überquerte und durch den Wald in Richtung Wiesental ritt. Die nächste Stunde sollte nur Susi und ihr gehören. Susi grunzte genüsslich. Vom gemütlichen Trab ließ Sonja Susi schon bald angaloppieren. Sie spürte die Bewegungen ihres Pferds und ließ sich davon mitnehmen. Immer schneller ging es durch die präparierten Waldwege. Susi schnaufte vergnügt. Sie waren eins, Reiter und Pferd. Doch nicht lange. Irgendwann spürte Sonja, dass der Sattel sich lockerte, ignorierte es jedoch wohl zu lange. Das war Patty, dachte sie noch, kurz bevor der Sattel unter ihr brach und sie vom Pferd stürzte. Sie landete mit dem Kopf unglücklich auf einen am Wegesrand gelagerten Baumstamm und brach sich das Genick. Da konnte der Reiterhelm nicht viel ausrichten.

18. DER LETZTE KUNDE

Hattingen

Ich schaffe das, sagte Ines sich und hetzte durch die Innenstadt von Hattingen, ihrem Heimatort, einer Stadt mit knapp 56.000 Einwohnern im Süden des Ruhrgebiets. Kein Blick für den Malerwinkel in der Altstadt mit den vielen Fachwerkhäusern und dem schiefen Turm. Auch kein Blick für die drei Eisenmänner an der Stadtmauer, die den Kampf um den Stahlstandort Hattingen symbolisieren sollten. Übermorgen war Heiligabend und die Liste ihrer Besorgungen war noch lang. Ihre Tochter Ida, die an ihrer linken Hand auf und ab sprang, war guter Dinge. Eine Bratwurst vom nostalgischen Weihnachtsmarkt am alten Rathaus war ihr nach erfolgreichem Einkauf versprochen worden. Ida war Ines' Lichtblick in dieser stressigen Zeit.

Es war Ines nicht neu, dieses alljährliche Gehetze zu Weihnachten. In diesem Jahr war es allerdings besonders schlimm, obwohl ihre Mutter ja nun endlich tot war und es eigentlich hätte einfacher werden müssen. Die Liste mit den Besorgungen war erheblich kürzer in diesem Jahr. Als ihre Mutter noch lebte, hatte Ines in jedem Jahr gejammert: »Die Alte, was die alles will. Diese lange Liste!«

Obwohl deutlich kürzer, standen auf dem Zettel fast alle Geschenke, die sie noch zu besorgen hatte. Außer die von Klein-Ida. Ihre hatten oberste Priorität und lagerten schon gut verpackt im Keller.

Ines' Blick fiel auf den Eingang des Müller-Mode-und-Bettenhauses in der Heggerstraße. Sie dachte an den tollen Hosenanzug, den sie letztens dort gekauft hatte und wie gut sie dabei beraten wurde. »Da gehen wir jetzt rein und kaufen alle Weihnachtsgeschenke.«

Ida schaute sie neugierig an. »Alle Geschenke in einem Laden?«

»Genau«, meinte Ines und betrat mit ihrer Tochter das Geschäft, das nicht so überfüllt war wie erwartet. Ida löste sich von der Hand der Mutter und steuerte die Kindermodenabteilung an. Ines zog den Einkaufszettel aus der Tasche und marschierte auf die Bettwäscheabteilung zu. Ja, die Schwiegermutter würde Bettwäsche bekommen, egal ob sie welche gebrauchen konnte oder nicht, beschloss sie soeben. Sie schaute auf den riesigen Haufen mit scheußlich geblümter Angebotsbettwäsche. Biber? Hasste ihre Schwiegermutter nicht Biberbettwäsche? Zu warm, zu ekelig, nicht adrett genug, Damast wäre besser? Egal, wer fragt mich, sagte Ines sich, griff sich ein Paket in der entsprechenden Größe und deponierte es schon mal an der Kasse.

Vor der einzigen Umkleidekabine hatte sich eine Schlange gebildet, was Ida nicht davon abhielt, einen Blick unter den Vorhang zu riskieren, nachdem sie sich an den Wartenden vorbeigepresst hatte. Um besser sehen zu können, kniete sie sich irgendwann hin und steckte den Kopf ganz unter den Stofflappen.

Die Menschen in der Schlange zeterten herum, verwünschten den Kunden, der sich so lange Zeit ließ.

Ida stand vom Boden auf und rannte zu ihrer Mutter, die inzwischen in der Damenabteilung in den Röcken wühlte.

»Mama, da in der Umkleidekabine liegt ein Mann, der einen rosa Rock anhat und nichts an den Beinen. Blut tropft aus seinem Hals, denn da steckt ein Kamm drin. Ich glaube, der ist tot.«

Ines schaute ihre Tochter an. Sie wusste, dass diese zwar zu Scherzen neigte und ein kleiner Spaßvogel war, sich jedoch solche Dinge nicht ausdenken würde. Gerade als die Chefin des Hauses, Elisabeth Rühmann, übertrieben grinsend auf sie zusteuerte, um ihr beratend zur Seite zu stehen, eilte Ines mit ihrer Tochter zur Umkleidekabine, verschaffte sich Platz, indem sie laut und bestimmend durch den Laden rief: »Gehen Sie zur Seite, in der Kabine befindet sich ein toter Mann. Ich bin Hauptkommissarin Ines Peters, Leiterin der Polizeiwache Hattingen. Machen Sie bitte Platz!«

Die Kunden schauten die zarte, blonde Frau an, als wäre sie nicht ganz zurechnungsfähig. Sie fragten sich, woher sie wohl wissen wollte, dass darin ein Toter lag, ohne einen Blick riskiert zu haben.

Bevor Ines hinter dem Vorhang verschwand, gab sie Frau Rühmann den Befehl, den Laden sofort zu schließen. Mit Sicherheit befand sich der Mörder noch im Geschäft, wenn das Blut aus dem Hals des Opfers noch tropfte. Das hatte Ida jedenfalls gesagt und die musste es wissen als siebenjährige Tochter einer Hauptkommissarin. Und tatsächlich. Ines bot sich ein schreckliches

Bild. Dieser Mann, der zwar eine Perücke trug, doch zweifelsohne ein Kerl war, lag an der Wand gelehnt in der engen Kabine, die rasierten Beine breit auseinander. Er trug einen kurzen rosa Rock, zwei Größen zu klein, zu einem weißen Rollkragenpullover. Er musste pervers sein, stand für Ines fest. Die Augen standen offen und der gebrochene Blick war zur Decke gerichtet. Der knallrote Lippenstift und die geschminkten Augen passten so gar nicht zu dem Zweitagebart. Beine rasiert und um die Schnute ließ er es wuchern, dachte Ines noch. In seinem langen Hals steckte rechts tatsächlich ein Kamm, ein Stielkamm. Ines musste schmunzeln, über Idas präzise Berichterstattung. Blut – höchstwahrscheinlich hatte der Täter die Arteria carotis getroffen – blubberte noch immer aus der Wunde und rann an den Klamotten des Mannes herunter. Der schöne Teppichboden war schon total durchtränkt. Das Blut war noch nicht geronnen, also konnte die Tat noch nicht lange her sein, stellte Ines fest. Pulsschlag konnte Ines, wie schon vermutet, nicht mehr ertasten. Der Mörder oder die Mörderin musste sich noch im Laden befinden. Sie zückte ihr Handy und forderte Verstärkung an.

Wer hatte diesen Transvestiten auf dem Gewissen?

Vor dem Vorhang brach Panik aus. Die Leute redeten wild durcheinander, ließen sich kaum zurückhalten, wollten unbedingt einen Blick auf den Toten werfen. Ines hatte es schwer gegen so viele Besserwisser anzureden. Ida stand mitten in dem Pulk mit einer CD in der Hand, die sie ihrer Mutter hochhielt. Ines nickte ihr nur schmunzelnd zu, was so viel hießen sollten, wie: »Ja, du kannst sie haben!«

Eine alte Dame begann zu weinen und wollte gehen, was Ines ihr untersagte. »Alle bleiben hier. Gleich kommt Verstärkung. Der Mörder muss noch hier unter uns sein. Bewahren Sie Ruhe. Ich werde Sie nach und nach befragen.«

Ein dicker Kerl im Lodenmantel drängte Ines zur Seite und riskierte einen Blick in die Umkleidekabine. »Ja, so eine Sauerei. Eine Schwuchtel im Rock liegt da. Das hätte es früher nicht gegeben. Zu Hitlers Zeiten …«

Weiter kam der Kerl nicht, da Ines ihm wütend über sein Maul fuhr. »Bitte halten Sie den Mund und unterlassen solche Äußerungen.« An die Umstehenden gewandt, wollte sie wissen, wer eventuell jemanden gesehen, der kurz zuvor die Kabine verlassen hat. Genau das musste ja der Fall gewesen sein, denn von allein war der Stielkamm schließlich nicht in den Hals des Opfers gelandet. Übrigens einer mit einem besonders breiten Stiel, so wie man ihn in Friseursalons benutzte. Noch einmal sprach sie die Anwesenden an, fragte, ob denn niemand etwas gehört hatte, was sich wie ein Kampf angehört hat. So geräuschdicht war so ein Vorhang schließlich auch nicht.

Alles schüttelte verneinend den Kopf, der Nazi mit der Knollnase schaute Unschuld heuchelnd in der Gegend umher. Inzwischen waren Polizeibeamte dazugekommen sowie Ines' Assistent Marvin, der sich die Personalien der Leute notierte. Niemand wollte etwas gesehen haben, alle strebten danach, den angsteinflößenden Ort möglichst schnell zu verlassen.

Die Chefin des Kaufhauses, Elisabeth Rühmann, war völlig fertig und strich sich immer wieder die dauergewellten Haare aus dem Gesicht. »Das hat mir gerade noch gefehlt. Ausgerechnet heute, wo das Geschäft so gut lief. Und dann noch ausgerechnet dieser blöde Kerl.«

Ines wurde hellhörig. »Sie kannten das Opfer? Kam der Mann öfter her? Ein Stammkunde?«

Die Frau mit der rauchigen Stimme ließ die Mundwinkel fallen. »Kann man wohl sagen. Timo Ruppel heißt der und wohnt auch auf der Heggerstraße, allerdings weiter hinten. Der kam mindestens drei Mal die Woche her und probierte jedes Mal Röcke an. Presste sich in viel zu enge Teile, zerstörte die Reißverschlüsse und versaute die guten Kleidungsstücke oft. Ich hatte ihm schon Hausverbot erteilt, doch er grinste bloß und fragte, warum. Er würde ja nichts Verbotenes machen. Hin und wieder hörte man ein Stöhnen aus der Kabine. Ich hätte ihn anzeigen sollen.«

Der Notarzt war inzwischen eingetroffen und bahnte sich den Weg zur Umkleidekabine, um den Toten in Augenschein zu nehmen. Kurz darauf folgten die SpuSi und der Gerichtsmediziner.

»Der Täter muss mehrmals zugestochen haben«, sprach dieser. »Das Ganze ist höchstens 30 Minuten her. Komisch, dass das Opfer sich scheinbar nicht gewehrt hat.«

Ines verließ die Kabine und schaute sich die Leute in der Warteschlange davor nun genauer an. Auffällig war ein blond gefärbter gestylter Mann mit einer Umhängetasche – mit Sicherheit ein Friseurexemplar –, der nervös von einem Fuß auf den anderen trat. Aus großen Kinderaugen schaute er Ines unschuldig an.

»Sie sind Friseur?«, fragte die Hauptkommissarin ihn. Solch eine Haarpracht trug nur ein Friseur, war sie überzeugt.

»Ja, sieht man das?« Krampfhaft hielt der Typ seine Tasche an sich gepresst.

»Was haben Sie in der Tasche? Ihr Werkzeug?«

»Ja, ich habe morgen frei und bediene einige Privatkunden. Ist doch nicht verboten, oder?«

Der Mann stellte sich ihr als Thomas Erkel vor. Der ist garantiert homosexuell, dachte Ines, bevor sie ihn bat, seine Tasche zu öffnen, was er auch bereitwillig tat.

Alles war vollständig, stellte Ines, soweit sie es beurteilen konnte, fest. Auch so ein Profi-Stielkamm befand sich unter seinem Handwerkszeug.

»Was wollten Sie hier anprobieren?«

»Eine Jeans. Doch da das wohl nichts mehr wird, habe ich sie auf den Haufen mit den Pullovern da vorne geworfen.«

Tatsächlich lag auf besagtem Wühltisch eine Jeans.

»Haben Sie jemanden aus der Umkleidekabine kommen sehen? Ich meine, nachdem der Mann, der den Rock probiert hat, erstochen wurde?«

»Nein, nach dem Kerl – ich kenne ihn übrigens, er wohnt hier am Ende der Heggerstraße – sie betreten hat, hat keiner die Kabine aufgesucht oder verlassen.«

Ines musste schmunzeln. »Der Mörder kann sich nicht in Luft aufgelöst haben. Gehen Sie doch bitte zu meinem Kollegen dort drüben, der nimmt Ihre Personalien auf.« Und schon wandte sie sich dem Nächsten in der Reihe zu.

Kollege Marvin hatte inzwischen die Brieftasche des Opfers an sich genommen, um diese zu sichten.

Als der Tote abtransportiert wurde, ging ein Raunen durch den Laden. Einige Kinder weinten. Ida jedoch nicht. Sie hörte von ihrer Mutter – obwohl diese es zu vermeiden versuchte – genug von grausigen Taten, sodass sie schon abgehärtet war.

Ein kaugummikauender Jüngling kam mit einem Eimer, der halb mit Wasser gefüllt war, und einem Schrubber aus einer Tür zwischen den Regalen mit Jeanshosen und Pullis, die wohl in die hinteren Räume des Ladens führte, und steuerte auf die Umkleidekabine zu.

Ines hielt ihn auf. »Moment mal, junger Mann, was haben Sie vor und wer sind Sie überhaupt?«

»Ich bin hier so eine Art Hausmeister. 450-Euro-Job, Sie verstehen? Mein Name ist Jan Thielke. Ich wollte ein bisschen saubermachen. Blut abwaschen, aufwischen. Hat die Chefin gesagt.«

Der junge Mann trug einen grauen Standardkittel, dazu eine Pudelmütze und erinnerte Ines an Hausmeister Krause aus dem Fernsehen. Sie musste lachen. Wie konnte ein junger Mann so herumlaufen?

»Mit Sicherheit werden Sie hier nichts anrühren! Wo waren Sie zur Tatzeit, vor ungefähr einer Dreiviertelstunde?«

»Hinten, da war ich hinten. Wir haben dort einen Umkleideraum und eine Toilette.«

»Stellen Sie sich da drüben zu den Herrschaften, bis mein Kollege Ihre Daten aufgenommen hat. Ich werde mir die Räume, die sich hinter dieser Stahltür verbergen, gleich erst einmal ansehen.

Alte Frauen und einige Kinder quengelten und weinten. Nachdem Marvin die Personaldaten der Damen aufgenommen und Ines es abgenickt hatte, konnten diese Leute schon mal den Laden verlassen, was zu heftigen Protesten führte. Besonders der Nazi-Kunde im grünen Lodenmantel begehrte auf. »Die dürfen gehen und ich nicht? Sind die nicht verdächtig, ich jedoch schon? Oder wie?«

»Ich hätte da noch ein paar Fragen an Sie. Kannten Sie den Toten?«, wandte Ines sich an den Mann.

Der voluminöse Herr kratzte sich an seiner Nase.

Ausgeprägte Rosacea, diagnostizierte Ines und schüttelte sich innerlich vor Ekel.

»Nur vom Sehen. Der muss hier in der Ecke gewohnt haben. Er war öfters in dem Laden. Dass das allerdings so ein Schwein war, wusste ich nicht.«

»Wieso war er gleich ein Schwein, wenn er transsexuelle Neigungen hatte?« Ines machte sich Notizen.

»Röcke anprobieren? Ist das normal?«

Ines ignorierte seine Fragen. »Und Sie haben nichts gehört? Keine Geräusche aus der Kabine, die darauf hindeuteten, dass eine weitere Person mit in der Kabine war?«

Der Kerl überlegte, kratzte sich nun sein feuerrotes Kinn. »Einmal hat es laut geknackt. Mehr habe ich nicht gehört. Sie hören doch, was das hier für eine Geräuschkulisse ist. Dann noch diese blöde Weihnachtsmusik. Die haben sie ja jetzt immerhin abgestellt. Kann ich jetzt gehen?«

»Was wollten Sie eigentlich anprobieren?«

Der Kerl hielt Ines eine grobe Strickjacke unter die Nase, die er noch immer unter dem Arm trug. »Wieso ›wollte‹? Will ich immer noch. Ich fahre Heiligabend zu meinem Sohn nach Straubing. Da will ich die Jacke anziehen.«

»Also heute wird in der Kabine mit Sicherheit nichts mehr anprobiert. Nehmen Sie die Jacke so mit oder auch nicht. Mein Kollege dort drüben notiert Ihre Daten und dann können Sie meinetwegen gehen. Halten Sie sich morgen noch zur Verfügung, für eventuelle Nachfragen.«

Der war es nicht, war Ines überzeugt.

»Werde ich etwa doch verdächtigt?« Aus großen Kuhaugen schaute er auf Ines herunter.

»Ja, irgendwie schon. Wissen Sie, solche Äußerungen von wegen Hitler, die gefallen mir gar nicht.«

Der Knollennasenmann brummelte sich etwas in den nicht vorhandenen Bart und verließ die Warteschlange, die nur noch aus drei Leuten bestand.

Nachdem Ines sich diese Personen vorgenommen hatte – Ida hatte die Situation ausgenutzt und sich außer der CD noch zwei T-Shirts ausgesucht –, entschied sie sich, erneut einen Blick in die Umkleidekabine zu werfen. Sie konnte sich noch immer nicht erklären, wie der Täter unerkannt in die Kabine, in der sich der Mann mit dem Rock befand, gelangen und wieder unauffällig verschwinden konnte. Mit einem Kollegen hatte sie sich noch einmal ganz genau die hintere Wand des kleinen Verschlages angesehen und war auf eine schmale Tür, die total unauffällig in der mit Tapete verkleideten Wand eingelassen war, gestoßen. Höchstens einen halben Meter war sie breit. Es musste sich also um einen schmalen Täter handeln, wenn er sie benutzt hatte. Ines drückte an der Tür herum, doch nichts tat sich. In der Mitte der Tür befand sich ein kleines Loch, in dem man einen Vierkantschlüssel stecken konnte. Handelte es sich bei dieser Tür um einen Notausgang?

Ines holte Frau Rühmann und ließ sich erklären, was es mit dieser Tür auf sich hatte.

Schweiß tropfte der Firmenchefin von der Stirn. Sie kam ins Stottern. »Das ist ein Durchschlupf, der allerdings lange nicht benutzt wurde. Erst nachträglich wurde die Umkleidekabine davor gebaut.«

»Wo führt die Tür hin? Und wo befindet sich der dazugehörige Schlüssel?« Elisabeth Rühmanns Hals begann zu pochen. Sie fasste sich ans Herz. »Mir ist das hier alles zu viel. Die Tür führt ins Treppenhaus und von dort nach draußen. Was weiß ich, wo der Schlüssel ist.«

»Als Notausgang ist diese Tür viel zu schmal, verfügt über keinen Türgriff und ist außerdem verschlossen.« Ines stand vor einem Rätsel.

»Offiziell ist die Tür ja auch kein Notausgang. Ich weiß es nicht, wieso sie da ist. Fragen Sie meinen Vorgänger, von dem ich den Laden vor zehn Jahren übernommen habe.«

»Nun möchte ich mir die hinteren Zimmer anschauen.« Ines verließ die Umkleidekabine und steuerte auf die sich im Laden befindende Stahltür zu.

In winzigen Schritten, mit den Händen nervös herumfuchtelnd folgte ihr Rühmann. »Was wollen Sie denn da hinten? Da sind doch nur ein Personalraum und die Toilette.«

»Ja und genau diese Räumlichkeiten will ich mir ansehen. Was ich da hinten will? Die Wahrheit finden, gute Frau! Sie wollen mir doch nicht etwa vorschreiben, wie ich zu ermitteln habe?« So langsam war bei Ines Schluss mit lustig.

Im Treppenhaus roch es muffig. Eine eisige Kälte schlug ihr entgegen. Ein typisches Altbautreppenhaus. Links führte eine alte Holztreppe mit ausgetretenen Stufen nach oben. Dort befanden sich wohl die Wohnungen der Mieter, die im Hause wohnten. Rechts führte eine Tür in eine Art Wohnung. Ein dunkler Flur, die Toilette, daneben ein altes Badezimmer. Geradeaus kam man in einen großen Raum. Alles in diesem Zimmer war aufgeräumt und hatte seinen festen Platz, war fast schon penibel angeordnet. Rechts an der Wand mehrere Spinde sowie Regale, links eine kleine Küchenzeile. Eine Kaffeemaschine blubberte vor sich hin und spuckte kochendes Wasser in einen Filter.

In der Mitte ein großer Tisch mit etlichen Stühlen drum herum. Und erst jetzt sah Ines ihn. Ein kleiner Mann an der Mitte des Tisches sitzend und in ein Brötchen beißend. Er nickte ihr kurz zu und kaute munter weiter, als wäre nichts passiert.

»Sie können wieder zurück in den Laden, Frau Rühmann. Ich komme schon allein klar.« Ines sah die Chefin auffordernd an.

»Das glaube ich kaum. Herr Wiedemann ist ein bisschen schusselig. Wer weiß, was der Ihnen erzählt.«

»Ich brauche keinen Dolmetscher, Frau Rühmann. Habe ich mich nicht klar ausgedrückt?«

Rühmann hatte kapiert und verschwand in den Laden. Allerdings äußerst zögernd und ungern.

»Ich bin Ines Peters, Hauptkommissarin der Kripo hier in Hattingen. Und Sie sind?« Freundlich wandte sie sich an den Herrn.

Das Männchen schaute Ines aus freundlichen Augen an. »Georg Wiedemann ist mein Name. Ich wohne hier im Haus und bin mit Frau Rühmann befreundet. Ja, leider nur befreundet, mehr will sie nicht. Ich bin ihr nicht fein genug.« Er lachte und zeigte dabei ein paar arg verfallene Zähne.

Ines setzte sich dem Mann gegenüber an den großen Tisch. »Hier ist ein Mann ermordet worden. In der Umkleidekabine des Modeladens. Vor einer guten Stunde. Haben Sie das mitbekommen?«

»Ja, Jan, der Hausmeister, hat es mir erzählt. Tragisch, tragisch, so kurz vor Weihnachten. Obwohl es für manche auch so etwas wie ein Weihnachtsgeschenk sein kann, dass der tot ist. Der Kerl war nicht richtig in der Birne. Er kam immer her und hat Röcke anprobiert. Pervers. Elisabeth war oft total fertig. Tat mir richtig leid. Wusste nicht mehr ein noch aus. Ist ja auch ein finanzieller Verlust. Die Röcke waren oft nicht mehr zu verkaufen. Sie hätte ihn längst anzeigen sollen. Auf das Hausverbot hat er ja nicht reagiert.«

»Wo waren Sie zur Tatzeit, Herr Wiedemann?«, unterbrach Ines seinen Redeschwall.

»Hier, ich habe hier am Tisch gesessen und gelesen.« Grinsend hob er das verschmierte Heft hoch, das vor ihm lag und barbusige Frauen zeigte, und hielt es Ines hin.

Sie ignorierte die Zeitschrift. »Und was machen Sie sonst so, wenn Sie nicht hier am Tisch sitzen, Kaffee trinken und lesen?«

»Ich bin Rentner. 75 Jahre bin ich alt. Hätten Sie jetzt nicht gedacht, oder? Bis 1987 habe ich hier in Hattingen auf der Heinrichshütte gearbeitet. Eisen und Stahl. Am Hochofen habe ich gestanden, da, wo das flüssige Eisen ausgespuckt wurde. Dann wurde die Bude geschlossen und ich war arbeitslos. Mit 43 Jahren. Meine Frau ist abgehauen und ich habe mich mit Gelegenheitsjobs über

Wasser gehalten. Festanstellung war in dem Alter ja nicht mehr drin. Meine Rente ist klein. Gerade mal so viel wie die Grundsicherung habe ich zur Verfügung. Darum helfe ich der Elisabeth im Laden. Seit zehn Jahren schon. Wie schon gesagt, ich wohne hier oben im Haus. Ich hoffe noch immer, dass Elisabeth und ich zusammenkommen. Sie wissen schon, was ich meine, oder? Ihr Mann ist tot, sie ist auch allein. Was würde dagegen sprechen?«

»Dein Aussehen«, wollte Ines sagen, hielt jedoch die Klappe. Sie hätte ihn wesentlich älter geschätzt. Okay, die Rühmann war ebenfalls keine Schönheit und mit Sicherheit auch schon mindestens 65 Jahre alt, jedoch nicht ganz so vertrocknet wie er. Dieser kleine, höchstens 1,50 Meter große Mann war echt nicht tageslichttauglich. Glatze mit ein paar Flusen, Falten im Gesicht und am Hals, mindestens so viele wie ein Shar-Pei, ein chinesischer Faltenhund. Die Lippen waren so trocken, sodass er beim Sprechen Hautschuppen verlor, was mehr als ekelig war. Der ganze Mann in seinem uralten Kinder-Jogginganzug stank bestialisch. Dafür war das Zimmer aufgeräumt und tadellos geputzt, was Ines noch immer erstaunte.

Plötzlich schoss Ines ein Gedanke in den Kopf. Der Alte war es! *Er* wollte der Rühmann ein Geschenk machen und sie von der Schwuchtel befreien, in der Hoffnung, so Pluspunkte bei ihr zu sammeln. Auf den Kopf zusagen werde ich es ihm, die hat schon ein paar Mal hingehauen, diese Methode.

»Darf ich mal Ihr Handy sehen, Herr Wiedemann?«

Zögernd zog der alte Mann sein Mobiltelefon aus der Hosentasche und reichte es Ines nichtsahnend. Diese ging sofort die Anrufliste für angenommene Anrufe durch.

Der letzte war von vor einer guten Stunde. ›Jan‹ war im Display zu lesen.

»Jan, der Haumeister hat Sie also angerufen, dass der Mann im Rock gerade in die Umkleidekabine gegangen ist. Und was haben Sie dann gemacht?«

Wiedemann zuckte zusammen. Speichel rann aus seinen Mundwinkeln. Völlig perplex gab er bereitwillig Antwort. »Ich habe den Vierkantschlüssel vom Regal genommen, den Stielkamm in die Hosentasche gesteckt, bin ins Treppenhaus zu dieser versteckten Tür an der Kellertreppe gelaufen. Dahinter befindet sich diese schmale Tür, die in die Umkleidekabine führt. Ich öffnete sie mit dem Schlüssel, zog sie auf und betrat den kleinen Raum. Der Kerl saß auf dem Hocker, in dem rosa Rock, streichelte sich die Beine und stöhnte. Er hat mich gar nicht bemerkt. Ich dachte nur an Elisabeth. Weihnachten mit Elisabeth. Von der Seite stieß ich zu. Mit dem Stielkamm in den Hals, einmal, zweimal, dreimal. Der hat sich gar nicht gewehrt, war wohl im Land der Träume. Auf gleichem Weg bin ich wieder verschwunden. Es sollte ein Geschenk sein. Für Elisabeth. Jan trägt keine Schuld. Der Junge hat mir nur Bescheid gegeben, als der Kerl die Kabine betreten hat. Der wusste nicht, was ich vorhabe.« Weinend brach der alte Mann am Tisch zusammen.

Ines ließ ihn abführen, holte ihre Tochter und zahlte an der Kasse – die eigentlich geschlossen war – 39,75 Euro für die Kleinigkeiten, die Ida sich ausgesucht hatte. Alles hatte eben seinen Preis.

Dann gingen sie zum historischen Weihnachtsmarkt am alten Rathaus. Das Bratwurstversprechen musste schließlich eingelöst werden.

19. EINE GANS ZU VIEL

Herne

Der festliche Rummel nervte Thomas Heussner, den schlanken, dunkelhaarigen 48-Jährigen. Anstrengende Weihnachten. Übermorgen am ersten Weihnachtstag wie in jedem Jahr – wenn sein Schichtplan als Kraftwerker es zuließ – das traditionelle Weihnachtsgansessen bei ihm zu Hause. Das war schon so, als er noch mit Babsi verheiratet war, von der er sich vor sechs Jahren endlich getrennt hatte. Elke Steinhüser, seine neue Lebensgefährtin, die ein Jahr später zu ihm und seinen beiden Kindern, die nach der Trennung der Eltern wie selbstverständlich beim Vater in der gemütlichen Doppelhaushälfte in der Forellstraße in Herne-Baukau blieben, zog, fügte sich dieser Tradition. Auch mit seinen Eltern, die ebenfalls an der Veranstaltung teilnahmen, verstand sich Elke von Anfang an ausnehmend gut. Das alte Ehepaar Heussner hatte aufgeatmet, als die Ära Babsi zu Ende ging. Doch nicht nur sie, die Kinder Bea und Marcel, 19 und 18 Jahre alt, machten ebenfalls drei Kreuze, als die Mutter – die ihnen nie eine gute war – endlich ihre Habseligkeiten packte und verduftete. Thomas, der gut 20 Jahre nach der Pfeife seiner egozentrischen Angetrauten tanzte, hatte es ihr einfach nicht recht machen können. An allem hatte sie, die ungelernte Marktverkäuferin, etwas auszusetzen: an seinem Beruf, der ihr zu primitiv war, obwohl er gutes Geld einbrachte, an seinem Aussehen, was jedoch nicht zu beanstanden war, sowie an seiner ganzen Art. Dabei war er immer ein liebevoller Vater und ein guter Ehemann gewesen, der aus Angst vor Babsis Tobsuchtsanfällen sogar nach einer Zwölf-Stunden-Schicht im Kraftwerk Fenster putzte, den Kühlschrank auswusch und ihr die Fußnägel lackierte. Er kochte den Kindern ein vernünftiges Essen, während seine Gattin ihre zahlreichen Krankheiten pflegte. Ständig hatte sie schon in ganz jungen Jahren irgendwo Schmerzen, für die kein Arzt eine Erklärung fand. Thomas war oft so verzweifelt, dass er schon mehrmals in Erwägung zog, sie beiseitezuschaffen. Er hatte viel Geduld, doch auch die war nicht endlos. Der Kinder zuliebe hielt er durch und hoffte, dass sich das Babsi-Problem von alleine lösen würde, irgendwie, irgendwann. Trost fand er bei seinen Eltern, bei seinen tollen Kindern und bei seinem Arbeitskollegen Andreas, der es ähnlich schlecht getroffen hatte. Auch er hatte eine träumende Alte an seiner Seite, die darauf wartete, von einem Prinzen auf einem weißen Pferd abgeholt zu werden.

Thomas widmete sich den letzten Geschenken, packte sie in buntes Weihnachtspapier und versah sie mit passenden Schleifen. Im vorigen Jahr sind die Kinder am heiligen Vormittag zu ihrer Mutter gefahren, um sich beschenken zu lassen, waren jedoch schnell wieder zu Hause. Babsis damaliger Lebensgefährte, ein dicklicher Bademeister aus dem örtlichen Hallenbad, den sie bei der Wassergymnastik der Fibromyalgiegruppe kennengelernt hatte, war den Kindern mit seinen proletarischen Sprüchen zuwider gewesen. Ansonsten hatte Babsi im letzten Jahr zum Fest Ruhe gegeben. Außer mit ungefähr zwölf Anrufen sorgte sie an den Feiertagen nicht für Ärger. Wie würde es in diesem Jahr werden? Der Bademeister war Geschichte, nachdem er ihr ein blaues Auge geschlagen und sie mehrfach betrogen hatte. Nun würde sie in ihrem kleinen Apartment hocken und vor sich hin jammern, berichtete Bea nach einem Kurzbesuch bei ihrer Mutter. Das war Thomas reichlich egal, wenn sie ihm nur ruhige Feiertage bescheren würde. Er hatte jetzt Elke, die zarte, dunkelhaarige Frau, zwei Jahre älter als er und als Reno-Gehilfin in einer Anwaltskanzlei in der Innenstadt tätig. Sie war lustig, ehrlich, äußerst fleißig, nicht wehleidig und hatte ein Händchen für die Kinder. Er traf Elke bei einer Autorenlesung, zu der sein Kumpel Andreas ihn schleppte, nachdem Babsi sich vom Acker gemacht hatte. Er kannte Elke vom Sehen, da sie die gleiche Schule besucht hatten. Sie war allerdings zwei Klassen über ihm gewesen. So teilten sie ein Hobby, sie lasen für ihr Leben gerne Krimis. Babsi fand Lesen bescheuert und steckte ihre Nase höchstens einmal in die sogenannten Schundblätter und ergötzte sich am Leben der Königs. Ferner hatte sie Kochrezepte studiert, ausgeschnitten und damit die Küchenfliesen zugeklebt. Sie hatte die Gerichte allerdings nie nachgekocht. Dosensuppen und Imbissbuden waren ihr Metier. Ansonsten saß sie ihren Hintern auf dem Sofa platt, wenn sie sich nicht gerade stylte.

Thomas liebte seine Arbeit im Kohlekraftwerk, unweit seines Zuhauses, wo er im 1989 erbauten Kraftwerksblock IV beschäftigt war. Schon wenn er auf das Kraftwerk zufuhr, überkamen ihn gerade jetzt im Winter und besonders am Abend weihnachtliche Gefühle. An dem 130 Meter hohen Kühlturm blinkten an der Oberkante rote Lampen und auch der 300 Meter hohe Kamin verfügte über reichlich rote Beleuchtung, die ringartig angebracht war. An den übrigen Gebäuden und an den Kraftwerkblocks leuchtete es in Weiß. Eine richtige kleine Weihnachtsstadt, dachte Thomas dann jedes Mal. Dazu der Wasserdampf aus dem Kühlturm, der auf ihm thronte wie eine Sahnehaube, um sich anschließend aufzulösen und in die Unendlichkeit zu verschwinden, war für ihn immer wieder ein beruhigender Anblick.

Er hoffte, dass er am zweiten Weihnachtstag, an dem er eine Zwölf-Stunden-Schicht abzuleisten hatte, Ruhe haben würde. Nur wenn Störungen auftraten, war Stress angesagt. Er hatte seinen Arbeitsplatz in der Steuerungszentrale und konnte in dem runden Raum auf unzählige Bildschirme blicken. Saßen im Normalfall dort ungefähr vier bis sechs Leute, waren es an den Feiertagen nur zwei. Bei Störungen griff man auf weitere Mitarbeiter im Bereitschaftsdienst zurück. Über diesen Monitoren hingen an der Wand weitere Megaempfänger, die das gesamte Kohlekraftwerk überblicken ließen. Daneben, an den Wänden befanden sich Schalter, Lampen und Knöpfe in allen Größen und Formen, die ständig blinkten und piepten. Wichtig war eine frühzeitige Problemerkennung, damit der Schichtmeister und der Betriebsingenieur hinzugezogen werden konnten. Zu 99 Prozent war das nicht der Fall und so hoffte Thomas auf eine ruhige Schicht zu Weihnachten, die er zusammen mit

Andreas ableisten würde. Sicherlich würde Elke ihm ordentlich Proviant einpacken, angefangen beim Christstollen bis hin zu Kartoffelsalat und Würstchen sowie den Resten der Gans.

Am ersten Weihnachtstag wurde es dann so richtig hektisch in dem weihnachtlich geschmückten Haus in der Forellstraße. Die Gans, natürlich biologische Aufzucht, vom Geflügelhändler seines Vertrauens auf dem Wochenmarkt in Herne-Baukau erstanden, schmorte im Ofen. Der Rotkohl köchelte vor sich hin, die Reibeklöße tanzten im heißen Wasser auf und ab, die Mousse au Chocolat wartete im Kühlschrank, der Tisch war festlich mit dem Alt-Englischen Geschirr, das Thomas so liebte, gedeckt, der Tannenbaum leuchtete. Bea und Marcel gingen Elke fleißig zur Hand, scherzten dabei und lachten. Auf den Besuch bei der Mutter hatten die beiden in diesem Jahr verzichtet. Sie wollten sich die gute Stimmung mit ihrem elenden Gejammer nicht verderben lassen.

Die Großeltern waren bereits eingetroffen. Oma Heussner grinste im Sessel sitzend ein wenig senil vor sich hin, während sie in den winterlichen Garten starrte und die Vögel beobachtete, die Sonnenblumenkerne aus dem Vogelhäuschen verspeisten. Opa Heussner räkelte sich auf dem Sofa und summte einen alten Schlager. Er hatte sich einen Joint angezündet und blies den Rauch in den Raum. Da er ansonsten ein umgänglicher Mensch war, verzieh man ihm seine einzige Unart und schwieg tot, dass er früher zu der wilden 68er-Bewegung gehört hatte und sich seither gelegentlich eine Tüte gönnte. Seine Gattin verschloss die Augen, wusste nicht, woher er diese bezog, und wollte es auch gar nicht wissen. Für sie war wichtig, dass die beiden Renten – er war ebenfalls im Kraftwerk beschäftigt gewesen – regelmäßig aufs Konto flossen und sie ein gutes Auskommen hatten.

»Auch einen, Johannes?«, fragte er seinen Bruder, der ebenfalls zum Gansessen geladen war, und grinste ihn dümmlich an.

Der verbittert dreinblickende Johannes bekam ein Leuchten im Gesicht. Bevor er jedoch zugreifen konnte, schlug seine zittrige Dagmar ihm auf die mit Altersflecken übersäte Hand und sprach ein lautes »Nein«.

Bea fand Großtante Dagmar und Großonkel Johannes einfach köstlich, und so bestand sie darauf, dass die beiden alljährlich ebenfalls eingeladen wurden.

Thomas schoss Fotos – natürlich nicht von seinem Vater – und forderte seine Gäste auf, schon mal am Esstisch Platz zu nehmen, als der Türgong ertönte. Nicht nur einmal, nein gleich dreimal.

Mit den Worten »Wer kann das denn sein? Wir sind doch vollzählig« schritt er zur Haustür und öffnete sie.

Da stand sie. Sein Ex Babsi. Einen Weihnachtsstern in Folie gehüllt in der Hand, strahlte sie ihn an und schob sich mit den Worten »Frohe Weihnachten, Thomas« an ihm vorbei, nachdem er ihren Küssen ausgewichen war.

Auf sein »Was willst du denn hier?« bekam er natürlich keine Antwort.

Sie stürmte ins kombinierte Wohn-/Esszimmer durch. Die Haare frisch gefärbt, wieder zwei Nuancen heller, grell geschminkt, mit viel Schmuck behangen, machte sie dem Tannenbaum Konkurrenz, der bei ihrem Anblick vor Schreck seine Zweige hängen ließ.

»Frohe Weihnachten, alle zusammen. Man hört und sieht ja nichts von euch, da dachte ich, ich schaue mal rein«, trällerte sie mit vorwurfsvollem Blick auf ihre Kinder Bea und Marcel.

Thomas und die sieben Personen am Esstisch verfielen in Schockstarre. Elke reagierte als Erste. Äußerst souverän stand sie vom Tisch auf, ging zum Schrank, um Geschirr für ein weiteres Gedeck zu holen.

»Ich glaube, das lässt du besser, Elke. Ich fände es gut, wenn Babsi wieder geht. Wir wollen in Ruhe Weihnachten verbringen und das geht mit ihrer Anwesenheit nun mal nicht. Also, Babsi, da ist die Tür.« Thomas' Blick blieb an ihrem rosa Hosenanzug hängen. Er hätte schwören können, ihn letztens im Schaufenster der Diakonie hatte hängen sehen.

Mit Tränen in den Augen, stellte Babsi den erbärmlichen Weihnachtsstern auf den Tisch und trat den Rückzug an.

»Thomas, lass sie bleiben«, sprach nun seine Mutter. »Wo sie schon mal da ist. Schließlich zieht es eine Mutter zu ihren Kindern. Gerade zu Weihnachten.«

Diese saßen jedoch nur da und schauten verschämt auf ihre leeren Teller. Ihnen war der Auftritt der Mutter mehr als peinlich.

Während der CD-Player »Süßer die Glocken nie klingen« ins Wohnzimmer schickte, Babsi ungehemmt von der Gans einschließlich der Beilagen aß und zwischendurch dummes Zeug redete, dabei Mikropartikel von der Gans durch die Gegend spuckte, kochte beim sonst so geduldigen Thomas die Wut hoch. Elke nickte ihm unmerklich zu, schloss kurz beschwichtigend die Augen, was wohl so viel heißen sollte, wie: »Es geht vorbei«. Seine Kinder gaben verkrampft Antwort auf die dämlich gestellten Fragen der Mutter. Sinnloser Small Talk, den keiner gebrauchen konnte. Die Exschwiegermutter fragte Babsi nach dem Bademeister, wieso er sie denn verlassen hätte und ob es denn da nicht schon einen Neuen gäbe. Daraufhin fing Babsi an zu weinen. Sie zog eine Show ab, sodass Thomas es nicht länger am Tisch aushielt. Er sprang auf – der Stuhl fiel dabei um –, lief in die Küche, steckte die Hände unter kaltes Wasser. Sein Herz pochte. Er fragte sich, was seine Ex überhaupt hier wollte? Warum tat sie ihm das an? Warum störte sie zu Weihnachten den Familienfrieden? Elke umarmte ihn von hinten und legte ihren Kopf an seinen Rücken.

»Sie geht gleich wieder. Beruhige dich!«, versuchte sie ihn zu trösten, was ihr leider nicht gelang.

Ihm fielen die Demütigungen, Kränkungen und Verletzungen ein, die er durch Babsi in den letzten zwei Jahrzehnten hatte erfahren müssen. Wie ein Film liefen ein Teil ihrer Verfehlungen in seinem Kopf ab. Wie sie betrunken seinen neuen Wagen zu Schrott gefahren hat, wie sie sich bei einer Firmenfeier seinem Chef an den Hals geworfen und ihm eindeutige Angebote unterbreitet hat, wie sie den kleinen Kindern ein Schlafmittel ins Essen mischte, bevor sie auf die Piste ging, während er zur Nachtschicht war. Am anderen Tag schliefen die Kinder am Mittag noch immer, sodass Thomas den Arzt holen musste. Dann zählte er im Kopf zusammen, wie viel Geld sie ihm noch schuldete, kleine Beträge immer mal wieder bei ihm erbettelt, summierten sich inzwischen zu einem großen Betrag. Und das, obwohl er ihr ausreichend Unterhalt zahlte. Eine Frau, keine 50 Jahre alt, zu faul, sich eine Arbeit zu suchen, die den ganzen Tag auf dem Sofa lag, Kartoffelchips aß und Zeitung las, war in seinen Augen das Allerletzte.

Und nun tauchte sie hier auf, um die friedvolle Weihnachtsatmosphäre zu stören. Das ging zu weit. Entschieden zu weit. Er öffnete den Küchenschrank, holte die Obstler-Flasche heraus und goss sich ein halbes Wasserglas mit der edlen Flüssigkeit voll. Ab damit in den Hals!

Gezwungen lächelnd ging er zurück zum Esstisch, an dem Babsi weiterhin ihre geistigen Ergüsse preisgab. Er fragte sich, ob er damals, als er sie am Marktstand kennenlernte, nicht gemerkt hat, was das für eine hohle Nuss war. Haben seine Hormone damals so verrückt gespielt?

»Du Babsi, ich habe da im Keller einen fast neuen Tennisschläger von meinem Kollegen Andreas bekommen. Du spielst doch neuerdings Tennis, oder? Willst du ihn dir mal ansehen?«

Thomas wusste, wie sie auf Dinge, die sie günstig oder gar umsonst haben konnte, reagierte. Ob sie nun Tennis spielte oder nicht.

Babsis geschminkte Augen wurden groß wie Unterteller, ihr pink verschmierter Mund verzog sich zu einer Fratze. »Ja gerne!« Völlig perplex stand sie auf und folgte ihrem Exmann tänzelnd in den Keller.

Unten angekommen, steuerte Thomas auf den Partykeller, ein Relikt aus den 1990er-Jahren und seither nicht mehr genutzt, zu, ließ Babsi eintreten und verschloss die Tür.

»Wo ist denn jetzt der Schläger?«, fragte die naive Frau

und schaute sich dämlich grinsend im Raum um. »Hat sich ja nichts verändert hier.«

Auf einem Barhocker an der Theke lagen der Reiterhelm und der Führstrick seiner Tochter Bea, die eine passionierte Reiterin war. Wie gerufen kam ihm dieses ungefähr einen Meter lange Seil mit einem Durchmesser von 1,5 Zentimetern sowie dem Karabinerhaken daran. Er nahm es in die Hand und zeigte es seiner noch immer dumm grinsenden Babsi.

»Da du nicht von selbst gehst und immer wieder Ärger machen wirst, muss ich dem endlich ein Ende bereiten.«

»Wo ist denn nun der Schläger, Thomas?«, fragte sie nun zum zweiten Mal und kapierte noch immer nicht, was Sache war.

Diese naive Frage bestärkte Thomas in seinem Vorhaben. Er nahm den Strick in beide Hände, warf ihn Babsi blitzschnell um den Hals und zog wie von Sinnen zu. Seine ganze aufgestaute Wut legte er in seine Hände und zog und zog. Sein Gesicht war wutverzerrt und passte so gar nicht zu ihm, dem sonst so sanften Thomas. »Frohe Weihnachten, du mieses Stück!«

Es dauerte nicht lange, höchstens eine Minute, und das Geröchel und Gurgeln verstummte. Babsi ließ die Hände, mit denen sie versucht hat, den Strick zu lösen, fallen und sackte in sich zusammen.

Erleichterung, nur Erleichterung verspürte Thomas, schnappte sich seine Ex, die erheblich schwerer war als Elke, und hievte sie gleich nebenan in den Heizungskeller. Eiligen Schrittes, trotz Alkohol im Blut, ging er nach oben, holte ihre Jacke von der Garderobe, die Tasche vom Schuhschrank und deponierte beides ebenfalls im Heizungskeller. Ein Blick in ihre Geldbörse ließ ihn erschaudern. 26 Cent befanden sich darin. War sie wirklich pleite und hatte Hunger verspürt? Zum Glück hatte sie keinen PKW mehr. Sie war wohl mit dem Bus gekommen. Er verschloss den Raum anschließend und steckte den Schlüssel in seine Hosentasche.

Er atmete tief durch und ging zu seinen Lieben ins Wohnzimmer, wo inzwischen eine ausgelassene Stimmung herrschte. Babsi schien vergessen. Keiner fragte nach ihr und Thomas erwähnte beiläufig, dass sie gegangen wäre. Ihr Handy hätte geklingelt und nach einem kurzen Gespräch hätte sie es sehr eilig gehabt. Wohl ein neuer Verehrer, meinte er noch.

Thomas gönnte sich ein Glas Riesling, das er genüsslich trank.

Alle Anwesenden wussten, dass es nicht so war, wie Thomas es geschildert hatte, doch niemand meldete sich zu Wort und stellte Fragen. Sie alle waren einfach nur glücklich, dass Babsi von der Bildfläche verschwunden war.

Morgen würde er sie auf dem Kraftwerksgelände in den Holzcontainer werfen, hatte er sich überlegt. Gut, dass die Mitarbeiter noch Zugang zu sämtlichen Müllcontainern hatten. Das Altholz wurde regelmäßig entsorgt und sofort verbrannt. Da wäre sie am besten untergebracht, fand Thomas. Er hatte noch genug altes Holz im Keller. Das würde er mitnehmen und sie damit bedecken. In dem Elektrocontainer wühlten die Kollegen gerne herum und suchten nach Dingen, die sie noch gebrauchen konnten.

Der Wein mundete ihm. Und die Nachspeise erst. So befreit hatte er sich lange nicht gefühlt.

Wie gut, dass er mit seinem Wagen morgen, am Feiertag, aufs Gelände fahren durfte. Er goss sich noch ein Glas Riesling ein.

Den Dauerauftrag für den Unterhalt konnte er nun bald kündigen. Allerdings nicht sofort. Das würde ihn verdächtig machen. Hatte Babsi nicht eben erzählt, der schlagende Bademeister wäre nach Holland gezogen? Da musste sie ihm wohl gefolgt sein, würde er der Kripo bei Nachfragen erzählen, falls sie überhaupt jemand vermissen würde.

»Ach Vatter, gib mir doch auch mal so einen Joint. Heute ist doch Weihnachten und es ist schon so lange her, als ich den letzten geraucht habe«, sprach Thomas und lehnte sich auf dem Stuhl zurück.

Schon gegen vier Uhr war Thomas aufgestanden, hatte nach einer Katzenwäsche in aller Seelenruhe seine Tasche gepackt, war hinab in den Keller gestiegen und hatte Babsi mit aller Kraft durch den Hinterausgang zum Garten gezerrt, um sie anschließend in seinen Kofferraum zu verfrachten. Wie gut, dass er seinen Wagen bis in den Garten fahren konnte. Mit brummendem Schädel fiel ihm das nicht so leicht. Der Restalkohol in seinem Blut war mit Sicherheit nicht zu verachten. Elke schlief noch, hatte genau wie seine Kinder keine Fragen mehr zu Babsis Verbleib gestellt. Das alte Holz noch obenauf und die Fahrt konnte losgehen. Die Straßen waren spiegelglatt. Zum Glück betrug seine Fahrstrecke zu seinem Arbeitsplatz nur gute zwei Kilometer, die er im Sommer gerne mit dem Rad zurücklegte. Dicke Flocken fielen sachte auf die Straße, als er gegen 5.30 Uhr auf das Gelände des Kraftwerks fuhr. Der Pförtner, heute war es Albert, ein schmales, altes Männchen, das zu seiner Linken in seinem Häuschen saß und ihm freundlich zuwinkte, bevor es die Schranke öffnete. Die kahlen Baumgerippe an beiden Seiten sowie der riesige Kühlturm direkt vor ihm wirkten heute bedrohlich auf Thomas. Er hatte das Gefühl, sie wüssten Bescheid über das, was er seiner Exfrau angetan hat und noch antun würde. Wüssten, dass er seine tote Frau an Bord hatte. Unnatürlich gelb leuchtende Straßenlaternen wiesen ihm den Weg zum Eingang von Block vier, seinem zweiten Zuhause. Er verließ den Wagen, nachdem er ihn an der Seite des Eingangs geparkt hatte, schnappte sich seine Tasche und betrat das Gebäude. Andreas begrüßte ihn überschwänglich, umarmte seinen Kumpel und wünschte ihm noch frohe Weihnachten.

Thomas stand nur mit Tränen in den Augen da. Die Herzlichkeit seines Kollegen hatte ihm die Sprache verschlagen.

»Hey, was ist los, wie siehst du denn aus? Zu tief ins Glas geschaut gestern?«, fragte Andreas.

Thomas nickte nur. »Und du, wie war es bei dir? Hattest du schöne Tage?«

»Ach, hör' bloß auf. Scheiß' Weihnachten. Irene hatte Migräne und ich konnte das Buckelvolk versorgen. So ein Stress. Ich weiß nicht, wie lange ich das noch aushalte.« Andreas hatte nun ebenfalls Tränen in den Augen. Tränen der Verzweiflung.

»Armer Kerl. Ich mach' drei Kreuze, dass ich meine Ex endlich los bin.« Thomas packte seine Mitbringsel, bestehend aus Christstollen, Kartoffelsalat und Würstchen, aus der Tasche, steuerte auf die Ecke zu, in der sich ein kleiner Küchenblock befand und setzte Kaffee auf. »Lass uns erst einmal frühstücken.«

»Hat Babsi sich gemeldet? Hat sie angerufen? Oder hat sie euch in Ruhe gelassen?«

»Die wird sich nie wieder melden. Das Thema ist durch. Du glaubst gar nicht, wie froh ich bin.«

»Das Thema ist durch? Bist du dir da so sicher?« Andreas schaute seinen Kollegen, den er schon seit der gemeinsamen Konfirmation kannte, an und grinste.

»Ja, todsicher sozusagen. Ich habe sie gestern mit Beas Führstrick erdrosselt und schmeiße sie gleich, so lange es noch dunkel ist, in den Holzcontainer. Selbst schuld, was kreuzt sie auch beim Gänseessen so mir nichts, dir nichts, auf?«

Andreas fing lauthals an zu lachen. »Du mit deinen Scherzen, Thomas!«

»Das war kein Scherz. Ich bin dann mal eben kurz weg und du passt hier auf. Ich will dich da nicht mit reinziehen. Du weißt von nichts.«

Während Thomas mit seinem Wagen zu dem ungefähr 200 Meter entfernten Container fuhr, sich immer wieder hektisch umblickte, dann seine Fracht ablud und mit den alten Brettern bedeckte, saß Andreas nur da, starrte vor sich hin, griff, wie auf Autopilot geschaltet, nach einem Würstchen aus Thomas' Bestand und kaute darauf herum. »Ich weiß von nichts«, nuschelte er und war kreidebleich geworden. Ein klein wenig beneidete er Thomas. Er hatte den Störenfried ausgerottet.

20. I SHOT THE NIKOLAUS

Castrop-Rauxel

Andreas' Opa war jetzt 86 Jahre alt. Und lebte immer noch, dieser Sozialschmarotzer. Im Josefshaus in der Germanenstraße in Castrop-Rauxel wohnte er wie Graf Koks in einem Einzelzimmer und ließ sich bedienen. Eigene Möbel und seinen Wellensittich Hansi durfte er mitbringen. Natürlich reichte seine Rente plus Pflegegeld vorne und hinten nicht, sodass seine Kinder, Andreas' Vater Peter und dessen Schwester Lina, ordentlich in die Tasche greifen mussten. Und das nur, weil sein Opa zeitlebens faul wie Brot war und sich vor der Arbeit gedrückt hat, wo er nur konnte. Als gelernter Schlosser hielt er es nirgendwo lange aus, fühlte sich überall ungerecht behandelt, ließ sich krankschreiben, bis die Firmen sich irgendwann von ihm trennten. Mit Gelegenheitsjobs versuchte er, sich und seine Familie über Wasser zu halten. Sogar seine Frau musste trotz der Kinder mitarbeiten – damals noch nicht selbstverständlich –, damit sie was zu beißen hatten. Sie schrubbte Flure, half auf dem Wochenmarkt, nähte für Gutbetuchte Kleidung.

In der Weihnachtszeit spielte der Opa oft und gerne den Nikolaus, bei Betriebsfeiern, in den Kaufhäusern, auf Weihnachtsmärkten. Noch als er frühverrentet wurde, zog er kleine Kinder auf seinen Schoß, laberte diese voll und ließ sie anschließend, wenn sie ihm gefielen, in seinen Sack greifen.

Nun, Anfang Dezember, wenige Tage vor dem Nikolaustag, kochten die Erinnerungen bei Andreas geballt in ihm hoch. Erst gestern hatte er seinen obligatorischen Pflichtanruf im Heim hinter sich gebracht, voller Hoffnung, der Opa würde das Gespräch nicht annehmen, weil ihm endlich das Licht ausgegangen war. Hätte Andreas seiner Oma am Sterbebett doch nur nicht versprochen, sich um den alten Stiesel zu kümmern.

Doch Pustekuchen. Er lebte noch. Mit sonorer Stimme hatte er wie immer gefragt: »Wie geht es, mein Junge? Alles klar?« Woraufhin Andreas nur antwortete: »Und selbst?« Eine Gegenfrage, eine Floskel, mehr nicht. Im Grunde war es ihm völlig egal, wie es dem Alten ging. Mit dem Tod seiner Oma im letzten Jahr hatte er den Opa gleich mitbeerdigt, wenn auch nur geistig. Wieso er überhaupt in dieser Stinkerbude anrief, wusste er selbst nicht so genau. Oma war tot und bekam ja gar nicht mehr mit, ob er sich an sein Versprechen hielt. Immerhin rannte er dort nicht immer wieder hin wie seine Mutter, die ihren Vater jede Woche besuchte. Nein, das brauchte er wirklich nicht. Diese alten Leute, dieser Gestank, die Musikbeschallung von WDR 4 auf den Gängen.

»Stell dir vor, Junge! Ich darf noch mal den Nikolaus spielen. Hier im Heim, für die Enkel der Bewohner. Am 6. Dezember. Willst du auch kommen? Deine Mutter bringt mir meine Klamotten. Denk' dir nur, die hat sie noch immer im Keller.« Es folgte ein donnerndes, widerliches Lachen. Das Lachen eines Irren.

Sämtliche Alarmglocken schrillten in Andreas' Kopf. Ihm war heiß und kalt geworden. Das musste er verhindern. Unbedingt! Nach einer schlaflosen Nacht, wusste er, was er zu tun hatte.

Seine Erinnerungen gingen zurück in das Jahr 1988. Der Opa war wieder einmal pleite. Seine Erwerbsunfähigkeitsrente, die er, seit er 55 Jahre alt war, bezog, reichte hinten und vorne nicht, sodass er auf die glorreiche Idee kam, sich in der Adventszeit seine Börse mit Geld zu füllen, das er sich als Nikolaus verdiente. Ein ortsansässiges Kaufhaus engagierte ihn gleich für drei Tage um den 6. Dezember, wo er Kinder befragen und beschenken sollte. Andreas' hirnverbrannter Vater ging sogar so weit, ihm seinen Jungen als Versuchsobjekt zur Verfügung zu stellen. Er würde den Tag nie vergessen. Den 1. Advent 1988, ein trüber, nebliger Tag, an dem er von seinem Vater vor Opas Tür abgesetzt wurde, damit der Alte sich an ihm austoben konnte. Das tat er dann im wahrsten Sinne des Wortes. Oma war im Gemeindezentrum und half beim Basar, der an diesem Tag stattfand. Also hatte der Opa freie Bahn. Wie er schon aussah. Der rote Mantel mit dem weißen Besatz war okay. Man sah ihm sogar an, dass er neu war und frisch aus der Verpackung stammte. Darunter war er nackt. Der weiße Rauschebart war allerdings schon voller Kaffeeflecken. Außerdem hatte der Opa kräftig einen sitzen. Sobald Andreas seine Jacke an die Garderobe gehängt hatte, musste er sich auf seinen Schoß setzen. Er fing an »Nikolaus, komm in unser Haus« zu singen und dummes Zeug zu lallen, fragte ihn unmögliche Dinge. Andreas erkannte seinen sonst so ruhigen Opa gar nicht wieder. Als er anfing ihn zu küssen und überall zu befummeln, wollte er von seinem Schoß springen. Das passte dem Alten überhaupt nicht. Der Opa, den er bis dahin nur als friedliebenden Menschen kannte, wurde böse, nahm die Rute, jagte ihm in der Küche hinterher, und als er ihn zu fassen bekam, drosch er wie ein Irrer auf ihn ein. Dann verlangte er doch tatsächlich, er möge seine Hose herunterziehen, damit er mit der Rute auf seinen blanken Hintern schlagen könnte. Als er dieses weinend verweigerte, rastete der volltrunkene Opa – immer wieder goss er sich ein Schnäpschen ein – total aus, schnappte ihn mit seinen groben Händen und wollte ihn an einen Küchenstuhl binden. Er möge jetzt ganz brav sein, verlangte der Opa, dann bekäme er auch fünf Mark. Doch Andreas dachte nicht daran. Er biss sich in Opas rechter Hand fest, bis dieser ihn endlich losließ. Ohne Jacke und Mütze türmte er aus der Wohnung und lief schluchzend nach Hause. Unter Tränen berichtete er am Abend seinen Eltern von dem furchtbaren Erlebnis, doch die wollten ihm nicht glauben, ignorierten sogar die blauen Striemen an seinem kleinen Körper, die sich am nächsten Tag gebildet hatten.

Ungefähr zwei Jahre später, Andreas war inzwischen zehn Jahre alt und durfte hin und wieder allein mit dem Linienbus in die Altstadt fahren, sah er ihn im Eingang des großen Kaufhauses sitzen, einen Jungen, viel jünger als er, auf dem Schoß, auf den er mit seinen wulstigen Lippen einredete. Andreas schlich sich an und versteckte sich zwischen dem Pulk der Menschen, die alle ihre Kinder dem Nikolaus nahebringen wollten. Er sah das aufgedunsene Säufergesicht seines Opas, seine Riesenpranken, die den kleinen Jungen betatschten, und schrie ganz laut: »Das ist gar nicht der echte Nikolaus, das ist ein Schwein, der befummelt kleine Jungen.« Das hatte ein Nachspiel. Die Leute gerieten in Panik, die Mutter riss das Kind vom Schoß des Nikolauses, der Geschäftsführer tauchte auf und der Opa war den Job für dieses Jahr los.

Er hatte es seinen Eltern nie erzählt. Andreas vermied es, mit seinem Opa allein zu sein. Sein strafender Blick, der ihn traf, wenn er mit den Eltern die Großeltern besuchte, machte ihm Angst und bescherte ihm schlimme Träume. Im darauffolgenden Jahr hatte der Opa zahlreiche neue Nikolaus-Jobs und Andreas war sich sicher, dass er die Situation ausnutzte und den Kindern nur schadete. Doch er fühlte sich machtlos. Mit der Zeit konnte er sein Nikolaus-Trauma allmählich verdrängen. Der Opa wurde älter und älter und ließ es irgendwann, den Nikolaus zu spielen.

Während Andreas über den Weihnachtsmarkt in der Altstadt von Castrop-Rauxel schlenderte und die vielen Buden, die meistens Esswaren feilboten, bestaunte, hielt er Ausschau nach einem Nikolaus oder einem Weihnachtsmann, heute auch Santa Claus genannt. Doch nichts, keiner auszumachen. Er machte einen Abstecher zum Lambertusplatz und warf einen Blick in die überfüllte legendäre Weihnachtsscheune. Menschen über Menschen, Erwachsene mit Glühweinbechern in der Hand, Kinder mit Bratwürsten und Pommestüten, lachten und scherzten, hatten ganz einfach Spaß. Auch hier sichtete er keinen roten Mantel. Hatte er vielleicht ganz einfach eine Nikolaus-Phobie?

Am Nikolausvortag sowie am Nikolaustag gab es in Castrop allein sechs Nikolausumzüge: in Obercastrop, in Schwerin, in Ickern, in Habinghorst, in Frohlinde und in Merklinde. Überall sollte es Schokokläuse geben. Doch sollte er die Orte alle abgrasen und nachsehen, ob ein Nikolaus den Kindern Böses antat? Wieso musste der Opa ihm auch von seinem Nikolausjob im Altersheim erzählen und damit alte Wunden aufreißen?

Am Nikolaustag selbst stand Andreas vor dem Weihnachtsmannbüro in der Innenstadt und hatte den Türgriff schon in der Hand. Doch was wollte er den Leuten da drin erzählen? Passt auf, wen ihr da anstellt, es könnte ein Sittenstrolch dabei sein? Machte er sich damit nicht selbst verdächtig?

Der Opa würde keine kleinen Jungen mehr befummeln, schwor Andreas sich und nahm sich vor, zu dieser Veranstaltung im Josefs-Altenheim aufzutauchen. Jedoch nicht unvorbereitet.

Ein wenig nervös war er schon, als er dem Linienbus entstieg, der vor dem Heim hielt. Immer wieder tastete er nach der Walter P99, die er sich aus dem Internet für 1.000 Euro besorgt hatte. Das Geld hatte er sich von seiner Mutter geliehen. Da er zurzeit keine Arbeit hatte, gab es natürlich für ihn auch kein Weihnachtsgeld. Woher auch? Er hatte sich die Knarre vorne in seine Jeans geklemmt. Darüber trug er ein rotes Sweatshirt. Die Thermojacke würde er anlassen. So würde niemand etwas merken, hoffte er. Ausprobiert hatte er das gute Stück natürlich auch schon. Gestern Abend auf dem Friedhof in Ickern hatte er auf einen Grabengel gezielt, der in null Komma nichts in kleine Stückchen zerbarst. Erschrocken war er davongelaufen, bevor er noch Passanten anlockte, die trotz der Dunkelheit auf ihn aufmerksam wurden.

Die Tür sprang auf, er ging hinein und war angenehm überrascht. Kein Gestank, kein Musikgedudel. Rechts am Eingang stand ein Weihnachtsmann im weißen Outfit mit Goldbesatz, links ein Tannenbaum ganz in Rot geschmückt. Er war erstaunt, wie gut der Opa untergebracht war. First-Class-Hotel-ähnlich. Und das, obwohl er kaum Rente bezog. Alles vom Staat und von seinen Kindern. Na ja, damit würde nun bald Schluss sein, tröstete er sich. Ganz bald schon.

»Suchen Sie jemanden?«, fragte ihn eine schnuckelige, dunkelhaarige Schwester mit rehbraunen Augen, als er im Wohnbereich drei angekommen war. Sein Herz schlug schneller. Genau sein Beuteschema, dieses Häschen.

»Ich suche Zimmer 310. Da liegt mein Opa. Aber der ist bestimmt nicht auf seinem Zimmer. Der spielt nämlich heute hier den Nikolaus.« Andreas starrte auf ihren engen Kittel und ihm wurde heiß und kalt. Das wäre was, mit der eine Nacht zu verbringen, dachte er noch.

Sie schenkte ihm ein süßes Lächeln und zeigte dabei weiße, makellose Zähne. »Dann sind Sie bestimmt der Andreas. Ihr Opa ist schon ganz aufgeregt. Kommen Sie, ich zeige Ihnen, wo der Aufenthaltsraum ist.«

Die angesagte Nikolausfeier entpuppte sich als kleine Zusammenkunft nur für Wohnbereich drei. Da hatte der Opa mal wieder ganz schön auf den Putz gehauen. Andreas war von einem riesigen Saal ausgegangen, gefüllt mit mindestens Hundert Personen einschließlich 20 Kindern, denen er Gutes tun sollte. Der Opa saß in einem alten Fernsehsessel mitten im Raum. Am Leib diese elende, in die Jahre gekommene Nikolausverkleidung, die er noch von früher allzu gut kannte. An der U-förmigen Tischanordnung saßen einige Omas und Opas, drei Frauen im mittleren Alter und zwei junge. Alle schauten äußerst gelangweilt. Drei Kinder, ein vorlautes Mädchen, ungefähr acht Jahre alt und zwei Jungen, ein wenig jünger, hüpften wie von Sinnen durch den Raum, schrien und quiekten. Semino Rossi trällerte »Feliiiz Navidaaad« aus einem Uralt-CD-Player. Schlimmer konnte es nicht mehr kommen, dachte Andreas und grüßte freundlich in den Raum. Er fragte sich, wieso seine Mutter nicht hier war. Sonst konnte sie vom Opa und dem Heim nie genug bekommen. War es das schlechte Gewissen, das sie fernbleiben ließ? Erinnerungen an das Jahr 1988?

Der junge Quartiersmanager – was auch immer das sein sollte – Ulf Marek wies ihm einen Platz mit direktem Blick auf seinen Opa zu. Man merkte ihm an, dass er diesen Posten noch nicht lange innehatte und mit dieser Veranstaltung, die wohl auf seinen Mist gewachsen war, Pluspunkte sammeln wollte. Der dünne Mann mit der Halbglatze schwitzte und schluckte andauernd nervös. Links neben Andreas saß eine dürre Dame im roten Kleid mit Bart und zittrigen Händen, die bitterlich nach Sauerkaut roch. Rechts besagter Ulf Marek, der die ungefähr 15 Menschen im Raum stotternd begrüßte, sich gefühlte Hundert Mal bei Andreas' Opa bedankte und dann das Gesangbuch aufschlug mit der Ankündigung, dass wir nun alle gemeinsam das Lied »Macht hoch die Tür« singen würden. Würden wir das wirklich?, fragte Andreas sich und brummte gezwungenermaßen den Text mit.

Danach schenkte die nette Schwester, die Mareike hieß, Kaffee aus und verteilte den Kuchen. Viele der alten Leute – besonders die dementen – bedienten sich schon selbst an den prall gefüllten Kuchentellern und stopften sich Bienenstich, Apfelkuchen, Weihnachtsplätzchen und Co. in die ausgetrockneten Hälse.

Sein Opa schaute ihn aus traurigen Augen an. Hatte er etwa ein schlechtes Gewissen? Wusste er noch, was er seinem Enkel damals angetan hatte? Bereute er es? Heute hatte er ja nicht die große Auswahl, dachte Andreas grinsend. Nur zwei kleine Jungen waren im Raum und die wurden von etlichen Augenpaaren bewacht.

Nein, ich verzeihe ihm nicht, da kann er noch so betelnd gucken, dachte Andreas und schaute immer wieder zu Schwester Mareike. Diese tollen braunen Augen! Ob er sich mal mit ihr verabreden sollte?

Für die Erwachsenen, die dem Nikolaus ihr Herz ausschütten und Wünsche äußern wollten, hatte man einen Stuhl neben den Sessel seines Opas gestellt. Wäre ja auch noch schöner, wenn die dürren alten Frauen sich auf den Schoß des Greises setzen müssten.

Der Opa schien sich echt zu freuen, dass Andreas da war. Immer wieder suchte er seinen Blick.

Die Sauerkraut-Oma stellte sich Andreas als Ursel Dembowski vor. »Einen tollen Opa haben Sie. Ist doch Ihr Opa, nicht wahr? Dass er das macht, hier den Nikolaus spielen. Ganz, ganz toll. Die Kleine in dem rosa Kleidchen ist meine Enkelin Pia, die ist mit meiner Tochter hier.« Dembowski zeigte auf die genervte Frau, die neben ihr saß und andauernd »Piaaa, nicht so laut« in den Raum rief.

Pia kratzten die Ermahnungen ihrer Mutter reichlich wenig. Sie spielte mit den beiden Jungen Fangen um den Tannenbaum und hatte ihren Spaß.

Nun wurde ein Nikolauslied angestimmt. Eine hauseigene Mischung aus »Morgen Kinder wird's was geben« und »Nikolaus, komm in unser Haus«.

Die Hände des Opas zitterten, als der kleinere der beiden Jungen sich als Erster wagte, auf dem Schoß des Nikolaus Platz zu nehmen und die Fragen, die Andreas' Opa mit krächzender Stimme stellte, zu beantworten. Der kleine Junge starrte nur auf den immens großen Sack daneben und wartete auf das versprochene Geschenk, das er gleich bekommen würde.

Andreas wurde heiß und kalt. Alte Erinnerung brachen sich Bahn und fluteten sein Hirn. Er öffnete seine Jacke, rieb seine Hände aneinander. Doch nichts half. Als er den Anblick, das Kind auf den Schoß seines Opas, nicht mehr ertrug, verließ er den Raum und ging schwer atmend auf dem Flur auf und ab. Beruhige dich, sprach er sich selbst Mut zu. Denk' daran, dass du heute hier eine Aufgabe zu erfüllen hast.

Sein Pulsschlag verlangsamte sich wieder, die Hitzewelle ebbte ab. Er prüfte den Sitz seiner Waffe und bekam erneut Herzrasen. Sie steckte nicht mehr in seiner Jeans. Sie war verschwunden. Wie konnte das sein?

Die Glastür öffnete sich und Schwester Mareike kam ihm aufgeregt entgegen. »Die kleine Pia spielt mit einer Pistole, die sie vom Boden aufgehoben hat. Sie lag dort, wo Sie gesessen haben. Ich weiß nicht, ob es sich um eine echte Waffe handelt. Gehört die etwa Ihnen?«

Andreas konnte nicht begreifen, dass er es nicht gehört hatte, wie die Waffe zu Boden fiel. Er musste sie beim Singen verloren haben.

Ohne Schwester Mareikes Frage zu beantworten, stürzte er in den Raum, hörte die Leute erschrocken aufschreien. Panik brach aus. Und mittendrin Ulf, der Quartiersmanager, der wie ein Wiesel hin und her lief.

Pias Mutter schrie laut durch den Raum: »Piaa, nun hör doch, leg' die Pistole weg. Damit spielt man nicht. Hör' doch endlich.«

Doch dieses wilde Kind im rosa Kleid lachte nur, rannte mit der Pistole umher, zielte schlussendlich auf die eigene Oma.

»Oma, ich knall dich ab. Dann kommst du in den Himmel. Wie der Opa. Du willst doch immer sterben, hast dauernd Schmerzen und jammerst meiner Mama die Ohren voll. Ich erlöse dich jetzt.«

Gesagt, getan, ein Schuss löste sich und traf die Oma in den rechten Arm. Diese schrie, flog mit ihrem Stuhl einen halben Meter nach hinten und fasste sich an ihren Oberarm. Aus der Wunde schoss das Blut. Die Tochter übertönte ihre Mutter noch, brüllte wie eine Irre. Sie konnte nicht fassen, dass es sich um eine echte Waffe handelte. »Wer um Himmels willen hat hier eine Pistole reingeschleppt? Mit Sicherheit dieser bescheuerte Enkel von dem Nikolaus. Der Alte war mir von Anfang an nicht geheuer. Ganz bestimmt war es der komische Enkel.« Sie lief ihrem Kind hinterher und wollte ihm die Waffe abnehmen.

Pia weigerte sich jedoch, die Waffe herauszurücken, und ließ sich auch vom Quartiersmanager, der sich vor Angst in die Hose machte, nicht in die Enge treiben. Sie streckte ihm die Zunge raus und lachte. »Was kriege ich, wenn ich sie hergebe?«

»Ich gebe dir 20 Euro«, schlug der Manager dem Kind vor.

»Was für ein bescheuerter Deal. Die ist viel mehr wert.« Wieder zielte Pia auf die Oma.

»Peng, Peng, ich knalle meine Oma ab.« Lachend fuchtelte Pia mit der Walther P99 herum, blieb vor der Oma stehen und positionierte die Waffe erneut. Alle »Tue-es-nicht-Rufe« stießen auf kleine, taube Ohren.

Und schon löste sich ein weiterer Schuss. Die Oma sackte in sich zusammen. Pia hatte direkt in Omas Herz getroffen. Der Rückstoß schien ihr auch dieses Mal nichts ausgemacht zu haben.

Andreas gelang es endlich, dem Kind die Waffe abzunehmen. Zitternd hielt er sie in der Hand und begann bitterlich zu weinen. »Das habe ich nicht gewollt«, rief er wieder und wieder und ließ sich auf einen Stuhl fallen.

Den Opa, der mit weit aufgerissenen Augen dasaß und sich ans Herz fasste, beachtete niemand. Erst als er keine Minute später vornüber aus dem Sessel fiel, hatte er die volle Aufmerksamkeit.

Herzversagen, diagnostizierte einer der beiden Notärzte, die mit der Polizei und der Kripo ausgerückt waren. Nichts mehr zu machen. Auch nicht bei der Dembowski. Ein glatter Herzdurchschuss hatte ihr den Tod beschert.

Klein-Pia hatte sich von dem Schreck erholt und wühlte mit den beiden Jungen im Sack vom Nikolaus und beschenkte sich reichlich selbst.

Schwester Mareike weinte ebenfalls herzerweichend. Nein, so hatte sie sich die Nikolausbescherung nicht vorgestellt. Zwei Zimmer würden frei werden.

Andreas saß nur da und konnte nicht fassen, was geschehen war. Der junge Kommissar hatte ihm endlich die Waffe aus der Hand genommen und ihn aufgefordert, mit auf die Wache zu kommen.

»Aber ich habe meinem Opa und auch dieser Alten nichts getan«, beteuerte er immer wieder.

Der Kommissar grinste nur. »Sie sind doch mit dem Vorsatz hierher gekommen, ihrem Opa das Leben auszuhauchen. Oder wieso hatten Sie die Waffe dabei?«

»Das ist so …«, begann er zu erzählen.

»Erzählen Sie uns die Geschichte auf der Wache.«

Traurig schaute Andreas Mareike in die Augen, als er in Handschellen abgeführt wurde.

21. DIE GUTE SEELE

Bottrop

Gegen Ende des Abends hingen vier Augenpaare beim Glühweinstand auf dem Bottroper Weihnachtsmarkt an Helene. Sie trank nun schon ihren dritten Becher der warmen Flüssigkeit und hörte gar nicht mehr hin, was ihre Nachbarinnen Susanne, Conny, Brigitte und Sylvia von ihr wollten. Einerseits lobten sie Helene, priesen an, was sie alles leistete und wie dankbar sie dafür waren. Andererseits verlangten sie erneut Dinge, die sie für sie erledigen sollte. Mara und Simon von der Schule abholen und am Nachmittag betreuen, mit der ungeliebten Oma von Conny zum Arzt fahren, eine Buttercremetorte für Sylvias Geburtstag zaubern, mit Brigitte einem Vortrag über Venenentzündungen beiwohnen. »Du hast doch Zeit, Helene, du machst das so toll, du bist einfach klasse.« Ja, die blöde Helene erledigte alles mit einem lieben Lächeln auf dem Gesicht, dachte sie verbittert. Erst neulich hatte sie Susannes Mutter beim Sterben begleitet. Sie selbst war zu feige gewesen, klingelte nachts an ihrer Tür und heulte, sie möge doch kommen, mit ihrer Mutter ginge es zu Ende. Nein, Kinder hatte Helene, die flotte 70-Jährige mit der sportlichen grauen Kurzhaarfrisur, nicht, dafür jedoch seit Februar einen neuen Lebenspartner an ihrer Seite, den sie beim Tanzen in der Stadtmühle in Haltern kennengelernt hatte. Sie schaute nervös auf die Uhr. Bereits 20 Uhr durch. Hektisch würde Rainer im Haus auf und ab laufen – in *ihrem* kleinen Haus Im Gungfeld wohlbemerkt – und darauf warten, dass sie ihm etwas zum Abendessen richtete. Was war das doch am Anfang ihrer Beziehung für ein toller Kerl gewesen, der gelockte Rainer. Er hatte sie verwöhnt, ihr jeden Wunsch von den Augen abgelesen und im Haushalt kräftig mitangepackt. Er hatte ihr das Gefühl gegeben, sie wäre die tollste Frau der Welt. Und nun ließ der Herr Bergbauingenieur i. R. sich nur noch bedienen, spielte den großen Vorgesetzten. Im Bett war der Ofen ebenfalls aus. Am Anfang riss er sich noch zusammen, blähte sich auf wie ein stolzer Gockel, von dem nur noch ein halbtoter Hahn übrig geblieben war. Tränen schimmerten in Helenes Augen. In einer Woche war Weihnachten. Was für trübe Aussichten. Nein, sie wollte ihn nicht tagelang verwöhnen, diesen Macho. Wieso auch? Doch wie wurde sie ihn wieder los? Und das möglichst schnell. Er schüchterte sie verbal dermaßen ein, dass sie sich niemals trauen würde, ihn aufzufordern, seine wenigen Klamotten zu packen und zu verschwinden. Wohin sollte er auch? Seine Eigentumswohnung hatte er vermietet. Und was zahlte er *ihr* an Miete? 100 Euro, inklusive Strom, wie er großzügig betonte. Für Lebensmittel steuerte er noch einmal 200 Euro zum Haushalt hinzu, aß jedoch für mindestens 400.

»Was ist los, Lenchen, du bist so geistesabwesend? Du wirst doch nicht etwa krank?«, fragte Sylvia sie besorgt. Besorgt deshalb, weil sie Angst hatte, der Fahrdienst für ihre Kinder könnte am anderen Tag ins Wasser fallen.

Ich bin so blöd, sagte Helene sich. Wieso spielte sie in der Siedlung die tolle Helene, die alles wuppte und ständig für jeden da war? Warum war sie so erpicht darauf, Pluspunkte zu sammeln? Wieso war sie so harmoniesüchtig?

Einsamkeit war es, die sie dazu getrieben hatte, diesen Rainer bei sich aufzunehmen. So schnuckelig anzusehen wie zu Beginn ihrer Affäre war er längst nicht mehr. Er roch muffig, wusch sich kaum noch, ließ sich gehen. Seine vornehme Ausdrucksweise, die sie an ihm bewundert hatte, war einer einfachen Ruhrpottsprache gewichen.

Sie musste an ihren ersten Mann denken, an Gisbert, vor zehn Jahren am Heiligen Abend 2008 im Alter von nur 63 Jahren verstorben. Er hatte als Bergmann unter Tage auf der Zeche Prosper-Haniel gearbeitet. 35 Ehejahre hatten die beiden hinter sich gebracht. Bereits nach 20 davon hatte Helene genug von ihm. Okay, Gisbert war ein lieber, fleißiger Kerl, außerdem äußerst pflegeleicht und verdiente gutes Geld. Doch das Leben mit ihm empfand Helene als extrem langweilig. Er war so vorhersehbar, überhaupt nicht spontan, entwickelte sich kaum weiter. So setzte sich schon recht früh der Gedanke bei ihr fest, dass er wegmüsste. Bevor sie jedoch ihren Plan in die Tat umsetzte, sollte es noch einmal 15 Jahre dauern. Die Trauerzeit empfand sie damals als gar nicht so schlimm. Das musste sie ihren Nachbarinnen aus der Gungstraße, die sich schräg gegenüber der Straße Im Gungfeld befand, lassen, sie standen ihr treu zur Seite.

Auf der kleinen Bühne gegenüber dem Glühweinstand spielte eine Live-Band mehr schlecht als recht Songs von

Helene Fischer. Ein älterer Herr, klein, mit stoppeligen Haaren und Vogelgesicht, lächelte zu ihr herüber und nickte ihr zu. Helene zuckte zusammen und fragte sich, ob der etwa sie meinte. Sie sah sich erschrocken um. Ja, er musste es tatsächlich auf sie abgesehen haben. Das hatte ihr gerade noch gefehlt. Ein neuer Verehrer und den alten noch gar nicht entsorgt. Nein, danke!

Die Nachbarinnen quatschten und lachten, erfreuten sich am Glühwein. Um Helene störte sich kaum noch eine von ihnen.

Ihre Gedanken wanderten weiter zu Rüdiger, den sie drei Jahre nach Gisberts Tod kennenlernte. Was sie zuerst nicht erwartet hatte, war dennoch eingetreten. Sie fühlte sich irgendwann einsam. Da konnte auch die intakte Nachbarschaft in der Gartenstadt Welheim, der ehemaligen Zechensiedlung der Schachtanlage Vereinigte Welheim, nichts dran ändern. Ebenso wenig die Gemeinde der Friedenskirche, die sie zu sämtlichen Veranstaltungen, angefangen bei der Frauenhilfe bis hin zur Altenstube, einlud.

Auf dem Nordfriedhof vor der schmucken Trauerhalle unweit von Gisberts Grab suchte sie damals, im Jahre 2011, öfters Trost auf einer Bank. So auch Rüdiger, ein einfacher Mann mit wenig ausgeprägtem Wortschatz, der seine Frau Herta wenige Wochen zuvor verloren hatte. Eigentlich war er ein großer Egoist, erzählte nur von seiner Frau, lobte sie in den Himmel, in dem sie sich ja bereits befand. Alles konnte sie, hatte so gar keine Fehler gehabt. Rüdiger warf sich Helene regelrecht an den Hals. Wie ein aus dem Nest gefallenes Vögelchen suchte er Zuflucht bei ihr. Und was tat die dumme Helene, die es nie gelernt hatte, Nein zu sagen? Sie kümmerte sich um diesen Nestflüchter, der ihr recht bald aus der Hand fraß. Soeben in den Ruhestand getreten – wieder ein Untertage-Bergmann, den sie sich da an Land gezogen hatte –, verfügte Rüdiger über ganz viel Zeit, die er nicht zu nutzen wusste. So spannte Helene ihn gegen eine gelegentliche warme Mahlzeit und ein paar Hemden bügeln bei sich zu Hause ein. Er räumte den Keller auf, was nach drei Jahren ohne Mann bitter nötig war. Auch im Garten machte er sich nützlich, versetzte Sträucher, riss Gisberts Taubenhütte ab und legte einen Teich an. Bald saß Helene an einer sprudelnden Wasserfontäne, beobachtete dabei die Goldfische und die gelben Wasserlilien und fühlte sich pudelwohl. Auch beim Grillen war Rüdiger unschlagbar, wovon auch die Nachbarn profitierten. Helene richtete die Salate und Rüdiger lieferte das passende, auf den Punkt gelungene Grillgut. Ein Gläschen Riesling hierzu und Helene war glücklich. Irgendwann, es ging inzwischen auf Weihnachten zu und der Garten lag unter einer geschlossenen Schneedecke, war Rüdiger unausgeglichen, völlig rastlos. So kam er auf die glorreiche Idee, Helene über die Matratze ziehen zu wollen. Auch ein Prolet brauchte hin und wieder Zärtlichkeiten. Sie schaute ihn sich am Heiligen Abend beim Gänseessen genauer an und musste zugeben, dass er nicht hässlich war. Noch volles Haar, markantes Gesicht und stechend blaue Augen. Nichts im Leben war umsonst, sagte Helene sich, dachte an den Dachboden, der dringend einer Renovierung bedurfte, und fügte sich. Es störte sie schon, dass er sie beim Sex immer mal wieder Herta nannte. Doch das ließ mit der Zeit nach. Ansonsten war er mehr als brav, lieferte seine gesamte Rente bei ihr ab, wahrscheinlich, weil er es von seiner Herta nicht anders kannte, und bemühte sich im Haus, wenig Schmutz zu hinterlassen. Herta hatte ganze Arbeit geleistet und ihn mehr als gut erzogen. Doch obwohl er quasi durchs Haus schwebte und außer dem Erzählen von Herta-Erlebnissen keine Laster hatte, wurde Helene ihm irgendwann überdrüssig. Außerdem war das Haus nach drei Jahren innen und außen in einem Topzustand, sodass Helene eigentlich keine Verwendung mehr für Rüdiger hatte. Von seiner Rente hatte sie sich jeden Monat einen guten Teil abgezwackt und im Kleiderschrank zwischen ihrer Wäsche gebunkert.

Sylvia holte Helene in die Gegenwart zurück. »Komm, lass uns gehen, Helene, dein Rainer wartet bestimmt schon!« Die fünf Damen, vier davon total ausgelassen, verließen den Glühweinstand und traten den Heimweg an. Und da war es wieder. Helenes aktuelles Problem: Rainer!

Es schien kein guter Tag zu werden. Das hätte er nicht sagen sollen, dachte Helene beim gemeinsamen Frühstück verärgert. Während er sich Rühreier mit Speck einverleibte, begnügte sich Helene mit einem Marmeladentoast und einer Tasse Kaffee. Er gab sich stark und unternehmenslustig, grunzte dauernd lustvoll vor sich hin. Lebedame hatte er sie abfällig genannt. War sie eine Lebedame, nur weil sie mit ihren Nachbarinnen den Weihnachtsmarkt besuchte? Wieso begehrte sie nicht auf? Sagte ihm mal ordentlich die Meinung? Sie schwieg nur und schaute auf ihren Teller. Da musste er sich ein einziges Mal sein Abendessen selbst zubereiten und tickte völlig aus.

Während sie schweigend seinen Großvater-Duft einatmete und in sein stoppeliges Bartgesicht starrte, erzählte er munter, wie er sich Weihnachten vorgestellt hatte, was er zu speisen gedenke und welche Filme er sich im Fernsehen anschauen würde. So ganz nebenbei berichtete er ihr, dass er sich telefonisch mit seinem in Gießen lebenden Sohn ausgesöhnt hätte und dieser mit seiner Familie, Ehefrau und zwei halbwüchsigen Kindern am ersten Weihnachtstag anreisen würde. Die hessische Familie dachte sogar daran, ein paar Tage zu bleiben. Helene möge sich doch mit dem Essen darauf einstellen. Rainer schob ihr einen Block hin, auf den er in seiner kritzeligen Handschrift notiert hatte, was sie einzukaufen hätte.

Völlig entsetzt starrte sie das Bergbauingenieur-Monster-i.R. an. Was nahm sich dieser alte Stiesel überhaupt heraus? Sie war weder mit ihm verheiratet, noch lebte sie von seinem Geld, war also völlig unabhängig von ihm.

»Hier in meinem Haus sollen die alle wohnen? Und ich soll diese Menschen auch noch bekochen? Nein, mein Lieber, so habe ich mir das Weihnachtsfest nicht vorgestellt.« Zum ersten Male sagte sie ihm die Meinung. Sie war völlig entsetzt, was er sich herausnahm. Sie dachte kurz an die einsamen Weihnachtsfeste, so völlig allein. Doch das krasse Gegenteil wünschte sie sich nicht. Das würde ja in totalem Stress ausarten.

»Hast du vergessen, dass auch ich hier wohne?« Überheblich sah er sie mit seinem fettverschmierten Mund an.

»Ja, leider«, sagte sie nur und hoffte, dass er diesen

Disput zum Anlass nehmen würde auszuziehen. Dem war leider nicht so.

Er grinste nur und aß weiter sein Ei, meckerte über den Speck, der angeblich nicht richtig gebraten worden war.

»Pass mal auf, mein Lieber. Ich bin nicht deine Frau und muss dich nicht von oben bis unten bedienen. Wo steht das? Nur, weil das früher einmal so war, muss dieses ungeschriebene Gesetz hier in meinem Hause nicht gelten. Was gedenkst *du* denn zu Weihnachten für Arbeiten zu übernehmen?«

Wieder sagte er nichts, grinste weiterhin.

»Ich könnte den Tannenbaum einstielen«, meinte er nach einigen Minuten kleinlaut.

»Den ich anschleppen werde?« Helene schüttelte verständnislos mit dem Kopf.

Hatte sie gehofft, er würde ihr nun mitteilen, dass er diese Zweckgemeinschaft als beendet betrachtete, hatte sie danebengelegen. Es ging alles so weiter wie bisher.

Zwei Tage vor dem Fest war Helene mehr als gefrustet, menschlich sehr enttäuscht, hatte nicht einmal mit dem Einkaufen begonnen, zumal der tolle Rainer sie nicht begleiten wollte. Außerdem hatte sie die beiden Enkel von Sylvia zu Gast, die an Masern erkrankt waren und Mutter sowie Oma keine Zeit für sie fanden. Da musste Helene natürlich einspringen, konnte sich wieder einmal nicht dagegen wehren. Um einen Weihnachtsbaum hatte Rainer sich ebenfalls noch nicht gekümmert. Es herrschte eisiges Schweigen zwischen dem einst verliebten Paar. Immerhin duschte er sich morgens wieder und zog saubere Wäsche an. So roch es in ihrem Haus zumindest nicht mehr nach altem Großvater. Bezüglich des Weihnachtsbaums gab er ihr den Rat, beim TOOM-Baumarkt, ungefähr zwei Kilometer von der Siedlung entfernt, einen zu kaufen, dort würden genug herumstehen.

Im Obergeschoss des Häuschens hatte er sich in ihrem Nähzimmer umgesehen und gemeint, dass sich dieses als Gästezimmer eignen würde, wenn sie darin Ordnung schaffte. Unter dem Dach, in dem kleinen Schnarch-Ausweichzimmer, das Helene zu Gisberts Zeiten gerne und oft genutzt hatte, könnte man die Kinder unterbringen. Sie hatte ihn nur angesehen und ihm mitgeteilt, dass sie nicht gedenke, fremde Leute in ihrem Haus aufzunehmen und zu beköstigen. Er sagte daraufhin nichts, starrte sie nur an.

Am Abend, beim gemeinsamen Fernsehen – er glotzte stur geradeaus auf die Mattscheibe –, spielte sie an der dicken Stumpenkerze, die auf dem Wohnzimmertisch stand, herum, was sie schon als Kind liebend gerne getan hatte. Mit einer dicken Stopfnadel, die sie in der recht großen Flamme erhitzte, bohrte sie ein Loch in den Kerzenkörper. Die Nadel zog sich durch die Hitze fast von selbst in die Kerze. Flüssiges Wachs sprudelte aus der winzigen Öffnung. Helene hatte sich dabei gefragt, wie sich der Tod wohl anfühlte. War das wie das Verlöschen einer Kerze? War es sehr schmerzhaft? Immer wieder beschäftigten sie in den letzten Tagen morbide Gedanken, und vor allem fragte sie sich, wie sie Rainer ohne großes Aufsehen loswerden könnte. Denn wie es schien, würde er nicht freiwillig das Feld räumen. Sie wollte ihr Gesicht nicht verlieren, war in der Siedlung der Engel, stets für alle da, hatte letztens vom Lokalsender WDR 4 ein Wellnesswochenende gewonnen, weil sie als tollste Nachbarin nominiert worden war. Diesen Titel wollte sie nicht aufs Spiel setzen. Es musste anders gehen, überlegte sie, während sie weiterhin mit der heißen Nadel Dinge an der Kerze ausprobierte. Ihr Blick wanderte immer wieder zu Rainer, dessen Blick starr zum Fernseher gerichtet war. Hin und wieder schob er sich einen Dominostein in den gebissbestückten Mund. Was wäre, wenn ich ihm die Kerzenflamme ganz dicht an seine Wange halten würde?, fragte Helene sich. Eine fette Brandblase würde er bekommen, würde um sich schlagen und sie übel beschimpfen. Sie rollte einen kleinen Prospekt, der auf dem Tisch lag, zusammen und überlegte, diese Rolle in die Flamme zu halten und sie zu entzünden, um diese Fackel anschließend in sein graues Haar zu versenken. Das fettige Gewölle würde wahrscheinlich sofort Feuer fangen und er würde wie von der Tarantel gestochen durchs Wohnzimmer tanzen. Die Haut auf seinem Kopf würde aufplatzen und sich an den Rändern beginnen aufzurollen. Wenn das Feuer erst tief genug in die Hautschichten gedrungen wäre, würden die Schmerzfasern keine Schmerzen mehr ans Gehirn melden, hatte sie mal gelesen. Doch so eine Sauerei in ihrem Wohnzimmer? Nein, sie musste sich etwas anderes einfallen lassen.

Der große Tag rückte näher. Der Heilige Abend. Am Vormittag zog Rainer sich seinen grauen Sack über – Pullover konnte man dieses ausgebeutelte Teil wahrlich nicht mehr nennen –, starrte seufzend in den Garten, wo der Weihnachtsbaum darauf wartete, ins warme Wohnzimmer geholt zu werden. Sie hatte ihn tatsächlich selbst besorgen müssen, das faule Stück war nicht bereit gewesen, sie zu begleiten. Gestern hatte sie ihm eine schriftliche Kündigung des Untermieterverhältnisses und ihrer Freundschaft mit sofortiger Wirkung auf seinen Platz gelegt, die er grinsend ignorierte.

Gleich, sobald er den verschneiten Garten betreten hatte, würde sie seine bucklige Bagage in Gießen anrufen – zum Glück gab es die Wahlwiederholungsfunktion – und den Besuch mit der Begründung, dass man Rainer eben mit Verdacht auf Lassafieber ins Krankenhaus transportiert hätte, canceln.

Erneuter Schneefall wurde angesagt, und das bei fünf Minusgraden, was eher untypisch war. Ein kommender Temperatursturz von mindestens zehn Grad kündete eine schlimme Eiszeit an.

Endlich hatte Rainer seine alberne Mütze über den Kopf gezogen, bis zu den fast schwarzen Augen, mit denen er Helene abgrundtief böse ansah. Er hatte sich gewundert, dass sie ihm heute den Kaffee serviert hatte, obwohl sie ihn seit drei Tagen nicht mehr versorgte. Voller Sarkasmus hatte er sie angegrinst und die braune Brühe lauwarm hinuntergeschlürft. Das war gerade mal zehn Minuten her. Er zog nun die Handschuhe über, öffnete die Terrassentür und stapfte hinaus in den Garten in Richtung Weihnachtsbaum.

Er blickte sich um und rieb sich mit der Hand den Magen.

Wirkte das Zeug etwa so schnell? Helene zog sich an und machte sich auf den Weg, um letzte Einkäufe zu erledigen.

Wenn sie zurück wäre, würde sie den armen Rainer tot im Garten auffinden. Oder würde er es etwa noch bis ins Haus schaffen? Gut, dass sie die Digimerck-Tropfen von Rüdiger aufbewahrt hatte. Sie waren zwar bereits abgelaufen, doch wirkten hoffentlich noch. Rüdiger hatte ein schwaches Herz und nahm von diesem Digitalis-Präparat zwei Mal täglich 20 Tropfen. Sie hatte Rainer vorhin 100 davon in den Kaffee geträufelt. Das würde hoffentlich ausreichen, seinen Kreislauf so weit zu verlangsamen, dass sein Herz stehen blieb. Bei Rüdiger hatte das seinerzeit tadellos geklappt. 100 Tropfen in den Kaffee am Nachmittag des Heiligen Abend und auf zu einem Spaziergang, zu dem sie ihn überreden musste, da es ihm angeblich nicht gut ging. Während sie eiligen Schrittes in Richtung Rhein-Herne-Kanal losstapfte, kroch der gute Rüdiger ihr regelrecht hinterher. Endlich am Kanal angekommen, fasste er sich ans Herz und flüsterte kaum verständliche Worte: »Hole einen Arzt, Helene. Mir geht es gar nicht gut.«

»Ach, das wird bestimmt gleich besser«, sprach Helene und gab ihm einen kräftigen Schubs, sodass er hineinfiel. Menschenleer am trüben schneeverhangenen Nachmittag Weihnachten 2014. Rüdiger schrie kurz auf, tauchte immer wieder unter Wasser, versuchte sich an den Spundwänden hochzuziehen. Vergebens. Nach ungefähr fünf Minuten war es vorbei. Er blieb unter Wasser und Helene eilte nach Hause, in der Hoffnung, dass niemand das Paar hatte zusammen fortgehen sehen. Gegen Abend klingelte sie bei Sylvia und berichtete ihr unter Tränen, dass Rüdiger von seinem Spaziergang nicht nach Hause gekommen wäre. Jedem in der Siedlung hatte sie seit Wochen erzählt, dass ihr Freund an Depressionen leiden würde. So war es für alle keine Überraschung, als man Rüdiger am nächsten Tag tot aus dem Kanal zog. Suizid. Niemand forschte nach.

Bei Gisbert war das schon schwieriger gewesen, obwohl ihr damals der Zufall zur Hilfe kam. Er saß am ersten Weihnachtstag in der Badewanne und wusch sich sein Haar. Sie reichte ihm den Fön, den sie bereits eingeschaltet hatte. Er schrie noch: »Nein, Helene! Nicht!« Doch zu spät, Helene warf ihn in die gefüllte Wanne. Es zischte laut und Gisbert war tot. Irgendwie war er selbst daran schuld, denn beim Hausumbau hatte er den FI-Schalter falsch angeschlossen, hatte sie hinterher zu ihrer Beruhigung erfahren. Sie erntete viel Mitleid von den Nachbarn, die gute Helene. Endlich konnten sie ihr mal etwas von dem wiedergeben, was sie ihnen allen Gutes getan hatte.

Schwer mit Einkäufen beladen, betrat sie zwei Stunden später ihr Haus, stellte die Taschen auf den Küchentisch und ging durchs Wohnzimmer auf die Terrasse. Es hatte soeben heftig zu schneien begonnen und Rainer war von den weißen Flocken schon fast gänzlich bedeckt, stellte sie fest, als sie die Terrasse verließ und weiter in den Garten hineinging. Dort saß er ganz friedlich auf der Bank bei den Tannen. Sie ging zurück in die Küche und kochte sich einen Kaffee, schnitt sich eine Scheibe Christstollen ab und wartete. In gut zwei Stunden würde sie bei ihrer Nachbarin Conny klingeln, um ihr die Todesnachricht von Rainer zu überbringen. Voller Mitleid – zum dritten Male hatte sie einen Partner ausgerechnet zu Weihnachten verloren – würde sie die arme Frau bei sich aufnehmen und trösten, war sich Helene sicher. Plötzlicher Herztod, würde Dr. Schmitz Senior attestieren. Natürlich würde sie sich dann auf ein Glas Wein zu dem einsamen Greisenarzt bemühen müssen, der über die Feiertage die Vertretung für seinen Sohn übernommen hatte. Nichts war schließlich umsonst im Leben!

22. STILL RUHT DER GATTE

Hochsauerland und Herten

Herten-Bertlich lag unter einer geschlossenen Schneedecke. Das hatte man selten im Ruhrgebiet. Die Dächer der Siedlungshäuser in der Fröbelstraße waren allesamt zugeschneit. Alles sah so friedlich aus. Nun ließ sich auch noch die Sonne blicken. Die Straßen waren bereits geräumt. Ruth ging noch einmal alle Räume ab, schaute, ob in der Küche alle Elektrogeräte abgeschaltet waren, und schnappte sich ihre Reisetasche. Michael hatte sich natürlich nur *sein* Gepäck gegriffen und zum Auto getragen. Nun ließ er den Wagen warmlaufen und hupte bereits ungeduldig. So einen Aufstand für nur drei Tage. Und ausgerechnet an einem Montag ging es los. An einem Montag in der Adventszeit. Der Bus würde nicht warten, schrie Michael nun durch die offen stehende Haustür. Ein Bus voller Knappenvereinsmitglieder, die morgen, am 4.12., am Barbaratag, einen Auftritt im Sauerland hatten. 20 von 45 Sängern würden an Bord sein sowie drei Frauen, eine davon Ruth Behling, die Frau von Michael Behling, dem zweiten Vorsitzenden des Vereins. Der einzige Lichtblick für Ruth war der Schatzmeister Jörg Bartnik, der mit seinen 50 Jahren den Altersdurchschnitt der Truppe deutlich senkte. Jörg sah mit seinen dunklen Haaren und den braunen Augen nicht nur fantastisch aus, er war auch ein Filou, liebte die Frauen, scherzte und lachte mit ihnen, wo immer sich Gelegenheit bot. So manch eine der Damen deutete seine Flirterei völlig falsch und bildete sich ein, er mache ihr echte Avancen. So auch die 50-jährige Ruth, Halbtagsverkäuferin in einem Westerholter Getränkeladen und treusorgende Hausfrau. Sie verlor sich oft in Tagträumen, die immer wieder zu Jörg führten. Ja, sie hatte sich in ihn verliebt. Das war der einzige Grund, wieso sie in der Adventszeit ihre Sachen packte und mit ins Sauerland fahren wollte, statt ihren Haushalt feiertagsfest zu machen. Da sie die Buchführung und sonstige Hilfsarbeiten für den Verein erledigte, duldete man notgedrungen auch Frauen bei der dreitägigen Tour.

Seufzend blickte Ruth noch einmal ins weihnachtlich geschmückte Wohnzimmer und hoffte, dass sie schon bald diesen kümmerlichen Verhältnissen entfliehen konnte. Tagaus, tagein rackerte sie sich ab, bediente den 58-jährigen Michael von oben bis unten und musste sich auch noch von ihm bevormunden lassen. Damit würde bald Schluss sein, hoffte sie. Jörg würde schon eine Lösung für sie beide finden, war sie überzeugt.

Sie schloss die Haustür ab, setzte sich zu ihrem meckernden Ehemann in den alten Audi, der nun mit völlig überhöhter Geschwindigkeit auf glatten Straßen dem Buerschen Rathaus entgegensteuerte, wo bereits der Bus auf sie wartete. Wie Michael wieder aussah, dachte Ruth. Seine ständig schweißnasse Stirn hatte er sich mal wieder mit Toilettenpapier abgewischt, was hässliche Papierfetzen hinterlassen hatte. Okay, an seinem Übergewicht war sie mit ihrer fettigen Kost nicht ganz schuldlos, doch wie er sich wieder gekleidet hatte. Braune Cordhose, brauner Grobstrickpulli, graue Daunenjacke, die sich an den Nähten bereits auflöste und blaue Pudelmütze. So wenig verdiente er als Bergmann auch wieder nicht, dass er so herumlaufen musste. Er lebte seinen Geiz jedoch voll aus.

Er laberte während der ganzen Fahrt nur dummes Zeug und verlangte von Ruth, dass sie sich im Sauerland mal ein wenig zurücknehmen möge. Mit anderen Worten: Sie sollte ihre Klappe halten und die Männer reden lassen.

Am Busbahnhof ging alles recht schnell. Auto geparkt, Taschen geschnappt und auf zum Bus, in dem schon alle Mitfahrenden an Bord waren. Der gestylte Jörg lehnte an der Tür und grinste Ruth Kaugummi kauend an. Was für ein Kontrast zu Michael, dachte Ruth. Allein diese weißen Zähne. Michael hielt eine professionelle Zahnreinigung für Unsinn und verschmähte sie bewusst. Geiz ist geil, sagte er sich auch hier. Bald, ganz bald schon wird Jörg mir gehören, dachte Ruth und stieg beflügelt in den Bus.

Seine Bergmannstracht hängte Michael direkt vor das Fenster neben seinen Sitz, sodass ein Ausblick nach draußen nicht mehr möglich war. Wie Ruth dieses Jackenteil hasste. Oft hatte sie, während sie es abbürstete, einen der goldenen Knöpfe in der Hand und musste sich bremsen, ihn nicht einfach abzuschneiden und in den Mülleimer zu werfen. Beim Entstauben des Trachtenhutes kniff sie voller Kraft in den roten Puschel und überlegte, ihn einfach abzureißen. Alles drehte sich um diesen Chor. Sie hörte tagtäglich nichts anderes.

Der Bus startete, der erste Vorsitzende Ralf Oelschläger begrüßte die Chormitglieder samt den drei anwesenden Ehefrauen und schon ging auch die Singerei los. Dem Lied »Die Bergmannstracht« folgte das »Steigerlied«. Da probten die schon jede Woche zwei Stunden und konnten nicht mal während der Busfahrt ins Sauerland ihre alten Mäuler halten, dachte Ruth genervt.

Sie ließ den gestrigen Abend Revue passieren. Nach einem ausgiebigen Wannenbad hatte sie sich die Finger- und Fußnägel knallrot lackiert, anschließend die Beine rasiert sowie fast den gesamten Rest des Körpers. Rote Dessous hatte sie in ihre Tasche gepackt. Man konnte ja nicht wissen. Der Friseur in Westerholt hatte ihrem Pagenkopf noch eine frische blonde Farbe verpasst. Und alles nur für Jörg. Was hatte er letztens noch zu ihr gesagt, als sie sich an einem grauen Vormittag heimlich im Hotel Van der Valk in Gladbeck getroffen hatten? Sie wäre sein schnuckeliges Eisbärchen mit ihren blauen Augen. Seine Komplimente sog sie auf wie ein trockner Schwamm, ignorierte seine Warnungen, die er jedes Mal nach einer schnellen Nummer in einem kalten Hotelzimmer – den Zimmerpreis teilten sie sich auf den Cent genau – ausstieß, wollte sie nicht hören, stellte sich taub. »Hör mal, Ruth, das hier hat nichts zu bedeuten, verstehst du? Absolut nichts. Wir genießen es, es geht vorbei und morgen sehen wir uns wieder in die Augen, als wenn nichts gewesen wäre. Es ist nur Sex. Alles klar?« Jedes Mal ließ er diesen Spruch los, der jedoch bei Ruth abprallte. Sie glaubte felsenfest an eine Zukunft mit Jörg. Dass Jörg eben solch ein Macho war wie ihr Michael, wollte sie nicht wahrhaben. Sie käme vom Regen in die Traufe, denn auch Jörg machte im Haushalt nicht einen Finger krumm. Dafür hatte er seine Margot, Ruths Ebenbild und ebenfalls ein Bohnerwachs-Mädel aus einer anderen Epoche stammend.

Ruth ging von ihrem Sitz hoch und schaute nach hinten. 90 Prozent Untote und Mumifizierte, stellte sie fest und suchte Jörgs Blick, der in einem Gespräch mit Heike, der Frau vom ersten Vorsitzenden, vertieft war. Als beide laut auflachten und zu ihr herüberschauten, bohrte sich der Stachel der Eifersucht in ihr Herz.

»Was glotzt du dauernd nach hinten? Passt dir wieder was nicht? Hättest ja zu Hause bleiben können«, knurrte Michael vor sich hin.

»Das könnte dir so passen. Damit du noch mehr saufen kannst.« Angeekelt starrte sie auf seinen befleckten Pullover.

»Wie du dich aufgemotzt hast. Und wie du riechst. Hast dich wieder von oben bis unten eingesprüht.«

»Besser nach Parfum duften als nach Fäkalien, du oller Stinker!« Trotzig schaute sie nach vorn.

»Häh?«, kam vom dumm dreinblickenden Michael, der nicht einmal wusste, was das Wort Fäkalien bedeutete.

Der Bus mit dem fröhlichen Busfahrer und dem Knappenchor »Emscher-Lippe e.V.« befand sich bereits auf der A 445 kurz vor Arnsberg. Das Maritim-Hotel Arnsberg war für die beiden Übernachtungen ausgewählt worden. Es war zwar vom Auftrittsort in Eversberg ein ganzes Stück entfernt, doch da der Bus vor Ort bleiben würde, würde das kein Problem darstellen. Für übermorgen stand noch eine Wanderung durch das romantische Sorpetal auf dem Programm. Bei der Eiseskälte für Ruth kein Vergnügen.

Ihre Gedanken umzingelten Jörg. Ob sich im Hotel eine Gelegenheit bieten würde, ihn mal irgendwo allein zu treffen? Sie musste grinsen. Vielleicht in der Besenkammer wie damals Boris Becker? Ein großes Hotel konnte Ruth nur recht sein, da dort ein Treffen mit ihrem Liebhaber weniger auffallen würde als in einer kleineren Bude, spann sie ihre wilden Gedanken.

Ein weiterer Gedankensprung führte sie zu ihrem Eiche-Museums-Haushalt. Wie sollte sie bloß die drei verlorenen Tage aufholen? Mitten in der Adventszeit? Die Arbeiten, die sie akribisch genau in einem Stundenplan notiert hatte, müssten auf die anderen Tage verteilt werden, was äußerst schwierig werden würde. Sie seufzte, ängstigte sich vor dem Terminstau. Schließlich wollte sie noch eine Linzertorte für Jörg backen. Die aß er doch so gerne. Hilfe von ihrem Ehemann konnte sie vergessen. Der lag an seinen freien Tagen in der Jogginghose auf dem Sofa und wühlte in seinen Körperöffnungen herum. Er würde sich noch nicht einmal den Staubsauger schnappen, wenn sich die Krümel bis zur Tischkante auftürmen würden. Kaum schloss sie nach Arbeitsende die Haustür auf, rief er ihr schon entgegen: »Esseeen! Aber zackig!«

Und da fuhr der Bus auch schon vor das imposante Eingangsportal des Hotels, das tatsächlich mitten im Wald lag, im Arnsberger Wald, am Rande des Sauerlandes. Wohlfühlhotel, ruhender Pol und etwas für Sportbegeisterte, hatte Ruth im Internet gelesen. Sie musste schmunzeln, als sie die teilweise ächzenden Opis den Bus verlassen und zum Eingang kriechen sah.

Michael schaute seine Frau wütend an, als sie ihm vorschlug, zuerst einen Spaziergang durch den verschneiten Winterwald zu unternehmen.

»Du tickst wohl nicht ganz richtig. Ein Bier brauche ich jetzt.« Die anderen Männer, die das Gespräch belauscht hatten, grölten solidarisch.

Jörg rief: »Nun bezähme dich mal, Michael!«

Woraufhin dieser ein leises »Schwachkopf« aus seinen Lippen fallen ließ.

Die Truppe bezog ihre Zimmer. Ruth und Michael ein Standardzimmer mit Balkon im vierten Obergeschoss. Michael hängte seine Tracht in den Schrank, warf seine Tasche aufs Bett, ging auf den Balkon mit Blick auf Arnsberg, schaute hinunter und grunzte.

Und da war er wieder, der Teufel in Ruth, der ihr zurief: »Stoß ihn hinunter, dann bist du ihn los.«

Kaum zu Ende gedacht, kam er wieder ins Zimmer und verließ es auch sofort wieder durch die Tür zum Flur. Knurrte sich ein »Bin an der Bar« in den nicht vorhandenen Bart und ward an dem Tag nicht mehr gesehen.

Der einzige Lichtblick am Barbaratag war der frisch geschnittene Obstzweig – wo immer er ihn auch aufgetrieben hatte –, den Jörg ihr beim Frühstück feierlich überreichte. Natürlich bekamen die beiden anderen Damen auch jeweils einen Zweig, was Ruth jedoch total ignorierte. Zärtlich strich sie über die Knospen. Wenn er bis Weihnachten erblühen würde, wird es eine Zukunft für uns geben, redete Ruth sich ein. Einen Obstzweig am Barbaratag geschenkt zu bekommen, bedeutete nämlich Glück fürs neue Jahr, was sie mit Michael sicherlich nicht mehr erleben würde.

Am Vorabend hatte sie es sich nach dem Abendessen im Zimmer vor dem TV gemütlich gemacht, in der stillen Hoffnung, Jörg würde vielleicht vorbeischauen. Ihre neuen Dessous, die sie bewusst eine Nummer kleiner gewählt hatte, schnitten ihr ins Fleisch, was sehr schmerzhaft war. Vergebens gewartet. Jörg erschien natürlich nicht. Ihr Göttergatte betrat, total betrunken, erst nach Mitternacht das Zimmer.

Nach einer Anfahrt von mehr als 20 Kilometern erreichten sie am Nachmittag den idyllischen Ort Eversberg. Ein Auftritt unter freiem Himmel auf einer Bühne im Gimmertal sollte es werden. Bei Minusgraden. Die alten Kerle, nur mit ihren Trachten bekleidet, zitterten nicht nur vor Kälte. Sie waren vom Vorabend erschöpft und schafften kaum mehr den Fußweg bis zur Bühne. Wie leuchtende Glühwürmchen im Wald funkelte die Weihnachtsbeleuchtung und wies den vielen Menschen den Weg zum Festplatz. Der Jagdhornbläserchor »Zahmes Reh e.V.« machte den Anfang, schaffte jedoch nicht, die vielen Leute in eine wärmende Stimmung zu bringen. Auch Glühwein, Erbsensuppe und Bratwürstchen erheiterten die Menschen nur wenig. Für eine Außenveranstaltung war es viel zu kalt. Als der Knappenchor »Emscher Lippe e.V.« die Bühne betrat und zu schallern begann, besserte sich die Stimmung kein Stück. Ruths Michael stand in der ersten Reihe genau in der Mitte und nahm die Sicht auf die dünnen alten Kerle dahinter. Ja, so war er, immer vorne weg. Er fühlte sich wie ein Star, dieser abgehalfterte Cowboy. Dass einige Menschen aus dem Publikum mit Fingern auf ihn zeigten und sich über ihn lustig machten, ignorierte er. Wahrscheinlich dachte er, sie fänden ihn supertoll und würden ihm zujubeln.

Die abgedroschenen Lieder, allen voran das Steigerleid, gefolgt von »Bergleut' sind die schönsten Leut'!«, kosteten Ruth nur ein müdes Gähnen. Ihre Blicke suchten Jörg, der nicht mit den anderen Sängern auf der Bühne stand. Wo war er bloß? Dass er mit Heike im Bus auf dem einsamen Waldparkplatz zurückgeblieben war, konnte Ruth zu dem Zeitpunkt noch nicht wissen. Zum Glück ging auch diese Veranstaltung irgendwann vorbei und der Bus brachte die durchgefrorenen Menschen zurück ins Hotel, wo die Männer den Abend natürlich wieder an der Bar ausklingen ließen.

Wer kam bloß auf die Schnapsidee, die angekündigte Wandertour im Sorpetal, unweit von Winterberg und Schmallenberg, stattfinden zu lassen und das am Tag der Heimreise, fragte Ruth sich total gefrustet. Auch gestern Abend hatte Jörg Ruth nicht besucht. Er schickte ihr nicht einmal eine SMS. Ihr betrunkener Ehemann betrat schon gegen 22 Uhr rülpsend das Zimmer.

Nun schnarchte er ihr auf dem Nebensitz die Ohren voll. Die Knappenchortracht nahm ihr schon wieder den Blick auf die wundervolle Landschaft. Sie hatten ihre Zimmer schon um 10 Uhr räumen müssen und würden direkt nach der Wanderung im 50 Kilometer entfernten Sorpetal die Heimreise antreten.

Jörg sah Ruth nicht einmal mehr an.

Nach zahlreichen Ahhs und Ohhs der alten Männer, die scheinbar noch nie verschneite Bergkuppen und Täler gesehen hatten, erreichte der Bus – zum Schluss ging es über zahlreiche enge Kehren nur noch bergauf – den Wanderparkplatz am »Großen Bildchen«, einem Wanderziel in 708 Höhenmetern und Ausgangspunkt für viele traumhafte Touren und Loipen. Oelschläger hatte die Wanderung ausgearbeitet und leitete die Leute über einen Höhenweg in Richtung »Kleines Bildchen«, bei dem es sich ebenfalls um einen beliebten Zielort handelte. Der Weg durch den Schnee war beschwerlich, besonders, wenn man, so wie Ruth, kein geeignetes Schuhwerk an den Füßen hatte. Halbschuhe in Gold mit dünner Sohle waren eben nichts für eine Wanderung durch den verschneiten Wald. Ruth musste staunen, dass die alten Männer für eine solche Schneetour perfekt gekleidet waren. Sie trugen teilweise sehr alte, jedoch äußerst warme Klamotten am Leib.

Jörg sah in seinem modischen Skianzug mit den passenden Schneeschuhen einfach schnuckelig aus. Die Sonnenbrille hatte er sich in sein gelocktes Haar geklemmt.

Michael war erschöpft und blieb genau wie seine Angetraute immer mehr hinter den anderen zurück. Seinen Frust ließ er natürlich an Ruth aus.

»Albern sieht das aus, im tiefen Schnee mit den fürchterlichen Schuhen. Willst du Jörg damit beeindrucken?« Michael hatte Schwierigkeiten vorwärtszukommen.

»Meinst du, du siehst in deinen Arbeitssicherheitsschuhen besser aus? Du kannst doch in den Kübeln kaum laufen, kommst gar nicht mit.«

Ruth betrachtete sein gerötetes Gesicht mit der glänzend verschwitzten Haut. Sein schlechter Atem streifte ihr Gesicht. Dazu die dämlichen Sprüche, die er unentwegt abließ. Sie konnte die traumhafte Umgebung überhaupt nicht genießen.

Mittlerweile war die Truppe dem zankenden Ehepaar mindestens 100 Meter voraus. Am »Kleinen Bildchen« angekommen, warteten die Knappen ungeduldig auf das Ehepaar Behling. Das musste sich Belehrungen anhören, vor allem, dass die Zeit drängte. Oelschläger schlug vor, trotz des Zeitdrucks noch die Klause in Lengenbeck zu besuchen, die von einem Skiclub angemietet worden war und für die Skilangläufer warme Getränke anbot.

Wieder bildete das Ehepaar das Schlusslicht. Von über 700 Höhenmetern ging es plötzlich ziemlich steil bergab. Ein Bächlein am Wegesrand verließ den Berg und plätscherte über eine Holzrinne ins Tal hinunter. Ruth blieb vor Erschöpfung stehen. Ihre eiskalten Füße schmerzten. Sie konnte die Wandergruppe, die sich zwei Kurven weiter unter ihr befand, durch den kahlen Wald sehen. Bald schon mussten sie die Klause erreicht haben. Wie steil es hier hinunterging. Sie kam ins Rutschen und musste sich an einem Baum festhalten, um nicht hinunterzustürzen. Ihr Herz raste. So ein steiler Hang und das im Sauerland, dachte sie noch, als sie Michaels Atem in ihrem Nacken spürte.

»Der Weg hat eine steile Kurve gemacht. Guck mal, die anderen sind schon da unten. Da müssen wir nachher auch wieder rauf. Hat der Holzkopf von Oelschläger das nicht berücksichtigt?«

»Du nicht mehr, mein Lieber«, sagte Ruth, packte

Michael am Ärmel seiner ramponierten Thermojacke und gab ihm einen kräftigen Stoß. Der Teufel musste sie geritten haben, ihren Mann den Abhang hinunterzuschubsen.

Es kam, wie es komme musste, er verlor den Halt, ruderte mit den kurzen Armen und stürzte schreiend in die tiefe Schlucht. Nach gefühlten 20 Sekunden hörte sie ihn unten aufschlagen, mit seinem Kopf direkt auf einen am Weg gelagerten Baumstamm. Die Knappen waren schneller vor Ort als Ruth, die sich noch oben am Berg befand und mit ihren Goldschühchen nur schwer vorankam.

Kurz und gut. Als sie endlich unten angekommen war, sah sie, wie die Männer sich um Michael scharten. Oelschläger nickte verneinend mit dem Kopf, was wohl so viel heißen sollte wie: »Da ist nichts mehr zu machen, der ist hinüber.«

»Er ist abgerutscht. Ich konnte ihn nicht mehr halten. Er hat sich nach euch umgesehen und ist ins Rutschen geraten und abgestürzt.« Ruth zog eine echte Show ab, heulte, schrie und jammerte, suchte dabei immer wieder Jörgs Blick, dem die ganze Sache äußerst peinlich war. Der herbeigerufene Notarzt versuchte noch Michael zu reanimieren, was ihm jedoch nicht gelang.

Bis Michael abtransportiert worden war und die Gruppe sich auf den Rückweg machen konnte, um dann Stunden später wieder im Bus zu sitzen, brach die Dunkelheit herein.

Ruth hatte es vorgezogen, nicht mit dem Krankenwagen und ihrem Mann mitzufahren, sondern mit der Gruppe zurückzuwandern, was niemand so ganz nachvollziehen konnte. Ständig suchte sie Jörgs Nähe, hängte sich ungefragt bei ihm ein, ließ sich von ihm trösten. Im Bus musste er sich sogar neben sie setzen, weil Oelschläger es von ihm verlangte. Seine Margot machte lange Zähne, sagte angesichts des Unglücksfalls jedoch nichts.

Endlich auf der Autobahn schliefen die erschöpften Männer fast alle ein. Michaels Tod und die Strapazen der letzten Tage hatte sie wohl völlig erschöpft.

Aus Rücksicht auf den verunfallten Kumpel verzichtete der Fahrer auf Musikbeschallung. Totenstille herrschte in dem alten Gefährt.

Irgendwann berührte Ruth Jörgs Hand und flüsterte ihm zu: »Ich habe es für uns getan. Nun ist der Weg von meiner Seite aus frei. Du musst dich nur noch scheiden lassen.«

Jörg zuckte zusammen. »Was redest du da? Warst du zu lange in der Kälte, oder was? Du hast Michael den Berg hinuntergestoßen? Du wolltest ihn loswerden?« Er begriff nicht, was er da soeben gehört hatte.

»Wir gehören zusammen, Jörg, das weißt du doch. Nach deiner Scheidung haben wir freie Bahn«, wisperte Ruth.

»Nicht so laut«, ermahnte Jörg die völlig aufgebrachte Frau an seiner Seite. »Wieso sollte ich mich scheiden lassen? Ich bin mit meiner Margot glücklich«, wollte er Ruth weismachen.

Tränen taten in ihre Augen. »Und wieso bist du dann mit mir ins Bett gegangen? Es war doch immer schön mit uns, oder nicht?«

Jörg stöhnte auf und fasste sich nervös an sein Kinn. »Schön, schön! Auch mit Heike und Astrid war es schön.

Sex eben. Ich habe dir immer wieder gesagt, dass es absolut nichts zu bedeuten hat. Wieso sollte ich mich von meiner Frau scheiden lassen, um die gleiche in Grün zu heiraten? Wenn ich noch mal heiraten sollte, dann was Knackiges, Junges und nicht so eine Oma, wie ich sie schon an meiner Seite habe.«

»Das kann doch nicht dein Ernst sein, Jörg?« Ruth starrte in sein verzerrtes Gesicht, in dem sie nichts Schönes mehr erkennen konnte.

»Mein völliger Ernst ist das. Wenn du mich ab sofort in Ruhe lässt, werde ich der Polizei nicht sagen, dass du deinen Mann auf dem Gewissen hast. Beweisen kann ich es eh nicht. Es würde Aussage gegen Aussage stehen.«

»Und der Barbarazweig?«, fragte Ruth zitternd mit laufenden Tränen.

»Eine Geste, mehr nicht. Ich habe sogar dem Zimmermädchen im Hotel so einen dämlichen Zweig geschenkt.« So ein Zweig öffnete nicht nur Herzen, dachte Jörg schmunzelnd.

Kurz nachdem Ruth gegen 19 Uhr ihr Haus in Herten betreten hatte, klingelte das Telefon. Eine Krankenschwester des St. Walburga-Krankenhauses in Meschede war am Apparat. Man hätte schon verzweifelt versucht, sie auf dem Handy zu erreichen. Ein Wunder wäre geschehen. Noch im Krankenwagen hätte das Herz ihres Mannes wieder zu schlagen begonnen. Nun läge er auf der Intensivstation und wäre gerade zu sich gekommen. Sie möge doch schnellstens herkommen, er verlange nach ihr, berichtete die aufgeregte Schwester.

»Mist«, fluchte Ruth mit gefletschten Zähnen und zog Michaels Bergmannstracht wieder aus dem blauen Sack, in dem sie ihn bereits entsorgt hatte.

23. MONOPOLY: RÜCKE VOR BIS ZUR SCHLOSSALLEE

Gelsenkirchen-Resse

Er schlürfte seinen Becher mit Feuerzangenbowle und grinste vor sich hin. Lieber hätte er jetzt ein Bier, dieser Holzkopf, dachte Johannes. So etwas Feines war er nicht gewohnt. Sein Schwager Herbert war ihm ein Dorn im Auge und doch freute er sich wie in jedem Jahr über den Monopoly-Day am ersten Weihnachtsfeiertag, der schon Tradition im stattlichen weihnachtlich geschmückten Einfamilienhaus in der Oemkenstraße in Gelsenkirchen-Resse war. Resse, mit seinen knapp 12.000 Einwohnern, von Wald, Wiesen- und Ackerflächen umgeben, war ein dörflich geprägter Stadtteil von Gelsenkirchen. Wichtigster Industriebetrieb war bis zum Jahre 2001 die Zeche Ewald.

Dort war auch Herbert beschäftigt gewesen, der Mann, den Johannes notgedrungen in Kauf nehmen musste. Schließlich gehörte er zur Familie, obwohl Johannes den Spieletag vom letzten Jahr nicht vergessen konnte. Wie der dicke Strickjackentyp ihn reingelegt hatte, immer wieder. Er hatte falsch gespielt, hatte sich die Schlossallee seiner Meinung nach unrechtmäßig angeeignet und sich mindestens zwei Mal das Über-Los-Gehalt doppelt reingezogen. Ja, das ganze Weihnachtsfest hatte er ihm verdorben. Da konnten auch der Gänsebraten und die köstlichen Makrönchen nichts mehr retten. Die Schlossallee war *seine* Straße, das wussten alle in der Runde und ließen die Finger davon. Seiner Liebsten musste Johannes versprechen, in diesem Jahr friedlich zu sein, sich nicht aufzuregen. Er ist mein Bruder, hatte Sieglinde mit der aschblonden Dauerwellfrisur noch heute Morgen gesagt. Und doch schwor Johannes sich, dass Rache süß sein würde! Er war nachtragend, das wusste seine Holde ebenfalls.

»Vatter, du hattest Pasch, du darfst noch mal würfeln«, riss sein Sohn Markus ihn aus seinen Träumen.

»Drei Mal Pasch und er geht in den Kahn, hähähä«, meldete sich nun Herbert zu Wort und glotzte selbstgefällig aufs Spielfeld.

Während Johannes würfelte, hielt er ihm die Ereigniskarte hin. »Rat mal, was da draufsteht, du Depp? Vielleicht komme ich damit aus dem Gefängnis frei?«

»Ja, aber nur einmal«, musste Herbert noch loswerden.

Johannes zog neun Felder weiter, landete auf dem Einkommenssteuer-Feld und raufte sich dabei die dunklen Haare.

Herbert lachte so laut und feucht, dass die Dominostein-Krümel über das gesamte Spielfeld flogen. »Und das Über-Los-Gehalt kriegst du auch nicht«, freute er sich. An seine Frau Chrissi gewandt: »Und du kannst mir deine 4.000 Mark auch gleich geben. Her damit.«

Mit hochrotem Kopf nahm sie das Geld, dass Annika, Tochter des Hauses und Bankaufsicht, ihr überreichte.

Betretenes Schweigen. Chrissi, 60 Jahre alt und Hausfrau, schämte sich, die anderen am Tisch wussten nicht, ob sie lachen oder weinen sollten. Sie fanden Herbert einfach nur peinlich.

»Es wird echt Zeit, dass du dir mal eine neuere Ausgabe dieses Spiels zulegst, Bruderherz. Da wird nur mit Euros gerechnet und die Beträge sind kleiner«, meinte seine Schwester Petra, Lehrerin im Ruhestand und überzeugter Single.

»Dieses Spiel stammt aus dem Jahre 1965 und ich hänge daran. Also, halt deinen Mund und würfele.« Johannes war schon recht burschikos. Und wütend, dass er nun Einkommenssteuer zahlen sollte.

Der schwitzende Herbert mit den wenigen blonden Haaren auf dem Kopf landete auf dem Opernplatz und schrie wie verrückt: »Kauf ich, kauf ich!«, kratzte das Geld dafür zusammen und warf es Annika hin, bevor er die Feuerzangenbowle austrank. »Ich hätte jetzt lieber ein Bier.« Er reichte seiner Schwester Sieglinde den Becher.

»Johannes hat sich so viel Mühe gemacht mit der Feuerzangenbowle«, meinte diese.

»Was willst du von so einem Proll verlangen? Feuerzangenbowle ist doch Perlen vor die Säue für ihn. Gib ihm ein Bier«, meinte Johannes gönnerhaft grinsend.

»Warte nur ab, mein Freund. Der Prolet wird dir gleich zeigen, wo es langgeht. Spätestens wenn ich die Schlossallee gekauft habe, wird dir dein dämliches Grinsen vergehen.«

»Das wagst du nicht«, sagte Johannes mit bleichem Gesicht.

»Wieso nicht? Steht das in den Spielregeln, dass sie nur dir vorbehalten ist?« Herbert hatte Spaß, den Schwager zu reizen.

»Steht es in den Spielregeln, seiner Alten das Über-Los-Gehalt wegzunehmen?«, setzte er dagegen.

»Ruhe jetzt! Weiter geht es«, meinte Sieglinde und würfelte einen Pasch.

Sohn Markus und seine Freundin Franzi, eigens aus Köln angereist, begnügten sich mit Turm- und Badstraße, während Tochter Annika mit Partner Jens sich die See- und die Münchner Straße zulegten.

Herbert dauerte alles viel zu lang. »Für höchstens acht Spieler ist das hier ausgelegt und wir sind neun. Einer zu viel«, meckerte er, während er auf dem Gemeinschaftsfeld landete und eine Karte zog.

»Ja, du bist zu viel. Gut, dass du das auch endlich merkst. Na, was hast du für eine Karte gezogen? ›Gehe ins Gefängnis‹?« Johannes konnte es einfach nicht lassen.

»Das hättest du wohl gerne, du Pappnase. Ich habe im Schönheitswettbewerb gewonnen und bekomme 200 Mark.« Grinsend hielt er seinem Schwager die Karte hin.

Johannes lachte und klopfte sich auf die Schenkel. »So ein hässlicher Vogel gewinnt im Schönheitswettbewerb?«

Als jetzt auch die Kinder anfingen zu lachen, wurde Herbert wütend. Seine Hand, die das Bierglas hielt, zitterte. Am liebsten hätte er seinem Schwager die kalte Flüssigkeit ins Gesicht geschüttet.

Eisern legte Johannes die 8.000 Mark für die Schlossallee beiseite, nachdem er das Glück hatte, auf der Parkstraße gelandet zu sein und diese nun in seinem

Besitz war. Wenn er erst die Schlossallee hätte, könnte er ein Hotel darauf bauen und ordentlich abkassieren. 40.000 Mark würde es denjenigen kosten, der darauf haltmachen musste. Drei der bereits erworbenen Bahnhöfe verkaufte er aus finanziellen Gründen wieder an die Bank, was Herbert natürlich mokierte.

»Das geht nicht, du kannst nur eine Hypothek darauf aufnehmen. So einfach verkaufen geht nicht«, wurde er nun laut.

Ein heilloses Durcheinander entstand, jeder wollte es besser wissen, bis Sieglinde auf den Tisch klopfte und um Ruhe bat. »Schluss jetzt! Wieso sollte Johannes seine Bahnhöfe nicht verkaufen können?«

Es kam, wie es kommen musste, Herbert landete auf der Schlossallee, wie viele andere am Tisch vor ihm. Doch hielt er sich nicht an das stillschweigende Abkommen, Johannes die edelste Straße zu überlassen. Er kaufte sie und freute sich wie ein kleines Kind. Bebauen konnte jetzt keiner von beiden diese Straßen, doch das spielte im Moment keine Rolle.

Johannes schäumte vor Wut und freute sich, als Herbert nach dem dritten Pasch in den Kahn gehen musste. Als seine Chrissi ihn freikaufen wollte, gab es handfesten Protest. So blieb er für drei Runden hinter Gittern, während Johannes weiter schmollte und die anderen großen Spaß hatten.

Als Petra die Bahnhofstraße kaufte und somit drei der beliebten grünen Straßen besaß, platzte Johannes der Geduldsfaden. »Die gibst du mir jetzt und hörst dann auf zu spielen. Einer ist sowieso zu viel. Ich bin schließlich dein Bruder.« Das erklärte natürlich alles.

Mit Tränen in den Augen überreichte sie Johannes die drei Straßen und ihr restliches Geld und setzte sich heulend vor den Fernseher.

Niemand wagte zu widersprechen. Sie kannten den cholerischen Müllwagenfahrer i.R. und wussten, was passierte, wenn er genug Alkohol im Blut hatte.

So bebaute Johannes die drei geerbten Straßen mit je zwei Häusern und wartete, dass sein Schwager endlich auf eine seiner Straßen kommen würde, um die in seinen Augen hohe Miete zu zahlen. Das waren zwar nur 9.000 Mark pro Besuch, aber immerhin. Doch das passierte nicht. Nach zwei weiteren Bechern Feuerzangenbowle machte er dem ungeliebten Schwager den Vorschlag, die drei grünen Straßen, Bahnhof- und Hauptstraße sowie den Rathausplatz samt Häusern gegen die geliebte Schlossallee zu tauschen.

»Du hast wohl einen Vogel, was? So einen Dreck gegen die tolle Schlossallee?« Herbert hatte ein Ass im Ärmel und das spielte er aus.

Dass Johannes noch ein viel größeres Ass im Ärmel hatte, sollte der Schwager bald erfahren.

»Aber bauen kannst du doch sowieso nicht, solange ich die Parkstraße besitze.« Johannes konnte das Spiel nicht durchschauen, das sein Schwager da mit ihm spielte.

»Kommt Zeit, kommt Rat. Kommt Zeit, kommt Parkstraße«, meinte Herbert nur.

Während Johannes überlegte, wie er den blöden Kerl loswurde, kühlte die Stimmung am Tisch deutlich ab. Chrissi musste ihr Über-Los-Gehalt weiterhin an ihren Mann abliefern und besaß noch keine einzige Straße. Womit hätte sie diese auch bezahlen sollen? Mit dem

Spiel aufhören, durfte sie auch nicht. Fast wie im realen Leben, dachte die verzweifelte Frau.

Irgendwann beschloss die inzwischen genervte Runde eine Pause einzulegen. Eine Toilettenpause für diejenigen, die ein dringendes Bedürfnis hatten, für die Hausfrau, die sich ums Abendessen kümmern wollte, für die Tochter, die dabei helfen sollte, und für die Raucher, die ihrer Nikotinlust frönen wollten. So auch Johannes, der sich seine Jacke schnappte und auf die Terrasse trat.

Als sich nach einer knappen halben Stunde alle bis auf Petra wieder an dem Spieltisch einfanden, dachte Johannes, ihn träfe der Schlag. Seine Parkstraße war weg, klemmte dafür vor Herbert unter dem Spielbrett. Dafür lag auf seinem Platz ein pinkfarbener 10.000-Mark-Schein.

»Das glaube ich jetzt nicht. Gib mir sofort meine Straße zurück.« Johannes' Hals schwoll an, die Augen wurden zu engen Schlitzen. »Ich zähle jetzt bis drei und dann liegt die Straße wieder hier auf meinem Platz.«

»Was willst du? Ich habe sie doch gut bezahlt. 2.000 Mark mehr als sie tatsächlich gekostet hat. Und nun werde ich erst einmal auf jede der beiden Straßen ein Hotel setzen. Dann werdet ihr schon sehen.« Herbert sortierte sein Geld und freute sich.

»Eins … zwei …«, zählte Johannes zitternd.

»Ach, hör' schon auf und beruhige dich!« Herbert nahm seinen Schwager nicht für voll.

Wieso sollte ich mich beruhigen, fragte Johannes sich und starrte auf den verhassten Schwager. Hätte er ein Messer in der Hand gehabt, hätte er jetzt gnadenlos zugestochen. Doch sollte er sich tatsächlich die Hände an diesem

Kerl schmutzig machen? Jeder wusste, dass er ein Tyrann war und seine gesamte Familie fertigmachte. Johannes bekam genug mit, da der Schwager nur eine Straße weiter, in der Fichtenstraße, wohnte. Okay, Johannes hatte Sieglinde versprochen, Weihnachten Frieden walten zu lassen. Und dass auch er nicht viel besser war und hier zwei Sturköpfe aufeinandertrafen, ignorierte er. Seine Rachegefühle steigerten sich ins Unermessliche und rissen alte Wunden auf. Er musste an seine Schwiegermutter denken, die vor 15 Monaten im Alter von 93 Jahren verstorben war. Im Pflegeheim in Resse an der Ahornstraße siechte sie dahin, kein Ende war abzusehen gewesen. Da sie nur über eine kleine Rente verfügte, mussten Sieglinde und Herbert einen Teil der monatlichen Heimkosten tragen. Da Sieglinde kein eigenes Einkommen hatte, musste Johannes dafür geradestehen. Das war ihm natürlich ein Dorn im Auge und er sehnte den Tag herbei, an dem Sieglindes geliebte Mutter endlich die Augen schließen würde. Doch der Tag wollte und wollte nicht kommen. Jahre zogen ins Land. Und so war er dem sonst ungeliebten Schwager recht dankbar, dass er wohl ein wenig nachgeholfen hatte und die Gute plötzlich ganz schnell die faltigen Augen schloss. Ganz koscher ging die Sache nicht ab. Er hatte zufällig ein Gespräch belauscht, das Herbert mit der kessen Lernschwester Alexandra in der Teeküche des Heims führte. 1.000 Euro hat er ihr geboten, wenn die Alte endlich den letzten Atemzug tätigen würde. Johannes gelang es sogar, heimlich ein Foto von den beiden zu schießen, auf dem er der Schwester seine Visitenkarte überreichte. Klar, das sagte nicht viel aus. Doch diese Aufnahme besaß er noch. Ob er sie holen und dem Schwager damit drohen sollte? Ihn plagte schon ein schlechtes Gewissen, diese Straftat – falls es eine war – so lange gedeckt zu haben. Ob er Herbert noch anzeigen sollte? Oder zumindest unter Druck setzen?

Er bereute inzwischen zutiefst, die Sache nicht sofort angezeigt zu haben. Die Freude darüber, die finanzielle Belastung los zu sein, überwog damals jedoch. War Weihnachten nicht das Fest der Liebe und Vertrautheit? Sollte er nicht endlich klar Schiff machen? Dass er nur verärgert war, weil sein Schwager ihn beim Spiel so bitterböse reingelegt hatte, wollte er nicht wahrhaben.

»Ich beruhige mich nur, wenn du mir sofort die Straße zurückgibst. Schlimm genug, dass du dir die Schlossallee unter den Nagel gerissen hast.«

Der verschwitzte Herbert lachte laut auf. »Unter den Nagel gerissen? Du tickst nicht echt. Ich bin da draufgekommen und habe sie gekauft. Ganz legal. Und jetzt halt deine Klappe oder geh ins Gefängnis für drei Runden. Da kannst du abkühlen.«

»Nicht, dass du bald ins Gefängnis gehst, aber ins richtige.« Drohend schaute Johannes den Schwager an und grinste wissend.

Herbert wurde unsicher. Er fragte sich, was Johannes meinte. Ahnte er etwa, dass sein Schwager die alte Sache meinte?

Die Stimmung kippte nun gänzlich, was nach drei Stunden intensiven Spielens auch kein Wunder war. Die Gans im Ofen wollte gegessen werden und verlangte nach einer weiteren Spielpause. Während die Frauen den Tisch deckten, das Jungvolk sich vor den Fernseher hockte, Petra die Fernbedienung wegnahm und ein Musikprogramm wählte, drängte Johannes seinen Schwager in sein Arbeitszimmer und schloss die Tür hinter sich.

»Also pass auf, nach dem Essen habe ich beide Straßen auf meinem Platz liegen, damit das klar ist.«

»Und wenn nicht?« Man merkte Herbert an, dass ihm nicht wohl in seiner Haut war.

»Dann geh' ich zur Polizei und zeige denen das Foto, auf dem Schwester Alexandra und du abgelichtet seid. Ich habe euer Gespräch belauscht, damals in der Teeküche des Altenheims. 1.000 Euro, wenn sie dabei behilflich wäre, deiner Mutter das Licht auszuknipsen. Erinnerst du dich an Schwester Alexandra? An das Pflegeheim drüben an der Ecke?«

»Dazu kam es gar nicht mehr. Sie starb vorher eines natürlichen Todes. Du warst doch selbst froh, dass sie endlich abdankte. Außerdem kannst du nichts beweisen. Was sagt schon so ein Foto? Ist darauf etwa Geld zu sehen?«

»Die Polizei wird sich mit Sicherheit dafür interessieren. Besonders für das Gespräch, welches du mit der Schwester geführt hast. Ich kann es ja mal versuchen.«

»Ich lasse mich von dir nicht erpressen, Johannes. Nur weil du deinen Willen mal wieder nicht durchsetzen konntest bei diesem dämlichen Spiel, kommst du mit solchen Mitteln? Das ist doch krank. Total krank. Weißt du, was du Sieglinde damit antun würdest? Tote sollte man ruhen lassen.«

Sieglinde rief in diesem Moment zu Tisch.

»Lass uns ein anderes Mal darüber reden.« Herbert sah Johannes bittend an.

»Ich weiß zwar nicht, was es da noch zu reden gibt. Doch von mir aus«, stimmte Johannes zu.

»Dann zeigst du mir das Foto«, rief Herbert ihm noch hinterher, bevor er das Arbeitszimmer verließ.

»Wozu? Willst du es mir abkaufen?« Johannes schüttelte mit dem Kopf.

Notgedrungen wurde das Spiel nach dem köstlichen Essen zu Ende gebracht. Johannes erhielt seine Parkstraße zurück und Herbert seinen Geldschein. Gab es eben keine Bebauung auf den beiden Prunkstraßen. Der verbale Schlagabtausch zwischen den beiden Hitzköpfen blieb aus, was die anderen Mitspieler sehr verwunderte. Die Stimmung war allerdings im Keller. Markus und Franzi waren zuerst pleite, nachdem sie beide mehrmals auf der Bahnhofstraße und dem Rathausplatz gelandet waren, was Johannes noch nicht einmal groß erfreute.

Chrissi schlug irgendwann nach 21 Uhr vor, das Spiel zu beenden, während Herbert um eine weitere Pause bat. Er müsse sich kurz die Beine vertreten, trotz Eiseskälte, was so gar nicht seine Art war, da er sehr zur Bequemlichkeit neigte.

Sogar Johannes schlug vor, mit dem Spiel Schluss zu machen. Er müsse am anderen Morgen früh raus, um nach Bochum-Gerthe zu fahren. Dort wartete die uralte Tante Dotti – ein Relikt aus einer anderen Zeit – darauf, von ihm besucht zu werden, so wie zu jedem Weihnachtsfest. Sieglinde verweigerte die Besuche bei der alten Hexe, wie sie Tante Dotti nannte, seitdem sie des Öfteren von ihr wüst beschimpft worden war.

»Bei den Straßenverhältnissen bis nach Bochum fahren?«, fragte Herbert, während er sich die Jacke anzog.

»Lohnt es sich denn wenigstens? Schöpfst du ordentlich was ab?«

Jetzt musste Johannes lachen. »20 Euro und eine Kiste Weinbrandbohnen von Aldi. Ach, ist doch fast nur Autobahn. Über die A43 eine gute halbe Stunde.«

»Die vielen Baustellen«, meinte Chrissi bedauernd.

Herbert wartete, bis Johannes durchs Wohnzimmer auf der Terrasse verschwand. Er selbst ging durch den Hauseingang nach draußen, nahm sich vorher Wagenschlüssel vom Garderobenschrank und vom Brett den Schlüssel von der Seitentür der Garage. Das elektrische Tor zu öffnen, wagte er wegen der Geräusche, die es verursachen würde, nicht. Er kannte sich hier aus, hatte schon oft bei irgendwelchen Arbeiten im Haus und im Garten geholfen, wusste, wo was in der Garage lag. So hatte er auch keine Probleme, die kleine Säge zu finden, um gleich zwei der Bremsschläuche des roten Audis anzusägen. Ein paar Minuten später saß er wieder Unschuld heuchelnd am Spieltisch und brachte mit den anderen das Spiel zu Ende. Seiner Chrissi überließ er ab sofort großzügig das Über-Los-Gehalt, was ihr angesichts ihrer Müdigkeit so ziemlich egal war. Etwas Großzügigkeit ihres Mannes im realen Leben würde ihr besser gefallen.

Gegen 22 Uhr war der Monopoly-Day am ersten Weihnachtsfeiertag zu Ende. Die anderen wunderten sich, dass es zwischen Johannes und Herbert plötzlich so friedlich abging. Gönnerhaft hatte Herbert Johannes gewinnen lassen.

Johannes grinste innerlich. Er war überzeugt, dass sich sein Schwager vor Angst in die Hose machte. Natürlich hatte er längst beschlossen, nicht zur Polizei zu gehen und alles beim Alten zu belassen, in der Hoffnung, dass er im nächsten Jahr endlich die Schlossallee bebauen konnte. Ihn interessierte auch nicht mehr, ob diese Schwester nun tatsächlich nachgeholfen hatte beim Tod der Schwiegermutter. Möge sie in Frieden ruhen, dachte er und kam sich so großherzig vor.

Herbert hatte seinen inneren Frieden bereits gefunden. Der würde mir nicht mein Leben versauen, beschloss er. Alles vernichten, was er erreicht hatte. Das konnte er nicht zulassen. Er war nicht der Gesundeste. Wer weiß, wie viel Zeit ihm noch auf Erden blieb?

Bald hatten auch diese blöden Monopoly-Spiele zum Fest endlich ein Ende und er konnte stattdessen die Zeit auf dem Sofa verbringen.

Na ja, irgendwie schon schade, am zweiten Feiertag auf der Autobahn tödlich zu verunglücken. Johannes würde es nicht mehr schaffen zu bremsen und in eine Baustelle rasen, bei dem Alkoholgehalt im Blut. Sieglinde tat ihm schon leid, immerhin war sie seine Schwester und bald Witwe.

»Komm, lass uns noch einen Weinbrand trinken, Schwager. So jung kommen wir nicht wieder zusammen«, meinte Herbert und verwunderte die Anwesenden.

Aus einem Weinbrand wurden vier Doppelte für jeden.

Der schwere Unfall auf der A43, der Johannes ungebremst in eine Baustelle rasen ließ, fand um 10 Uhr morgens am zweiten Weihnachtsfeiertag bei heftigem Schneefall statt.

Johannes erlag wenig später im Krankenhaus seinen schweren Verletzungen. Man fand bei ihm einen Restalkoholgehalt von 1,4 Promille im Blut. Sein Auto wurde zum Glück nicht genauer untersucht. Der Alkoholpegel sprach gegen ihn. Der junge Polizist war über ein kleines Kärtchen, das unter der Sonnenblende klemmte, verwundert, maß dem aber keine große Bedeutung bei.

»Gemeinschaftskarte:
Gehe in das Gefängnis.
Begib Dich direkt dorthin.
Gehe nicht über Los.
Ziehe nicht 4.000 Mark ein.«

24. SING MIR NOCH EINMAL DAS STEIGERLIED – GRUBENFAHRT IN DEN TOD

Bottrop

Seine beiden Söhne saßen Jürgen gegenüber, aufrecht am Eichenesstisch in der gemütlichen Doppelhaushälfte in der Straße Am Beelertskotten in Bottrop, unweit der Zeche Prosper-Haniel. Alles war schon spießig-weihnachtlich mit verstaubtem Gerümpel aus mehreren Jahrzehnten geschmückt. Gesprächsthema an diesem ersten Adventssonntag bei Kaffee und Kuchen war natürlich mal wieder die Schließung der Zeche Prosper-Haniel, der letzten Zeche in Nordrhein-Westfalen. Am 21. Dezember war die Abschiedsfeier für die Obrigkeit. Offiziell galt die Zeche schon seit September als geschlossen und etliche Veranstaltungen dazu waren bereits gelaufen. Kohle abgebaut wurde allerdings sporadisch noch bis Ende des Monats, obwohl Jürgen schon von seiner Arbeit freigestellt worden war. Man hatte ihm eine Stelle in einem großen Werk im Ruhrgebiet angeboten. Alternativ könnte er mit seinen 55 Jahren auch in den Vorruhestand gehen. Auf dem Tisch lagen Block und Stift. Nein, kein Taschenrechner. Jürgen verabscheute jeglichen Fortschritt. Er rechnete und rechnete und kam zu keinem Ergebnis, was denn nun günstiger für ihn wäre. Ihn beschäftigten momentan ganz andere Dinge.

Sein Blick streifte erneut seine beiden Söhne, die in schnieker Sonntagsbekleidung dasaßen, und er fragte sich, ob an seinem Traum, den er vor drei Tagen hatte, etwas Wahres dran war. In dem Traum hatte ihm sein Nachbar, Freund und auch noch Vorgesetzter Reinhard mit gehässigem Blick mitgeteilt, dass sein älterer Sohn Maximilian nicht von ihm sei, sondern er, Reinhard, der leibliche Vater wäre. Eine heiße Affäre hätte er mit Jürgens Renate im Sommer 1989 gehabt, als seine Ute zur Kur war. Wie konnte er so etwas träumen? Total realistisch schien ihm alles.

Maximilian, sein heimlicher Lieblingssohn, war groß, schlank, dunkelhaarig, braunäugig, äußerst clever und schlagfertig. Genauso schlagfertig wie Reinhard. Auch Reinhard hatte braune Augen und dunkle Haare. Maximilian war in der Schule ein Überflieger gewesen, ein problemloser Schüler, hatte ein Einser-Abitur hingelegt und das Studium als Mathematiklehrer äußerst schnell durchgezogen. Er unterrichtete bereits seit zwei Jahren am Heinrich-Heine-Gymnasium hier in Bottrop.

Philip, sein jüngerer Sohn, hingegen hatte mit Schule und Studium nie viel im Sinn. Rein äußerlich kam er Jürgens Meinung nach mehr nach seiner Mutter, war klein, blond, blauäugig und neigte zur Korpulenz. Doch wenn Jürgen ehrlich wäre, war Philip sein Ebenbild. Auch er war untersetzt, blond und übergewichtig. Sein Abitur schaffte Philip nur mit Ach und Krach und zwei Ehrenrunden. Danach entschied der stets aufsässige Junge sich für eine Ausbildung im Hotelfach, sattelte jedoch ein Jahr später um, um sich als Erzieher ausbilden zu lassen. Jürgen hatte sich die Haare gerauft. Doch war er seinen Söhnen nie ein gutes Vorbild gewesen, weder in schulischen noch in beruflichen Belangen. Er hatte gerade mal die Hauptschule absolviert und fing dann als Bergmannslehrling auf der Zeche Prosper-Haniel an, weil sein Vater darauf bestanden hatte. Dort traf er Jahre später Reinhard wieder, den er vom Sehen her kannte. Reinhard war inzwischen auf dem Pütt als Vermessungsingenieur beschäftigt, wurde Jürgens indirekter Chef und wenig später, als er in die Doppelhaushälfte neben Jürgen zog, auch noch sein Nachbar. Die Ehefrauen, Renate und Ute, wurden dicke Freundinnen, sodass die Männer sich notgedrungen miteinander arrangieren mussten.

Jürgen hatte von jeher das Gefühl, dass Reinhard ihn von oben herab behandelte, ständig herauskehrte, dass er der Klügere war. Gnädig hatte er ihn für die Abschiedsveranstaltung am 21. Dezember, zu der auch sämtliche Menschen aus Politik und Wirtschaft erscheinen würden, eingeladen, aber nicht ohne etliche Male zu betonen, dass es eine Ehre für ihn, den immer noch kleinen Bergmann, sein müsse, daran teilzunehmen zu dürfen. Dabei wollte Jürgen gar nicht dabei sein. Dieses hochnäsige Volk war ihm zuwider, doch da sich seine Renate so sehr darauf freute, stimmte er zu. Eine Grubenfahrt, nur für ihn allein, hatte er Reinhard allerdings noch aus dem Kreuz geleiert. Er wollte noch einmal seinen alten Arbeitsplatz aufsuchen, in sich gehen und Abschied nehmen. Dies sollte am nächsten Sonntag, dem 9. Dezember, stattfinden.

Unruhig sprang Jürgen vom Tisch auf und lief auf und ab, vom Esszimmer ins Wohnzimmer, von dort in die Küche und wieder zurück. Die beiden mit am Tisch sitzenden identisch aussehenden Freundinnen seiner Söhne, Laura und Lena, starrten ihn an und grinsten unisono. Irgendwie umgab diese blonden Geschöpfe eine primitive Aura, fand Jürgen. Oft fragte er sich, ob das an den übertrieben geschminkten Gesichtern lag oder daran, dass beide Verkäuferinnen waren.

»Was hast du, Papa?«, meldete sich nun sein Jüngster zu Wort. »Sei doch froh, dass der Pütt dichtmacht und du nicht mehr in die Tiefe fahren musst. Finanziell wird das schon gehen. So hast du mehr Zeit, kannst mit Mama verreisen, dich um den Garten kümmern oder dir ein Hobby suchen. Sieh das doch mal positiv!«

Wütend baute Jürgen sich mit auf dem Rücken gefalteten Händen vor seiner Familie auf. »Was redest du da? Wir müssen das Haus noch abzahlen. Was nützt mir Zeit, wenn ich kein Geld habe? Verreisen? Wohin denn? Auch das kostet.« Ein wütender Blick streifte Philip. Dumm wie Brot war er, genau wie Renate, dachte Jürgen.

»40 Jahre Pütt unter Tage müssen reichen, finde ich«, kam es nun von Maximilian. »So toll ist es nun auch nicht, Bergmann zu sein, tagaus, tagein in die Grube einzufahren, um Kohle von den Wänden zu kloppen.«

»Immerhin hat der Bergmann dir dein Studium finanziert. Schon vergessen? Außerdem haben die Zeiten sich geändert. Es gibt Maschinen, um die Kohle abzubauen.«

»Hattest du nie das Verlangen, dich weiterzubilden, um mal was anders zu machen? Etwas weniger körperlich Anstrengendes?«

Da ist sie wieder, diese Überheblichkeit, genau wie Reinhard sie so oft an den Tag legte, fiel es Jürgen wie Schuppen von den Augen.

»Mich erwähnt hier keiner. Ich habe immer mitgearbeitet, schon vergessen?«, meinte nun Renate mit heruntergezogenen Mundwinkeln und jammernder Stimme. Sie sortierte weiter ihre Kuchenrezepte, mit denen sie die Anwesenden schon den ganzen Nachmittag nervte.

»Ohne Steuerkarte, auf 450-Euro-Basis. Beim Bäcker an der Ecke.« Mit resigniertem Blick blieb Jürgen vor dem Fenster stehen und schaute in den verschneiten Garten, der trostlos auf ihn wirkte.

In aller Früh betrat Jürgen mit Reinhard die Weißkaue der Zeche, um sich anschließend ganz profihaft umzukleiden, inklusive der persönlichen Schutzausrüstung, Sicherheitshelm und Schutzbrille. Allein der Akku der Stirnlampe wog samt dem am Gürtel befestigten Filter gut drei Kilo. Vor dem Korb, der ihn nach unten, in 1.000 Meter Tiefe bringen sollte, hielt Jürgen noch einmal inne. Völlig überrascht war er, dass plötzlich am Korb Steffen Limbart, der Steiger, der lange Jahre sein direkter Vorgesetzter war, wie aus dem Nichts auftauchte. Sein Kollege Bastian Leuser war an seiner Seite und schlug ihm freundschaftlich auf die Schulter.

»Was wird das hier? Versteckte Kamera oder eine Überraschung?«, fragte Jürgen, erfreut, die beiden Männer zu sehen.

»Sieh' es als Überraschung«, antwortete Steffen freundlich. Die Augen des blonden, schlanken Mannes blitzten spitzbübisch.

Mit dem Steiger hatte er immer ein gutes Verhältnis. Nie hatte der zwölf Jahre jüngere Mann den Chef herausgekehrt, war stets ein guter Kumpel gewesen. Auch der junge Bergmann Bastian war einer der guten Kameraden, auf die man zählen konnte. Und das war unter Tage wichtig. Alle drei hatten sie eines gemeinsam, wurde Jürgen so langsam klar, als er zum letzten Mal in die Grube einfuhr: Sie mochten Reinhard, den überheblichen Vermessungsingenieur, nicht. Auch die beiden anwesenden Männer waren oft von ihm schikaniert und gedemütigt worden. Ihm wurde allerdings nicht klar, warum die Kumpel jetzt mit an Bord waren. Davon hatte Reinhard ihm nichts erzählt. Betont locker ließ Reinhard witzige Sprüche aus seinem Mund fallen und kam sich unheimlich cool vor. Oder war er vielleicht verunsichert?

Endlich war es so weit. Von unter Tage setzte der Korb vor. Die vier Einfahrenden betraten ihn ehrfürchtig. Die Schutzeinrichtungen schlossen sich laut. Die Schachttore knallten donnernd zu und die Fahrt nach unter Tage begann. Mit einer Geschwindigkeit von zehn Metern pro Sekunde bewegte sich der Korb rasch abwärts. Überwacht und gesteuert vom Fördermaschinisten, der genervt in seinem Häuschen saß und gähnte. Er wäre an diesem Adventssonntag lieber zu Hause bei seiner Familie am heimischen Kaffeetisch.

Nach nur zwei Minuten war der Korb unter Tage angelangt. In 1.000 Meter Tiefe öffneten sich die Tore und die vier Leute stiegen aus. In der gegenüberliegenden winzigen Personenbahn ging ihre Fahrt weiter. Jeder hing seinen Gedanken nach, es wurde nicht gesprochen. Jürgens Überlegungen führten ihn immer wieder zu seinem unheimlichen Traum, der ihn nun schon seit über einer Woche beschäftigte und regelrecht quälte. War sein Maximilian tatsächlich Reinhards Sohn? Hatte ihn seine Renate, die Liebe seines Lebens, allen Ernstes so gemein hintergangen? Fakt war, dass Reinhards Frau Ute tatsächlich im Jahre 1989 zur Kur war. Nach einiger Recherche fiel Jürgen außerdem ein, dass er und Renate im besagten Sommer eine kleine Ehekrise hatten. Hatte Reinhard, dieses Schwein, die Situation damals ausgenutzt und Renate ins Bett gezerrt? Gab es einen schlimmeren Vertrauensbruch? Auf den Gedanken, dass sie vielleicht gar nicht gezerrt zu werden brauchte, kam er nicht. Die vielen Gerüchte um Reinhard bezüglich der Zeche fielen ihm ebenfalls wieder ein. Jetzt fluteten noch weitere Fragen sein überreiztes Hirn: Was machten Steffen und Bastian hier? Hatte Reinhard sie ebenfalls zu dieser privaten Grubenfahrt eingeladen? Das konnte er sich nicht vorstellen.

Großkotzig nahm sich Reinhard eine Prise Schnupftabak und reichte die Dose weiter. Die anderen lehnten ab. Jürgen wollte den Unter-Tage-Geruch nicht durch den von Schnupftabak überdecken. Ganz intensiv wollte er zum letzten Mal Kohle, Staub und die warme Feuchtigkeit in sich aufsaugen.

Der Lokfahrer schloss die Türen und setzte den kleinen Zug in Gang. Er meldete die Sonderfahrt an die Zentrale. Diese Sonderfahrt am zweiten Advent. Wie hatte er die bloß genehmigt bekommen, fragte Jürgen sich.

Nach 15 Minuten endlich die Ankunft am Zielbahnhof. Jürgen hatte Tränen in den Augen. Wie viel Male war er genau hier dem Zug entstiegen, um seinen Arbeitsplatz aufzusuchen? Nun ging es weiter mit dem Band. Für die Bandfahrung – man musste sich bäuchlings auf das laufende Förderband fallen lassen – wurde Erfahrung vorausgesetzt. Der Weg führte vorbei an Materiallagerplätzen, Wasserdrucksperren für den Ernstfall und jeder Menge großer Maschinen. Jetzt zogen sie zu Fuß los zum Streb. Zu Jürgens altem Arbeitsplatz, dem Streckenvortrieb. Beim Blick auf die wuchtige Teilschnittmaschine, die einige Millionen Euro gekostet hatte und die pro Tag zwölf Meter Strecke auffahren konnte, empfand Jürgen plötzlich tiefe Hassgefühle für Reinhard. Er sah Reinhards Körper, wie das riesige Fräsenrad der Maschine ihn zerteilte und für immer verschwinden lassen würde. Mit aller Kraft und enormen Lärm drang das Rad in das Gestein, um neue Strecken zu schaffen, die nötig waren, um Kohlenflöze zu erschließen und vorhandene Strecken zu verbinden. Hier musste sich jeder auf den anderen verlassen können. Ja, Jürgen konnte sich auf seine Kumpel verlassen. Bis auf Reinhard, dem er schon vor seinem Traum nicht immer über den Weg traute. Jürgens Blick suchte ihn. Seine Hand zitterte. Gib ihm einen Schubs und der Mann ist Geschichte, flüsterte ihm eine innere Stimme zu.

Mittlerweile hatten sie den Streb, wo die Kohle gewonnen wurde, erreicht. Vier Mal pro Schicht fuhr der Walzenlader, geführt vom Walzenladerfahrer vorbei und transportierte die abgebaute Kohle. Pro Tag über 3.000 Tonnen des schwarzen Goldes.

»So, hier endet eure Besichtigungstour. Weiter als in den geschützten Bereich geht es heute nicht. Ich hoffe, ihr habt genug gesehen?« Reinhard schien plötzlich wie umgewandelt. Die Freundlichkeit war verschwunden und machte einer Gereiztheit Platz. Quälten ihn etwa unliebsame Erinnerungen? Er wollte unbedingt sofort den Rückweg antreten, eilte schnellen Schrittes davon. Die drei Männer zögerten und blieben schlussendlich stehen.

»Hat der hier zu bestimmen, wann unsere Führung vorbei ist?«, wollte der mollige Bastian wissen. »Dafür hat er uns eingeladen? Und will nun schnell wieder über Tage?«

»Kann nicht schnell genug nach Hause kommen, zu Mutti an den Kaffeetisch. Da ist er bestimmt ganz klein mit Hut. Erzähl' doch mal, Jürgen. Du weißt doch, wie es bei dem zugeht. Als Nachbar kriegst du doch einiges mit.« Steffen, der Fahrsteiger schaute Jürgen abwartend an und grinste.

Doch der schwieg. Er war von dieser Führung mehr als überwältigt. Das letzte Mal unter Tage. Das sollte doch einen Sinn haben, schoss ihm ein Gedanke in den Kopf.

Die Männer schienen sich schweigsame Momente irgendwelcher negativen Ereignisse, die mit Reinhard zusammenhingen, ins Gedächtnis zu rufen, bevor Steffen irgendwann das Wort ergriff. »Hat mich gleich gewundert, dass er auch uns dabeihaben wollte, bei dieser letzten ganz persönlichen Grubenfahrt! Berger vom Betriebsrat hat dafür gesorgt, was uns ganz gelegen kam, nicht wahr, Bastian? Schließlich haben wir mit ihm noch eine Rechnung offen, mit dem Herrn Vermessungsingenieur.«

Jürgen wurde hellhörig. »Ach, ihr auch? Auf der Beliebtheitsskala scheint er nicht gerade oben zu stehen.«

»Und jetzt haut er einfach ab«, rief Steffen, »los hinterher.«

Jürgen war neugierig geworden. »Rechnung mit ihm offen? Was war da los, Steffen?«

»Ich wollte Reinhard heute zur Rede stellen. Mal ganz in Ruhe über die Sache sprechen, die da im Mai 2012 unter Tage passiert ist. Ihr erinnert euch? Der junge Steiger, der bei einem Kontrollgang in Flöz G von einem Steinbrocken getroffen wurde und verstarb? Reinhard hatte ihn an dem Tag in diesem Flöz zu einem solchen Gang bei laufendem Kohleabbau eingeteilt. Komischerweise war Reinhard sofort an der Unglücksstelle. Einen Abend vorher sollen die beiden sich in der Kneipe gezankt haben. Der Verunglückte war mein Cousin Thomas. Thomas wusste zu viel und konnte ihm wohl gefährlich werden. Ich wollte Reinhard zur Rede stellen, bevor die Zeche dichtmacht und ich ihn aus den Augen verliere. Irgendwie beschäftigt mich diese alte Sache wieder. Hier und heute wollte ich ihn daraufhin ansprechen.«

»Harter Tobak, dieser Vorwurf. Du meinst, er hat nachgeholfen und Thomas auf dem Gewissen?« Jürgen kratzte sich sein Kinn und dachte nach. »Und deshalb willst du dich rächen und Reinhard verschwinden lassen?«

Jetzt musste Steffen lachen. »Einen Denkzettel verpassen, wenn er es zugeben würde. Nein, nicht gleich umbringen. Wir sind doch hier nicht im Wilden Westen.«

»Wieso nicht mal für klare Verhältnisse sorgen, wenn er es denn tatsächlich gestehen würde?«, meinte nun Bastian.

»Thomas hat Frau und zwei kleine Kinder zurückgelassen.« Steffen kam ins Grübeln.

»Und nicht zu vergessen: das Bremsversagen der Förderanlage ein Jahr später. Fünf verletzte Bergleute in Flöz H. Auch da war Reinhard sofort zur Stelle.« Steffen steigerte sich in seiner Wut hinein.

»Aber das muss ja nicht bedeuten, dass er da nachgeholfen hat.« Jürgen spürte plötzlich Mitleid mit Reinhard. Was, wenn an diesen Vorwürfen gar nichts dran war? Es war ja auch nicht gesagt, dass Reinhard der Vater seines Sohnes Maximilian war. Ein Traum! Es war nur ein Traum. Doch hätte er Reinhard auch gerne zur Rede gestellt. Mutig ging er ihm mit schnellen Schritten hinterher und holte ihn etwa 50 Meter weiter ein.

»Warte mal, Reinhard. Ich habe da mal eine Frage.«

Genervt blieb Reinhard stehen. »Was willst du? Haben die beiden Pfeifen dich aufgehetzt?«

Irritiert blickte Jürgen seinen Chef und Nachbarn an. »Damals, im Jahre 1989, als deine Ute zu Kur war, hattest du da mit meiner Frau ein Techtelmechtel? Man erzählt sich, dass mein Max dein leiblicher Sohn sei. Ich muss es wissen, Reinhard.«

Reinhard schaute ihn mit versteinerten Gesichtszügen an. »Du spinnst, Jürgen. Das Rumsitzen zu Hause bekommt dir nicht. So ein Kameradenschwein bin ich ja wohl nicht, mich an Renate ranzumachen. Um mich das zu fragen, fährst du mit mir in die Grube ein? Warum hast du nicht einfach bei mir an der Tür geklingelt? Max kann außerdem gar nicht mein Sohn sein, da ich nach einer Kinderkrankheit zeugungsunfähig bin. Was meinst du wohl, wieso wir keinen Nachwuchs haben, du Schlauberger?« Reinhard ließ die Schultern sinken. Er war schwer enttäuscht.

Inzwischen waren Bastian und Steffen zu den beiden Männern gestoßen und sperrten sensationslüstern Augen und Ohren auf.

»Nur deshalb also diese Grubenfahrt? Du enttäuschst mich, Jürgen, echt jetzt. Das hättest du einfacher haben können, schließlich wohnen wir Tür an Tür.«

Jürgen kam sich plötzlich ziemlich blöd vor. »Nein, nicht nur deshalb wollte ich diese letzte Grubenfahrt. Ich wollte mich auch von hier unten verabschieden, noch einmal alles auf mich wirken lassen.«

Gerade wollte Reinhard kopfschüttelnd weiterlaufen, vorbei an dem Strebförderer an der kilometerlangen Bandstraße, die zum Schacht führte und wo jeweils 16 Tonnen Kohlen in ein Gefäß entleert und nach oben befördert wurden.

Steffen hielt ihn jedoch am Kragen fest. »Und was war mit Thomas? Der junge Steiger, der in Flöz G auf allen vieren kriechend von einem Kohlebrocken erschlagen wurde? Bei laufendem Kohleabbau hast du ihn zu einem Kontrollgang in den Flöz geschickt.«

»Das war ganz normal. Einer musste da hinein. Es war ein tragischer Unglücksfall. Und den Kumpel soll ich auf dem Gewissen haben? Tickst du noch ganz richtig? Lass mich sofort los. Was soll das hier werden? Eine ganz persönliche Abrechnung?« Reinhard befreite sich brüsk von Steffens Händen und wandte sich Bastian zu. »Und du? Was wirfst du mir vor? Oder bist du kleiner Feigling nur zur Verstärkung mitgekommen?«

Bastians Halsschlagader schwoll an. Er, der kräftige [illegible] fasste Reinhard wütend an den Schultern und schüttelte ihn. »Halt bloß die Fresse! Hast genug Dreck am Stecken!«

Margareta Sommerfeld ermittelt:

1. Fall: Eisaugen
ISBN 978-3-8392-1116-8

2. Fall: Zechenbrand
ISBN 978-3-8392-1382-7

3. Fall: Hochzeitsglocken
ISBN 978-3-8392-1601-9

4. Fall: Rosensalz
ISBN 978-3-8392-1924-9

5. Fall: Opferstock
ISBN 978-3-8392-2136-5

6. Fall: Schneeflöckchen, Blutröckchen
ISBN 978-3-8392-2137-2

weitere:
Wer mordet schon im Hochsauerland?
ISBN 978-3-8392-1780-1

Advent, Advent, die Zeche brennt
ISBN 978-3-8392-2499-1

Die Stärke von Kruse ist […] der perfekt getroffene Tonfall des Ruhrgebietes und die waschechten Revier-Typen. Auch Margareta ist keine altjüngferliche Miss Marple, sondern eine selbstbewusste Frau mit Kodderschnauze […]. | Bettina Jäger, Ruhr Nachrichten

GMEINER SPANNUNG

WWW.GMEINER-VERLAG.DE
Wir machen's spannend